王春林
2019年长篇小说论稿

王春林/著

陕西师范大学出版总社

图书代号　WX22N0669

图书在版编目（CIP）数据

王春林2019年长篇小说论稿／王春林著. —西安：
陕西师范大学出版总社有限公司，2022.7
ISBN 978-7-5695-2910-4

Ⅰ.①王…　Ⅱ.①王…　Ⅲ.①小说评论—中国—
当代—文集　Ⅳ.①I207.42-53

中国版本图书馆CIP数据核字（2022）第067553号

王春林2019年长篇小说论稿

WANG CHUNLIN 2019 NIAN CHANGPIAN XIAOSHUO LUN GAO

王春林　著

出版统筹	刘东风　郭永新
责任编辑	舒　敏
责任校对	陈柳冬雪
封面设计	蒋宏工作室
出版发行	陕西师范大学出版总社
	（西安市长安南路199号　邮编 710062）
网　　址	http：//www.snupg.com
印　　刷	西安市建明工贸有限责任公司
开　　本	720 mm×1020 mm　1/16
印　　张	17.25
插　　页	1
字　　数	269千
版　　次	2022年7月第1版
印　　次	2022年7月第1次印刷
书　　号	ISBN 978-7-5695-2910-4
定　　价	68.00元

读者购书、书店添货或发现印装质量问题，请与本公司营销部联系、调换。
电话：（029）85307864　85303629　　传真：（029）85303879

目　录

一个人的"安魂曲"

——关于阿来长篇小说《云中记》

　　时间的脚步真是迅疾，不知不觉间，已经进入2019年，距离2008年的汶川大地震已经超过了十年。虽然十多年已经过去，但那一年5月12日的14时28分这个时刻，却永远留在了我们的记忆之中。那一天，一贯静默的大地，似乎只是在不经意间颤抖了一下，前后持续了只有差不多两分钟的时间，便造成了几十万人的大伤亡，其中直接死亡者与失踪者相加，总数就已经超过了八万七千人。我们注意到，这场灾难发生后，文学界有众多作家奔赴灾难现场，他们在积极参与救援的同时，也动用手中的笔，以各种文学形式既记录灾难的惨重，更记录救援的及时与难能可贵。然而，多少有点令人不解的，是作家阿来的表现。既是四川作家，又是藏族作家，无论从哪个角度看，阿来以自己擅长的文学方式对这场空前的大劫难与大救援做出反应，都是理所应当的事情。但阿来却偏偏许久都处于静默的状态。

　　那么，是不是阿来果真就无话可说呢？答案只能是否定的。在这里，阿来所严格遵循的，其实是文学尤其是小说这一文体的创作规律。如果说报告文学或非虚构文学这一文体的作家可以依凭扎实的田野调查功夫而对诸如汶川地震这样的事件做出迅速反应的话，那么，对如同阿来这样杰出的小说家来说，当他试图以小说的方式来对类似事件做出反应的时候，就必须经历一个在内心里充分发酵酝酿的过程。在这一点上，《十月》杂志的编者，的确称得上是阿来难得的知音："2018年正值汶川地震发生十周年，十年前，面对这场突如其来的悲剧，阿来曾声称不能轻易触碰。这种态度证明了作者对生命价值和文学创作的虔诚和敬畏。十年后，一次特殊的机缘，终于让作者找到了一种独特的切入口，将笔触伸向那场尘埃已散的灾难。"①虽然我们还无从了解阿来究竟遇到了怎样的一种机缘，但摆在我们面前的客观事实，却是这部厚重异常的长篇小说《云中记》。换个角度来说，倘若阿来在当年顺应"政治"或者"道德"律令，急急忙忙地加入当时一窝蜂的"救灾文学"潮流之中，那他写出的，就极有可能是应景式的更多注重社会价值内涵的"问题小说"。之所以强调这一点，倒也不是说优秀的小说作品就不应该具备社会价值内涵，而是说除了社会价值内涵之外，也还应该同时具备深刻的情感价值内涵，以及足够丰富的人性内涵与审美艺术价值，等。要想真正切实地做到这一点，没有长时间的发酵与酝酿，其实是不可能的。从这个角度来说，小说创作在考量作家所具艺术创造天赋的同时，其实也还可以被看作是对作家某种艺术定力的考量。

作为中国当代一位有影响的一流作家，从最早为他赢得盛誉的茅盾文学奖的长篇小说《尘埃落定》，到后来相继推出的"花瓣式"长篇小说《空山》等，及聚焦本民族古老史诗传说带有明显颠覆解构性质的长篇小说《格萨尔王》，到早几年刚刚面世的"山珍三部曲"（《三只虫草》《蘑菇圈》《河上柏影》，其中《蘑菇圈》获鲁迅文学奖），阿来的小说创作尽管从数量看绝对谈不上多产，但却保持了相当高的思想艺术水准。能够做到这一点，一个不容忽视的原因，恐怕就是作家艺术定力的非同寻常。《云中记》的酝酿创作过程，再一次强有力地证明了这一点。

我们注意到，在为《云中记》专门撰写的题记中，阿来曾经特别强调西方音乐大师莫扎特《安魂曲》对他写作所产生的重要影响："向莫扎特致敬！写作这本书时，我心中总回响着《安魂曲》庄重而悲悯的吟唱。"安魂曲，其实是众多弥撒曲中的一种，因为被罗马天主教用来超度亡灵，所以是一种特殊的专门用来安妥灵魂的宗教音乐。西方数量众多的安魂曲中，以莫扎特

① 《十月》编者：《卷首语》，载《十月》2019年第1期。

未完成的这一部最为著名。正如阿来所精准概括的那样，莫扎特《安魂曲》最突出的特点，就是庄重而悲悯。当阿来特别强调莫扎特《安魂曲》曾经对《云中记》的创作产生过重大影响的时候，实际上也就意味着他自己在这部与汶川地震紧密相关的长篇小说的创作过程中，意欲达到的一种理想写作效果，就是庄重而悲悯。因为活跃于《云中记》中的主人公，始终是那位孤身一人重新返回到汶川地震灾区云中村的阿巴，所以，我们也完全可以把这部《云中记》看作是一个人的"安魂曲"。

虽然说汶川地震发生于2008年5月12日，但等到阿巴一个人的返乡故事发生的时候，具体时间却已经是五年后的2013年5月9日。（请注意："时间是盘算过的。5月9日，地震前三天。"）在一个人跟着两匹马重返家乡云中村的途中，或许与触景生情紧密相关，阿巴的思绪情不自禁地回到了五年前地震骤然发生的那个时刻："当时，他也像现在这样跟在两匹马后面。穿出一片树林时，阿巴觉得有些呼吸不畅。累了吗？是有些累了。但也不至于像是被人握住了肺叶一样……""地裂天崩！一切都在下坠，泥土，石头，树木，甚至苔藓和被从树上摇落的鸟巢。甚至是天上灰白的流云。""他随着这一切向下坠落，其间还看见被裹挟在固体湍流中的马四蹄朝天，掠过了他的身边。"就这样，在毫无防备的情况下，仅仅只是两分钟的时间，大地就彻底改变了模样："他熟悉的世界和生活就在那一瞬间彻底崩溃。"在云中村人世世代代的口口相传中，他们这个村庄早在一千多年前就已经落脚到了此处："一千多年前，一个生气勃勃的部落来到这里，部落首领对众子民说，我要带你们停留在这里了，我要让我的子民不再四处漂泊。这些话，都是包含在山神颂词里的。云中村山神就是村后那座戴着冰雪帽子的山。山神就是当年率领部落来到此地的头领。他的名字叫作阿吾塔毗。"很多很多年前，过着原始部落生活的云中村藏人，经过艰难异常的长途迁徙，来到他们现今生活的地方，可以说，云中村有着悠久的历史，可摆在村人面前的现实却是："不论这个村子在这个世界上存在了一千年还是两千年，反正在五年前，这个村子就被八级地震瞬间毁灭了。"说一个村庄被八级地震瞬间毁灭，一点都没有言过其实："统计伤亡的表格是仁钦亲手制作填写的。表格就画在一本从废墟里挖出来的笔记本上。他亲手把妈妈填在了失踪人员那一栏里。云中村三百三十七口人，死亡七十余人，伤一百余人，还有二十多名失踪人员。"一个三百多人的村庄，伤亡人数竟然差不多有二百人，其惨重程度自然可想而知。关键的问题是，云中村人的磨难却并没有到此为止。地震过去几个月后，已经围绕是否应该搬迁而争吵了很久的云中村人，再次面对了一次五级余震的发生，突然发现泉水的源头断流了："找水的人们找到源头，发现泉水干了。泉水翻涌而出鸽子叫一样好听的咕咕声消失了。"依照云中村人的理解，水源的断流，并非地质结构变化的结果，而是意味着他们被山神彻底抛弃："阿吾塔毗不要我们了！""山体真的裂开了，山神真的打算不要身上这巨大的一块了。过去，山神一直把这个地方抱在怀里，现在，山神累了，要放手了。昨晚的余震让那个裂口往深里走，把从神山下来的泉水之路也断掉了。"

就这样，到了2009年的4月，在距离地震一周年还剩一个月的时候，满心不情愿的云中村人，终于还是踏上了迁徙之路："全村人走上山道，不是往上，而是向下。他们背上被褥，或者祖传的什么宝贝物件，走在了通往河谷的下山道上。当看到江边公路上那些转运他们的卡车时，一些人开始哭泣，像在歌唱。另一些人开始歌唱，那是关于村子历史的古歌，歌声悲怆，像是哭声一样。他们是村子里剩下的人。好多人死了，还留在山上。还有一些受重伤的人，断了腿的人，折了胳膊的人，胸腔里某个脏器被压成了一团血泥的人，还躺在全国各地的医院，或者在某个康复中心习惯假肢。比如那个爱跳舞，却偏偏失去了一条腿的央金姑娘。"在遭受了八级地震的灭顶之灾后不久，又因为地质条件的改变不得不迁徙到遥远的搬迁村生活，对云中村人来说，无异于是雪上加霜。也因此，他们与政府之间才会围绕搬迁的问题发生一定程度的争执："祖先们一千年前迁移到此。一千年后，他们又要离乡背井。救灾干部不同意这样的说法。不是背井离乡，是一方有难，八方支援。你们要在祖国大家庭的怀抱中开始新的生活。"

至今犹记，在十多年前出现的那种曾经火热一时的救灾文学中，进入读者视角的，除了灾难本身外，不是感恩，就是温暖，一方面，是生命苦难非常明显的被漠视与被淡化，另一方面，则是一种廉价温情的刻意被渲染与被强调。既如此，那这种救灾文学的思想艺术价值之可疑，也就自在情理之中了。在这里，我们并不是要否认救援的意义和价值，而是强调无论如何都不能因为对救援的积极肯定而颠覆消解灾难本身的性质。时隔十年之后，当阿来以《云中记》的方式来重新审视表现那场地震灾难的时候，他的难能可贵之处，正在于以一种敏锐而深刻的洞悉与表现而彻底超越了当年一些廉价的救灾文学。事实上，假若我们从长篇小说思想内涵多义性这个角度来考量，作家在这一方面的深度开掘与思考，毫无疑问是其中非常重要的一个方面。

这一方面，最引人注目的一个细节，就是面对着阿巴执意返乡的行为，他的外甥仁钦所陷入的两难困境。当仁钦哑着嗓子讲出"舅舅，我知道我拿您没有办法"这句话之后，小说出现了这样一段叙事话语："这是仁钦说出口的话，他没有说出口的话是，他擅自回到地质灾害随时会爆发的云中村，将成为他这个乡长的巨大麻烦。他这个乡长是签了责任状的，保证移民村的人安居乐业，不发生回流现象。保证全乡境内不因为震后次生地质灾害造成新的人员伤亡。现在，云中村有一个人从移民村回流了。而且这个人还是他的亲舅舅。"从他本人作为乡长所必须承担的政治责任来说，仁钦不管怎么说都不应该允许舅舅阿巴再度返回早已是一片废墟的云中村。但从另一个方面来说，身为乡长的仁钦，也仍然是一位有着宗教信仰的藏人。又或者，从外在的社会身份来说，仁钦是政府官员序列里微不足道的乡长，从他内在的精神世界构成来说，仁钦当是不折不扣的藏人无疑。如果将内与外两部分进行比较，一种顺乎逻辑的结果就很可能是，带有一定人格分裂色彩的仁钦，在骨子里恐怕还是会更加遵从于自我内心世界的律令。正因为内心里其实更加认同舅舅的逻辑，所以，眼看着再三劝说无果，仁钦到最后也就默认了舅舅阿巴的固执选择："仁钦上山，本是来做舅舅的劝返工作。地震后这些年，他已经是一个做各种劝说工作的高手了。但他一看舅舅那样子，就知道他已经让自己置身于一个非现实的世界，认真地扮演着自己的角色。在仁钦看来，眼前的舅舅像是一个电影里的人，在一个看不见的镜头前认真扮演自己角色的人，入戏很深，不能自拔。别人不可能使他从自己设定的情景中抽离出来。对这样的人，一切劝说都是没用的。他索性就不开口了。"一方面受到乡长职位的影响，一方面舅舅阿巴执意重返云中村，仁钦内心里的确有过到底该怎么办的纠结，经过一番内心斗争后，仁钦最终还是决定在遵从自我内心世界的同时更遵从舅舅做出的慎重选择，哪怕为此而付出影响自己政治前途的代价："一个人返流到一个不知道什么时候就会突然消失的村子里，这问题就不是一般的严重了。而且，这个人是乡长的舅舅，那就比不是一般化严重的问题更加严重了。他想，会是个什么样的处分呢？撤职还是降职？"但需要强调的一点是："仁钦心里想着这件事情的时候，并不沮丧。有这样一个舅舅，是他的命运，就像在地震中失去母亲，也是他的命运一样。"到最后，工作能力其实非常突出的仁钦果然为此付出了停职反省的不小代价，只是之后由于继任者工作不得力，过了不多的时日，仁钦又官复原职了。

关于仁钦内心深处的自我冲突，最能触动人心的，是仁钦在获知泉源中断后的一种本真心理活动："仁钦松了一口气，他想，这下乡亲们认识到问题的严重性，会同意搬迁了。但他马上又陷入了自责。他看见舅舅目光炯炯看着自己。那一刻，他真是万分自责。看见泉水干了，他的第一个念头是，乡亲们会同意搬迁了，而不是作为一个喝这眼泉水长大的人，感到心痛，感到悲伤。"毫无疑问，想方设法劝说乡亲们同意搬迁，是乡长仁钦责无旁贷的。唯其因为这一任务特别艰巨，所以，一听到泉源中断的消息，并由此而意识到搬迁筹码增加，他才会本能地生出一种如释重负的感觉。但在很快意识到自己是云中村人这一身份之后，仁钦又反过来为自己一时的如释重负而倍感自责。不管怎么说，面对无奈搬迁这一事实，从小喝着这眼泉水长大的自己，不应该为此而感觉"松了一口气"。毫无疑问，仁钦这一番心理纠结的生成，与他自己的双重社会身份之间存在着不容剥离的内在关联。

在仁钦被迫短暂去职这一细节之外，阿来关于主人公阿巴身份的特别设定，其实也饶有意味："他从来没有把这个称号说全过。有时，他说非物质文化。有时，他说，我是非物质遗产。"自始至终，阿巴对"非物质文化遗产传承人"的理解都很有限，地震发生后，"他从枕头底下翻出了几千块钱。那是政府发放的非物质文化遗产传承人补贴。钱就夹在红皮的传承人证书中间。一个月几百，领到手，他就夹在本子中间。他没有花过这钱。他是云中村人说的死脑筋，他不明白政府为什么要为一个祭自己村子山神的祭师付钱"。在阿巴的理解中，身为祭师的自己，履行相关的责任，是顺理成章的事情。既然如此，那就无论如何不应该花"非物质文化遗产传承人"的补贴。这笔不断积攒下的钱，等到地震发生后，被阿巴全部捐给了云中村那些被送出去寄读的孩子们。然而，面对因此事前来采访的记者时，阿巴却依然表现出了对于"传承人"这一称谓的不解与拒绝："他说，我就是觉得我不该花那笔钱。但娃娃们可以花。那是政府给山神的钱。"尽管在场的干部曾经一再予以纠正，但固执的阿巴就是坚持不肯改口，阿巴说："没有山神，政府不会给我钱。给了我就是山神的钱。娃娃们都是阿吾塔毗的子孙。"阿巴虽然弄不懂究竟何为非物质文化遗产，但他的内心深处却十分明白，政府之所以认定自己是非物质文化遗产传承人，是因为与自己的祭师身份紧密相关。而自己身为祭师的主要使命，正是拜祭供奉云中村的山神阿吾塔毗。

熟悉阿来的朋友都知道，作家对藏区传统与现代性之间冲突与交融的关系有着深度透视和思考，《云中记》中，阿来对现代性进入藏区的书写，是从机耕道与拖拉机开始的。之所以从机耕道开始写起，是因为它的修建与阿巴的祭师身份的父亲紧密联系在一起的："父亲是修机耕道时死的。修机耕道是为了把拖拉机开到半山上的云中村来。"在修机耕道时，阿巴的父亲已经是一位熟练的爆破手。那一天，他在前去探看一眼哑炮时不慎被炸死。机耕道修好后，象征着现代文明的拖拉机第一次开进了云中村。在描写拖拉机进村的情形时，叙述者发出过这样的一种议论："那是个新东西陆续进入，并改变人们古老生活的时代。一个认为凡是新的就是好的时代。在那个时代，云中村是个落后的象征，落在时代后面跟不上趟的象征。""直到机耕道开通，拖拉机进村，这样的情形才得到了改观。但阿巴的父亲看不见了。"放眼世界，自从那个叫作现代性的事物出现以后，差不多所有的国家和民族都或主动或被动地先后经历过现代性的洗礼。具体到中国，最早受到现代性冲击并开始现代性转换的地区，可以说是占据了人口主体的汉族地区。包括藏区在内的其他少数民族居住地区的现代性转换，与汉族地区的相比，很明显是滞后了一点的。在某种意义上，汉族在其中扮演着相当重要的媒介或者转换器的角色。最起码，在少数民族地区的那些少数民族看来，这些"新东西"也即现代性，是伴随着汉族的到来而出现的。在叙述完机耕道与拖拉机的故事后，紧接着就是对水电站故事的叙述。水电站修好后，云中村的电灯亮了："十八岁的阿巴，云中村有史以来的第一个发电员的身体触了电一样震颤不已。之前，村里已经有了第一个拖拉机手，第一个脱粒机手，第一个赤脚医生。这是留在云中村的。还有不在云中村的第一个解放军，第一个中专生，第一个干部。那些年头，云中村的历史就像重新开始一样，好多个第一个啊！"

正因为这些"第一个"，所以阿巴的内心才不由得发出感叹："以前我当发电员的时候就爱一个人想，我们自己的语言怎么说不出全部世界了，我们云中村的语言怎么说不出新出现的事物了。"事实上，如此一种发自内心的感慨，与其说是属于人物阿巴的，不如说是属于作家阿来自己的。我们注意到，阿来曾经专门谈论过自己少年时接触并学习汉语时的真切感受："后来，村子里有了小学校，我上学了，开始学习今天用于写作的这种语言。我小小的脑袋里一下塞进来那么多陌生的字、词，还有这些字、词陌生的声音。我呆滞的小脑袋整天嗡嗡作响。因为在那里面，吃力的翻译工作正在时刻进行。有些字词是马上可以互译的，比如'鸟'，比如'树'。但更多的字与词代表着那么多陌生的事物，比如'飞机'，还有那么多抽象的概念，比如'社会主义'和'共产主义'。在我那建立在上千年狭隘乡村经验之上的嘉绒语中，根本不可能找到相同或相似的表达，这是我最初操持的母语延续至今的困境，即使这样，我也骄傲地觉得我正在成长为一个可能比以前那些乡村翻译更出色的翻译家。""是的，当我在年轻时代刚刚开始写作的时候，我很多时候都觉得，我不是在创作，而是在翻译。这使得我的汉语写作，自然有一种翻译腔。我常常会把嘉绒语这个经验世界中一些特别的感受与表达带到我的汉语写作中，当小说中人物出场，开口说话，我脑子里首先响起的不是汉语，而是我刚开口说话时所操持的嘉绒语，我那个叫作嘉绒的部族的语言。然后，我再把这些话译写成汉语。自然，当我倾听那些故土人物的内心，甚至故乡大地上的一棵树，一丝风，它们还是会用古老的嘉绒语发出声音，自然，我又在做着一边翻译，一边记录的工作。刚刚从事这种工作的那些年，我有时会忍不住站到镜子前，看看自己是不是变成了电影电视里那种猥琐的日军翻译官的形象。还好，这种情形并没有出现。我在镜子里表情严肃，目光坚定，有点像是一个政治家即将上台发表鼓动性演讲那种模样。"①毫无疑问，阿巴前边关于语言表达困境的感叹，正是建立在阿来此种真切人生经验之上的。

诚如海德格尔所言，语言是人类存在的家园。某种意义上，云中村藏人生存状态的改变，就集中通过语言的变化而体现出来："是的，时代变迁，云中村人的语言中加入了很多不属于自己语言的数字与新词。'主义''电''低压和高压'。'直流和交流'。云中村人把这些新词都按汉语的发音方法混入自己的语言中。他们用改变声调的方法来处理这些新词，使之与云中村古老的语言协调起来。他们把两三个字之间清晰的间隔模糊化，加重弹音和喉音。这些新的表达不断加入，他们好像说着自己的语言，其实已经不全是自己的语言。云中村人自嘲说，我们现在有两条喉咙，一条吐出旧话，一条吐出新词，然后用舌头在嘴里搅拌在一起。"很多时候，一个新的语词，就意味着一个新世界的被打开与被澄明，或者说是通向一个新世界的通行证。我们注意到，在后来，当阿巴配合外来的地质调查队进行了相关调查，却被乡干部洛伍莫须有地指责为"在山上晃来晃去"的时候，余博士等人给出了强有力的辩护："他已经帮了我们很多忙了，队长说，他是在帮我们的余博士做文化调查。""余博士说：很有意思，我们互相分享各自的知识。我进入阿巴的知识系统，阿巴也了解了一些我的知识系统。"余博士的这些言词体现出了人们

---

① 阿来：《我对文学翻译的一些感受》，载《作家》2016年第8期。

对藏区传统的足够尊重。之所以会是如此，乃因为阿巴的确在余博士面前展现了有关生命理解的另一类知识："阿巴指给他丁香、白桦、云杉、杜鹃花树，这些树都是同类树木中最漂亮的。阿巴说，其中有些树上寄居着云中村人的鬼魂。""阿巴说，他给每个灵魂两个选择，一棵寄魂树在滑坡体上，另一棵，在裂缝的上方。云中村即将消失的时候，他们可以自己选择，和云中村一起，或者，留下来陪伴寄魂于雪峰的祖先阿吾塔毗。这些鬼魂，也许是害怕将来漂泊无依吧，他们都选择了要跟云中村一起消失的寄魂之树。阿巴还告诉博士，他的父亲，寄魂在马脖子上一只铮铮然叮当作响的铜铃上。"尤其令余博士感到惊讶的一点是，阿巴竟然会对山体的不断崩塌做自己特别的理解与升华："博士没有想到，阿巴不但一下子就懂得了他说的话，还把他所讲的知识上升到更高的境界。"什么样的一种境界呢？"阿巴由衷赞叹：原来消失的山并没有消失，只是变成了另外的样子。"强烈的震惊之余，"博士没有做出回应，他的信仰是科学，他不想把科学与阿巴的信仰如此简单地连接起来。但这并不表示他内心里没有充满对这个主动与世隔绝的人的理解与尊重"。尽管在《云中记》中阿来并没有描写当年现代性初始进入藏区时，包括云中村人在内的藏人所持有的是一种怎样的态度，但其中却肯定存在有某种因为不解所以拒斥的过程。就这样，从最初的不解拒斥，到随后的接受交融，尤其是再到后来如同余博士和阿巴这样的彼此尊重与理解，阿来令人信服地描摹再现了藏区传统与现代性之间的复杂关系。

《云中记》最主要的创作要旨，恐怕是要通过祭师阿巴一个人返乡祭祀亡灵的行为，谱写出一曲具有突出人道主义精神内涵的庄重而悲悯的"安魂曲"。按照小说中的描写，汶川地震后，因为地质条件变化而被迫背井离乡、整村搬迁到地处平原的移民村生活的云中村人，其实过着各方面比原来要更优越一些的生活。这一点，单只是从阿巴返乡前，那位家具厂老板硬塞给他那一沓工资的举动中，我们即可窥知一二。关键的问题在于，物质层面的相对优越与富足，却并不能保障精神世界的安宁。根据阿巴后来的回忆，他最早萌生返乡的念头，是在听到村长感叹自己身上不再有云中村味道的时候："阿巴想起来，就是因为村长的那句话，他开始想回云中村了。"差不多想了整整一年时间之后，他终于下定了返乡的最后决心："他对劝阻他的村长和云中村人说：活着的人有政府管，可是死去的人谁来管？万一真有鬼魂，这些鬼魂谁来管？当然是我，我是祭师，我要是不管，一个村子要一个祭师干什么？"从表面上看，似乎一直回想并记挂起当年地震时一众亡灵的，是身为祭师的阿巴，但实际上，真正无法忘怀那些地震中逝者的，恐怕是作家阿来自己。当其他人，包括那些当年地震的亲历者，包括那些曾经积极参与过救灾文学写作的作家们，由于人类的遗忘本能发生作用的缘故，差不多都已经不仅淡忘了那场大地震，而且更淡忘了那些不幸弃世的一众亡灵的时候，只有长期保持沉默的作家阿来，不仅没有遗忘地震以及地震中的亡灵，而且还以《云中记》这样一部长篇小说来承载表现自己牢不可破的灾难记忆。阿来如此一种与灾难记忆紧密相关的写作行为，无论如何都应该得到我们充分的肯定与敬意。

之所以是阿巴，而不是云中村的其他人，当然是因为阿巴是云中村唯一的祭师。在藏区的云中村，祭师的主要作用，就是祭祀山神、安抚亡灵或者鬼魂。很可能与云中村人口数量的不够多有关，他们村只有一位一直是子承父业的祭师："阿巴的父亲是村里的祭师，父亲的父亲也是，父亲的父亲的父亲也是。但在那个年代，父亲不能教他怎么招魂，怎么祭祀山神。他只是在黑夜里看到过父亲怎么悄悄祭告山神，怎么给鬼魂施食。他的这种舞步也是在非物质文化遗产传承人学习班上，从邻村的祭师那里学来的。那个教会他这种舞步的祭师来自瓦约乡西边。西边那些村庄的人看不起云中村人。他们认为云中村人信奉的苯教不是真正的宗教。只有如他们一样供奉莲花生大师和宗喀巴大师的才算是信仰着真正的宗教。"这里，在交代阿巴的祭师职业乃是世世代代子承父业的一种方式的同时，却也有意无意地旁涉了藏传佛教内部的教派纷争。相对来说，信奉阿吾塔毗山神的云中村人属于少数派。大约一千多年前，阿吾塔毗带领族人来到后来被称为瓦约乡的这块地方落脚。其中，云中村驻扎在山上，另外七个村则进入河谷。再后来，这另外的七个村竟然改变了信仰，与坚持原初信仰的云中村人"分道扬镳"。在我看来，阿来对教派纷争的表现，并没有什么预设立场，他的根本意图，不过是更为全面完整地呈示瓦约乡藏人们包括宗教信仰在内的日常生存状态。

但请注意，同样是祭师，到了阿巴父亲这一代的时候，情况却已经发生了明显的变化。"又过了好些年，政府不再管人信不信鬼神的时候，父亲已经死了。当祭师的父亲没有等到那个时候，他在政府还号召不信鬼神，禁止祭师活动的时候就死了。"正如年幼的阿巴和妹妹曾经看到过父亲在深夜击鼓摇铃起舞一样："父亲是村里的祭师。父亲的父亲也是祭师。祭师是祖祖辈辈传袭的。后来，反封建迷信，祭师的活动就只能在夜间，在磨坊悄悄进行。不让鼓发出声响，不让铃铛发出声响。"等到阿巴成为半吊子祭师（所谓半吊子祭师，意指阿巴的祭师属于半路出家，并非打小就从事这一特殊职业）的时候，他一样遭遇了困境："阿巴已经不是以前那些相信世界上绝对有鬼神存在的祭师了。他是生活在飞速变化的世界里的阿巴。据说，过去的时代，鬼魂是常常要出来现身的。但他没有见到过鬼魂。据说是有电以后，鬼魂就不再现身了。"很大程度上，我们可以把"电"看作是现代性的化身。曾经活跃一时的鬼魂，在有电以后就不再现身，毫无疑问这是以科学信仰为核心的现代性发生作用的一种结果。由此可见，倘若说阿巴的父亲当年遭遇的是一种革命的困境，那么，阿巴自己后来所遭遇的，就可以说是一种现代性的困境。然而，尽管阿巴已经遭逢了现代性的困境，尽管他自己也无法断定是否有鬼神存在，但身为半吊子祭师的阿巴，却难能可贵地依然没有忘却自己所应承担的责任："离开移民村的时候，阿巴对云中村的乡亲们说，他也但愿这个世界上没有鬼魂。但是，他想的是，如果，万一有的话，云中村的鬼魂就真是太可怜了。活人可以移民，鬼魂能移去哪里？阿巴真的反反复复地想过，万一真有鬼魂呢？要是有，那云中村的鬼魂就真是太可怜了。作为一个祭师，他本是应该相信有鬼魂的。他说，那么我就必须回去了。你们要在这里好好生活。我要去照顾云中村的鬼魂。"

首先请注意阿来关于阿巴返乡路途的描写："他好像不是花了三天时

间从移民村归来。一天到县城，再一天到乡政府。又花了一天时间，弄了两匹马，慢慢爬上山来。从离开这里的那一天起，他就一直在回来，在回来的路上。天天行走，走了一年，走了两年，走了三年……"此处一个明显的差异，就是关于物理时间与心理时间的。从物理时间的角度来说，从移民村回到云中村，不过只有短短的三天时间。但从心理时间的角度来说，情况就不一样了。由于内心里一直牵挂着故土，尤其是那些被强留在故土的一众地震亡灵，阿巴的感觉就只能是好像在路上走了好久好久，就这么一年又一年地，似乎从他们当初被迫离开云中村的时候，就已经开始踏上了漫漫归途。借助于如此一种强烈的主观感觉，阿来写出的，正是阿巴长期以来对于云中村那些亡灵与鬼魂的难以释怀。就这样，肩负着安抚那些亡灵鬼魂的使命，在冲破了包括外甥仁钦在内的一切阻力之后，早已抱定了与即将因为再度滑坡而彻底消失的云中村共存亡决心的祭师阿巴，在阔别故乡五年后，终于再度踏上了这块令他魂牵梦萦的故土。"这时是下午两点五十分。五年前这个时候，大地停止了摇晃。蒙难的人们刚刚开始明白是什么样的灾难降临了人间。"就在这个特定的时刻，"全副祭师穿戴的阿巴起身了，他摇晃着青烟阵阵的香炉，穿过寂静的田野向云中村走去"。这个时候的祭师阿巴，仿佛具备了特异功能一般地穿越时间，返回五年前，看到了一幕幕惨烈的死伤图景："他双手抱着那段贯穿了身体的房梁，嘴里冒出来一串串红色的气泡。气泡越来越多，把那张惊恐的脸淹没了。身体很痛，灵魂一点都不痛，只是从身体中飘出来，停在半空里，惊讶地看着被损毁得奇形怪状的身体。灵魂不痛，只是诧异。灵魂也发不出声音，就飘在那里，诧异地看着自己刚刚离开的那个破碎的身体。"灵魂到底有没有形状？灵魂到底能不能发出声音？灵魂到底有没有痛感？能不能感到诧异？所有这些，即使是身为祭师的阿巴，恐怕也回答不上来。一方面，阿巴固然回答不上来，但在另一方面，一旦沉浸到当年地震后的惨烈状况中，他却又偏偏只能以如此一种"拟日常生活化"的方式来想象灵魂的情状。

归根到底，阿巴之所以要煞费苦心地在特定时刻回到云中村，正是要借助于时间的契机适时地安抚那些曾经惊恐万状的灵魂："他开始呼喊：回来！回来！后来，他会想，这回来是什么意思。是让那些无依无靠的灵魂回来接受安慰，还是告诉那些鬼魂自己回来了。""他要安抚灵魂，安抚云中村，不让悲声再起。""村子里确实没有悲声四起。阿巴心安了，随即放慢了脚步。他在每一家的房子前停下。为每一家熏一道香，为每一家摇铃击鼓。他还从口袋里掏出一把把粮食撒向一个个长满荒草的院落。"正如同你已经预料到的，五年后重新回到云中村的阿巴，在充分履行祭师安抚亡灵与鬼魂的责任的同时，其思绪必然会情不自禁地陷入对往事的追怀之中。一方面，回想五年前地震所造成的惨烈死伤场景，另一方面，则把思绪进一步延伸到了更为遥远的过去，甚至一直到阿吾塔毗带领族人抵达驻足这里的一千多年前。云中村的既往与后来的基本状况，正是在阿巴一个人的追忆过程中，由模糊到清晰渐次地呈现在了广大读者面前的："阿巴回来了，在五年前地震爆发的这一天，走村串户，替亡人招魂。""回来，回来！回来了，回来了！情形就完全不一样了。每一个死去的人，都活生生地来到了他的眼前。""在每一户人家，他都停留了太长时间。他进入了过去，那些消逝的时间把他包围，他以为正在往前行走，其实他是停留在过往止步不前。虽然他不能确定，恍然看见的一张张脸、一个个身影，是鬼魂现身，还是记忆重演。"

在这里，请允许我们暂且把阿巴的故事按下不表，先把注意力集中到央金姑娘与中祥巴这两个后来才出场的人物身上。漂亮的央金姑娘，虽然酷爱跳舞，但却很不幸地在地震中失去了一条腿。一条腿的失去，对一位依靠身体才能够表演的舞者来说，可以说是一种足以致命的打击："送去水，不喝，送去吃的，她也拒绝。她说：我要死，我一家人都死了，我要死。我的腿断了，再也不能跳舞了，我要死。"但就是这位曾经为了自己失去一条腿要死要活的姑娘，五年后却突然出现了只有阿巴一个人的云中村。回到云中村，或许与触景生情的精神刺激紧密相关，央金姑娘的舞者本能突然间爆发了："姑娘身体的扭动不是因为欢快，不是因为虔诚，而是愤怒、惊恐，是绝望的挣扎。身体向左，够不到什么。向右，向前，也够不到什么。手向上，上面一片虚空，也没有什么东西可供攀缘。单腿起跳，再起跳，还是够不到什么。于是，身体震颤；于是，身体弯曲，以至于紧紧蜷缩。双手紧抱自己，向着里面！里面是什么？温暖？里面有什么？明亮？那舞蹈也不过两分钟时间，只比当年惊天动地的毁灭长了不到一分钟时间，姑娘已经泪流满面，热汗和着泪水涔涔而下。"面对着自己从来没有过的这种猛然爆发，央金姑娘真正可谓激动万分："躺在地上的姑娘显得虚弱不堪，眼角挂着泪水，她还在说：我升华了！我找到排练厅里找不到的感觉了！"但祭师阿巴根本想不到，这次突然回到云中村的央金姑娘，却并不是因为怀恋故土、惦记亡者而来。在她的背后，潜藏着的是一种资本的力量："她已经签约了一家公司，一个摄制组悄无声息地跟在后面。公司要包装一个经历了大地震的身残志坚的舞者。这次回家，是了姑娘的心愿，同时也是为下次参加某电视台的舞蹈大赛准备故事，一个绝对催泪的故事。这件事姑娘自己知道，阿巴和云丹不知道。姑娘为此有些小小的不安。"到后来，央金姑娘果然为自己以如此一种不恭的态度对待故乡而深感不安，深深地陷入一种自我矛盾的状态之中："整整一夜，她都没有睡好。刚一合上眼睛，每天练舞时，都会出现在背景上的画面就向她压下来。画面上是阿巴用轮椅推着她在云中村荒芜的田野里行进的镜头。是她穿过村子里那些残垣断壁的镜头。那些倒塌的建筑夺去了云中村近一百口人的性命，其中有她家的三条性命，还有她自己的一条腿。这都是在阿巴毫不知晓的情形下拍下的视频。这是负责包装她，要把她推向舞台的文化公司精心策划的灾民回乡记。"或许与央金姑娘面对故乡时的心生愧疚紧密相关，此后她尽管一直想要重新抵达那次在故乡舞蹈的境界，却再也未能如愿。由于心生愧疚，央金姑娘幡然悔悟，强烈要求自己跳舞时不要再播放那一段视频，但遭到签约公司冷然拒绝："公司威胁要跟她解约，要她赔偿公司以前的投入时，央金屈服了。但只要有那段视频，她就再也跳不出任何激情和感觉。"到后来，只有在她彻底摆脱了签约公司的控制，并得到乡亲们的亲情簇拥后，央金姑娘方才重新找到了跳舞的感觉："她的舞姿变得柔和了，柔和中又带着更深沉的坚韧和倔强。"

央金姑娘之外，另一位在不期然间重新返回到云中村的，是祥巴众兄弟中的那个仅存于世的中祥巴。只不过，中祥巴是乘着一个热气球出现在阿巴面前的："气球又升高了一点，那个人的声音再次传来。这次，他听出来了，那声音是祥巴家的。他知道，又一个云中村人回来了。那么他就是祥巴家在地震前离开家的那个中祥巴了。"中祥巴本来想把热气球停留在云中村这个半山平台上，没想到却天不遂人愿，由于气流阻隔，不管怎么努力，热气球都无法靠拢云中村。那么，销声匿迹这么长时间的中祥巴，又为什么会乘着热气球突然出现在云中村呢？原来，隐藏于其背后的，仍然是资本的力量："中祥巴乘热气球上云中村时，摄像机一直在拍摄。他们提前就在网上宣传了，卖点就是乘热气球看一个即将消失的村庄。"针对中祥巴他们的行为，网上很快形成了两种对立的观点："赞同者自然会有，反对者越来越多。""后来，抵制的声音大过了赞同的声音。当中祥巴怀揣着复杂的心情再次出现在乡政府时，迎着他的是仁钦铁青的脸。仁钦嘴边有一大堆谴责他的话。但都没有说出口来。"当仁钦不无嘲讽地说"原来你还是爱云中村的呀！"的时候，中祥巴的回答是"哪有人不爱家乡的？我心里痛啊！"，紧接着，是仁钦的对答："一边心痛一边拿云中村人的苦难挣钱！"，然后是中祥巴带着表情的回应："祥巴换上了无奈的表情：人都要生活呀！"。面对着网上一条条尖锐的否定性评价，中祥巴顿觉浑身发凉："以前，他做过的罪恶事情，都是在黑暗中进行，每做成一桩，非但没有良心上的谴责，反而还有轻易得手，又逃避掉打击的得意。一个个这样的窃喜堆积，让他自以为是了不起的英雄。但现在，一切行为都暴露在公众的眼皮底下。正义的声音出现了，借着道德谴责名义的毒舌也一条条出现了。"不要说是一般的民众，即使是那位与他一起合作开发热气球项目的刘总，在了解内情后也对中祥巴予以毫不容情的严厉斥责："骂得好啊，没有良心。骂得好啊，消费苦难。要是人家知道那地方还有你一家子的命，都能骂得你马上捅自己一刀。"

说到底，不管是央金姑娘，还是中祥巴，他们在云中村的突然出现，全都是因为资本力量的推动，全都是试图借着对苦难的消费而赚取高额利润。与他们的行为形成鲜明对照的，自然是祭师阿巴那毫无一点心机可言的返乡祭祀、安抚亡灵与鬼魂的行动。尤其难能可贵的一点是，在回到云中村后，即使是面对着曾经在村里横行无忌、为非作歹的祥巴一家，尽管曾经有过一丝犹疑，但阿巴最终依然把他们纳入了自己祭祀、安抚的范围之内："人一死，以前的好与不好，都一笔勾销了。""他高兴自己没有幸灾乐祸，但他也不满意自己动了这么大的恻隐之心。他是祭师，他现在要做的就是超越恩怨替他们招魂。如果世间真有鬼魂。他就要使他们感到心安，让他们感到自己还在云中村，还在自己的村庄。虽然，说不定哪一天，云中村也要从这个世界上消失。但那时，就大家一起消失好了。"说实在话，作为一位并没有多少文化再普通不过的藏区祭师，阿巴能够超越是非恩怨，安抚并超度祥巴一家人（除了中祥巴）的亡灵，所充分凸显出的，正是一种难能可贵的人道主义悲悯情怀。与此同时，另外一个需要提出来稍加探讨的问题是，身为祭师的阿巴，内心是否真的会相信有鬼神存在。正如我们在前边已经注意到的，当阿巴执意一个人返回云中村时，他对于鬼神的有无一直抱着一种将信将疑的态度。刚刚回到云中村不久的时候，"阿巴没有看到一个鬼魂。其实，他也不知道鬼魂该是个什么样子。一个具体的形象，一阵吹得他背心发凉的风，还是一段残墙下颤抖的阴影？但他确实看到了每一个消失的人，他们活着时候的样子，他们死去的样子。全村三百多口人，一共死了九十三口，失踪的还不算在其中"。只有在真正回到云中村后，阿巴才回想起了"云中村有过很多鬼魂如何现身的传说。一头奶牛会突然说出人话。诸如此类，很多很多。但这些情形，在阿巴回到云中村来的这些日子，都没有出现"。但即使如此，阿巴也仍然牢记着自己所应承担的职责。唯其如此，当外甥仁钦询问他世上是否真有亡灵存在的时候，他才会特别郑重地做出回答："阿巴摇摇头：我不知道。但你们让我当了祭师不是吗？祭师的工作就是敬神，就是照顾亡魂。我在移民村的时候，就常常想，要是有鬼，那云中村活人都走光了，留下了那些亡魂，没人安慰，没有施食怎么办？没有人作法，他们被恶鬼欺负怎么办？孩子，我不能天天问自己这个问题，天天问自己这个问题，而不行动，一个人会疯掉的。"无论如何我们都不能不承认，作为一位严格恪守现实主义创作原则的作家，阿来在《云中记》中自始至终都没有越界去描写亡灵或鬼魂的出现。除了阿巴和外甥仁钦一厢情愿地以为那朵鸢尾开花是妹妹（妈妈）显灵的细节，多多少少带有一点神奇的意味之外，小说从未描写过鬼神的现身。尽管按照后来的相关描写，阿巴一个人在云中村待的时间越长，他似乎就越是相信会有鬼神的存在："以前，阿巴对鬼神的存在半信半疑。现在，他是相信世间有鬼魂存在的。而且，他也相信鬼魂存在一段时间，就应该化于无形，从这个世界上彻底消失。化入风，化入天空，化入大地，这才是一个人的与世长存。"大约正因为认定了这样的一种道理，所以才更加坚定了阿巴与已然是一片废墟的云中村共存亡的精神。事实上，无论亡灵与鬼魂出现与否，都不妨碍阿巴在云中村认真地履行自己身为祭师的职责。从根本上说，对阿来的这部《云中记》来说，最重要的核心情节，就是祭师阿巴的毅然重返云中村。阿来借助祭师阿巴一个人的返乡之旅谱写了一曲庄重而悲悯的"安魂曲"，其意义和价值绝对不容低估。很大程度上，也只有到这个时候，我们方才能够明白《十月》杂志的编者何以会如此评价阿来的《云中记》："一位为继承非物质文化遗产而被命名的祭师，一座遭遇地震行将消失的村庄，一众亡灵和他们的前世，一片山林、草地、河流和寄居其上的生灵，山外世界的活力和喧嚣，共同构成了交叉、互感又意义纷呈的多声部合唱。作品叙事流畅、情绪饱满、意涵丰富，实为近年来不可多得的力作。"①诚哉斯言，能够把《云中记》这样一部一个人的"安魂曲"，最终演变为内容意涵特别丰富的多声部合唱，这体现的正是作家阿来精神深处那样一种特别难能可贵的历史责任感与人道主义情怀。

---

① 《十月》编者：《卷首语》，载《十月》2019年第1期。

权力与资本场域中的知识分子

——关于李洱长篇小说《应物兄》

　　或许与我的孤陋寡闻有关，在我，最早知道李洱正在从事一部新长篇小说写作的时间，是2011年北京召开中国作家协会第八次全国代表大会的时候。至今犹记，大会期间的某个晚上，李洱和作家出版社的编辑张亚丽曾在我的房间小坐。我最早知道李洱正在致力于一部新长篇小说的创作，具体时间就在那个时候。但实际上，按照李洱自己关于这部作品耗费了整整十三年时间的说法来推算，那他最早开始酝酿这部长篇小说写作的时间，最起码要早到2005年。应该是从2011年开始，或许与我长期阅读追踪当下时代的长篇小说创作有关，每每遇到李洱的时候，我总是会不无讨嫌意味地追问他，新长篇小说的写作究竟进行到何种程度了，什么时候我们才能够读到这部期待已久的长篇小说。尽管总是无法从他那里得到一个确切的答复，但说实在话，由于此前他的长篇小说《花腔》和《石榴树上结樱桃》都曾经给我留下过极其深刻的印象，所以我的内心深处一直对这部未知作品存有强烈期望。就这样，当时间的脚步行进到2018年秋日的时候，我终于在《收获》杂志长篇小说专号2018年度秋卷的目录上，发现了李洱的长篇小说《应物兄》上卷的踪迹。当时那样一种长久期待之后终于要见到"金刚真身"的感觉，于今想来，恐怕的确多多少少有点"漫卷诗书喜欲狂"的意思。接下来，便是拿到刊物后迫不及待地阅读，以及先后两次认真阅读之后更长时间的沉寂与思考。那么，我们究竟应该如何看待评价

《应物兄》这部现象级的长篇小说呢？在认真地读完这部字数多达九十万字的长卷之后，笔者一时之间陷入了"一部二十四史，不知从何说起"的茫然状态之中，久久难以自拔。

首先，我们必须承认，作为一部以现代知识分子为主要表现对象的巨型长篇小说，《应物兄》的确拥有足够丰饶的知识系统。因为作品以济州大学筹建一个太和儒学研究院为主要的故事情节与结构线索，所以，自然会写到一众致力于儒学研究的知识分子，这样也就势必会旁涉很多相关的儒学知识，比如，关于孔子《论语》、关于《诗经》以及相关的学术史谱系等，这一方面的例证，在小说中真正可谓不胜枚举，比比皆是。别的且不说，单是那位身兼视角功能的主人公应物兄的一部影响极大的学术著作，就是《孔子是条"丧家狗"》："他从美国访学回来之后，整理出版了一部关于《论语》的书，原名叫《〈论语〉与当代人的精神处境》，但在他拿到样书的时候，书名却变成了《孔子是条'丧家狗'》。他的名字也改了，从'应物'变成了'应物兄'。"《孔子是条'丧家狗'》这个书名，很容易让我们联想到前一个阶段曾经在学界产生过一定影响的北京大学李零教授的一部以《论语》为研究对象的学术著作《丧家狗——我读〈论语〉》。尽管没有从李洱那里获得确证，但如此一种联想生成的合理性，却不管怎么说都是毋庸置疑的。还有就是，假如将应物兄这部书的原名《〈论语〉与当代人的精神处境》中的《论语》置换为儒学或者儒学研究院，那么，这个标题也可以概括或体现出李洱这部《应物兄》的创作主旨。

其次，更重要的一点是，借助于一本学术著作的出版，作家也很巧妙地介绍了"应物兄"这一名号的由来。第一，从一种直观的角度来说，"应物兄"这三个字，让我联想到的，就是唐代那位以恬淡高远的诗风而著称于世的山水田园诗人韦应物。尽管说我们根本搞不明白韦应物名字的具体由来。第二，如果把"应物兄"这三个字与儒学研究联系在一起，那么，正如作家在小说中曾经明确提出过的，这三个字便可以让我们联想到"虚己应物，恕而后行"这样的古典名句。这句话典出《晋书·外戚传·王濛》。字面的意思是此人（即传主王濛）一贯特别谦虚，总是会以一颗仁爱之心待人接物。李洱特地征用这一语词来为自己学富五车的主人公命名，很显然是在借此而暗示应物兄也具有类似于王濛这种"虚己应物，恕而后行"的精神品格。本来他的名字只是"应物"二字，但不知道出版人季宗慈是出于有意还是无意，总之，根本没有征求他本人的意见，等到《孔子是条"丧家狗"》正式出版的时候，他的署名莫名其妙地多了一个字，变成了"应物兄"。依照人物的性格逻辑来推断，季宗慈此举不仅毫无疑问是有心之举，而且他的出发点肯定是对市场效益的充分考量。在他因此而向季宗慈发火的时候，季宗慈竟然还给出了一番看似合理的解释："虽是阴差阳错，但是这个名字更好，以物为兄，说的是敬畏万物；康德说过，愈思考愈觉神奇，内心愈充满敬畏。这当然都是借口。他虽然不满，但也只能将错就错了。"没想到的是，从此之后，人们竟然以讹传讹地干脆把他叫作了"应物兄"。原来的"应物"，反倒不怎么被提起了。第三，联系应物兄的普通农民家庭出身，他的父亲肯定不可能给他想出"应物"这样一个很是有一些来历的名字。那么，应物兄的名字究竟从何而来呢？一直到第二十三节"第二天"这一部分，李洱方才借用儒学大师程济世先生询问的方式，给出了这个问题的答案。却原来，这个名字的命名者，不是别人，正是他初中时的班主任朱三根："就是那个老师将他的名字'应小五'改成了'应物'——在家族的同辈人中，他排行老五。班主任姓朱，原名朱山，曾是个'右派'，早年在高校教书，据说在'反右'运动中肋骨被打断过三根，所以同事们都叫他朱三根。"没想到的是，这应物还偏偏就不领情，只一门心思想着把名字再改为"应翔"。面对着应物拒不接受的情绪，朱三根老师专门给他写了一段话："圣人茂于人者，神明也。同于人者，五情也。神明茂，故能体冲和以通无；五情同，故不能无哀乐以应物。然则，圣人之情，应物而无累于物者也。今以其无累，便谓不复应物，失之多矣。"尽管应物兄肯定是那个时候的高才生，但即使如此，对一个初中生来说，以上来自王弼《周易注》中的这段古文，也还是太深奥了，他无论如何都不可能读懂。但自幼聪慧的他，却能从老师的神情中看出师命不可违，看出老师对自己寄予的殷切期望，所以只能乖乖地接受了"应物"这个看似深奥的名字。那个时候的他，根本不可能想到，到后来，在研究生面试的现场，正是因为他的名字，以及他在现场背诵出的王弼这段话，乔木先生方才以收扇子的方式点头首允，把他收到了自己门下。但请注意，与应物兄名字的由来紧密相关的一点，是他的初中班主任朱三根这个人物形象。尽管只是在小说中偶然现身便不复出现，但如果从知识分子命运的审视与表达这个主题的角度来说，这一形象的存在就并非可有可无了。朱三根因为右派身份而惨遭毒打失去三根肋骨，并被发配到农村进行思想改造的经历，毫无疑问是二十世纪后半叶中国知识分子不幸命运的一个展现。

其实，也还不只是与儒学相关的各种知识，因为作家所集中聚焦的乃是济州大学的一众知识分子，而这些知识分子又不仅仅以儒学研究为志业，所以，在儒学知识之外，李洱的这部小说也还旁涉了很多西方的各种知识，其中尤以哲学方面的知识最为引人注目。我们注意到，关于《应物兄》中的知识系统，曾经有学者做过这样的一种概括："必须承认，李洱的学识学养令我钦佩不已，儒学、道学、佛学、哲学、生物学、环境学、建筑学、社会学、堪舆学等等，各种学科的知识在作品中不是炫技而是融会贯通，信手拈来，称其是'百科全书式'的小说当不为过。"[1]既然是一部以知识分子为中心的鸿篇巨制，那么，以很大的篇幅旁涉描写各种知识系统，自然也就是题中应有之义。关键的问题在于，在当代其他那些题材相同的知识分子小说中，或许与作家别一种创作动机有关的缘故，我们却很少看到如同李洱这般对于各种知识系统的充分书写与表达。以我愚见，《应物兄》如此一种知识极大丰富的情形，很可能会招致两种截然相反的评价。赞之者会认为，既然是一部旨在描写表现当代知识分子的长篇小说，那么，相关知识系统的丰富描写，就不仅是一种必要的事情，而且，更进一步说，在这种描写中，我们或许还能够见出作家对世界与存在的基本看法。借用复旦大学教授郜元宝在《应物兄》研讨会上的发言来说，就是："李洱之所以有野心把那么多知识点囊括进13年的写作，无非是想

---

[1] 刘江滨：《〈应物兄〉求疵》，载《文学自由谈》2019年第2期。

通过小说的形式追问中国今天的知识分子到底处于何种状态。"[①]而贬之者则很可能认为，小说作为一种主要关乎人性的艺术形式，其聚焦点理当更多地停留在人物的外在言行举止展示与内在精神世界挖掘上。从这个角度来说，过多的知识系统书写，还会因其对思想主旨的相对疏离而招致"掉书袋"的指责。以上两种针锋相对的观点中，尽管我们不仅更多地赞同前者的看法，而且还对李洱在写作过程中那样一种简直如同做学问一般的"皓首穷经"功夫充满了发自内心的敬佩之情，但说实在话，由于笔者自身的相关知识储备相对贫乏，所以无论是非臧否，并不敢轻易置一词。也因此，相比较来说，我们还是更愿意把精力集中到其他方面，尤其是关于时代境遇中知识分子形象的研究与分析。

但在具体展开我们的讨论之前，却首先需要对《应物兄》叙事形式方面的若干特质略加关注。先让我们从叙事人称的问题说起。一方面，很明显《应物兄》采用的不是更具主观性特征的第一人称叙事方式，但在另一方面，主人公应物兄所承担的主观叙事视角功能，却又无论如何都不容轻易忽视。某种意义上，我们完全可以说，在这部字数多达九十万字的长篇小说中，从应物兄始，到应物兄终，携带着视角功能的他，是贯彻文本始终的唯一一位人物形象。然而，多少显得有点令人不解的是，伴随着故事情节的逐渐深入，竟然会在很多时候出现"我们的应物兄如何如何"这样一种叙事句式。比如，就在小说刚刚开始的第一节中，就已经出现了这种叙事句式："打电话的同时，我们的应物兄就已经在整理行头了。""我们的应物兄后来知道，那只铃铛其实是从汪居常他们家小狗的脖子上取下来的。"再比如，"我们的应物兄预感到栾庭玉即将发火，但他还是抽空想出了一个奇怪的比喻：那双耳朵，真的就像卤过了一样。通常情况下，如果突然有个奇妙的比喻涌上心头，应物兄都怀着愉快的心情欣赏一番的"。"我们"？这个突然间冒出来的复数的"我们"，到底包括哪些人呢？应该说，对于这样一个其实并非不重要的问题，作家李洱一直到小说结束的时候，都没有给出过明确的交代。问题在于，尽管这个"我

---

① 施晨露：《横扫年末文学榜单的90万字长篇〈应物兄〉》是怎样一部作品，竟让评论家"掐"了起来》，载《文化观澜》2018年12月25日。

们"的出现特别突然，但最起码就我个人的阅读感受而言，真实的情况却是，不仅没有感到丝毫突兀，反而还莫名其妙地生出了一种亲切感。为什么会是如此呢？细细琢磨一番，其中的道理，极有可能是在阅读过程中应物兄这一人物形象早已深入人心了。正因为读者在阅读过程中已然对应物兄产生了强烈的认同感，所以在看到"我们的应物兄如何如何"的时候，才会生出不排斥的感觉。事实上，从叙述学的意义层面上严格来说，类似于李洱这样一种悍然冒犯基本叙事法则的行为，是坚决不允许的。借用中国古代一位批评家金圣叹的说法，像李洱的这样一种行为，或许可以被称为"犯"。按照我自己一种真切的阅读体会来加以揣度，李洱《应物兄》中时不时就会出现的这个"我们"，很可能既包含了活跃于文本内部的除应物兄之外的其他所有人物，也包括身为读者的我们，甚至干脆也包括作者李洱在内。一方面，我们明明知道李洱在"犯"，但另一方面，我们却不仅能够接受，甚至还会纵容这种"犯"的行径存在，这充分说明的，也就是我们寻常所谓的"文无定法"。又或者，李洱正在以这样一种勇于第一个吃螃蟹的方式，在为未来的叙述学理论做出探索性的贡献。

接下来，需要注意的一点，就是作家李洱在叙事过程中对预叙手段熟练而普遍的使用。所谓"预叙"，直截了当地说，就是在故事情节还没有正式展开之前，作家借助于暗示等艺术方式将相关信息巧妙地透露给读者。这一方面，最典型不过的一个例证，恐怕就是《红楼梦》中贾宝玉梦游"太虚幻境"那个情节。在故事情节还没有发生之前，曹雪芹就通过判词的方式将相关人物的未来命运提前揭示，这正是"预叙"功能的突出表现。或许与《应物兄》篇幅的相对巨大有关，李洱需要通过预叙手段的充分使用，在制造艺术悬念的同时，更紧密地把前后的文本整合在一起。比如，第十二节"双林院士"中就曾经这样写道："至于做儿子的为何不愿与父亲见面，乔木先生不愿多谈一个字。应物兄无论如何也想不到，有一天自己会与双林院士的儿子相遇。"双渐既然是双林院士唯一的儿子，那他为什么会与父亲结怨甚深，乃至于一直不愿意与父亲见面呢？真正的谜底彻底被揭开的时候，已经到了第八十五节

"九曲"中了。曾被打成右派,在桃花峪"五七干校"下放劳动的双林院士,在离开桃花峪回京之后,很快就被相关部门安排去了甘肃:"那里有一个军事基地。所有进出基地的专家和战士,都曾向党宣誓:'知而不说,不知而不问;上不告父母,下不告妻小。'双渐的母亲自然也就不知道,丈夫这一走,两个人再也无缘见面。我国第一颗原子弹试爆成功的第二年,双林院士来过一封信。当双渐看到那封信的时候,母亲已经去世两年了。双渐还记得,信上留的地址是'(玉门)西北矿山机械厂'。"这一年,可怜的双渐只有八岁。"母亲死后,双渐被小姨收养。双渐的小姨后来嫁到了桃都山。再后来的几年,双渐曾往'玉门西北矿山机械厂'写过两封信,但从来没有收到过回信。一九七七年,双渐考入北京林业大学。直到第三年,双渐才知道父亲还活着。"身为高级知识分子的双林院士,本不是一个无情之人。他之所以很多年与家人断绝音信,乃是因为恪守组织要求与科研机密。正因为父亲虽然活着却多年不通音讯,所以才会有很多年之后双渐面对着应物兄的如此一种真切倾诉:"'他来看过我。我想跟他说话来着。话一出口,我就冒犯了他。我真是不该那么说。可是后悔又有什么用?我说,你怎么还活着?活得挺好的嘛。'他问我能不能吃饱?塞给了我二十斤粮票。北京粮票。班上还有两个同学,他们的父亲也与他们多年没了联系。等有了联系,发现父亲已经另有家庭了。我想,他肯定也是如此。我是在很多年之后,才从乔木先生那里知道,他依然孤身一人的。"既然父亲连母亲的去世都不知道,既然很多年父子之间都联系不上,那这样一位父亲的存在恐怕也就形同虚设了。面对着如此这般"绝情"的父亲,双渐不愿意见面自然也就可以理解了。

如果说关于双林院士与双渐的这种预叙,属于一种外在表征很是有一点突出的"明预叙"的话,那么只要我们详加考察,就可以发现另一种姑且可以称之为"暗预叙"的艺术手段的存在。具体来说,这一点集中体现在第十一节"卡尔文"这一部分。在介绍来自非洲坦桑尼亚的黑人留学生卡尔文的汉语水平的时候,曾经出现过这样的一些叙事段落:"闻知应夫子车祸,患了半死不死之病,我心有戚戚焉!""他叫我卡夫子,我叫他应夫子。孔子是孔夫子。他是应夫子。""上帝啊,老天爷啊,娘啊!应夫子醒来吧,别半死不死了。阿门。"在充分表现卡尔文汉语水平的同时,此处专门提及的应夫子即应物兄的车祸,当指前面刚刚介绍过的"一次他开车送朋友去机场,在高速路上发生了碰撞,差点死掉。当他醒过来的时候,他看到了卡尔文在博客里写的那段文字"。我们在前面所摘引的,正是这段文字的若干片段。但千万请注意,只有与小说结尾处的相关情节联系在一起,我们才能够发现卡尔文这段博客文字预叙功能的存在。小说的最后一节,也即第一百〇一节"仁德丸子"部分中写道:"从本草到济州这条路,他开车走过多少次,已经记不清了。他不知道,这将是他最后一次开车行走在这条路上。""他最后出事的地点,与那个挂单拐者最初开设的茶馆不远。他曾坐在那里,透过半卷的窗帘,看着那些运煤车如何乖乖地停在路边,接受盘查。"但这时的他,根本没想到,自己竟然会因这些运煤车而重蹈车祸的覆辙:"事实上,当对面车道上的一辆运煤车突然撞向隔离带、朝他开过来的时候,他已经躲开了。他其实是被后面的车辆掀起来的。他感觉到整个车身都被掀了起来,缓缓飘向路边的沟渠。"依照李洱那简直就如同草蛇灰线一般的缜密思维,小说开篇不久处借助于卡尔文那带有明显语病的博客文字,所遥遥指向的,正是结尾处这一富含深意的应物兄车祸细节。只不过其中深意,尚需等到我们展开对应物兄这一现代知识分子形象的分析时再详细道来。此处,我们且将关注点先转移到《应物兄》的开篇方式上。

我们都知道,一部长篇小说的开篇方式,对于作品思想艺术的最终成功有着特别重要的作用。对此,曾经有学者以《红楼梦》为例发表过很好的意见:"开头之至关重要于此可见一斑也。尤其是在《红楼梦》这样真正优秀的作品中,开头不但是全篇的有机组成部分,而且能起到确定基调并营造笼罩性氛围的作用。至少,如以色列作家奥兹用戏谑的方式所说:'几乎每个故事的开头都是一根骨头,用这根骨头逗引女人的狗,而那条狗又使你接近那个女人。'""假如《红楼梦》没有第一回,假如曹雪芹没有如此这般告诉我们进入故事的路径,假如所有优秀文学作品都不是由作者选择了自己最为属意的开始方式，或许，我们也就无须寻找任何解释作品的规定性起点。"①更进一步说，一个恰如其分的开篇方式，还有着足以涵盖统领全篇的象征性作用。正如同《收获》的编辑在《编者的话》中所说："小说各篇章撷取首句的二三字作为标题，尔后，或叙或议，或赞或讽，或歌或哭，从容自若地展开。"不仅全书的总标题为《应物兄》，而且小说的第一节也叫"应物兄"，所以一开始就从应物兄这一人物形象落笔写起："应物兄问：'想好了吗？来还是不来？'"什么想好了吗？谁来还是不来？一落笔，李洱即直指小说核心事件——济州大学儒学研究院的成立。却原来，济州大学校长葛道宏在获知大名鼎鼎的儒学大师，时任哈佛大学东亚系教授的程济世先生即将回国讲学的消息之后，便试图利用应物兄与程济世先生之间的特殊关系（应物兄在哈佛大学访学时，程济世是他的导师），把籍贯为济州的程济世先生延请至济州大学任教。为此，葛道宏准备专门成立一个后来被命名为"太和"的儒学研究院。一方面，应物兄本人是儒学研究的知名学者，另一方面，他与程济世先生之间又有着如此一种师生渊源，所以他自然被校长委以重任，成为太和儒学研究院最主要的筹备人员之一。与此同时，他的同门师弟，原先一直在校长办公室写材料的费鸣，则被葛道宏校长专门委派来给他做助手。小说开篇处，应物兄的那句"想好了吗？来还是不来？"就是针对这件事而言的。

关键的问题在于，当应物兄讲出这句话的时候，他正在洗澡。这样一来，"也就是说，无论从哪方面看，应物兄的话都是说给他自己听的"。实际上，如此一种自言自语，一直伴随着他洗澡过程的始终："虽然旁边没有人，但他还是没有把这句话说出来。也就是说，他的自言自语只有他自己能听到。你就是把耳朵贴到他的嘴巴上，也别想听见一个字。谁都别想听到，包括他肚子里的蛔虫，有时甚至包括他自己。"依我所见，小说第一节的使命，固然是要给太和儒学研究院成立这一核心事件一个发生缘起，但相比较来说，写出应物兄一贯自言自语的习性，恐怕才是这一节更重要的使命之所在。首先需要澄清的一点是，应物兄到底为什么会形成如此一种与众不同的习性。对此，李洱在接下

---

① 张辉：《假如〈红楼梦〉没有第一回》，载《读书》2014年第9期。

来的第二节"许多年来"中，就给出了明确的答案："许多年来，每当回首往事，应物兄觉得对他影响最大的就是乔木先生。这种影响表现在各个方面，其中最重要的方面就是让他改掉了多嘴多舌的毛病。当初，他因为发表了几场不合时宜的演讲，还替别人修改润色了几篇更加不合时宜的演讲稿，差点被学校开除。是乔木先生保护了他，后来又招他做了博士。"虽然说在小说叙事过程中的故事时间也曾经回到过二十世纪的八十年代，乃至于更为遥远的五六十年代，但严格从叙事时间的角度来说，整部《应物兄》的叙事是从中国社会进入市场经济时代开始的。只要明确了这一点，我们自然也就会明白应物兄在那个时候为什么总是要"多嘴多舌"，为什么总是会"不合时宜"。关于这一点，我们不妨把它与第八节"那两个月"中的一个细节联系起来加以理解。第八节曾经写到过应物兄回家上网搜索别人对自己的评价。在发现了自己二十多年前一篇评价李泽厚《美的历程》的文章被贴出的同时，他更发现："把文章贴到网上的这个人认为，他如今从事儒学研究，高度赞美儒家文化，岂不是对八十年代的背叛，对自我的背叛？背叛？哪有的事。我没有背叛自己。再说了，在八十年代又有谁拥有一个真正的自我呢？那并不是真正的自我，那只是一种不管不顾的情绪，就像裸奔。"请注意，这里的一个语焉不详处，乃在于对八十年代时应物兄所从事专业或学科的具体介绍。但毫无疑问的一点却是，在人们普遍的印象中，八十年代可以被看作是一个"新启蒙"的时代。如果说启蒙思想来自西方，那么，应物兄后来所从事的儒学研究，则很显然来自中国传统。由此可见，从八十年代到后来的九十年代，知识分子应物兄，的确存在着一个由启蒙向儒学研究转型的问题。应物兄是否背叛了八十年代，是否背叛了自我的问题，我们可以暂且置而不论，但在中国学界，一种无法否认的现实却是，在进入市场经济也即"后改革时代"后，知识分子群体中的一大部分人，的确存在着由启蒙向儒学或者说传统文化的转型。这一方面，一个标志性的人物，就是大名鼎鼎的刘小枫。曾经以积极倡导"诗化哲学"而一时名声大噪的刘小枫，八十年代特别醉心于西方文化神学的引进、介绍与阐释。因为这方面成绩突出，他几乎成为了文化神学的代名词。但任谁都难以预料，就是如此一位沉浸于西方文化神学很多年的知识分子，进入九十年代后，发生了简直就是令人瞠目结舌的转型，即由西方神学转向了儒学研究。尽管无法确证李洱的相关描写是否与刘小枫他们有关，但我在读到小说中关于应物兄的相关描写时，马上就联想到了刘小枫他们。尽管说应物兄曾经为自己的转型进行过相应的辩解，但在我看来，他的辩解却显得有点苍白，并不具备充分的说服力。

我们注意到，关于八十年代启蒙的被迫退场，小说后半段曾经借用一个特别形象的细节进行了不无辛辣的讽刺性描写。在一家已有三十年历史却不得不面临被拆迁的书店里，"应物兄想起，九十年代初他再次来到这里的时候，八十年代那批启蒙主义的书籍，已经被论斤卖了。有一套书，曾经是他最喜欢的书，是李泽厚先生主编的，叫《美学译文丛书》。当年为了把它配齐，他曾不得不从图书馆偷书"。然而，应物兄根本不可能料到，当年被他视若珍宝的另外一套曾经产生过极大影响的书，到这个时候，竟然变得惨不忍睹了："那捆'走向未来丛书'，他曾视若珍宝，可在这个旧书店里，老鼠竟在上面掏了个窝，在里面留下了自己的形状。"一方面，这种描写是一种真切的写实。时间久了，书籍难免会被老鼠糟践。但在另一方面，这哪里又仅仅是一种写实呢？！与其说是写实，莫如说是象征。从一种象征的角度来说，这套"走向未来丛书"与其说是被老鼠噬咬，不如被理解为是其所承载的启蒙主义思想到了市场经济时代之后的被迫边缘化，乃至于不得不退场。

事实上，正是因为"不合时宜"的"多嘴多舌"曾经给应物兄招来过祸端，所以，乔木先生才会借用孔夫子的看法来告诫他一定要学会少说话："起身告别的时候，乔木先生又对他说了一番话：'记住，除了上课，要少说话。能讲不算什么本事。善讲也不算什么功夫。孔夫子最讨厌哪些人？讨厌的就是那些话多的人。孔子最喜欢哪些人？半天放不出一个屁来的闷葫芦……君子讷于言而敏于行。要管住自己的嘴巴。日发千言，不损自伤。'"紧接着，乔木先生又以俄语为例做了进一步的告诫："俄语的'语言'和'舌头'是同一个词。管住了舌头，就管住了语言，舌头都管不住，割了喂狗算了。"一方面固然是因为有导师乔木先生的谆谆告诫，另一方面却更是因为有来自现实的深刻教训，应物兄决心尽可能做到"讷于言而敏于行"。但一个无法否认的问题却是，他的心里面是有那么多话想说的。没想到，应物兄再三自我克制的一种结果，却是一件奇怪事情不期然间的发生："不说话的时候，他的脑子好像就停止转动了；少说一半，脑子好像也就少转了半圈。"怎么办呢？难道就这样眼睁睁地看着自己的脑子失去思考能力吗？经过了一番肯定不无艰巨的努力之后，一种语言的奇迹竟然在应物兄身上不期然间发生了："他慢慢弄明白了，自己好像无师自通地找到了一个妥协的办法：我可以把一句话说出来，但又不让别人听到；舌头痛快了，脑子也飞快地转起来了；说话思考两不误。有话就说，边想边说，不亦乐乎？"常言说，上帝在关上一道门的时候，也往往会给你打开一扇窗。我想，应物兄自言自语行为的生成情形，可以说庶几近之也。就这样，伴随着应物兄表面上的日渐沉默寡言，"他还进一步发现，那些原来把他当成刺头的人，慢慢地认为他不仅慎言，而且慎思。但只有他自己知道，他一句也没有少说。睡觉的时候，如果他在梦中思考了什么问题，那么到了第二天早上，他肯定是口干舌燥，嗓子眼冒火"。这样一来，应物兄也就奇迹般地成了一个特异功能的具备者，尽管这种特异功能并不为人所知。从一种象征的意义上说，应物兄的转变，其实隐喻表达着身为高级知识分子的应物兄的某种思想功能被强行阉割了。与此同时，假如我们把应物兄"自言自语"习性的生成与时代背景联系起来，那么，作家所真切写出的，恐怕也正是一个时代的社会政治形态究竟会在一定程度上深刻地影响到知识分子精神世界的构建。更进一步说，借助于如此具有原创性的艺术构想，李洱不动声色地写出了知识分子自我精神世界一种巨大的撕裂感。由于在我个人的理解中，鸿篇巨制《应物兄》最不容忽视的思想主旨之一，就是对现代知识分子精神世界的深度勘探与书写，所以从这个角度来说，李洱所精心设计的小说开篇方式，自然也就拥有了足以涵盖全篇的象征隐喻意味。

但不管怎么说，既是核心事件，又以结构主线的方式贯穿了《应物兄》始终的，却是那个后来被命名为"太和"的儒学研究院的成立。假若我们要以一句话来概括《应物兄》的主体故事情节，恐怕也就是，一个名叫"太和"的儒学研究院的成立过程，以及在成立过程中那些包含有政界、商界和学界等在内的社会各界人与事的种种纠葛。在当下时代的中国，在一所如同济州大学这样的高校里，酝酿成立一个儒学研究院，本来是寻常不过的一个事件。这一事件之所以会在《应物兄》中，如同一枚石子被投入水中后泛起的一波又一波涟漪一般，最终成为一个波及面极大，甚至还引起了省委领导高度重视的大事件，一个根本原因在于海外儒学大师程济世先生的介入。依照常理，中国不仅是儒家文化的发源地，而且世世代代也已经形成了真正可谓深厚的儒学研究传统，那么，一所大学要成立儒学研究院，要聘用一个在学界有影响的学者做院长时，却放着国内众多的学者不管不顾，偏偏要千里迢迢地去聘请一位美籍学者，作家的这种艺术设定本身，即有着非常突出的反讽意味。反讽之一，假若程济世先生的儒学研究水平，的确在全球范围内处于领先状态，那自然会对中国的当代儒学研究构成莫大的讽刺。反讽之二，假若我们国内的儒学研究水平远远超过国外，那如此一种行为的讽刺意味就更耐人寻味了。而且，从作品中关于程济世先生言语行状的描写来看，也很难说他就比其他研究者高明到哪里去。在这种情况下，葛道宏校长仍然坚持一定要想方设法把程济世先生延请至济州大学来出掌儒学研究院，恐怕就功夫在诗外，别有所图了。说到底，葛道宏的此种强烈诉求，与当下时代中国高等教育界一味地强调全球化，强调与国际接轨，强调创办国际一流水平高校的总体氛围紧密相关。如此一种举措，带给读者的一种错觉就是，似乎只要能够把程济世先生引进来，济州大学马上就会摇身一变成为国际上有影响的一流大学。唯其如此，葛道宏才会在讲话中特别指出："但是，有一点是不能再拖了，那就是不惜血本引进人才，尤其是引进国外的名师，尤其是享誉世界的大师。建一个与国外相媲美的自然科学的实验室，往往要花费巨资，所以，人文领域的研究院可以先建一两个。总而言之，有名师方为名校，名师为名校之本，堂堂济大岂可无本？无本则如无辔之骑，无舵之舟也。"葛道宏之所以授权正处于上升期的儒学界知名学者应物兄牵头组建这个太和儒学研究院，根本出发点正在于此。嗣后，在获知程济世先生的高足、海外巨富黄兴（又被戏称为子贡）即将来到济州的消息之后，济州大学曾经为此专门成立了"黄兴先生接待工作小组"，由葛道宏校长亲自担任组长，应物兄担任副组长。之所以要如此高规格接待黄兴一行，葛道宏的一段话道出了其中奥秘："我们都知道，校友捐赠是目前国内外主流大学排行榜、国家双一流建设高校和地方高水平大学建设的主要评价指标，是彰显学校综合实力、办学水平、校园文化、社会影响和国际影响力的标志。黄兴先生虽然不是我们的校友，但黄兴先生的老师程济世先生是我们的校友，这次黄兴实际上是代表他的老师给我们捐助的，所以也可以看成校友捐款。"由葛道宏的这番话可见，他之所以特别看重黄兴的到来和黄兴的捐款，根本的出发点，也是为了能够实现所谓国际化的高校建设目标。

然而，应物兄自己，甚至包括葛道宏在内，恐怕都不可能想象得到，如此一个特别郑重其事的儒学研究院成立事件，由于在筹备过程中各种社会力量的强势介入，到最后竟然会演变为一场真正可谓"乱哄哄你方唱罢我登场"的闹剧。首先介入其中的，是资本甚至是国际资本的力量。国内资本力量的代表人物，是桃都山连锁酒店的女老板铁梳子。由于在赴美访问时不仅结识了程济世先生的弟子黄兴，并且进一步了解到黄兴一直在资助儒学研究，所以，在回国之后，铁梳子就准备效仿其例，也给予国内儒学研究相关资助。因此，她才会对应物兄说："黄总就是我的榜样，而榜样的力量是无穷的，所以我也想资助儒学研究。你不是研究孔子的吗？这笔钱花到你身上，可不就是花到了正地方？"当应物兄对此表示拒绝时，铁梳子反驳说："怎么？还有人跟钱过不去？我说的是设立一个儒学研究论文奖。不是捐给你的，是给儒学研究院的。葛道宏都给我说了，你们要成立研究院，专门研究孔子。"事实上，只有到后来，伴随着故事情节的发展演进，我们方才会发现，不仅铁梳子提出的设立儒学研究论文奖的承诺未曾兑现，而且她还会有更深的介入与利益图谋。当然，与国际资本的代表，同时也是程济世先生得意门生之一的黄兴也即子贡的所作所为相比较，铁梳子恐怕只能算得上是大巫面前的小巫。"在程先生所有弟子中，黄兴的脑袋瓜子最灵，考虑问题最为周全，生意做得最大。不过直到这个时候，我们的应物兄还没有想到，程先生会提出让黄兴捐资修建儒学研究院。"大约也正因为黄兴特别会做生意，所以，应物兄才会给他起一个叫作"子贡"的绰号："子贡是他给黄兴起的绰号。黄兴对这个绰号很满意。他曾对黄兴说，人们以后会说，历史上有两个子贡：一个是孔夫子的门徒，姓端木，名赐，字子贡；另一个是儒学大师程先生的门徒，姓黄，名兴，绰号子贡。这个绰号传开以后，有人认为，他这样说其实是'一石二鸟'，既恭维了黄兴，又恭维了程先生，而且主要是恭维程先生：世上能带出子贡这样的徒弟的，只有孔夫子和程先生。其实我还没有这么想过。我只是认为，黄兴跟当年的子贡一样，都是大富豪。"按照小说中的介绍，这位很是有一些怪癖的黄兴（在现代社会，竟然把一头驴子或者一匹白马作为自己的宠物，可以被看作是他怪癖的突出表征之一）的发家，乃是沾了岳丈的光："黄兴的首任妻子是台湾一个海运大王的千金。黄兴为自己的集团取名为黄金海岸（Gold Coast，简称"GC"）就与此有关。"没想到，他的妻子和岳丈竟然在很短的时间内撒手人寰。人死固然是不幸的事，"但从商业角度看，黄兴的命却足够好，因为他继承了一笔遗产。后来黄兴的财产就像雪球越滚越大，生意遍及北美、北欧以及东南亚，然后就变成了当代子贡"。尽管关于黄兴的发迹史，小说并无具体描写，但只要看一看他后来在济州的所作所为，我们即不难想见他那充满着血腥味的发迹史。

不管怎么说，如同黄兴这样一位国际资本大鳄，之所以能够与应物兄他们筹划中的儒学研究院发生关联，乃是程济世先生居中周旋串联的缘故。依照常理，黄兴既然是程济世先生的入门弟子，那程先生对黄兴该当有相对深入的了解才对，或许一定程度上应该为黄兴后来那些实在上不了台面的行径负相当的责任。或许断言他们沆瀣一气有点过分，但失察之过却无论如何都推诿不得。关于黄兴那种简直可以说是唯利是图般的精明，为安全套起名字一事，就是恰当不过的一个细节。当副省长栾庭玉的秘书邓林转达领导旨意，想让黄兴把安全套的生产基地放在济州的时候，他给出的回答是："子贡说：'安全套的事，也得再与蒙古方面商量。GC已在蒙古考察了生产基地，已签了协议，就在中蒙边境。黄某愿意在济州生产，但也需要董事会研究。'子贡开了个玩笑，'你们若能给安全套起个好名字，生产基地就放在这里。'"没想到，邓林很快就借助于应物兄大作《孔子是条"丧家狗"》中的一段话"广告竟然用孔子的'温而厉，威而不猛，恭而安'来描述性爱过程的三个阶段"，而想出了一个"温而厉"的名字。邓林进一步解释说："这三个字原来说的是温和而严肃，但用到安全套上面，就可以做出另外的解释了，就是既温柔又厉害。然后是威而不猛，所谓有威势但是不凶猛，不是那种蛮干。然后是恭而安，也就是男女双方互相恭敬，心满意足，安然入睡。"在当时，听了邓林的一番言论后，黄兴当即有明确表示："应物兄，邓大人真是你的高足啊。温而厉？What a good idea（好主意）！若能在董事会上通过，我付给邓大人一百万。"这番关于安全套命名的讨论，发生在第五十七节"温而厉"，等到第九十三节"敦伦"部分，这一话题再次被捡了回来。因为妻子乔姗姗的归国，应物兄去买安全套，发现果真有一种安全套被命名为"威而厉"。紧接着，就是叙述者的一番感慨与继续交代："子贡当初可是说过，名字一旦采用，即付一百万Dollar。子贡的原话好像是这么说的：'我是想把这一百万Dollar，留在济州的。'如今他只是稍加变动，将'温而厉'改成'威而厉'，就把那一百万Dollar省下了。当然了，这个时候，我们的应物兄完全不可能知道，那一百万Dollar其实并没有省下，它已经进入济民中医院的账户。如前所述，金彧就在济民中医院工作。"对于金彧这样一位开篇不久就已经出场、曾经是铁梳子手下得力干将的姑娘，读者应该还会有深刻的印象。只不过，这个时候的金彧，不仅已经进入济民中医院工作，而且更是与副省长栾庭玉发生了紧密的内在关联。也因此，这个与金彧有关的"威而厉"细节的出现，在充分凸显黄兴贪欲本性的同时，也巧妙地暗示出了某种权钱交易关系的隐然存在。

尽管黄兴这次兴师动众的回国，名义上是遵程济世先生之命，要为正在成立过程中的"太和"儒学研究院投资，但我们实际上所看到的，却只是他在利用一切机会以谋取更大的经济利益。我们注意到，当应物兄询问黄兴，要不要签一个捐款协议的时候，黄兴的回答是："我给陆空谷说了，先给一个整数，把太和先建起来。""子贡没有明说一个数是多少，似乎不需要说。和葛道宏一样，他也认为那是一个亿。至于那是人民币还是美元，他们都没有多问。"关键在于，话虽如此，但一直到小说结束为止，或许与"太和"儒学研究院未能建成紧密相关，我们都没有看到黄兴那个黄金海岸集团的实际捐款行为。与此相反的一种事实是，在通过一番所谓的专家论证，认定铁槛胡同与皂荚庙一带就是程先生所说的仁德路之后，黄兴与铁梳子他们在副省长栾庭玉的纵容之下，竟然以一种偷梁换柱的方式巧妙地以建"太和"儒学研究院之名，展开了一场堪称掠夺式的房地产开发。对此，应物兄尽管感觉不对劲，但却实在无力阻止："他依然觉得，有什么地方不对头。不过，就在那一刻，他没有能够再对这个问题进行深入细致的思考。这是因为另一种感觉突然袭击了他。"一种什么感觉呢？一种与他的妻子乔姗姗紧密相关的感觉："几乎与此同时，在我们应物兄的眼前，已经洋洋洒洒地下起了一场大雪。雪的洁白没能把他个人历史的黝黯空间照亮，反而使它更加混沌。那个混沌！不明不白，丑，令人难堪，脏，令人恶心。他妈的，它还有声音呢。在沙沙沙的雪声中，乔姗姗娇喘的呻吟，刺激着他的耳膜。"这种不期然间猛然爆发出来的特别感觉，联系的是应物兄个人生活中带有强烈羞辱感的情感记忆。很大程度上，正是它对应物兄的突然袭击，骤然间阻断了他对仁德路问题的进一步思考。但请注意，尽管从表面上看，"那个混沌！不明不白，丑，令人难堪，脏，令人恶心"这些激烈的语词，所针对的是与乔姗姗紧密相关的个人记忆，但认真地想一想，其实这些激烈语词也同样针对着葛道宏他们的肮脏行径。

到了第八十节"子贡"部分，一开头就是一个高层秘密会议的场景："子贡、葛道宏、铁梳子、陈董，四个人在葛道宏的办公室谈话，其余诸人都在会议室里等着，计有：董松龄、陆空谷、李医生、应物兄、敬修己、汪居常、卡尔文、吴镇、费鸣。汪居常不愧是搞历史的，竟然联想到了分享'二战'蛋糕的开罗会议，把那四个人的见面，称为'四巨头会谈'。没搞错吧？开罗会议其实是'三巨头'会议，因为斯大林并没有参加。当然，这话他没说。"参加高层密谈的四个人中，除了身为校长的葛道宏外，其他均属体量有别的资本大鳄。尽管说汪居常将他们的密谈比作"开罗会议"，明显违犯了历史常识，但他的瓜分蛋糕一说，却一针见血地道出了四个人密谈的根本实质。这里虽然是典型的第三人称叙事，但我们却千万要注意多少显得有点突兀的最后一句话："当然，这话他没说。"虽然在前面叙述者已经貌似客观地把应物兄也排列进了人物的序列之中，但此处的"他"却毫无疑问只能是应物兄。更进一步地，从葛道宏的新任大秘乔引娣那里，应物兄方才了解到事关"太和"儒学研究院的最新境况："乔引娣以为他已经知道的事，有的他其实并不知道。比如，从此之后，'太和'不仅指太和研究院，还指太和投资集团，它是子贡、铁梳子和陈董三方共同出资组建的投资集团，集团目前的任务是胡同区的改造，以后将参加旧城的改造；从此以后，太和研究院将简称'太研'，而太和投资集团将简称'太投'。"从原初的太和儒学研究院，到后来的太和投资集团，你可以发现，黄兴他们的初衷不知不觉间就已经演变为试图牟取暴利的投资行为。又或者，我们干脆可以说，这些资本大鳄的初衷本就是冲着巨大的市场而来的，尤其是对如同黄兴这样的国际资本大鳄来说，中国庞大市场的诱人程度，是显而易见的一种事实。

对于真正认清这些资本力量的本质，后来双渐在与应物兄的谈话过程中，其实有着足称尖锐的揭示与批判。当应物兄询问隶属于铁梳子的那些严重危害生态的家具厂还在不在桃都区的时候，双渐给出的回答是："其中最大的那个家具厂，就是铁梳子的。它还在，只是搬到了更深的后山。我为此找过铁梳子，让她给一个死去的朋友掏一点抚恤金。她说那不是她的，早就转手了。可有一天，她去厂里训话，让我给碰上了。她说，来，双同志，咱们出去走走。出了门，她说，你抬头往天上看，三百六十度，所有的天空都是我的。我想怎么就怎么。"尽管这只是一些只言传语，但从其中我们却不难真切感受到活跃于商界的那些资本大鳄们的狂妄与傲慢。

商界的资本力量之外，是显赫的社会力量，即来自政界的权势。毋庸讳言，说到政界的权势，在《应物兄》中最具代表性的一个人物形象，恐怕莫过于副省长栾庭玉了。我们首先注意到，就在刚刚出场不久，栾庭玉曾经有过一个自谦的作秀机会。面对着济州大学校长葛道宏、知名儒学家应物兄，栾庭玉说："宦情秋露，学境春风。在合适的时候，栾某人还是愿意退出官场。一二三四五六七，七六五四三二一，统统都放下，就到高校任教。并且来说，至少图个清静。跟官场相比，高校就是个桃花源啊。"当他再三表示将来的某一天一定要调到济州大学做学问的时候，应物兄不得不推却道："'这玩笑就开大了，'应物兄说，'庭玉兄道千乘、万乘之国，仕途正好。"秋露"一说又从何说起呢？再说了，高校早已非净土，岂有桃源可避秦？"春风"一说也就谈不上了。'"饶是如此一番惺惺作态，一旦碰上真格的，栾庭玉的不学无术马上就暴露无遗了。当应物兄无意间提到史学大师陈寅恪的时候，未料栾庭玉的反应却是："银缺？够坦荡的，竟敢在名字里面说，自己缺银子花了。"面对着堂堂副省长的无知，应物兄只好委婉地补台："是子丑寅卯的'寅'。陈先生属虎，名字里就带了个'寅'字。"栾庭玉："应物兄是说，把我介绍给陈虎什么寅？"应物兄："世上已无陈寅恪。"栾庭玉："死了？"葛道宏叹了一口气，说："'文革'中死的。"通过以上的一番对话，我们即不难对副省长栾庭玉的文化素质窥见一斑。其中耐人寻味的，是葛道宏所叹的那一口气。从表面上看，葛道宏似乎是在为陈寅恪先生在"文革"中的不幸惨死而叹气不已，但究其实质，我以为，恐怕葛道宏更是在为堂堂副省长的无知且无畏而不由得长叹一口气。

但就是这样一位无知无畏的栾庭玉，却因为副省长的职位而拥有了对很多事情的生杀予夺大权。这其中，最值得注意的，就是他利用职权对太和儒学研究院的成立强行干预。事实上，在从应物兄那里获知国际资本大鳄黄兴即将来到济州的消息之后，栾庭玉的内心就已经打上了自己的小九九。应物兄对栾庭玉意图的最初察觉，是在京港澳高速公路济州出口处迎接黄兴大驾光临的时候。当应物兄忽然发现济州畜牧局局长侯为贵意外地出现在黄兴车队里的时候，栾庭玉的秘书邓林却没头没脑地对黄兴讲了这么一句话："是栾省长让我通知侯先生，悉听黄先生吩咐。"如此一种情形的出现，让应物兄大感意外：

"怎么回事？这事我没听邓林说过啊？应物兄觉得有点奇怪，但并没有多想。侯为贵是畜牧局局长，可能正好到蒙古谈什么项目，遇上了黄兴先生，然后就有了后来的一路相伴。"只有在后来从栾庭玉看似随意提起的投资话题中，应物兄方才明白过来，侯为贵的意外出现，其实乃是栾庭玉特意安排的结果："有一点是应物兄没有想到的，栾庭玉在随后的谈话中，突然提到了投资问题。这个好像不属于原定的话题范畴。栾庭玉说：'黄兴先生若在济州投资，或在省里任何一个城市投资，政府一定在税收方面，在土地征用方面，在银行服务方面，给予大力支持，还可以授予黄兴先生"荣誉市民"的称号。省里有规定的，凡是获得这个称号的海外投资人，政府还可以在原来优惠的基础上再给予较大程度的优惠。'"面对着栾庭玉看似随意地改变话题，应物兄方才突然醒悟过来："陆空谷曾经告诉他，栾庭玉曾让邓林与GC联系，探讨GC集团在济州投资的可能性。也只有到这个时候，他才明白，子贡为何要以慈善家的形象出现，为什么急着安排一个换肾手术？"无论如何都必须承认，栾庭玉是一位生性固执的人，虽然黄兴满心的不情愿，但他却一直到饭桌上都还在强调硅谷的投资问题。他的表现，自然会让应物兄与葛道宏们心生不满："应物兄觉得这顿饭吃得有些不舒服。当然不是对饭菜有意见，而是对栾庭玉有意见。他觉得，因为栾庭玉从中插了一杠子，又扯到了什么硅谷问题，关于太和研究院的事情就不方便再谈了。他觉得，葛道宏也应该有点不满，因为葛道宏对话题的参与度明显降低了，还把椅子往后挪了挪，开始看手机了。"然而，尽管应物兄满心地不情愿，但面对着来自栾庭玉的政治威权，作为文弱书生的他根本就无能为力。至于那位虽然是葛任（李洱长篇小说《花腔》中的主人公，一位有理想有情怀的中国共产党早期高级领导人形象）的后人，但其言行举止早已变得庸俗不堪的葛道宏，尽管一开始也曾经流露过对栾庭玉的不满情绪，然而很快地就因为相关利益的牵扯，而与栾庭玉之流狼狈为奸沆瀣一气了。不管怎么说，太和儒学研究院的被迫无疾而终，其中一个不容轻易忽略的重要原因是以栾庭玉为代表的政治权威力量，从自身利益出发的从中作梗。

如果说黄兴与铁梳子是商界的代表人物，栾庭玉是政界的代表人物，那么，身为长篇小说《应物兄》主人公的应物兄，就毫无疑问是学界，也即现代知识分子的代表人物。如前所言，在这部并非第一人称叙事的长篇小说中，应物兄实际上承担了非常重要的叙述视角功能。但在承担叙述视角功能的同时，他更是一位值得特别关注的现代知识分子形象。我们注意到，关于小说创作中人物形象塑造的重要性，杰出作家白先勇曾经发表过极其精辟的看法："写小说，人物当然占最重要的部分，拿传统小说三国、水浒、西游、金瓶梅来说，这些小说都是大本大本的，很复杂。三国里面打来打去，这一仗那一仗的我们都搞混了，可是我们都记得曹操横槊赋诗的气派，都记得诸葛孔明羽扇纶巾的风度。故事不一定记得了，人物却鲜明地留在脑子里，那个小说就成功了，变成一种典型。曹操是一种典型，诸葛亮是一种典型，关云长是一种典型，所以小说的成败，要看你能不能塑造出让人家永远不会忘记的人物。外国小说如此，中国小说像三国、水浒更是如此。"①也因此，倘若我们的确承认小说创作，尤其是长篇小说创作的一个主要功能，就是建立在人性挖掘基础上的人物形象塑造，那么，应物兄自然也就可以被看作是《应物兄》中最具有人性深度的颇为立体多面的人物形象之一。

不管怎么说，我们都应该承认，从小说一开篇就已经率先出场的应物兄，是一位不仅学富五车，而且还在学界乃至更为广泛的社会层面上都有着不小影响力的现代知识分子形象。当他的那条被命名为木瓜的小狗，在一家动物诊所不慎咬了一条金毛一口，因而被狮子大张口地索赔高达九十九万元的时候，只因为后来才赶到的卡尔文认出了他就是应物兄，金毛的主人铁梳子，不仅不再让他赔偿，反而还连连向他道歉。别的且不说，单是这个细节，就足以说明应物兄这个时候那种显赫的地位。仅仅在电台与主持人朗月做了一次谈话节目，就不无意外地换来了颇有几分风韵的朗月的主动投怀送抱，也从一个侧面证明了应物兄的男性魅力之所在。尽管说这样一种没有丝毫感情基础作支撑的交媾，并不令他感到快乐："这就像我书中写到的，做爱之后，我不但没有获得满足，反而有一种置身于冰天雪地的感觉。"虽然感觉如此不爽，但到了

———————————
① 白先勇：《细说红楼梦》（上），广西师范大学出版社2017年版，第192—193页。

后来，应物兄却还是与朗月再一次发生了关系。作家之所以要做这样的一种处理，其实与应物兄近乎旷夫的身份紧密相关。因为与妻子乔姗姗的关系非常糟糕，所以，日常生活中的应物兄实际上长期被迫处于禁欲的状态。长期禁欲，对应物兄这样一位有着正常生理要求的中年男人来说，无论如何都是不可思议的一件事情。也因此，面对着朗月的主动投怀送抱，应物兄虽然心理上不怎么接受，但他的身体却无法抗拒。"如果说他没有想过拒绝，那显然不符合事实，但事实是他又确实没有把她推开。"如此一种看似矛盾情形的生成，其实正是应物兄身心极端分裂状态的突出表征。

既然已经谈到了应物兄的情感生活，那我们就不妨停下来多说两句。事实上，应物兄与乔姗姗之间的情感危机，早在二十世纪八十年代的时候，就已经埋下了种子。乔姗姗最早钟情的男人，从来都不是应物兄，而是他研究生时的好友郏象愚。乔姗姗对郏象愚的情有独钟，是在八十年代中国思想界的领袖李泽厚先生到济州大学讲学时彻底暴露出来的。由于特别喜欢德国哲学，自称为猫头鹰的郏象愚，富有想象力地把自己的女友命名为密涅瓦也即雅典娜，也即智慧女神。那一次，李泽厚先生来讲演的时候，因为人头攒动过于拥挤，身为研究生会宣传部长的郏象愚，不慎从台子上被挤下来，发出了一声特别凄厉的惨叫。而"紧随着那一声惨叫的，则是一个女孩子的尖叫"。这个女孩子不是别人，正是乔木先生的独生女儿乔姗姗。郏象愚与乔姗姗之间的恋情，就此正式曝光。令人意想不到的一点是，就在大家以轮流背负的方式护送郏象愚去往校医院的路上，以为自己处于绝境中的郏象愚，竟然将乔姗姗"托孤"给了应物兄："'你是好人，'郏象愚说，'姗姗托付给你，我也就放心了。'""这是第一次有人把他与乔姗姗的命运联系到一起。它出自一个对自己的命运、自己的真实处境毫无感知的人之口，但它是真诚的。"尽管后来看起来，郏象愚的"托孤"完全是个玩笑，但谁也料想不到，这个看似玩笑的场景，到最后竟然一语成谶地变成了现实。因为乔姗姗与郏象愚的爱情遭到了乔木先生夫妇的全力反对，乔姗姗遂效仿十二月党人的妻子，竟然不顾身体时好时坏的母亲的生命安危，毅然追随郏象愚私奔。等到乔姗姗终因对郏象愚彻底失望而重新回到家里的时候，母亲已经因为病气交加而去世了。这之后，尽管应物兄遵从师命，与乔姗姗结为夫妻，但或许与乔姗姗曾经一度将感情完全交付给郑象愚（也即后来追随程济世先生的敬修己）有关，他们夫妻俩的感情状况一直非常糟糕。糟糕到什么程度呢？"见面就吵，不见面就在心里吵，这就是他们的正常状态。他们都认为对方需要去看精神病医生，同时又认为看医生也白看。"应物兄与乔姗姗之间糟糕感情的描写，在第七十节"墙"中表现得非常突出。"一天早上，不知道哪句话说得不对，或者仅仅是口气不对，乔姗姗突然恼了，拿着英语辞典砸了过来，差点把窗玻璃给砸碎了。那块玻璃上有个气泡，他看着那块玻璃，想，她的性格有点瑕疵，就像玻璃上有个气泡，不过并不影响阳光透进来。"莫名其妙地被乔姗姗拿辞典砸过来，对应物兄来说，无论如何都是非常恼火的事情。但李洱关于这个场景的描写却非常幽默，他很快地把玻璃上的气泡与乔姗姗性格上的瑕疵联系在一起加以思考。以如此一种充满幽默感的方式自我排解，也可以被看作是应物兄某种特有的生存智慧。

同样需要注意的是，在写到应物兄糟糕的情感生活时，李洱带有明显暗示性地提到了乔伊斯的长篇小说《尤利西斯》："那家伙还说，吃羊腰的爱好是向《尤利西斯》的主人公布卢姆学来的。"那家伙是谁呢？不是别人，正是后来曾经让应物兄戴了绿帽子的那位长江学者。尽管带有明显的反向暗示意味，但一个确定无疑的事实是，正如同乔姗姗给应物兄戴了绿帽子一样，布卢姆也曾经被他的妻子莫莉戴上过绿帽子。在《应物兄》中之所以要特别提及《尤利西斯》的主人公布卢姆，其内在含义很显然就是要借此暗讽应物兄。到后来，应物兄果然在一个大雪天意外地听到了一对男女做爱的声音："在一个雪天，他提前回到了铁槛胡同。当他从那些煤球、灶台之间穿过的时候，突然听到一阵奇怪的声音，是一个男人和女人激烈的喘气声。哦，有一对男女趁着别人上班在肆无忌惮地做爱。"但"无论如何，他也不可能想到，那个女人其实就是乔姗姗"。等到那个男人后来成为长江学者的时候，应物兄曾经有过这样的一种内心活动："我生气了吗？没有。我不生气。他妈的，我确实不生气。其实那家伙做乔姗姗的情人也不错。据说女人长期不做爱，对子宫不好，对卵巢不好，对乳腺不好。我是不是应该感谢他？感谢他在百忙中对乔姗姗行使了妇科大夫的职能？唉，其实我还有些遗憾。如果他确实爱乔姗姗，我倒愿意玉成此事。但从那个打油诗上看，他们只是胡闹罢了。他问自己：如果对方发来的是'求之不得，寤寐思服'一类的诗句，我会主动把乔姗姗送上门吗？"在这里，李洱最擅长的一种艺术手法，就是以正话反说或者反话正说为主要特征的反讽。也因此，当应物兄一再强调自己不会生气的时候，恐怕也正是他内心里有气说不出的时候。真正泄露他内心秘密的，是那句忍无可忍的"他妈的"。尤其是当他不无戏谑地把那位男人对乔姗姗的行为，理解为是在行使一种妇科大夫职能的时候，那样一种不无苦涩的痛苦意味，其实已经流露得特别明显了。也因此，在第六十九节"仁德路"部分，由铁槛胡同与皂荚庙勾起他内心深处一种与乔姗姗紧密相关的痛苦记忆，就是合乎逻辑的一件事情。

然而，尽管说应物兄与乔姗姗之间的夫妻感情可以说是一团糟，但正所谓"失之东隅，收之桑榆"，与感情上的一团糟相比较，小说开篇处的应物兄，在他的学术志业也即他的儒学研究以及由此而带来的社会影响这一方面，却真正称得上是春风得意马蹄疾。由于他的儒学研究著作《孔子是一条"丧家狗"》在社会上产生了极大反响，"那两个月，在季宗慈的安排下，应物兄接受了无数次的采访。除了乌鲁木齐和拉萨，他跑遍了所有的省会城市。北京和上海，他更是去了多次。香港也去了两次，一次是参加繁体字版的签约活动，一次是参加香港书展"。又或者，这种巨大社会影响的生成，正是季宗慈对他进行全方位包装的一种直接结果。一时之间，应物兄显得是那样的炙手可热，甚至多多少少有了一点不可一世的感觉。这种炙手可热，突出地表现在电视媒体对他的强势追踪报道上。某一天，他意外地在一家商场里发现自己竟然同时出现在几个不同的电视频道里："在生活频道，他谈的是如何待人接物……而在新闻频道里，他谈的则是凤凰岭上的慈恩寺申请世界非物质文化遗产的意义，那时他穿着唐装；而在购物频道里，他谈的则是建设精品购物一条街的必要性，那时候他穿着雨披，身边簇拥着舞狮队，一群相声演员和小品演员将他围在中心。他虽然不是考古学家，但他还是出现在一个考古现场，谈的是文物的发掘和保护在文化传承方面的意义。"毫无疑问，出现在多个电视频道里的应物兄，不仅已经不再是一个纯粹的知识分子，而且很明显带有了学术明星的味道。由自己在多个电视频道的同时出现，应物兄情不自禁产生了相关的联想："他想起了自己曾经在电台讽刺过于丹和易中天，说他们好像无所不知，就像是站在历史和现实、正剧和喜剧、传说和新闻、宗教与世俗的交汇点上发言，就像同时踏入了几条河流。会不会也有人这么讽刺我呢？"事实上，当应物兄扪心自问到底会不会有人因此而讽刺自己的时候，他的这种扪心自问行为本身，也已经构成了对他自己莫大的调侃与讽刺。一方面，应物兄对于丹和易中天们可谓真正地深恶痛绝，但在另一方面，现实生活的逻辑却总是扭曲着他自己的意志，在逼迫他成为自己所厌恶的那些批判对象。清醒如应物兄者，到头来也被迫屈从于经济时代的市场逻辑。以上情形的出现，所充分说明的，正是市场经济时代知识分子的明星化与时尚化如此一种普遍现实的存在。

事实上，也正因为置身于市场经济时代，即使如应物兄这样一类保持着足够清醒的现代知识分子，也不可能继续清心寡欲或者洁身自好。这一方面一个耐人寻味的细节，就是小说开篇处对应物兄同时拥有三部手机的描写："他有三部手机，分别是华为、三星和苹果，应对着不同的人。调成震动的这部手机是华为，主要联系的就是他在济大的同事，以及他在全国各地的同行。那部正在风衣口袋里响个不停的三星，联系的则主要是家人，也包括几位来往密切的朋友。还有一部手机，也就是装在电脑包里的那部苹果，联系人则分布于世界各地。"如此一种简直可称"豪华"的手机阵容，甚至令他的朋友华学明教授不无形象地说，他竟然把家里搞成了一个前敌指挥部。作为一个本应该专心致志地做学问的大学教授，作为一个儒学界的知名学者，一介书生应物兄却令人难以想象地同时拥有三部手机。如此一种本应该出现在官员或者商人身上的情形，竟然出现在现代知识分子应物兄身上，所充分说明的，正是应物兄的明星化与时尚化，更进一步，也完全可以被看作是潮起云涌的市场经济时代对应物兄精神世界的某种扭曲与异化。然而，尽管受到时代的影响，应物兄身上不可避免地沾染了很多商业化的习性，但从根本上说，小说开篇处应物兄却依然在竭尽所能地恪守知识分子探索真理的本分。最起码，当他接受葛道宏校长的委托，开始想方设法筹办济州大学的太和儒学研究院的时候，应物兄的确称得上是一时踌躇满志。他的私心所愿所在，乃是在国际儒学大师程济世先生加盟之后，把太和儒学研究院创办成为一个真正名副其实的纯粹学术研究机构。

但在筹办太和儒学研究院的过程中，伴随着以栾庭玉为代表的政界力量，以黄兴、铁梳子等为代表的商界力量的逐渐渗透与介入，应物兄却不无惊讶地发现，太和儒学研究院竟然不知不觉地改变了味道。具体来说，应物兄对这种改变的最早察觉，是在黄兴和铁梳子他们准备联手成立太和投资公司的时候。这点端倪，是从他知道吴镇意欲加盟太和儒学研究院开始的。当应物兄不无担忧地向窦思齐追问吴镇是否要进入太和工作的时候，窦思齐的明确回应是："应院长，你是真不知道，还是装作不知道？我们是老朋友了，你用不着在我面前装啊。"在他表示自己对此的确一无所知之后，窦思齐给出了更进一步的解说："道宏说了，你是常务副院长，他只是个副院长。说白了，他是替你跑腿的……你是君，他是臣。你看，你又不好意思了。你是不是想说，程先生才是君？好吧，如果程先生是君，你是臣，那么吴院长就是佐使。主动权在你手里。"从前面的故事情节中，我们可以知道，在受命筹办太和儒学研究院的过程中，更多地保留着书生秉性的应物兄，其实并没有考虑到权力的归属与使用问题。但在窦思齐或者在校长葛道宏的理解中，即将成立的太和儒学研究院，首先就面临着一个权力的归属与分配问题。在应物兄完全不知情的情况下，不仅调入吴镇，而且还让他出任太和儒学研究院的副院长，正是葛道宏使用权术的一种直接结果。关键问题还在于，这位不知道动用何种手段挤入太和儒学研究院的吴镇，是一个不学无术的家伙。这方面，一个突出的细节，就是吴镇对座山雕的理解与谈论："吴镇的解释实在不伦不类：'孔子门下有七十二贤人，座山雕门下有八大金刚。某种意义上，座山雕相当于九分之一的孔子。’”正是吴镇的如此一种不学无术状况，促使应物兄气不打一处来地在内心里大发感慨："葛校长，你说，这样的人怎么能做太和的副院长呢？"这样一个具有反讽性的细节，与副省长栾庭玉不知陈寅恪为何人的那个细节，很显然相映成趣。但就是如此一位一张嘴就跑火车的所谓学者，却依凭着自身的江湖无赖气在学术界混得风生水起，细细想来，的确对"学术"二字构成了莫大的讽刺。但关键的问题是，即使应物兄对吴镇的不堪情况早已心知肚明，但却无法予以言说："如果我把这些事情告诉董松龄，告诉葛道宏，他们不会怀疑我是嫉贤妒能吧？葛道宏经常讽刺有的院系主任是武大郎开店，他总不会认为我——"

然而，这个时候的应物兄根本就不可能想象到，吴镇意外进入太和儒学研究院，也还仅仅只是一个开始，更令人感到不堪的糟糕状况将会继续出现。先是陈董的长子（尽管这小子自己后来表示说他不来），紧接着是他自己的研究生，那位养鸡场老板的女儿易艺艺（后来才知道，她竟然是董松龄的私生女），然后是敬修己（也即郑象愚）鼎力举荐的男友小颜，还有雷山巴的那两位奇葩女人，都相继以各种不同的方式表示要进入筹办中的太和儒学研究院工作。面对这一波紧接着一波的突然袭击，应物兄一时间顿觉激愤不已："一对姊妹花，两个妍头。一对神经病，两截朽木。一对女博士，两堆粪土。从她们当中挑一个进太和研究院？这是挑朽木来雕，还是选粪土上墙？"想当初，在是否接纳费鸣进入太和儒学研究院的问题上，应物兄也还曾经犹豫不决，一度颇费踌躇："要我说实话吗？要不是葛道宏非要你来，要不是程先生也提到了你，要不是乔木先生也推荐了你，我怎么会用你呢？"为什么会是如此呢？却原来，他的严格要求，与他对太和儒学研究院所持有的信心紧密相关："鸣儿，我已经准备好了，将自己的后半生献给儒学，献给研究院。这不是豪言壮语，这是我的真实想法。我没有说出来，是怕吓着你。我是担心你会觉得配不上我应物兄啊。"唯因应物兄对太和儒学研究院寄托很深，所以面对着一时蜂拥而至的阿猫阿狗，他才会激愤不已。一时的激愤过后，紧接着的便是方寸大乱："一个寄托着程先生家国情怀的研究院，一个寄托着他的学术梦想的研究院，就这样被糟蹋了吗？此刻，两种相反的念头在他的脑子里肉搏、撕咬。一个念头是马上辞职，眼不见为净，所谓危邦不入，独善其身；另一个念头是，跟他们斗下去，大不了同归于尽，所谓杀身成仁，舍生取义。这两个念头，互相否定，互相吐痰；又互相肯定，互相献媚。"明明是一个严肃的学术研究机构，没想到，到头来却是阿猫阿狗都想要通过各种关系拼命地挤进来。面对着如此一种不堪境况，原本对太和儒学研究院充满信心的应物兄，正如同那位曾经在"生存还是毁灭"这样的问题上犹豫不决的哈姆雷特王子一样，终于陷入了一种是否应该继续坚持下去的内心自我矛盾之中。但应物兄自己根本不知道，当太和儒学研究院的筹办工作演变到此种地步的时候，根本不是他想不想抽身而退，而是即使他想有所退缩也根本不可能了。事实上，也只有到了这个时候，敏感的读者方才会意识到，伴随着故事情节的逐步推进，应物兄在文本中的位置已经不知不觉地被边缘化了。

既然小说被命名为《应物兄》，那知识分子应物兄其人就应该是作品中的一号主人公无疑。尽管由于出场人物众多，小说的叙述视点时有游移，但在小说的前半部分，应物兄一直处于被聚焦的中心位置，却是无可置疑的一种事实。然而，到了小说的后半部分，差不多从国际资本大鳄黄兴在济州出现之后，我们就不难发现，应物兄身影出现的时候就越来越少了，取而代之的，不是政界的高官，就是商界的巨贾。以至在很多时候，应物兄存在的功能，只剩下了所谓的视角功能。这一方面，一个富有象征性的细节，就是陆空谷的不辞而别。曾经服务于黄兴的黄金海岸集团的陆空谷，可以说是应物兄内心里最为向往的异性知己。没想到，到头来，却是陆空谷在决定嫁给文德斯之后的毅然离开。陆空谷离开后，"我们的应物兄立即有一种失重的感觉。她不辞而别，还会回来吗？这种感觉一直持续到费鸣打来电话"。从根本上说，应物兄此处失重感的生成，不仅仅是因为陆空谷的离开，更是因为他在太和儒学研究院筹办过程中的日渐被边缘化。这一方面，不容忽视的一点就是，与太和儒学研究院有关的很多事情，作为主要筹办人之一的应物兄，都已经不知道了。很多时候，只有在既成事实很久之后，一直被排斥在外的应物兄，方才从别处勉力与闻其事。具体来说，无论是吴镇的意欲加盟太和儒学研究院并成为副院长，还是那家太和投资集团的成立，抑或一套"太和研究院丛书"不知不觉中被编纂，凡此种种，都可以被看作应物兄日渐被边缘化的突出例证。也因此，如果我们把关注视野由当下时代一直追溯到二十世纪的八十年代，那么，就可以发现，这数十年时间，正是作为现代知识分子的应物兄主体性渐次被剥夺的过程。假若我们把应物兄的转向儒学研究，看作是他启蒙主义立场的被剥夺，那么，他的明星化与时尚化，就意味着市场经济对其精神世界的一种扭曲与异化。然而，应物兄的精神世界尽管在某种程度上已经被扭曲和异化，但这个时候的他，被委以重任去筹办太和儒学研究院，却仍然意味着其主体性价值一定程度的体现。然而，即使是应物兄自己也难以预料，筹办儒学研究院，竟然会成为自身主体性进一步被剥夺的一个过程。这一方面，那位卡尔文在其回忆录中的相关描述，真正可谓意味深长："当然也没有放过应物兄。卡尔文写道：'应物兄还是比较忠厚的，请我吃过鸳鸯火锅。但是，"三先生"说了，大先生说过，忠厚是无用的别名。'"无论如何，我们都不能不承认，作为外来者的卡尔文，目光还是相当犀利。他回忆录里关于应物兄"忠厚"也即"无用"的评价，可以说十分切中要害地一语道出了主体性被剥夺到体无完肤地步的应物兄的狼狈不堪处境。既然自身的主体性被剥夺殆尽，那么，到最后，应物兄的结局，恐怕也就只能是因为遭遇车祸而一时生死未卜了。关于车祸，我们注意到，李洱在后记中也曾经专门提及："那天晚上九点钟左右，我完成当天的工作准备回家，突然被一辆奥迪轿车掀翻在地。昏迷中，我模模糊糊听到了围观者的议论：'这个人刚才还喊了一声完了。'那声音非常遥远，仿佛来自另一个星球。"[1]我不知道，作家在结尾处关于应物兄车祸的描写在多大程度上移用了李洱自己的车祸体验，但二者之间存在一定的关联，却是毫无疑问的事情。在小说里，车祸发生后，"他听见一个人说：'我还活着。'"。"那声音非常遥远，好像是从天上飘过来的，只是勉强抵达了他的耳膜。""他再次问道：'你是应物兄吗？'""这次，他清晰地听到了回

① 李洱：《〈应物兄〉后记》，载《收获》长篇小说专号2018年冬卷。

答：'他是应物兄。'"整部《应物兄》，是从应物兄落笔写起开始，到车祸后应物兄的自问自答结束，以首尾照应的方式完成了一个叙事的圆环。但一定请注意，后来的这个此应物兄，却已经非小说开篇处的那个彼应物兄了。倘若说，那个彼应物兄尚且踌躇满志，对未来的儒学研究院充满信心的话，那么，到了后来的这个此应物兄，其主体性却早已经处于丧失殆尽的状态了。尽管从表面上看，应物兄们并没有落到他的老师辈比如乔木先生被迫下放农村劳动改造的地步，但究其实质，如果说当年的乔木先生他们仅仅面对着来自社会政治的压力，那么，到了应物兄他们这一代知识分子，却既面临着社会政治的压力，又面临着更加难以抗拒的市场经济的诱惑。很大程度上，类似于应物兄这样新一代知识分子的悲剧质点，正突出地体现在这个方面。

然而，应物兄这一知识分子形象固然非常重要，但他也无法代表其他一众知识分子形象。作为一部以中国当代知识分子群体为主要聚焦对象的长篇小说，李洱《应物兄》的一大突出成就，正在于以鲜明的笔触勾勒刻画了包括应物兄在内的一众知识分子的形象。套用一句流行的话，就叫作老中青三代知识分子的形象，都在一时间蜂拥至作家李洱的笔端，在李洱所专门设定的这个舞台上，尽情尽兴地表演并凸显着自身的存在。如果说双林院士、乔木先生、何为教授、张子房（也即亚当）、朱三根他们可以被看作是第一代知识分子，如果说应物兄、华学明、葛道宏、芸娘、文德斯、双渐、郏象愚（也即敬修己）、陆空谷他们可以被看作是第二代也即中年一代知识分子，那么，包括张明亮、易艺艺、孟昭华、范郁夫等在内的一批更为年轻者就可以被看作是第三代也即青年一代知识分子。一方面，我们固然承认，由于每一代知识分子所处的具体社会文化语境都不尽相同，所以，很难以统一的标尺来衡量评价这些不同代际的知识分子。比如，第一代知识分子尽管面临着最为严酷的社会政治环境，但他们在当时所面对的精神压力却相对来说是单一的。到了第二代、第三代这里，虽然说社会政治压力似乎没有那么严酷了，但他们却面临着来自商业社会所必然形成的巨大利益诱惑。这种物欲诱惑，看似绵软，实则有着巨大的杀伤力。这就意味着，与第一代知识分子相比较，后面的两代知识分子须要有更大的定力方才能够坚守住知识分子的价值本位立场。倘若说双林院士、乔木先生和何为教授他们尚且能够恪守知识分子的精神立场，那么，到了应物兄他们这一代，就更多地表现出了一种进退失据的自我矛盾状态，而到了更稍后的张明亮与易艺艺他们这一代，面对着物欲喧嚣的商业时代，干脆不做任何抵抗，就已经缴械投降了。这一方面，那位名为养鸡场老板女儿，实则为董松龄私生女的易艺艺，就可以说是一个典型的代表。仅仅是陪同程济世先生的公子程刚笃外出了一次，易艺艺就和程刚笃上了床："当然了，多年之后，他才知道那是易艺艺的表演。易艺艺一边抹鼻子，一边说，自己现在已经后悔了，不该喜欢程刚笃。程刚笃也没有原来想象的那么好。她承认与程刚笃上了床。"实际上，易艺艺根本就谈不上喜欢还是不喜欢程刚笃，她之所以煞费苦心地纠缠上程刚笃，不过是看中了他那显赫的家庭身世而已。身为高校的研究生，不仅不做学问，反而把所有的心思都用在了如何使自己的生存利益最大化上，细细想来，的确是莫大的悲哀。在获知易艺艺已经怀上程刚笃的孩子之后，包括程先生在内的所有利益相关者，虽然出发点明显不同，但都对易艺艺表现出了极大的关切。没想到，与珍妮生出一个三条腿的婴儿相仿佛，尽管叙述者并未做出明确的交代，但易艺艺所生孩子的不健康，却是一种事实："董松龄告诉他，罗总带着易艺艺，已经连夜赶回了济州。董松龄说，大人没什么事，小孩有点问题。"很大程度上，我更愿意把珍妮生下三条腿的婴儿与易艺艺所生孩子的不健康这两个细节，在象征的意义上来加以理解。依照我的理解，从象征的角度来说，这些残疾孩子所真切隐喻表达的，既是我们所寄身的这个世界的不正常，更是人类精神世界在现代社会的被扭曲与异化。也正是在这个意义上，我们方才能够理解在第九十节"返回"这个部分芸娘所说的那句话："一代人正在撤离现场。"紧接着的一段叙述话语是："他不知道该怎么接话。接下来，他听见芸娘说：'我也是听朋友说的。他最后倒向了儒学研究。你看，我可能说错了。不该说'倒向'，该说'转向'。'"其实，当叙述者纠结于"倒向"还是"转向"的时候，作家那种隐含的价值取向就已经凸显无遗了。这个话题暂且按下不表，单只是芸娘的"一代人正在撤离现场"一说，就足以令人倍感震惊。尽管说进化论思维方式的确有其可疑之处，但如果联系我们以上所列三代知识分子差异非常明显的现实状况，则芸娘的"一代人正在撤离现场"之说，也还是具有一定合理性的。无论如何，我们无法把希望寄托在如同易艺艺这样没有责任担当、只知利益精明算计的知识分子身上。

虽然我们肯定可以从不同代际的角度出发对《应物兄》中的三代知识分子形象进行理解分析，但与此同时，却更应该认识到，从根本上说，我们对知识分子的关注与思考，必须着眼于个体的精神层面。关键原因在于，每一代知识分子中，都难免会有人性的堕落者，也都会有精神高地的坚守者，笼统地从代际的角度切入，只可能显得简单而粗暴。从人物个体的角度来说，尽管出场的很多知识分子形象都给读者留下了难忘的印象，但相比较来说，其中最值得注意者，恐怕是华学明、何为以及芸娘这样几位知识分子。首先是应物兄的好友，那位研究昆虫最终把自己研究成精神病患者的华学明。大约从应物兄这里得知程济世先生特别喜欢听济哥（一种蝈蝈）的叫声，而且这种济哥在从济州已经消失不见的时候开始，华学明就全身心地投入对济哥的研究中。但包括应物兄，甚至连同华学明自己在内，恐怕也都无法预料到，到最后，华学明竟然因为精神的过于投入，把自己研究成了一个精神病患者。济哥明明没有灭绝，但华学明却坚持认为，济哥的再生乃是他自己的研究成果："这些天来，他一直在整理材料，要向联合国环境规划署递交报告，以证明济哥已经灭绝。正如你知道的，他将济哥的羽化再生，看成他迄今最大的成就，并为此洋洋自得。"一个学者，当然应该全身心地投入到自己的研究对象之中，然而，如同华学明这样，干脆钻进死胡同里，直接就把自己研究成精神病患者，其实也可以被看作是一种学术的扭曲与异化。尽管说如同华学明此类知识分子形象的存在本身，就是对当下时代那些只知道蝇营狗苟的所谓知识分子的一种锐利批判。

同样是彻底寄情于学术研究的知识分子，与华学明有所不同的，是如同何为教授与芸娘这样始终保持着清醒头脑的学术本位立场坚守者。何为教授在《应物兄》中最早的亮相，是在巴别演讲时的不慎摔倒。有一点不容忽视的是，或许正是献身于哲学研究志业的缘故，何为教授竟然终身未嫁："作为哲学界德高望重的人，何为教授将自己的一生都献给了哲学。她是'国际中国哲学学会'（International Society for Chinese Philosophy）的创始人之一。"尽管说关于何为教授终身未嫁的原因可谓众说纷纭，但归根结底的一点，却是与她的献身于哲学研究志业紧密相关。在济州大学，何为教授的学术辈分极高："老太太与张子房先生、乔木先生以及姚鼐先生，是济大最早的四位博士生导师。他们三男一女，有人私下称他们为'四人帮'。这四个人当中，老太太与张子房先生关系最好。张子房先生没有疯掉之前，一直称老太太为小姐姐。"作为一位一辈子都在心无旁骛地认真做学问的学者，何为教授即使躺在了病床上，也仍然不改初衷地坚持着对学术真理的追求。出现在应物兄视野里的何为教授，是"一个古希腊哲学的女儿。老太太脾气不好，哲学系的老师差不多都被她训过。此时，她却像个婴儿，不哭不闹，乖得很"。然而，一旦涉及严肃的学术问题，何为教授立刻就会认真起来。比如，她与应物兄之间关于恶与善的一种讨论："老太太说：'你在书里说，什么是伪善，伪善就是恶向善致敬。这不对，伪善就是恶。照你的说法，有伪善，就有伪恶。伪恶，就是善向恶致敬？'老太太浑浊的目光突然变得凌厉起来，有如排空的浊浪瞬间被冻结了，又碎了，变成了刀子。老太太说：'同时，还须有历史的眼光。过去的善，可以变成今天的恶。'"正所谓"窥一斑而知全豹"，只是通过这一个细节，何为教授那样一种简直就是嫉恶如仇的求真品质，就已经表现得非常突出了。在一个市场经济大潮一时汹涌澎湃的时代，能够如何为教授这样以极坚定的意志坚持对学术真理的探索，其实是非常不容易的一件事情。也因此，我们千万不能忽视应物兄面对何门弟子文德斯以"启蒙"为主旨的学术新著《辩证》时生出的感慨："看上去单纯而柔弱的文德斯，每天都纠缠于这些问题？不过，这并不奇怪。遥想当年，类似的问题也曾在他的脑子里徘徊，幽灵一般。文德斯提到的人，他都曾拜读过。他熟悉他们的容貌，他们的怪癖，他们的性取向。但他承认，当年读他们的书，确有赶时髦的成分，因为人们都在读。求知是那个时代的风尚，就像升官发财是这个时代的风尚。"同样是赶时髦，"求知"比"升官发财"其实高尚了许多，很难想象，假若我们的国民都能返回到八十年代去赶"求知"的时髦，那我们这个民族的精神面貌恐怕早就发生根本性变化了。从这个角度来说，应物兄生出的感慨中，很明显包含有不容忽视的自我批判与反省意味。

在骨子里真正传承了何为教授精神风骨的，是姚鼐先生的女弟子芸娘。首先值得关注的，是芸娘名字的由来。一种说法是，与闻一多先生曾经的"杀蠹的芸香"有关。在一封致臧克家的信中，闻一多先生曾经写道："你想不到我比任何人还恨那故纸堆，正因为恨他，更不能不弄个明白。你诬枉了我，当我是一个蠹鱼，不晓得我是杀蠹的芸香。虽然二者都藏在书里，他们的作用并不一样。"所谓"杀蠹的芸香"，其实也就意味着闻一多先生是在以一种启蒙的方式对待中国传统文化。另一种说法，则来自应物兄自己："不过，对于'芸娘'二字，应物兄倒有另一种解释：芸者，芸芸也，芸芸众生也；芸娘，众生之母也。这种解释，并非矫情。他确实觉得，在她身上，似乎凝聚着一代人的情怀。"而另外一个人物费边，则干脆直截了当地把芸娘称作了"圣母"。不管哪一种说法，其中所明显透露出的，乃是知识分子芸娘身上所具有的那种非同寻常的精神风骨。没想到，针对后一种说法，芸娘自己却表示拒绝："随后，芸娘拒绝了这种说法：'圣母，这是一个残酷的隐喻。女人通往神的路，是用肉体铺成的。从缪斯，到阿佛洛狄忒，到圣母玛利亚。这个过程，无言而神秘。它隐藏着一个基本的事实：肉体的献祭！'"如果联系芸娘后来的悲剧性人生结局，就必须承认，应物兄和费边以及芸娘自己当年的说法，其实带有非常突出的一语成谶意味。那么，芸娘到底是怎样的一个知识分子形象呢？对此，何为教授与应物兄自己都做出过相应的描述。首先是何为教授。"由于芸娘研究现象学，研究语言哲学，何为教授主编的《中国国际哲学》曾约他写一篇关于芸娘的印象记。何为教授在约稿电话里说：'就像闪电、风暴、暴雨是大气现象一样，哲学思考是芸娘与生俱来的能力。她说话，人们就会沉寂。嫉妒她的人，反对她的人，都会把头缩进肩膀，把手放在口袋里。人们看着闪电，等待着大雨将至。空气颤抖了几秒，然后传来她的声音。'"这是年轻时候的芸娘留给何为教授的深刻印象。那个时候的芸娘，留在应物兄心目中的印象却是："如果说她是'圣母'，那么她肯定是另一种意义上的'圣母'，一个具有完整心智的人，一个具有恶作剧般的讽刺能力的人，一个喜欢美食、华服和豪宅，又对贫困保持着足够清醒的记忆和关怀并且为此洒下热泪的人，一个喜欢独处又喜欢热闹的人，一个具有强烈怀疑主义倾向的理想主义者，一个哲学学生，一个诗人，一个女人，一个给女儿起名叫芸香却又终身未育的人。"

将这么多甚至带有自相矛盾色彩的关于芸娘的描述语词整合在一起，便不难断定，芸娘是一位有着深刻思想的现代知识分子，她不仅生性孤高而且特立独行。小说中有个细节，是芸娘给已然不幸弃世多年的精神知己文德能的遗作题词："谁见孤人独往来，缥缈孤鸿影。拣尽寒枝不肯栖，寂寞沙洲冷。"这些充满精神孤独意味的诗句，既是写给文德能的，同时也是芸娘一种不自觉的自我抒发。到后来，虽然两个人已经各自走上了不同的人生道路，但应物兄和芸娘却依然称得上是很要好的朋友。这样，也才有了他们围绕乔木先生"太和春煖"的题词而发生的一席谈话："芸娘问：'乔木先生给太和写了一幅字：太和春暖？'春暖'这个词，含自我取暖、独自得暖之意。这本书，就是给学人看的。你发给你的学生吧。得告诉学生怎么读，要带着问题去读。这只是初步整理出来的笔记，就像线团。得有进入线团的能力，还要能跳出来。'"尽管说他们之间的谈话是在车水马龙的大街上进行的，但问题在于："这是听芸娘谈，跟芸娘谈。芸娘在哪里，哪里就会形成一个学术的场域，就像在荒野里临时支起了一顶学术帐篷：一切都顺理成章，合乎时宜，水到渠成。线团就悄悄地等在那里，知趣地、静静地等在那里，等着芸娘把它解开，等着芸娘把它织成一块飞毯。"说实在话，在一部不仅篇幅颇为巨大而且充满艺术反讽色彩的《应物兄》中，我们很少能够看到叙述者用如此一种赞美的语调来描述一个知识分子。字里行间流露出的，正是对芸娘的高度认同与肯定。但我们更应该注意到，芸娘曾经以高度认可嘉许的态度来谈论文德能的这部遗作："这是一代人生命的脚注。看这些笔记，既要回到写这些笔记的历史语境，也要上溯到笔记所摘引的原文的历史语境，还要联系现在的语境。你都看到了，这本书没有书号，没有出版社。它只能在有心人那里传阅。可是很多人都睡着了，要么在装睡。你无法叫醒装睡的人。怎么办？醒着的人，就得多干点活。需要再来一个人，给这个脚注写脚注。"首先我们必须承认，芸娘的这一番话语极其犀利地道出了当下时代中国思想文化界存在的普遍境况。那么，在如此一种严峻的情势下，谁才是芸娘所谓"醒着的人"呢？芸娘曾经希望应物兄是，但很快就发现，其实一直纠缠于太和儒学研究院筹办事务中的应物兄并不是。应物兄根本不曾料想到，取代了自己成为"第二把刷子"的写脚注人，竟然是自己曾经心仪的异性陆空谷。事实上，只要我们注意一下李洱关于青年芸娘的形貌描写，就不难从中看出芸娘这一知识分子形象在这部《应物兄》里的重要性："芸娘无疑是俏丽的，但俏丽出现在别的女人身上就只是俏丽，而芸娘略显丰满的脸颊以及略显苍白的脸色，在她的身上却发展出了一种混合了不幸的贵族气息的优雅。她无疑是敏感的，她的脸，她的嘴角与眼角，都透露着她的敏感，但她又用一种慵懒掩饰了自己的敏感。"敏感的读者大概早已发现，叙述者关于芸娘形貌的描写，不仅是肯定性的，而且还充满了高度欣赏认同的感情色彩。从这个角度出发来判断芸娘是小说中一个具有理想主义色彩的现代知识分子形象，却是一种客观事实。为什么是芸娘而不是其他人说出"一代人正在撤离现场"的箴言，其根本原因恐怕也正在于此。

毫无疑问，应物兄正是在筹办太和儒学研究院中目睹了学界、政界以及商界的各种丑陋言行并在为此大感失望的情况下，才把关注视野由高层转向了民间。事实上，也只有在转向民间之后，他才不仅发现了程家大院的真正所在地，而且还不无惊讶地发现，为程济世先生所难以忘怀的灯儿也即曲灯，竟然还存活在这个世界上。

不管怎么说，李洱的这部《应物兄》都称得上是当下时代一部以知识分子为主要表现对象的优秀长篇小说，大约也因为如此，所以，我才在此前曾经给自己的评论拟定过一个标题，就叫作"乃始有足称充沛丰饶的知识分子之书"。虽然说后来我并没有使用这个标题，但仍然愿意写在这里，与各位读者共享。在一篇关于年度长篇小说创作的综述文章中，我曾经提出过这样的一种看法："细细观察以上这些长篇小说，就不难发现，我们关于长篇小说这一文体的理念其实需要发生相应的改变。依据笔者相当长一段时期以来对于当下时代长篇小说跟踪阅读的感受，同时结合参照中国古典文学与世界文学的长篇小说创作状况，我个人以为，在进入现代社会之后，我们所持有的，应该是一种带有突出开放性质的优秀长篇小说理念。我想，我们最起码可以从文体的角度把这一年度的长篇小说创作划分为'百科全书'式、'史诗性'与'现代型'这样三种不同的艺术类型。所谓'百科全书'式的长篇小说，更多地与中国本体的艺术传统相关联，乃至具备一种海纳百川包罗万象的阔大气象。所谓'史诗性'长篇小说，我更多地采用洪子诚先生的说法：'史诗性是当代不少写作长篇的作家的追求，也是批评家用来评价一些长篇达到的思想艺术高度的重要标尺。……'史诗性'在当代的长篇小说中，主要表现为揭示'历史本质'的目标，在结构上的宏阔时空跨度与规模，重大历史事实对艺术虚构的加入，以及英雄形象的创造和英雄主义的基调。'至于所谓'现代型'，则是我自己的一种真切体认。从其基本的美学艺术追求来看，这一类型的长篇小说，不再追求篇幅体量的庞大，不再追求人物形象的众多，不再追求以一种海纳百川式的理念尽可能立体全面地涵括表现某一个时段的社会生活。与此相反，在篇幅体量明显锐减的同时，与这种'现代型'长篇小说紧密联系在一起的，就极有可能是深刻、轻逸与快捷这样的一些思想艺术品质。唯其因为这种类型的长篇小说，很明显与现代生活，与现代主义的文学观念相匹配，所以，我更愿意把它界定命名为一种'现代型'的长篇小说。"①倘若我们承认笔者的上述看法还有那么一点道理，那么，一个顺理成章的结论就是，李洱的《应物兄》，毫无疑问可以被看作是当下时代难得一见的一部优秀"百科全书"式长篇小说。

---

① 王春林：《多种艺术类型的兼备与共存——对2018年长篇小说的一种理解与分析》，载《中国艺术报》2019年1月23日。

一个人，或者一代人的罪与罚

——关于蒋韵长篇小说《你好，安娜》

作家蒋韵的长篇小说《你好，安娜》，所首先带给我的，是一种特别亲切的感觉。之所以会是如此，与小说中故事发生的地理背景紧密相关。"凌子美插队的地方，叫洪善，是富庶的河谷平原上的一个大村庄。河是汾河，从北部山区一路流来，流到河谷平原，就有了从容的迹象。称这一片土地为'河谷平原'，其实，是不确切的。在现代的地理书上，它确切的称呼应该是'太原盆地'，往南，则叫'黄河谷地'。可不知为什么，她们，当年的安娜和凌子美们，在频频的鱼雁传书之中，固执地，一厢情愿地，称这里为'河谷平原'，没人知道原因。或许，她们只是觉得'平原'比'盆地'更有诗意。""清晨的阳光，洒在田野上，有一种湿润的明亮，从这里望出去，汾河可以看得很清楚，明亮而温婉的一条，几乎是静止不动的，如同一幅画。""她刚想问，为什么不到北上广这样的城市发展，或者，南京、苏杭、西安这些名城居留，却要选择这里，这样一个干旱、风沙漫天、没有风情的工业之城呢？"以上这些叙述话语中，诸如"汾河""河谷平原""太原盆地""洪善""黄河谷地"等，对了，还有后来出现的"红葡萄酒"与"青梅酒"，所有这些，都是所指非常明确的地域性描写。"干旱、风沙漫天、没有风情的工业之城"，不仅其所指很似太原，而且这种形容也让我同样倍感亲切。道理说来非常简单，因为我自己就出生在那个被叫作"河谷平原"的地方，打小就生活在这块古老的黄土地上。倘若用一种概括性的术语来表达，那就是，蒋韵的小说之所以让我读来感觉特别亲切，与"太原""山西"这样一些地理性因素的必要穿插，存在着不容忽视的内在关联。尽管说打小就生活在太原的作家，从数量上讲也不在少数，但在我个人有限的阅读视野中，如同蒋韵这样在她的很多部小说作品中，对"太原"或者"山西"这样的地理性因素进行自觉书写的，虽不能说绝无仅有，却也相当少见。不知道蒋韵自己是否有过这样的理性自觉，反正在我，却仿佛一下子就生成了一种相关的判断。这就是，倘若我们把蒋韵一系列以"太原"或"山西"为突出地理背景的小说作品串联在一起，那么，也就可以说蒋韵其实是在以小说创作这样一种特别的方式来为"太原"或者"山西"作传也未可知。

但在因为小说中若干地理性因素的巧妙穿插与渗透而感到亲切之余，我却更多地因为作家对时代与社会的书写与批判，对人性世界的深刻揭示与穿透而倍感精神的震颤与痛苦。小说标题中的"安娜"，是作品中重要的人物形象之一。她之所以被命名为安娜，与她那身为大学教师且酷爱俄罗斯文学的父亲知北紧密相关："丽莎、安娜、伊凡，他们姐弟三人的名字，都来自异域的俄罗斯。父亲是教俄苏文学的，他尤其喜欢屠格涅夫，两个女儿的名字，就都来自这位文学巨匠的小说。丽莎取自《贵族之家》，而安娜，原意也并非是出自托翁而是取自《处女地》中的'玛丽安娜'。当他的儿子出生时，他甚至动议要给这孩子起名叫罗亭，被他的妻子坚决制止——罗亭这名字符号性太强了！"因为酷爱俄罗斯文学，酷爱屠格涅夫，而给自己的孩子采用如此一种命名方式，原本无可厚非。问题的关键在于，知识分子知北这样给孩子命名的具体时间，乃是二十世纪的五六十年代，在那个思想与文化均属极度自我封闭的时代，一个热爱俄罗斯文学的知识分子其实是难以有容身之处的。果不其然，"第四个孩子还在孕育的时候，中国发生了一件大事，那是1957年。丽莎和安娜的父亲，伊凡的父亲，受到了这事件的波及，被下放到水库工地上劳动改造就是这波及的结果"。不仅如此，被下放到水库工地后，只是因为吃了一根没洗净的新鲜黄瓜，知北就罹患中毒性痢疾而不幸身亡。既然丈夫有过如此悲惨的人生遭遇，那安娜母亲对一切文字作品一种强烈禁忌的生成，也就是顺理成章的结果："她把丈夫的书，那些小说、诗歌，统统卖给了废品收购站。然后，她发誓，她的孩子们，从今往后，远离这些虚幻的不祥的东西，她要她的儿女，这些没有了父亲的孩子，安全地长大。"俗谚云："一朝被蛇咬，十年怕井绳。"从精神分析学的角度出发，安娜母亲对自己的子女采取如此一种断然措施，完全能够得到合理的解释。

但正所谓"野火烧不尽，春风吹又生"，或者套用过去的一句俗话来说，就叫"哪里有压迫，哪里就有反抗"，安娜的母亲根本就不可能料想到，即使采用了这样一些断然的措施，文明与思想的种子却依然会以这样或者那样的方式不绝如缕地传延下去。尤其是对如同安娜这样一些特别热衷于阅读的青年人对似乎有着天然的巨大诱惑力："它们潜伏着。在城市，在人间，在各个隐秘的角落，这里那里，东西南北，散发出独特的气味，等待着发现它们的鼻子和眼睛。"直截了当地说，"它们诱惑着如安娜一样的少男少女"。之所以如同安娜这样的一众少男少女为之感兴趣，乃因为青年人不仅思想最为敏感、活跃，而且有着极强烈的求知欲和叛逆性。既如此，尽管有着自己父亲知北这样的前车之鉴，但到了安娜他们，也即后来的知青这一代，仍然对知识与思想充满了渴望。这一方面，一个典型不过的例证，就是素心与彭的交往过程中，彭是如何给素心借书看的："那些书，都是素心没有读过的，也是，在他们'这里'，这个封闭的城中，很难借阅到的。比如，有陀思妥耶夫斯基的《穷人》《白痴》《罪与罚》，有《契诃夫戏剧选》，里面收录了《海鸥》《樱桃园》和《三姊妹》，有雨果的《悲惨世界》和《笑面人》，等等。也有一些新出版的'内部读物'，史称'白皮书'抑或是'灰皮书'的，那就是些更难到手的东西，比如，苏联小说《多雪的冬天》《你到底要什么》，比如，非小说类的书籍《出类拔萃之辈》《第三帝国的兴亡》之类。这些书，他留给素心，慢慢看，下次来，再带回去还给书的主人。"首先，作为那个特定年代的过来人，蒋韵在这里的罗列，其实带有非常突出的纪实意味。暂且抛开小说艺术的层面，即使仅仅从社会学记录的角度来说，蒋韵的相关描写的史料价值，也是不容轻易忽视的。尤其是在时过境迁的很多年之后，蒋韵的相关描写将会清楚地告诉未来的读者，"文革"时期的青年人到底有过怎样一种具体的地下阅读经历。其次，回到"文革"当时，拥有类似阅读禁书经历的，绝不仅仅只是素心与彭。他们两位之外，肯定也会包括安娜、三美以及三美的姐姐凌子美她们在内。就此而言，素心也罢，彭也罢，或者，安娜与三美她们也罢，全都可以被归入到一类人的行列之中。从所谓代际划分的角度来说，以上这些少男少女，都可以被归入知青一代之中。而蒋韵在长篇小说《你好，安娜》中所集中书写展示的，其实也正是素心、安娜与三美他们知青这一代（请一定注意，此处"知青这一代"的表述，主要是从年龄的角度来说的。它的意思是，不管你是不是有过做知青的实际经历，只要你的年龄与知青他们相仿佛，那就可以被笼统地称为知青这一代）的苦难命运，或者说是他们一代人的精神史。

实际的情形是，在暗处悄悄流传着的禁书，似乎已经成为那一代人判断朋友与否的一个鲜明标识："禁忌永远充满魅力。用这样隐秘的方式寻找到的书籍，格外让人珍惜。而一个能够交换禁书、交流读后感的人，不用说，一定是可以彼此信赖的朋友了。凌子美无疑是这样的朋友，三美、素心也是，如今，现在，此刻，又多了一个人。"这个人不是别人，正是那个因其不期然间的突然闯入，而最终彻底改变了多位当事人人生走向的，北京知青彭。而且，更进一步说，如此一个惨烈悲剧故事的生成，端赖于当时那样一个不仅视文明与思想如洪水猛兽，而且很多人还的确因文明与思想获罪的禁锢时代。这是我们在对蒋韵小说展开具体深入的分析之前，无论如何都必须明确的一点。具体来说，构成了小说叙事焦点的核心物事，乃是知青彭的那个可以被看作是文明与思想之象征的笔记本。因为这个笔记本所发生的作用过于巨大，所以，蒋韵小说所集中讲述的，某种程度上，其实也不妨被简洁地描述为"一个笔记本所引发的人生悲剧故事"。首先，是彭趁同行的三美不注意，把自己的笔记本郑重其事地交给了安娜："彭从他那个永不离身的帆布书包里，拿出了一个笔记本。""'我有时候会瞎写几句，都在这里了，'他这么说，'你，愿不愿意随便翻翻？'"置身于那样一个特别的时代，面对着彭的笔记本，安娜明白自己面对着的是什么："安娜明白这是什么样的信赖和托付。"因为"那不仅是他的秘密，他的隐私，那，是他的身家性命"。面对如此一种沉甸甸的信赖与托付，尤其是身边还有那样一个干脆视一切字纸为寇雠的母亲，到底该把笔记本藏在哪里，安娜很是费了一番心思。一番苦苦思索后，尽管她已经煞费苦心地把笔记本藏在了枕头里，但没想到会因为姐姐丽莎突然间携夫归家而差点暴露。一时情急之下，安娜只好匆忙找到素心，把笔记本转托给了这个平时一向很要好的姐妹。之所以是素心，而不是别人，乃因为在安娜的理解中，素心一家与彭有着不是兄妹但却胜似兄妹的紧密关系："'我想来想去，只有放到你家里才能放心。他对我说，方阿姨就像他亲姑姑，你就像他亲妹妹，你们就是他的家人——'她一双黑得发蓝的眼睛，秋水长天似的眼睛，落在素心的脸上，'交给家人，应该不会有闪失的……'"依照一般的事理逻辑，既然关系亲密如家人，那安娜把笔记本转托给素心，也就应该是一种万无一失的选择。但安娜根本就不可能料想到，自己这次如此这般慎重的托付，到最后竟然会是所托非人。

按照素心事后的叙述，因为她意识到笔记本的珍贵，所以就总是把它装在一个从不离身的军用帆布书包里。没想到，就在一次晚上加班后独自回家的路上，因为遇到一个抢劫犯，那个军用帆布书包连同里面的笔记本，都一块被抢走了。如此一个突然事件的发生，顿时让安娜陷入手足无措的境地之中，她急切地想要从素心的眼睛里得到相应的答案："她寻找那双眼睛，那双能拯救她也能使她陷入最黑暗绝境的眼睛。她找到了。此刻，那双眼睛藏了很复杂的话，她听不懂。她的眼睛急切地问：'不是真的吧？我不相信啊，生活中怎么会有这样戏剧性的事情？怎么会有这样可怕的巧合？'那双眼睛沉默着，那是双不妥协的眼睛。她懂了。"懂了的结果，就是彻底绝望，以及彻底绝望后的自我了断行为。首先，是写给彭的一封绝笔信："我不知道该怎样告诉你发生了什么，万分、万分抱歉，我把你最珍贵的笔记本，弄丢了！""此生我第一次失信于人。第一次，做了伤害别人的事。但这失信和伤害的，竟是你，我爱的人，我想以我重病之躯，竭尽全力，好好地，去爱的那个人。"用叙述者的话来说："这短短的一封信，写不下她的不舍、她的依恋、她的心痛、她的歉疚。她在心里一千遍地喊着，对不起，对不起，对不起，对不起……她还想提醒他，让他做好应对不测的准备。"是的，一直到这个时候，作家蒋韵才终于触及了事物的核心。那就是，安娜之所以会把彭的笔记本看得比自己的生命都还重要，根本的原因乃在于一种爱情力量的存在。正因为彭把笔记本托付给安娜，意味着他对安娜的倾心相爱一样，安娜在素心把笔记本被抢夺后的痛不欲生，反过来同样也意味着她对彭爱情的坚决。唯其因为安娜觉得笔记本的意外被抢夺，不仅意味着自己的第一次失信于人，而且更是辜负了自己与彭之间的真诚爱情，所以，不仅由此而产生了强烈的罪感意识，而且觉得自己不管怎么做都无法赎罪，才最终万般无奈地选择了那样一种真正可谓是万劫不复的自杀行为。就在得知笔记本被抢夺的第二天一大早，她就来到了曾经与彭约会过的公园湖边："她用这甜葡萄酒，一口一口，吞服下了一大把药片：家里能收集到的所有药品，安眠药，镇静药，以及，其他的药片，都在这里了。她吞下了它们，喝光了酒瓶里的酒，把空酒瓶朝湖水里奋力一抛，抛出一个漂亮的抛物线，瓶子落入水中，荡起温柔的涟漪。"一个美丽的青春生命，就这样以自戕的方式香消玉殒了。究其根本，安娜其实是在以一种自我惩罚的方式来为自己无意间的错失赎罪。是的，倘若套用蒋韵一种习惯性的表达句式，那就是，一种人性层面上的"罪与罚"的沉重命题，就这样，伴随着安娜这样一个美丽少女的香消玉殒，猝不及防地横亘在了广大读者面前。

但千万请注意，以安娜的自杀而得以凸显出的"罪与罚"，也还仅仅只是作家思考表达这一重要命题的开端。关于此一命题更加集中与深入的思考与追问，乃体现在与笔记本紧密相关的另外一个人物素心身上。素心是一个打小就特别强势、总是以自我为中心、个性多少显得有点孤僻与乖戾的、有才情的女性："素心始终是瘦弱的，纤细的，苍白的。她的容貌，既不很像父亲，也不很像母亲，而是集中了他们两人的短处。""而且，这个瘦弱纤细的孩子，脾气却大得和她的体态丝毫不相称。"这方面一个突出的例证就是，还只有八岁的时候，她就曾经因为妹妹意外的出生而倍感失落，一个人竟然跑到了千里之外的保定，去投奔自己的小姨。等到她无意间从朋友三美那里得知彭竟然私下把一个笔记本交给安娜的消息之后，才突然意识到，自己其实早已在不知不觉间深深地暗恋上了彭："素心压抑着自己，不让自己贸然跑去找安娜，不让自己总是去想那个该死的笔记本。""可是，她介意。特别、特别介意。这种介意，让她痛苦。不是剧痛，却痛得隐秘、幽深、尖锐、绵长，仿佛，她的心，是一颗蛀牙，那些看不见的小虫子，一点一点，钻着、啃着、噬咬着，让她吃不下饭，睡不着觉。"我想，我们无论如何都不能忽视蒋韵笔下这些短促有力的句子的作用。正是通过这些短促有力的句子，蒋韵才得以形象生动地把素心内心深处的那种因嫉妒而生出的强烈的精神痛苦，表达得真正可谓淋漓尽致。也因此，安娜在把彭的笔记本托付给素心的时候，一个关键性的错误，就是过分强调了彭与他们一家的亲情关系。如此一种过分的强调，对早就暗恋着彭的素心来说，毫无疑问形成了某种极强烈的精神刺激。却原来，只有借助于安娜看似不经意间托付给自己的笔记本，素心方才意识到，一厢情愿的自己，实际上从来都没有真正进入过彭的内心世界。彭，的确只是把她当作一个异姓妹妹来看待的。对于这一点，后来一直以安娜的笔名行世的素心，曾经借助于小说笔法，在《玛娜》中进行过真切剖析："三年了。从他敲开我家房门的那个傍晚算起，我们已经认识了三年。那个闪耀着普希金的诗句和涅瓦河星光的傍晚，距今，已经过去了一千多个日日夜夜。可他，从没有给我讲过和这个故事有关的只言片语，哪怕只有半个字。可是，他和她，和安，认识了不到三个月，就把自己和盘托出，把自己血淋淋的往事，如同献祭一般，托付给了她……"正因为如此，所以，当安娜把彭的笔记本托付给她的时候，素心尽管满心的不情愿，但还是留下了那个牵系着彭身家性命的笔记本。用《玛娜》中的话来说，就是："但我却舍不得把那个铁证，推出去。我舍不得。舍不得。舍不得。那是他：他的思想，他的血肉，他的一颦一笑，他的喜怒哀乐、悲欢离合，他的过往，他的履痕，那是让我疼痛的一切，但是，我舍不得撒手。"就这样，尽管对彭与安娜之间的爱情充满怨怒之气，但素心到最后还是收留下了彭的笔记本。

接下来，就是素心所自述的那个抢劫案件的发生。需要注意的一点是，一方面，那个抢劫案件的发生的确是真实的，但在另一方面，真相却也并不全都如同素心所讲述的那样。同样是按照《玛娜》中的叙述交代，在那个深夜素心加班后独自回家的路上，面对着来势汹汹的抢劫者，素心并没有轻易屈服："我不知道自己哪里来的勇气，忘记了恐惧，忘记了害怕，忘记了一切，世界，我的世界只剩下了一件事，那就是，保住它，保住属于他的秘密。"到后来，当抢劫者提出用笔记本来与她的身体进行交换的残忍要求之后，经过了一番内心的挣扎，素心还是强咬着牙答应了他的非分之想："黑的水，漫上来，漫过了我的心口，漫过了我的口鼻，漫过了我的头顶，淹没了我，吞噬了我。我用力点头。说不出话……然后，沉入漆黑如死的水底。"需要特别提及的一点是，为了保住笔记本，素心在那天晚上所付出的，竟然是她自己的处女之身："我的第一次，我的初夜，我珍爱的身体，我头顶上的星空，我长满合欢树的故园，都被我拿来交换了。"很大程度上，正是出于一种羞涩的隐私本能作祟的缘故，在后来的讲述过程中，素心才刻意地隐瞒了这一点。但与这一点相比较，素心关于笔记本并没有被抢夺走这一事实真相的刻意隐瞒，就无法得到我们的理解和原谅了。为什么要隐瞒？"我用我的血和命交换过来的东西，我怀着剧痛生下的幼崽，凭什么，要拱手给她？我凭什么要成全她呢？"在这里，充分发挥作用的，很显然是人性中一个无论如何都不能够被原谅的弱点，也即一种无法自控的嫉恨心理："至少，我要让她和我一样痛苦，我要让她疼痛。尽管，那疼，远不能和我的剧痛相比，可她必须疼。""哪怕只有几天也好。"很显然，正是出于如此一种人类亘古以来的嫉恨心理，素心方才做出了不把真相告诉心急如焚的安娜的决定。按照素心的设想，笔记本的真相肯定不会一直被隐瞒下去，所以，她才会说出"哪怕只有几天也好"的这样一种料想。她无论如何都不可能想到，自己这次所遭遇的安娜，竟然是个如此刚烈的女子。头一天得到笔记本被抢夺的消息，第二天就自杀了："可我错了。我碰上了一个世界上最强劲的敌人。这个敌人，仅仅在被我拒绝的第二天清早，就选择了自杀身亡。"就这样，在勇毅刚烈的安娜选择了以死谢罪的自杀方式之后，她也就把一种强烈的罪感转嫁给了曾经刻意欺瞒过自己的素心："她好干脆利落。她好杀伐决断，她才不愿忍受折磨。她利落地杀死了自己，然后，让我堕入人间地狱。""此生此世，我将负罪而行。""我既不能抬头看天，也不能低头看我自己，这么脏，这么坏，这么恶毒，这么罪孽深重。可还得活着。活着，忍受着，等待着，等待有一天，他回来，把那个夺去了安的生命、夺去了我做人的全部尊严和幸福的东西，一个我生出的怪胎，交给它的主人。"

是的，人间地狱。什么是人间地狱？在安娜自杀身亡后素心所艰难度过的每一个日日夜夜，就可以说是难以自拔的人间地狱。对于如此一种由素心的刻意隐瞒所导致的强烈罪感，以及由这罪感而进一步导致的人间地狱的形成，蒋韵在小说下部曾经借三美的一番愤激话语以及素心随之而生出的心理活动而做出过深度的揭示。首先是三美发自肺腑的一番愤激之词："'为什么只有你一个人至今还活在黑暗之中呢？你知道吗？在你面前，我常常觉得自己也有罪，为什么当初我要告诉你笔记本的事？为什么要把这个秘密告诉你？挑起你的妒忌？假如，你压根儿不知道那个笔记本存在的话，一切，也许就不会发生了。'三美叹口气，'人，千万不要轻易去挑战人性中的弱点，如果说有原罪的话，人性中的弱点，或者，恶，就是我们的原罪……素心，我们都有罪。'"正如你已经预料到的，对隐瞒真相毫不知情的三美的如此一番言论，使素心心里立即激起了难以平复的巨大波澜："不是这么回事，素心冲动地，想叫，想说，想喊，可是，她终于、终于还是没有说出口，一出口，会炸毁她的世界。炸毁她珍惜的东西，比如，眼前这个如夏天般热情、如春水般明净的友人，这个心地善良的姑娘：她承受不起这个。素心深深懂得，所以，她必须守口如瓶。必须，把这个如同癌瘤一样的秘密，藏在她的身体里、血液里、每一个细胞里，让它们在不见天日的身体深处，肆意滋长、蔓延、腐烂，占领每一寸能够占领的领地，直至吞噬掉她整个的生命和灵魂。它和她同生共死、不离不弃，如同最痴情的恋人：上邪！天地合，乃敢与君绝……"请原谅我摘引了如此篇幅的小说文字，因为不如此，就难以把素心那样一种人间地狱的惨烈感觉传达给读者。与此同时，三美的一种自我剖析也值得引起我们的高度关注。不管怎么说，在这场由一个笔记本所引发的人生悲剧中，三美作为传话者也不能不承担相应的责任。如果没有她那其实无心的"挑拨离间"，素心对安娜一种强烈的嫉恨心理或许就无法形成。倘若缺少了这种嫉恨心理，安娜不可能自杀身亡，素心也不可能永堕人间地狱。也因此，在意识到三美罪感存在的同时，我们更应该清醒地认识到，正如同一种可怕的嫉恨心理导致了莎士比亚笔端《奥赛罗》悲剧的生成一样，素心与安娜她们人生悲剧的生成，从根本上说，也是人性中的嫉恨心理作祟的缘故。尤其是在好友三美通过小说《玛娜》的阅读而最终窥知事实真相之后，原本就在心理炼狱中苦苦煎熬的素心，就更是堕入了万丈深渊："从前，如果说，每一天都是自我惩罚的话，从今往后，就不一样了。从今往后，这个世界上，有一双眼睛，如同天眼，时时刻刻，不分昼夜，在提醒着她，警示着她，监督着她，不许她有一分一秒，忘记她自己的罪，忘记她手上的血。她曾经最好的朋友，最亲的姐妹，如今，做了她的审判者。她无比清醒地告诉自己：'你欠安娜一条命！'"事实上，也正是从安娜自杀的那一天开始，有着强烈罪感意识的素心，就开始了一种自我惩罚的赎罪方式。那就是，从此之后，她再也无法开启一种新的生活方式。这一方面，一个突出的例证就是，面对着来自美国的外教白瑞德的执着追求，倍觉自惭形秽的素心最终选择了一种悄然隐遁的方式："爱你，所以，心乱如麻。""多幸福。假如，这一切，发生得早一些，早十八年。多好！""我早已没有了那资格，不是因为我满身创伤，而是，因为，我罪孽深重。"在这封写给白瑞德的信的末尾，素心提示到："你翻译过我的小说，《玛娜》，也许，那并不仅仅是一篇虚构的东西。这样说，是为了，它或能帮助你，忘记我。"是的，《玛娜》实际上是一篇巧妙地借用了小说之名的纪实文学作品。借助于看似子虚乌有的小说样式，素心（笔名为安娜。请注意，即使是安娜这一笔名的坚持使用，所凸显出的，也是素心的一种自我惩罚意味）所真切道出的，正是自己当年因为刻意隐瞒真相而致使安娜自杀身亡的隐秘故事。

　　无论如何，我们都不能忽视蒋韵作品中《玛娜》这篇文字的重要性。我们都知道，在前面的文字中，作家曾经专门提及，素心的教母，也即彭的姑妈，素心母亲安霭如的闺蜜，一位虔诚的教徒，给素心起过一个"玛娜"的教名。那么，究竟何谓"玛娜"呢？原来，"玛娜"这一教名与《圣经》紧密相关："后来，我读《圣经》，在《旧约·出埃及记》里，看到了有关'玛娜'的解释，原来，那是神赐予摩西族人的'灵粮'，在他们行走在没有人迹的旷野中，没有吃食时所显现的'神迹'。"更进一步说，关于"玛娜"，《圣经》上是这样叙述的："这食物，以色列家叫吗哪，样子像芫荽子，颜色是白的，滋味如同掺蜜的薄饼。摩西说：'耶和华所吩咐的是这样：要将一满俄梅珥吗哪留到世世代代，使后人可以看见我当日将你们领出埃及地，在旷野所给你们吃的食物。'"关键还在于，对于吗哪这种食物，只能按需取用，一旦有了多余，并且留到第二天，那食物就会发臭。由《圣经》中的这种奇特食物，敏感的素心一下子就联想到了自己："原来，我，玛娜，是一种救命的恩物，是神的奇迹。是施与和舍。""我舍过。我舍出过我自己，在最凶险的时刻。""可我留下了不该留下的。"在这里，蒋韵首先写出了人性的某种复杂性。一方面，素心拼死也要保住彭的笔记本不被抢夺，当然是一种值得肯定的"舍"，是一种重然诺的诚信之举，是一种大无畏的爱的牺牲精神。另一方面，她出于嫉恨心理对安娜所撒的那个弥天大谎，不仅把安娜推向了绝望的死亡境地，更是使自己从此陷入人间地狱里苦苦煎熬，最终不可自拔。前者是善，后者则是无论如何都不可原谅的恶。此后素心在人间地狱中的长期煎熬，正是被看作是她一个人的"罪与罚"。但与此同时，我们却也不妨在普遍象征的意义上来理解《玛娜》的特别命名。依我所见，蒋韵之所以要把关于"玛娜"的由来这一部分专门放置到作品中的《玛娜》这一非虚构的小说文本中来处理，实际上也正是为了将其从素心这一个体的故事中超拔出来，赋予其一种普遍的象征隐喻意味。这样一来，作家对人性层面上的"罪与罚"这一深邃命题的思考与表达，也就不仅仅是针对素心一个人，或者安娜她们知青一代人，而是针对了整个人类。

同样的道理，对于作品中那个由笔名为安娜的素心创作完成的小剧场话剧《完美的旅行》，我们也应该做如是解。《完美的旅行》讲述的，是一个女人和一个孩子的故事。孩子从小在爷爷身边长大，被接进城里与父母生活在一起后，内心苦闷的他，屡屡想要从这样的城市生活中逃离。幸运处在于，就在这个时候，他邂逅了身为父母的朋友、母亲的闺蜜的独身女人。从此之后，他们一种奇特的旅行生活就开始了："女人和孩子，在独身女人的小小的房屋里，开始了一个长长的、美好的精神之旅，想象之旅。"他们足不出户地以想象的方式完成着各种旅行，孩子在这种旅行中获得了极大的精神满足。孰料，就在这个过程中，一些关于他们的流言蜚语开始出现了："不仅仅如此，一些流言，开始在女人周围，像黑蝙蝠一样昼伏夜出。好事的人们，猜测着他们的关系。话说得很不堪。脏，下流，无耻。到处喊喊嚓嚓，嘀嘀咕咕，阴风四起。剧情开始朝着暗黑的深渊滑坠，不可阻挡。"其实，如此一种流言的生成，所充分证实的，正是鲁迅先生的那一段名言："一见短袖子，立刻想到白臂膊，立刻想到全裸体，立刻想到生殖器，立刻想到性交，立刻想到杂交，立刻想到私生子。中国人的想象惟在这一层能够如此跃进。"关键的问题是，即使是孩子的母亲，也明显受到了这些流言蜚语的影响。对闺蜜的态度大变："母亲和女人，在她们还是少女时就相识相交，她不会相信她能对一个孩子做出那种坏事，可是，她无法平息自己的妒忌和怒火。"明明是自己的亲生儿子，却与自己特别疏远，与别的女人情感密切，如此一种情形所必然激发的，正是母亲心中的嫉恨怒火。事实上，也正是在如此一种嫉恨心理作祟的情形下，母亲最终告发了独身女人，并引发了特别凄惨的后果："母亲哭诉孩子被女人猥亵。流言就这样被证实了。人们义愤填膺，特别是女人，特别是母亲们。她们冲上前去，打她，揪她的头发，用最脏的语言骂她。她们羞辱她，扯开她的衣服，让她洁白的胸膛，袒露在光天化日之下，她们朝那个洁净的地方呸呸地吐着口水。有人不甘心，拎来一壶热水，朝那隆起的小山丘，浇了下去……"也因此，既然遭受了如此这般非人的折磨与凌辱，那独身女人最后的自我了断，也就是顺理成章的一种必然结果："当晚，女人，服大量安眠药和止痛剂，自杀身亡。"关键在于，这个名叫忆珠的独身女人的自杀身亡，却也使孩子的母亲从此陷入自谴的深渊之中："你走了。忆珠，你解脱出苦海了，你赢了。从此，坠入深渊的，是我。""我比任何人都知道，你的无辜，你的清白，你的善良！原来，作恶，是一件这么容易的事！原来，一个普通人和一个罪人之间，只有这么一念的距离！一念的距离，就分出了天堂和地狱！忆珠，我送你进了天堂，而我，坠入了地狱！"正因为真切地意识到了自身的罪孽深重，所以，孩子的母亲最后才会有这样的专门表达："大恩不言谢，那大罪呢？所以，忆珠，我在地狱里，我不说，请原谅——请原谅——请原谅——"一方面，话剧《完美的旅行》对发端于嫉恨心理的人性恶的挖掘与表现，与素心在现实生活中所犯的罪孽有不容忽视的内在关联。但在另一方面，当素心把这种个体经验通过艺术化的手段转换为话剧作品的时候，自然也就超越了一己的自我经验层面，上升到了对普遍人性进行深入思考表达的高度。从这个意义上说，有罪的何止是那个孩子的母亲？何止是素心、安娜抑或三美？很大程度上，包括你我他在内的每一个人类个体，其实也都属于有罪的灵魂，恐怕也都难以逃脱所谓的终极审判。我们注意到，蒋韵在小说中刻意设定的一个重要细节就是，三美曾经多次断然表示，自己将来无论如何不会要孩子："'我不要孩子，'三美断然回答，'不管我将来是独身还是成家，我绝不会要孩子！'"为什么呢？"'人太坏，'三美轻轻叹口气，'不想让这个世界上再多一个坏人，这是我能为这世界做的唯一一点好事。'"紧接着，面对一时陷入沉默的姐姐，三美给出了进一步的解释："谁知道酒窝将来会变成什么样的人？想想就害怕。人是战胜不了人性中的恶的，一辈子太长，它终究会在某一个地方某一个角落等着擒获你，让你一生成为它的奴隶……"毫无疑问，三美之所以要做出如此断然的一种决定，乃因为她在现实生活中目睹了太多人性的邪恶。尤其是素心与安娜她们人生悲剧的酿成，以及三美自己在其中不经意间所发挥的恶的作用，所有这些人类的罪叠合在一起的一种直接结果，就是三美对人性的彻底绝望。唯其因为彻底绝望，所以她才不管怎么样都拒绝要孩子。很大程度上，大约也正因为三美有着极强烈的罪感意识，所以，她才会不停地在心里说"对不起"三个字："姐姐，对不起，对不起，对不起！三美在心里说了无数个对不起。她不知道为什么要由自己来说这三个字，她替某个人道歉，似乎，是不能推卸的命运。"

作为一部长篇小说，蒋韵在《你好，安娜》中所讲述的，不仅仅是素心与安娜她们的悲剧故事。除了这一核心情节之外，也还有三美自己与导演之间的悲情故事，以及安娜的姐姐丽莎与母亲、女儿她们多年抗争的故事。如果说素心和安娜的"罪与罚"的故事构成了小说的结构主线，那么，三美的故事，丽莎与母亲、女儿的故事，就分别构成了另外两条结构副线。很大程度上，正是以上三条结构线索的相互交叉发展，支撑起了长篇小说《你好，安娜》的主体结构框架。艺术结构的营造之外，小说艺术上值得注意的另外一点，就是多种文体形式的巧妙穿插。一个，是在长篇小说中嵌入了分别署名为彭与安娜（素心的笔名）的《天国的葡萄园》与《玛娜》两篇带有明显纪实性特征的短篇小说。另一个，是嵌入了署名为安娜的小剧场话剧《完美的旅行》。再一个，则是嵌入了由人物白瑞德所创作的一首无名的歌词（其实可以被看作是一首优秀的诗歌）。将短篇小说、小剧场话剧，以及诗歌这些文体形式嵌入一部长篇小说中，在丰富表达手段的同时，其实也很明显地加深拓展了作品的内在思想含蕴。另外，无论如何都不能不提及的一点，就是蒋韵那富含诗意的极具表现力的小说语言。比如，就在素心从安娜那里带有几分无奈地收下笔记本之后，作家曾经进行过这样的一种景物描写："这是一个初冬的月夜。月光洒下来，城市的路面，就像被霜染白了。以前，她总以为，月光是浪漫的，就算是再枯燥冷酷的城市，也会因为月光而柔软下来。原来那是错觉。月光其实无情无义。它让你以为霜洒的路面上，永远也踩不出哪怕半个脚印。"从科学的角度来说，月光一方面当然不是霜染的，另一方面，也肯定与什么浪漫或者柔软无关。质言之，所谓的霜染、浪漫或者柔软，都属于文学性的表达方式。但到了一向对文学抱有敬畏之心的素心这里，所有的这些为什么一下子就无效了呢？关键原因还是取决于她此时此刻的糟糕心境。"一切景语，皆为情语"，于今信也！唯其因为这个时候的素心嫉恨心理正处于大发作的时候，所以她才突然意识到了月光的"无情无义"。事实上，自然的月光，本无所谓情义与否。归根到底，能够巧妙地借助于月光的描写，形象生动地凸显表达人物的心境，正是蒋韵小说语言值得我们给予充分肯定的一个地方。

就这样，有了诗意而及物的小说语言，有了相对完美的艺术结构，尤其是在有了关于一个人，或者一代人"罪与罚"命题的深度思考与表达之后，蒋韵的《你好，安娜》当然就是一部难得一见的充分凸显了作家人道主义悲悯情怀的优秀长篇小说了。

以“身份”为中心的现代性本土化书写

——关于范小青长篇小说《灭籍记》

任何一位在当代进行写作的作家，都必须面对一个文学的坐标系，一个以中国本土文学传统为纵向的坐标轴和以包括西方文学在内的世界其他国家文学为横向的坐标轴的坐标系。自打1840年鸦片战争，中国开始了殊为艰难以“后发被动”为显著特征的“现代化”进程以来，中国作家的写作就不再能够如同前辈先贤那样，只虑及本土文学传统的存在就可以了。除了中国本土之外，他还必须充分考虑到一种被命名为世界文学的异质性文学的存在。换言之，任何一位当代作家的写作，都不能不同时面对文学的民族性与世界性这样一个重要命题，并且在自己的文学创作过程中同时融合兼备这样两种不同的文学经验。尤其需要特别强调的一点是，因为文化与文学客观上不平等，存在着强势文化（学）与弱势文化（学），所以，当我们指称世界文学的时候，其实更多地是在指称西方文化（学）或者欧美文化（学）。这样一来，当代中国作家所面临的，自然也就变成了如何在整合来自中国本土与西方文学两种传统的基础上实现艺术创造的问题。从这个角度来说，一部当代文学作品，只要真正称得上优秀，就应该是以上两种文学元素有机交融的结果。我们这里将要具体展开讨论的范小青的《灭籍记》，就正是这样一部以“身份”为中心的同时兼容西方现代性与中国本土化传统的优秀长篇小说，思想艺术上的原创性意味特别突出。

　　我们首先应该注意到，作为一位创作经验特别丰富，业已取得了多方面文学成就的优秀作家，范小青有着多种不同的艺术笔墨。她既可以严格地恪守现实主义的写作原则，同时也深得现代主义或者干脆说先锋派小说的要领，而且在两方面均有着足称丰富的艺术实践，创作实绩殊为了得。她这一次推出的《灭籍记》，就是这样一部充分运用先锋派叙述方式深切寄寓并表现着现实社会关切与人类终极关怀的长篇小说。具体来说，其先锋性集中表现在如下两个方面。其一，是一种虚虚实实、亦真亦幻艺术氛围的成功营造。由吴正好这一人物形象以第一人称的方式进行叙事的"第一部分"，这一方面的表现就非常突出。比如第三节"老宅惊魂"，主要叙述"我"在一次出卖家中旧货的偶然行为中，意外地发现了当年（也即二十世纪五十年代初）一张收养孩子的契约："一看到繁体字，我就有一种发自体内的热流涌动起来，我就淌着这股热流把旧契约当成游戏看了一遍，这才知道，原来从前有两个立字人郑见桥和叶兰乡，他们立个字据说，因故不能抚养亲子，又因近邻吴福祥半世无子，今将郑之亲子过于吴福祥膝下，日后郑氏永不反悔。还有说到如果吴氏以后有了亲生儿子，吴氏的产业要均分，如果没有亲子，则产业全归郑氏之亲子。还有什么吴氏可以任意教训，亲生父亲不得干预之类，之乎者也，啰里巴唆一套。"关键问题是，就在"我"意欲向父亲求证立契具体时间的时候，"我"却突然被惊醒了："大哥尖笑了一声，我一回头，哪里是旧货大哥嘛，分明是林小琼，她冲我笑呢，我顿时魂飞魄散，惊叫起来，林小琼，你为何要扮演旧货大哥——"只有到这个时候，吴正好方才发现，以上这些内容原来都出现在自己的一个梦境之中："我回想着这个奇怪的梦，内心真是十分的奇怪，一个梦，怎么能做得那么逼真，连那破纸上的字我都能念出来了？我不仅能念出来，我竟然都还记住了——我赶紧到我爸那儿看看……好像他刚从我的梦里出来似的。"更令人称奇的一点是，当"我"向他询问那张"破纸"的所在之处时，仿佛父亲也曾经进入过"我"的梦境一样，他竟然不假思索地就回应"我"道："破纸，噢，不是一直在我抽屉里搁着呢吗。"一方面，"我"的确是从睡梦中被惊醒的，但在另一方面，父亲的反应却似乎又充分证明着梦中事件的真实性。那么，"我"到底是在睡梦中，抑或相反呢？一种虚虚实实、亦真亦幻的艺术感觉，就这样被营造得活灵活现。

关键还在于，类似的这种艺术设计还曾经出现过多次。比如，就在稍后一些的第五节"大妈来了"中，类似的情形再一次出现了。就在"我"好不容易才从胡大妈那里探听到她丈夫，也即当年的那位立据人刘明汉的一些情况的时候，却又一次被父亲从梦中唤醒："我爸说，我才懒得骗你，是你自己在骗你自己——你该醒醒了，别老是做梦，梦是反的哦。""我一听梦是反的，心里一惊吓，我醒了。""人虽醒了，梦还在眼前，胡大妈竟然跑到我梦里来骗我，我真的很来气，我气愤愤地说，爸，胡大妈来过吗？"尤其值得注意的是，这位贸然闯到"我"梦中来的胡大妈，竟然早就病死了。既然胡大妈的出现依然还是在"我"的梦境中，自然也就存在着一个真假与虚实的问题。事实上，即使是第一人称叙述者"我"，也同样意识到了真假与虚实问题的存在。这一点，在他的若干叙述话语中，即有明确的表现："总之，我现在感觉到了，经过我的不懈的努力追求，往事他老人家终于来了。""我亲生父亲的亲生父亲姓郑。""其实这个故事是漏洞百出的，里边有许许多多值得怀疑的地方，我只是不想说出来。""我宁可信其真，决不信其假。""甚至说不定，如果需要，我还会以假乱真。"关键是："不管你们信不信。""反正我也不知道我信不信。"如此一种带有突出自反或者自相矛盾意味的叙事话语的出现，在明显破坏现实叙事逻辑的同时，其实也在建构着某种超现实的叙事逻辑。关于现实主义与现代主义，我个人坚持认为，它们之间的根本区别不过是抵达现实的方式有所不同而已。如果说现实主义是试图通过对现实生活的模仿而制造一种酷肖现实的逼真艺术幻觉的话，那么，现代主义就是试图借助于各种荒诞变形的方式来尽可能地逼近现实的本质。而且，更进一步地，如果说现实主义更多地着眼于外部客观现实的真切描写的话，那么，现代主义就更多地着眼于内在主观心理真实的揭示。具体到范小青的这一部《灭籍记》，她所借助于抵达社会现实本质的一种积极有效的先锋性手段，恐怕就是我们这里所集中探讨的那种虚虚实实、亦真亦幻艺术氛围的成功营造。

　　但千万请注意，也就在这一部分的第八节"单位在哪里"中，也还曾经出现过另外一种更具冲击力的事关虚实与真假艺术氛围的营造方式。这一次，依照父亲吴永辉的指引，"我"专门来到殡仪馆探寻亲生爷爷郑见桥生前所在的单位。没想到的是，在殡仪馆，出面接待的，竟然是"我"多年前的一位小学女同学。当然，是这位女同学最早认出吴正好来的。于是，他们之间，也就发生了这样的一番对话："她说，你装不认得我吧。""我说，难道我认得你？""她说，你认不认得我，我也不能勉强你，反正我认得你，吴正好。""刹那间我惊讶万分，哦不，不是惊讶，是惊吓，我惊恐万分地说，你怎么知道我叫吴正好？""咦，我们是小学同学嘛，她可不像我一惊一乍的，从从容容地说，从你小时起，我就知道你叫吴正好。"真正的令人震惊处在于，当"我"事后再打电话给殡仪馆的时候，却发现根本就不存在小学女同学这个人："接电话的人笑了起来，你开什么玩笑，昨天下午是我们闭馆休息的时间，谁会在这里接待你哦。""我不服，我说，就算闭馆休息，难道没有人值班吗？""那人道，值班当然是有的，那是保安人员，在外面巡逻，不是在办公室，闭馆的时候，我们办公区是全封闭的，没有人进得去。"只有到这个时候，"我"才忽然惊觉到了一丝诡异："我打了个喷嚏，顿觉身上寒丝丝的，嘴上却不肯饶人，我说，那她就是从你们的停尸房里爬出来的啦。"尽管说"我"的回答带有明显的自我调侃意味，但其中某种令人毛骨悚然的寒意的存在，却是无法否认的一种事实。范小青的如此一种艺术处理方式，一方面固然带有鲜明的先锋性色彩，但在另一方面，却也很容易就让我们联想到蒲松龄那充满鬼狐形象的《聊斋志异》来。也因此，在某种意义上，断言"我"这位突如其来的小学女同学乃同样来自蒲松龄的"聊斋"世界，也是一个完全能够令人信服的艺术结论。

　　其二，是到了小说的第三部分，范小青竟然极具开创性地设定了一位根本就没有存在过的第一人称叙述者"郑永梅"。一位根本就没有存在过的人，又怎么会有看似活生生的名字呢？原来，郑永梅的创造者，一样是他名义上的母亲，也即我们在前面已经提及的那个叫作叶兰乡的女性。只不过，他并没有如同其他的孩子那样让自己的母亲亲身体验"十月怀胎"的过程。之所以会是如此，乃因为这位名叫郑永梅的男子一直存在于某种概念的状态之中，而从来都没有拥有过真正的肉身。用他自己的话来说，就是："有人就有纸，或者，反过来说，有纸才有人。""我的那张纸，是从我三岁的时候开始出现的。也就是说，我三岁的时候，我的户口迁入了我父母亲的户口本。""在我家后来的户口本上，我的名字后面就是'迁出'两个字。""也就是说，我来过，又走了。"在经过如此一番不无严密的逻辑推理之后，"我"也就是郑永梅就"存在"了："现在你们相信了，我是存在的，存在在户口本上，在户口本上，我姓郑，我叫郑永梅。"千万请注意，正如同范小青所刻意设定的这个名字的谐音乃是"永没"一样，这个名叫郑永梅的男子，实际上从来就没有以肉身或者实体的方式存在过。质言之，他的存在，只因为户口本上的那张纸。对此，他自己到后来，也曾经有过明确说明："我看着他们忙乎，我都嫌累，让他们再胡编乱造去吧，他们还可以找出当年的合影来查对，他们还可以翻出从前的日记来印证，也可以到学校的档案室去试试，办法多得是。""只是可怜的孙子哎，他们可以胡闹，你却应该清醒了，你应该想明白了，你是找不到我的。"为什么找不到呢？因为"我根本就不存在"。但如果依照一般的社会秩序与生活常识，"但我又是存在的"。"其实你们早就知道了，这一切都是我母亲干的，她一辈子工于心计，阴险狡诈，没有什么事是她干不成的。"能够把一位只存在于概念中且完全子虚乌有的"人物形象"煞费苦心地设定为小说的第一人称叙述者之一，一种充满想象力的先锋性特质的具备，自然也就毋庸置疑了。

问题的关键在于，作为一位对中国社会有着足够深透了解的资深作家，她对现代主义先锋性创作方式的营造与运用，绝不会如同一些食洋不化的作家那样，仅仅停留在凌空蹈虚的形式层面。究其根本，深切介入社会现实的一种及物性的具备，乃是范小青先锋性创作的根本特点所在。实际上，透过那些现代主义的先锋性叙述方式，还原一下整部《灭籍记》的主体故事情节，就可以发现，作家所讲述的，是一个家庭的几代人围绕"身份"（这"身份"，具体到中国社会这一现实语境之中，突出地体现在"房籍""档案"和"户籍"等这些物事上。小说标题《灭籍记》中的"籍"，在很大程度上可以做如是解）问题所发生的那些悲欢离合的故事。更进一步说，范小青格外难能可贵的一点，是把进入二十世纪五十年代以来中国社会发生的很多重要历史事件都巧妙地编织进了郑氏家族一众成员的人生之中。比如最早的郑见桥与叶兰乡，与他们的命运发生紧密关联的历史事件，一个是抗美援朝，另一个则是"文革"。二十世纪五十年代初期，曾经的女子师范学校的高才生叶兰乡，是追随着自己的仰慕对象郑见桥报名参军，加入革命队伍的："郑见桥就是我父亲啦。那时候他从他的老郑家冲出来了，走上街头喊口号，叶兰乡正在路边和别人玩掉手帕的游戏，一转身，看到了街上的郑见桥，她的心怦然心动。"既然"叶兰乡跟上了郑见桥的步伐，就一跟到底了。郑见桥报名参加了部队，叶兰乡也跟进去了"。叶兰乡根本想不到，这么一跟，可就彻底改变了自己的命运。为了充分表现革命的决心，郑见桥和叶兰乡夫妇竟然把刚刚才出生几个月的儿子，送给了别人。是的，正如你已经想到的，这个被送人的孩子，不是别人，正是第一部分的第一人称叙述者吴正好那位似乎总是慵懒地躺在一张旧藤椅上的父亲吴永辉。事与愿违的是，或许正是因为郑见桥和叶兰乡的表现过于积极，甚至积极到了违背常情常理的地步，所以，他们的"如意算盘"到最后并没有打成："因为他们送掉了孩子，写了血书，发了毒誓，积极得过头了，甚至引起了怀疑，至少是引起了关注，所以他们真是偷鸡不着蚀把米，舍了亲儿子也没套着野心狼。"因为他们的过分积极表现引起了怀疑，"最后，他们不仅没能北上跨江，而且还很快就从南下的部队回到老家，转业进了市机关，一个在机关行政科，一个在文化局，都是普通干部。虽然他们年纪轻轻就参加了革命，到了部队上，但最后并没捞个一官半职"。一个无法回避的问题是，郑见桥为什么要如此去追求革命呢？这里的关键在于，郑见桥的家庭出身（关于郑见桥的家庭出身，郑永梅曾经做出过这样的一种叙述："我老郑家是南州的大户人家"），在那个一切均唯阶级论是举的时代，郑见桥深知这样的家庭出身，要想出人头地，就必须在政治上比其他人做出更加积极的表现。尽管说他们的这种积极努力最终未能如愿以偿，但"对此他们有无抱怨？想起来肯定是有的，只是因为自己屁股上并不那么干净，抱怨就只好埋在心里了。他们身边的战友，有的被揪出来，有的被抓起来，有的被开除出去，甚至有被枪毙了的，比比那些人，知足吧"。

抗美援朝之外，另一个与郑见桥夫妇发生了紧密关联的历史事件，就是后来的"文革"。当年，为了参军被迫把刚刚出生的儿子送给别人，事实证明他们的这种努力无效，从此，不幸失子便成了郑氏夫妇永远无法摆脱的心头之痛。正因为如此，等到吴永辉十四岁的时候，郑氏夫妇方才上演了一出"堵路认子"的闹剧："郑老师眼睛顿时闪亮了，但是他的脸色却很奇怪，少年吴永辉是看不明白的，又像笑又像哭，脸搁成了一团，他忍不住抓住了吴永辉的手臂，说，怎么不是我，就是我呀，我是你爸爸。"面对着突然冒出来的这个"爸爸"，不论是谁，都会如同吴永辉一样做出特别恼怒的本能反应："所以，当郑老师说出'我是你爸爸'片刻之后，吴永辉尖声叫喊了起来，不可能，绝不可能！"仅仅只是不可能、不接受倒也还罢了，关键的问题是，由于恰逢"文革"红卫兵造反时期，对郑见桥夫妇家庭出身多少有所了解的吴永辉，竟然以揭穿他们身世的方式作为报复的手段："吴永辉朝他翻个白眼说，你不长眼睛吗，街上的大字报，画了你们两个，嘿，跪在地上，还有黑叉叉，哼哼，黑叉叉还想来骗我，还造谣，你想干什么，我告诉你，我爸我妈是贫下中农工人阶级，你们是特特特！"当一伙红卫兵冲进来想要揪出郑见桥却苦于不认识郑见桥的时候，心怀强烈不满的吴永辉干脆就"出卖"了郑见桥："吴福祥装聋作哑，吴柴金假痴假呆，看上去就是一对弱智夫妻，偏偏吴永辉聪明伶俐，他趴在窗口上嚷嚷，我知道，我知道，郑见桥他们住前面那一进的最西头，郑见桥穿蓝颜色的列宁装，叶老师戴眼镜，四眼狗。"当然了，正如叙述者交代的："当时吴永辉的阴谋并没有得逞，他虽然出卖了自己的亲生父母，可是当一队人冲进前面一进院子的时候，郑见桥和叶兰乡真的已经望风而逃了。"尽管说郑氏夫妇侥幸逃过一劫，但范小青却借此写出了在那样一个非正常的时代，知识分子普遍在劫难逃的苦难命运。

　　郑见桥之所以不管不顾地即使违背常情常理也要坚持"堵路认子"，这一细节充分说明的，正是当年的送子给别人这一事件，在郑氏夫妇内心深处造成的巨大精神创伤。事实上，也只有在这个意义上，我们才能够认识到范小青关于"郑永梅"这一"不存在"的"存在"者形象设定的天才想象力。当年为了积极追求进步而忍痛把孩子送给别人之后，郑氏夫妇曾经想着再生一个以填补痛失爱子所造成的巨大情感空白。但怎奈天不遂人愿，生孩子这样的事情并不是随心所欲便可以完成的。一方面，再生一个孩子做不到，另一方面，原先送给别人的孩子找不到，更为关键的一点是，周围竟然还有人因此而怀疑叶兰乡的身份是"特务"："我母亲的担心和恐惧并不是没有理由没有根据的。因为我父母亲把他们的亲生儿子送了人，后来又没有再生孩子，这事情十分蹊跷，孩子送人就很蹊跷，唯一的孩子送了人，不能要回来，为什么不再生一个呢，岂不是更蹊跷？""我母亲的同事对我母亲的情况十分清楚，他们觉得不可理解，值得怀疑。"就这样，出于万般无奈，满心都已经被一种时代所造成的恐惧心理所完全笼罩的叶兰乡，便想出了一个在纸上凭空造出一个"郑永梅"的办法来。关于郑永梅的"出生"过程，他自己曾经给出了相应的描述："那时候我家的户口本上，只有我父亲和母亲两个人。一个星期天，不用上班，我母亲就抱着那个本子。整整看了一天，看得我父亲胆战心惊，看得我父亲差一点出去喊救命。"紧接着，"我母亲把她的想法，也就是那个关于我的生死攸关的决定告诉我的父亲，我父亲先是吓了一大跳，坚决不同意，但是他扛不住我母亲软磨硬泡，死缠烂打，更扛不住我母亲的装疯卖傻，因为我父亲实在已经搞不清我母亲的那些话，哪些是真傻，哪些是假痴"。无论如何，我们都必须承认，范小青此处的"真傻"与"假痴"，极其精准地捕捉并表现出了叶兰乡的精神状态。事实上，只知道以暗中抽烟的方式来缓解自己精神紧张的叶兰乡，到这个时候，已经多少显得有点癫狂了。而郑永梅，正是叶兰乡精神癫狂状态下的一个"创造物"："我是从我母亲的想法中走出来的。""我的名字出现在我家的户口本上了。""我叫郑永梅。"这里的关键在于，叶兰乡非常巧妙地利用了文明社会的户籍制度这样一个规则。正如同我们在很多时候都能够真切感受到的，很多情况下，我们自己并不能证明自己的存在，我们的存在与否，所依凭的往往是户籍制度，或者户籍制度的具象体现者——户口本。郑永梅这样一个"不存在"的"存在"者，就这样不无神奇地成了一种客观事实。说他不存在，是因为世界上的确没有这样一个人，说他存在，是因为郑氏夫妇他们家的户口本上的确存在着一个叫郑永梅的人。我们都知道，意大利作家卡尔维诺曾经写过一篇小说叫作《不存在的骑士》。那个中篇小说中的主人公阿季卢尔福所充分体现的是一种基督教的精神，没有肉体，纯粹是由一团类似于气体的理性、意志和规则凝结而成。我们不知道范小青关于"郑永梅"这一人物形象的构想在多大程度上受到了卡尔维诺的影响，但即使在承认这种影响存在的前提下，我们也不能不看到作家的相关构思，其实早已溢出了卡尔维诺的艺术窠臼，充分地包容体现着范小青的一种本土化思考。说到底，郑永梅这一人物形象的"无中生有"，乃是二十世纪五六十年代中国那样一种特有的社会境况所逼迫造就的一种结果，细细想来，其中一种精神分析学色彩的存在是显而易见的事实。当然，这种精神分析学色彩，主要是针对人性早已被那个不合理的时代扭曲变异了的叶兰乡这样的女性形象而言的。

与那位只是凭着一张纸就已然"存在"于这个时代中的郑永梅形成鲜明对照的，是比他长一辈的，他应该叫作姑姑的郑见桃这一女性形象。如果说郑永梅是一位"不存在"的"存在"者，那么，郑见桃就是一位实际存在着的"不存在"者。质言之，郑见桃的不存在，只因为她不小心丢失了自己的档案袋。但在讨论郑见桃这一形象之前，我们却须得首先来关注一下与她紧密相关的另一位名叫王立夫的人物形象。身为郑见桃未婚夫的王立夫，是一个典型的才子，被人称为"宋词王"："那时候她正想着谈婚论嫁。她的未婚夫叫王立夫，是师范学院中文系的讲师，专攻宋词，把个宋词研究得通体透明，淋漓尽致。"女师学校毕业后成为中学教师的郑见桃，是在到师范学院进修的时候，不管不顾地爱上王立夫这位"宋词王"的。那么，一桩看似完美的姻缘为什么会彻底泡汤呢？原因只在于王立夫竟然莫须有地成了右派。因为这一事件的发生，非常具有戏剧性，所以，请允许我在这里多加引述："王立夫所在的中文系没有完成右派的指标,开了好几次大会推选右派,可是老师们都很谦虚,个个谦让,最后的一个名额始终落实不下去。这天他们又开会,正赶上王立夫感冒,老是咳嗽,还打喷嚏,唾沫星子在会议室里直飞,很不雅观,王立夫是一个知书达理的夫子,很知趣,他在再一个喷嚏来临之前,赶紧跑到走廊上去打了。"因感冒打喷嚏,并注意避开别人,本来是一位文明人理所当然的行为。没想到,具体到王立夫这里,却不无"黑色幽默"地把自己最终"打"成了一个右派。本来还有老师建议,可以用击鼓传花的方式产生这个右派名额,但偏偏就在这个时候,王立夫在走廊里打了一个响亮的喷嚏。于是,"这个提议击鼓传花的老师立刻说,咦,王夫子还真是王夫子,打个喷嚏,咳个嗽,都要避开公共场所"。关键在于,由此而扯开去的如下话题,有人说,王立夫的宋词讲得太好,太受欢迎;有人说,他怎么能把宋词讲得这么好呢?又有人说,他讲新中国的新诗有讲这么好吗?又有人回应,那肯定没有这么好,否则,他为什么不叫"新诗王"呢?这样一来,问题的性质就显得特别严重了:"接着再往下讨论,说,是呀,为什么他不能把新中国的诗词讲得这么好,难道他心里对新社会有什么不同看法吗?"到最后,"等到王立夫擦了鼻涕进会议室的时候,他已经被推选出来了,有人还热情地拍了拍他的肩,向他表示祝贺"。一个右派知识分子,就这样以一种简直就是匪夷所思的方式生成了。也因此,范小青才会如此不无深意地叙述道:"事情就这样结束了。""事情就这样开始了。"我们谁都知道,所谓的右派,对一个知识分子来说,简直就是一场灭顶之灾。只有在这样一个前提下,我们方才能够从范小青看似轻松的叙述姿态中读出别样的沉重来。大约也正因为如此,王立夫被自己的文明之举"打"成右派的这样一个精彩传神的细节,才会让我们在读过《灭籍记》之后久久都难以忘怀。

很大程度上,郑见桃的人生或者干脆说"身份"悲剧,正是因为她对于王立夫那无法释怀的爱情造成的。但在具体展开讨论郑见桃这一人物形象之前,先让我们看一下出现在她眼中的哥哥嫂子:"哥哥嫂子早年参加革命队伍,时隔不久就双双被踢了出来,虽然还能在政府部门混口饭吃,可也只是夹紧尾巴才能守住的残羹剩饭。他们起先还想坚持自己的革命干部身份，后来经历了镇反、三反、五反、新三反、三改造、肃反等等等等的运动，早已经肝胆俱裂屁滚尿流。"实际上，也正是在经历了以上这些政治运动无休止的折腾之后，出现在郑见桃眼中的哥哥嫂子变成了这样一副不堪的模样："郑见桃完全没有想到哥嫂会是现在这怂样，哥哥郑见桥，堂堂郑氏传人，器宇轩昂，出口成章，滔滔不绝，结果成了个半哑巴，不到万不得已，一味躲在角落里洞察世态。""她的嫂子叶兰乡，出身名门，但她很快已经从一个气质高贵、温文尔雅的淑女变成了一个神经兮兮、说话颠三倒四又尖刻无赖的泼妇。"关键是，"说他们是革命干部队伍中的蜕化变质分子，还不承认？"当然，后一句话，是从当时不仅一心向往革命而且还自以为非常革命的郑见桃眼中看出来的。要害处在于，郑见桥与叶兰乡他们俩之所以会变成如此这般癞皮狗的样子，很显然是出身大户人家的他们过度追求革命的结果。他们如此一种严重的精神扭曲变异状况，端的是细思极恐。

王立夫被自己的喷嚏"打"成右派的时候，郑见桃正好被调派到乡下去支农。等她再回到师范学院的时候，未婚夫王立夫已经不辞而别了。在千方百计地了解到王立夫被发派下放到苏北一个名叫长平的县里的情况之后，她就决心到长平去追随王立夫。但要想到长平去，郑见桃就首先必须解决工作调动的问题。在未能征得校长同意的情况下，思王立夫心切的郑见桃，想方设法从学校的人事部门骗出了自己的档案，一个人带着档案袋便不管不顾地直奔苏北长平县而去："把一份薄薄的牛皮纸档案袋小心地交到郑见桃手里，还是觉得怪怪的，嘴里嘟嘟囔囔，没见过，没见过，自己拿自己档案的，没见过。总觉得心里不踏实，又指着档案袋的封口对郑见桃郑重吩咐说，这上面是封好的，你千万自己不能打开啊，私自打开是要犯错误的。"在郑见桃把自己的档案袋骗走之后，万般无奈的校长曾经对她喊了这样一些后来果然一语成谶的话："郑见桃，你拿走自己的档案，就是拿走了你自己的身份，小心弄丢了，你一辈子都找不到自己的身份！"结果，正如你已经预料到的，在匆匆忙忙地抵达长平县，并且在长平县中向校长求职一时无果的时候，恰好听闻一位大学教师在九里乡天天和学生一起背诵宋词。在断定这位大学教师就是自己所要寻找的王立夫之后，郑见桃再次不管不顾地拔脚就走，就去追寻王立夫了。因为行动过于匆忙，郑见桃把自己的档案不慎丢在了长平县中："这时候，她完全不知道，她犯了人生中最大的天大的一个错误，一个不可弥补、不可逆转的错误。"那就是，"她没有带上自己的档案"。那么，曾经是郑见桃未婚夫的王立夫，究竟为什么一定要对她避而不见呢？一定要抛弃她去和一个寡妇过日子呢？作家对此并没有再做具体的交代，而是笔锋一转，就此而将作品的重心转向了对意外丢失档案后郑见桃悲惨命运的书写。

因为寻找王立夫的彻底无望而被迫埋葬了自己那段真正可谓"惊世骇俗惊心动魄"的初恋之后，郑见桃只能回过头来再到长平县中去求职。只有等她再次回到长平县中的时候，她才知道，自己的档案果然再也找不到了。档案的丢失，首先影响到了她在长平县中的求职："没有档案，就是没有身份，虽然郑见桃可以详细介绍并保证自己的身份，可是谁敢相信她呢。新校长其实对她蛮友好，倒是希望她能够留下来当老师，因为学校的老师实在缺少得厉害了。新校长说，这样吧，我们可以让你当代课教师，但是要上报，如果教育局同意，你就留下来。"正如你已经预料到的，在现代社会，即使是如同二十世纪五六十年代那样一个时代，档案仍然对一个人的存在具有决定性的作用。因为丢失了自己的档案，郑见桃果然无法成为长平县中的教师。更进一步说，因为档案也即身份的丢失，郑见桃从此之后的日常生活也就变得寸步难行了。正如同范小青所描写的那样，自打档案也即身份丢失后，无法证明自己究竟是谁时，郑见桃就开始了一段如同游击队一样四处冒充他人的过程："现在郑见桃不能做赵梅华了，但她也不能回到郑见桃，她重新处于没有身份的真空状态了。""所以在后来的一些日子里，郑见桃先后是：／李小琴，一个被丈夫赶出家门的女子。／孙兰英，一个到县城办事的大队妇女主任。／钱月香，一个上了年纪的卖桃子的小贩。／还有一次，她叫周小红，是一个放假回家的大学生。"就这样，"郑见桃的每一次精心策划、设计，几乎都能够如愿以偿，但每一次又都好景不长，害得她一直忙忙碌碌，一直不得空闲，为自己的身份几乎操碎了心，成天到晚都得把心思用在怎么做成别人上面，最后差不多都忘记了真正的自己是谁了"。我们都知道，从一种人类存在与文明的演进秩序来说，肯定是先有人，后有人口管理制度的。虽然我搞不清其他国家是否也有档案，也有格外严密的档案管理制度，但最起码在1949年的中华人民共和国，档案的重要程度是非常突出的。在当代中国，一个人，尤其是一位拥有公职的工作人员，倘若说真的遗失了自己的档案，那他的确会在很大程度上无法证明自己是谁。正如同范小青在《灭籍记》中描写的那样，郑见桃明明活生生地存在于这个世界上，但就是因为她不慎丢失了自己的档案，或者直截了当说丢失了可以证明自己身份的那几张纸，她就是无法证明活生生的自己到底是谁。那么，到底是人本身重要，还是能够证明自己存在的那几张纸重要呢？郑见桃的悲惨遭遇告诉我们的，正是那几张纸的重要。从这个角度来说，范小青借助于郑见桃的遭遇表现出的，其实正是现代文明制度对人存在本身的一种异化。

说到郑见桃多少带有一点传奇色彩的人生际遇，最耐人寻味的，恐怕是她到最后的被迫变身为"叶兰乡"。"日子一天一天过去，我年纪渐渐大了，甚至我都开始老了，我仍然在使用别人的名字进行自己的生活，但这些事情，我已经不想再讲了，再讲也不好听了，三遍抵粪臭，我已经讲过无数遍了，连自己也不想听了，厌烦。"一言以蔽之，"反正我永远是另一个人，至于这个人，到底是谁，干什么的，都无关紧要了"。年纪大了之后，已经折腾了很多次身份变换游戏的郑见桃，终于迎来了自己最后一次的身份变换。出人意料的是，这最后一次，她竟然变成了我们早已经熟悉的嫂子叶兰乡。这一次，等郑见桃回来的时候，不仅哥哥郑见桥已经去世了，而且嫂子叶兰乡也已经是重病在床奄奄一息了。面对着恳请自己原谅她的嫂子，郑见桃提出的唯一要求是："你要想我不记恨你，除非你向别人证明我是谁，我就忘记你过去所做的下三烂的事。"之所以提出这个要求，一方面固然因为郑见桃长期被这个问题所困扰，但在另一方面，却也因为郑见桃预见到自己将会比嫂子叶兰乡活得更长久："当然我也不知道我还能活多久，现在看起来，我至少要比她活得长一点，我没有身份，我不是我，当然，'我不是我'这个难题纠缠了我大半辈子，我大半辈子就在和'我不是我'做斗争，让一个'我不是我'的我，正常地活下去。所以，许多年了，吃拿卡要，连蒙带骗，连哄带吓，扮成清纯少女，或者做一个无赖，也或者假装痴呆，反正是无所不用其极。"一般的作品中，我们所遇到的，往往是因为衣食住行而产生的具体生存问题，最起码在我个人有限的阅读视野中，还从来没有遇到过如同郑见桃这样因为遗失了档案材料，所以无法自证自我身份的生存困境。单从这一点来说，范小青此作的原创性色彩就值得予以充分肯定。正所谓姜还是老的辣，到最后，病入膏肓的叶兰乡在临终前向郑见桃以一封长信的方式面授机宜，彻底解决了业已困扰郑见桃很多年的"我不是我"的问题。"我打开一看，是叶兰乡写的一封长长的信，还有叶兰乡的所有身份材料、工作证明、工资卡、水电卡、银行卡，什么什么卡，反正一个人生活中需要的什么卡什么纸，尽收在这个包包里了。"但"愚钝"如郑见桃者，即使到了这个时候，仍然没有明白叶兰乡的锦囊妙计。一直到读了叶兰乡那封长信之后，方才彻底恍然大悟："我打开包包，拿出那封信，一眼就看到信封上有几个字'你就是我'。"你何以是我？"我蒙了。"然后，"等我清醒过来，我把信看了，我才知道，我的人生将要掀开崭新的一页了"。就这样，在叶兰乡巧妙地面授机宜之后，郑见桃就开始着手处理相关事项了。经过一番和医院的斗智斗勇后："我把叶兰乡接回家，第二天叶兰乡就如她所设计的离开了人世。""叶兰乡的后事，是我一个人悄悄办的，没有任何人知道。根据叶兰乡的锦囊之计，不能让任何人知道叶兰乡已经死了。""叶兰乡还活着，一直活着。""最重要的是，叶兰乡单位不知道。""叶兰乡还是单位的退休人员，她的工资每个月按时发放，当然，使用这笔钱的人是我啦。""我怎么不能使用。我是叶兰乡嘛。"这样一来，依照叶兰乡的神机妙算，郑见桃就神不知鬼不觉地悄悄变成了叶兰乡："我就这样简简单单地成了叶兰乡，我过起了叶兰乡奢华的安逸的日子，那日子真是舒服啊，我可以吃香的喝辣的，我可以请人伺候我，我可以出去游山玩水，花的都是叶兰乡的工资。我在花用她的工资的时候，心里多少觉得有点对不住她，但是再怎么对不住，我也得花，我就当作是叶兰乡对我的忏悔吧，谁让她当初揭发我，害得我失去了最后证明自己的机会。"到这个时候，郑见桃的人生变形记就可以说彻底宣告终结了。我们都知道，在中国古代，有所谓"狸猫换太子"的故事，而到了西方现代，则有卡夫卡的人变为大甲虫的《变形记》。我不知道，范小青关于郑见桃变形记的构想受到过以上何种因素的何种影响，但毫无疑问的一点是，通过郑见桃的不断被迫变形，直到最后变形为叶兰乡的故事，作家在批判性地反思中国当代社会的同时，也在超越了国界之后的更开阔视野内传达出的具有明显寓言性的现代哲学思考。

我们注意到，作家范小青曾经在《灭籍记》这本书的封底上特别写了一些意味深长的富有哲理性的话语："最早的时候是这样的，你遇见一个陌生人，他跟你说，我是谁，我从哪里来，我到哪里去，你就相信了。""后来，你又遇见一个陌生人，他跟你说，我是谁，我从哪里来，我要到哪里去，你就不相信了。""因为这时候人类已经学会了瞎说，而且人人都会瞎说，所以，人不能证明他自己了。你必须看到他的那张纸，身份证，房产证，或者类似的一张纸，他给你看了那张纸，你就相信了，因为一张纸比一个人更值得相信。""在后来，你又遇见一个陌生人，他跟你说，我是谁，我从哪里来，我要到哪里去，你不相信，他拿出了他的纸，你仍然不相信，由于人们对于纸的迷信，就出现了许多的假纸，你无法知道他的纸是真是假，你也无法知道他这个人是真是假。""呵呵，现在你麻烦大了，你信无可信，你甚至连这个世界是真是假也无从确定了。"我不知道，范小青的这些话语，到底是写于创作《灭籍记》之前，还是之后。但毫无疑问的一点是，范小青的这些话语，肯定与《灭籍记》这部长篇小说的创作紧密相关。不能不看到，在这些话语中，范小青所一再重复强调的，乃是"我是谁，我从哪里来，我要到哪里去"。诸如此类的一些问题，其实也正是古往今来一直困扰着人类的若干基本问题。一部人类的哲学史，那些思想睿智的哲人们，所翻来覆去思考并尝试解决的，也正是这样一些基本命题。又或者，从某种终极的意义上说，诸如此类的问题，恐怕永远也不会有标准或理想的答案。再或者说，思考这些问题的过程本身，也可能正是一种难能可贵的意义和价值所在。与此同时，伴随着人类社会文明过程的不断演进，这些古老的命题也极有可能被转换为新的方式出现。在我个人的理解中，范小青的《灭籍记》这部先锋性色彩非常明显的长篇小说，在超越国族界限的前提下，其实也完全可以被看作是对这些事关全人类的古老哲学命题的一种文学性回应。

从这个意义层面上来看《灭籍记》，则无论是吴正好关于房籍证明的苦苦求索而不得，还是郑见桃因为档案材料的遗失而被迫陷入的不断寻找自我存在证明的种种努力，抑或是郑永梅这样一位别具中国特色的"不存在"的"存在"者，范小青笔下所有的这些故事，实际上都可以被看作对诸如"我是谁，我从哪里来，我要到哪里去"这些古老哲学命题的形象化演绎与表达。在"第二部分"的第一节"谁是叶兰乡"这个部分的开头处，曾经出现过这样一些不无自我缠绕意味的叙事话语："我是叶兰乡。""我不是叶兰乡。""大家都叫我叶兰乡。""我知道我必须是叶兰乡。""以前我也试过，我说，我不是叶兰乡。""结果他们让我吃药。""在吃药和承认叶兰乡之间，只有一种选择。""当然，我选择我是叶兰乡。""问题是，本来他们并不知道我是谁，是我自己告诉他们我是叶兰乡的。"在读过这些其实很是有一些自我缠绕不清的叙事话语之后，一种直观的感觉，就是其中的逻辑有明显的不通之处。虽然说通过总体故事的把握，我们还是能够搞明白这一部分的第一人称叙述者为什么要以如此一种自相矛盾的方式展开自己的叙述，但无可否认的一点却是，这些缠绕不清的叙事话语，的确可以让我们联想到前面曾经提及的那些古老的哲学命题。说实在话，不要说是范小青，即使是其他更为伟大的作家，也不可能在他的一部长篇小说中使诸如此类的古老的哲学命题得到尝试性的解决。能够如同范小青这样，以"身份"问题为切入点，运用先锋性的笔法，将这些事关人类存在的哲学命题，有机地渗透包容到郑见桃、郑见桥、叶兰乡、郑永梅等一众人物充满跌宕起伏意味的命运故事中，《灭籍记》就足以被看作是一部原创性色彩特别鲜明的优秀长篇小说了。

以运河为中心的现实与历史书写

——关于徐则臣长篇小说《北上》

　　时下的中国文坛，盛行所谓的代际观念。以如此一种代际观念来看，徐则臣毫无疑问可以被看作是"70后"一代作家的领军人物。一般认为，包括"70后"在内的相对年轻的作家，较之于更早一些的"50后""60后"作家，一个重要的差异在于，长篇小说创作普遍处于不成熟的状态。尽管说能否写出优秀的长篇小说，并非是衡量作家创作成熟与否的唯一标准，尽管说如同鲁迅、沈从文、汪曾祺这样的经典作家也没有写出过优秀的长篇小说，但从文体不平衡的角度来说，长篇小说的普遍被更加重视，却也是无法被否认的一种客观事实。以我愚见，倘若说出生于二十世纪七十年代之后的那些年轻作家与"50后""60后"作家之间存在着一定的差距，那么，这种差距的突出表现之一，恐怕就体现在是否写出了足够优秀的长篇小说文本这一方面。我们之所以强调徐则臣在"70后"一代作家中处于领军人物的位置，正与他这些年来在长篇小说写作领域所做出的积极努力紧密相关。虽然偶尔也会有零星的中短篇小说发表问世，但无法否认的一点是，最近差不多十年来，徐则臣最为倾注心血和精力的一种文学文体，就是长篇小说。从那部曾经入围第九届茅盾文学奖，旨在挖掘书写"70后"一代人生命与精神历程的《耶路撒冷》，到稍后一些借助于"京漂"的书写而巧妙切入时代现实的《王城如海》，再到这一部将自己的笔触由现实而进一步探入历史深处的《北上》，徐则臣真正可谓一步一个脚印地显示出了自己在长篇小说这一特定文学文体上的不俗创作实力。

说到当下时代的长篇小说创作，我以为，从一种多元开放性的艺术理念来看，最起码存在着"百科全书"式、"史诗性"与"现代型"这样三种不同类型的长篇小说。所谓"百科全书"式的长篇小说，正如我曾经在一篇关于王安忆的文章中谈到的："在我的理解中，理想意义上的长篇小说应该具备海纳百川包罗万象的一种阔大气象。复杂与丰富这两个语词，天然地应该与长篇小说写作联系在一起。虽然在别人看起来我的这种想法可能会有陈旧落伍的感觉，但我还是要特别强调，理想的长篇小说无论如何都应该具备一种'百科全书'的性质。"[①]所谓"史诗性"长篇小说，我更多地采用洪子诚先生的说法："史诗性是当代不少写作长篇的作家的追求，也是批评家用来评价一些长篇达到的思想艺术高度的重要标尺。这种创作追求，来源于当代小说作家那种充当'社会历史家'，再现社会事变的整体过程，把握'时代精神'的欲望。中国现代小说的这种宏大叙事的艺术趋向，在30年代就已存在。……这种艺术追求及具体的艺术经验，则更多来自19世纪俄、法等国现实主义小说，和20世纪苏联表现革命运动和战争的长篇。……'史诗性'在当代的长篇小说中，主要表现为揭示'历史本质'的目标，在结构上的宏阔时空跨度与规模，重大历史事实对艺术虚构的加入，以及英雄形象的创造和英雄主义的基调。"[②]"至于所谓'现代型'，则是我自己的一种真切体认，从其基本的美学艺术追求来看，这一类型的长篇小说，不再追求篇幅体量的庞大，不再追求人物形象的众多，不再追求以一种海纳百川式的理念尽可能立体全面地涵括表现某一个时段的社会生活。与此相反，在篇幅体量明显锐减的同时，与这种'现代型'长篇小说紧密联系在一起的，就极有可能是深刻、轻逸与快捷这样的一些思想艺术品质。唯其因为这种类型的长篇小说，很明显与现代生活，与现代主义的文学观念相匹配，所以，我更愿意把

---

① 王春林：《闺阁传奇，风情长卷》，载《文艺争鸣》2011年第12期。
② 洪子诚：《中国当代文学史》，北京大学出版社1999年版，第108页。

它界定命名为一种'现代型'的长篇小说。"①如果用以上三种长篇小说的观念来衡量，那么，徐则臣的这部时间跨度超过了百年的《北上》，毋庸置疑地可以被看作是一部具有高远阔大思想艺术追求的"史诗性"长篇小说。更进一步说，倘若我们以洪子诚先生所提出的"史诗性"长篇小说诸要素来具体衡量徐则臣的《北上》，会心者就不难发现，其中最引人注目的一点，就是所谓"在结构上的宏阔时空跨度与规模"，也即徐则臣在小说结构方面的煞费苦心，以及煞费苦心之后的匠心独运。

具而言之，徐则臣的《北上》，除了开头处作为"序言"部分存在的"2014，摘自考古报告"之外，共由三部分构成。其中，"第一部"主要包括了"1901年，北上（一）""2012年，鸬鹚与罗盘""2014年，大河谭""2014年，小博物馆之歌"这样四部分内容。"第二部"主要包括了"1901年，北上（二）""1900年—1934年，沉默者说""2014年，在门外等你"这样三部分内容。而"第三部"，则只有"2014年6月：一封信"这样一部分内容。数年前，笔者在关于《耶路撒冷》的一篇批评文章中，曾经专门谈到过作品章节处理上具备的一种对称性特点："假若把初平阳的那十篇专栏文章去除，剩下的便是以小说人物名字命名的另外十一个章节。细察这十一个章节的安排，你就可以发现徐则臣同样是煞费苦心的。具体来说，前五个章节的顺序是'初平阳、舒袖、易长安、秦福小、杨杰'，第六个章节是'景天赐'，后五个章节的顺序则变成了'杨杰、秦福小、易长安、舒袖、初平阳'。前五个章节与后五个章节的名称完全一致，但排列顺序则来了个大颠倒。'景天赐'虽然只是出现过一次，却毫无疑问地处于整个叙事文本的中心位置。以'景天赐'为轴心，你自然会意识到前后五个章节安排上那样一种惊人对称性的存在。"②正是由于有过关于《耶路撒冷》一种真切的阅读经验，所以，在阅读《北上》"第一部"的过程中，一看到徐则臣如此一种章节组构

① 王春林：《多种艺术类型的兼备与共存——对2018年长篇小说的一种理解与分析》，载《中国艺术报》2019年1月23日。
② 王春林：《小说格式塔与一代人的精神分析》，载《新文学评论》2015年第1期。

方式，我便本能地以为，小说的"第二部"或"第三部"将会再一次以对称性的方式出现。没想到的是，实际的阅读过程彻底打破并颠覆了我的这种预期。"第二部"不仅只有三部分，而且其中后两部分，明显是两条全新的故事线索。到了"第三部"，则干脆只是剩下了篇幅特别短小的一个部分。如果说所谓对称性，所谓不同章节之间具备的均衡感，更多地带有古典美学的趣味，那么，到了这部《北上》中，徐则臣毅然打破章节对称性与均衡感，就使得作品拥有了非常鲜明的现代性特点。

对于徐则臣《北上》的艺术结构，具体来说，我们其实可以从以下两个方面展开进一步的分析。首先，从大的时间关节点来说，整部《北上》，可以说主要由历史与现实这样两条结构线索组合而成。这里，需要特别说明的一点是，我们对历史与现实的一种理解与界定，其具体的分水岭乃是1949年中华人民共和国的成立。举凡发生在1949年之前的故事，就属于历史的范畴。而发生在1949年之后的故事，则属于现实的范畴。依照这样的一种标准来衡量，《北上》中的历史这一条结构线索，就主要包括"第一部"中的"1901年，北上（一）"、"第二部"中的"1901年，北上（二）"以及"1900年—1934年，沉默者说"这样共计三个部分。更进一步说，历史这一部分又可以被进一步划分为主次不同的两条结构线索。其中，前两个都被命名为《北上》的旨在描写意大利人小波罗在公元1901年从杭州出发，一路沿着大运河乘船北上的部分，可以被看作主要的结构线索，而另外一个被命名为"1900年—1934年，沉默者说"的旨在交代描写小波罗的弟弟，另一位意大利人费德尔·迪马克也即马福德在中国一段充满传奇色彩的人生经历，这部分乃可以被看作相对次要的一条结构线索。同样不容忽视的一点是，我们这里所强调的小波罗乘船北上的那两个部分，不仅可以被看作历史这一部分中最主要的一条结构线索，而且即使与线索更为繁多的现实部分相比较，徐则臣这部长篇小说的书写重心，也很明显地落到了历史中的小波罗北上这一部分。质言之，徐则臣之所以执意要把这部长篇小说命名为《北上》，其根本原因恐怕也正在于此。

　　历史的结构线索之外，另外一条结构线索就是现实这一部分。具体来说，现实部分主要由"第一部"中的"2012年，鸬鹚与罗盘""2014年，大河谭""2014年，小博物馆之歌"，"第二部"中的"2014年，在门外等你"，"第三部"中唯一的"2014年6月：一封信"，共计五个部分的内容组成。这其中，四条更次一级的结构线索之间（其中，"2014年，大河谭"与"2014年6月：一封信"这两个部分，很显然可以被看作是同一条结构线索。尽管说后者相对于全篇来说带有非常突出的综合性结局意味，但我们却仍然坚持把它们归结为同一条结构线索。这其中一个重要的原因在于，这两个部分都采用了第一人称限制性的叙事方式。以第一人称"我"出现的叙述者，都是电视节目《大河谭》的制片与编导谢望和），虽然互有巧妙的指涉与折射，但严格说来，却都可以被看作是相对独立的不同结构线索。对了，说到小说的叙事方式，不能不强调的一点，就是徐则臣对于第一人称限制性叙事方式与类似于上帝式的第三人称叙事方式的交叉性巧妙混用。具体来说，除了历史部分中的"1900年—1934年，沉默者说"与现实部分中的"2014年，大河谭""2014年6月：一封信"这两部分内容之外，小说的其余部分所采用的，全部都是类似于上帝式的具有全知全能特点的第三人称叙事方式。

　　除此之外，还有一点不容忽视的是，徐则臣实际上是采用了一种巧妙的家族传承的方式，把看起来毫不相干的历史与现实这两大部分扭结编织成为一个有机的艺术整体。具体来说，"2012年，鸬鹚与罗盘"中的邵秉义与邵星池父子，乃是历史中"北上"那一部分中邵常来的后代；"2014年，大河谭"中以第一人称叙述者"我"出场的谢望和，以及那位与谢望和发生了感情纠葛的大学女教师孙宴临，分别是历史中"北上"那一部分中谢平遥与孙过程两位人物的后代；"2014年，小博物馆之歌"中，除了再度登场的邵秉义与邵星池父子之外，"小博物馆"系列旅馆的创办者周海阔，实际上是"北上"那一部分中的小轮子也即周义彦的后代；"第二部"中的"2014年，在门外等你"这一部分中的胡问鱼、马思艺、胡静也以及胡念之，则是"1900年—1934年，沉默者说"这一部分中小波罗的同胞兄长费德尔·迪马克也即马福德的后代。至于最后单独被徐则臣处理为"第三部分"的"2014年6月：一封信"，则很明显带有某种数条线索集聚的意味。一方面是，如同历史部分中的"1900年—1934年，沉默者说"与现实部分中的"2014年，大河谭"一样，采用了第一人称的叙事方式。第一人称的叙述者，是那位《大河谭》的制片与编导谢望和。另一方面，曾经在前面现实部分不同结构线索中登场的人物形象，绝大多数再一次出现在这一部分，比如，孙宴临、胡念之、周海阔、邵秉义与邵星池父子等。这些人之所以能够汇聚在一起，盖因为大运河。更进一步说，他们的集聚，乃是谢望和所编导创作的历史纪实类节目《大河谭》的缘故。这一部分的第一人称叙述者之所以不是别人，而是谢望和，根本原因显然在此。与此同时，我们也不能不注意到，在这些人交谈的过程中，所围绕的中心话题，其实是很多年前曾经与中国的大运河发生过紧密关联的两个意大利人。这样一来，不仅是现实的数条结构线索，而且连同历史的两条结构线索，也都被作家巧妙地汇集在了一起。从这个角度来说，"第三部"乃完全可以被看作是故事情节的一种大归结。

事实上，"第三部"的重要性，除了现实与历史两方面结构线索的大汇集之外，更重要的一点，是艺术地给出了大运河书写的意义和价值。"我？这一节的《大河谭》，雪球已经越滚越大——那好，老子就冲着最大的来。我要把所有人的故事都串起来。纪实的是这条大河，虚构的也是这条大河；为什么就不能大撒把来干他一场呢？老秉义说得好，'都在了这条河上'。在饭桌上，我再次向各位发出邀请，包括胡念之。我以为一位考古业的学者，虚构必是他过不去的坎儿，没想到胡老师极为支持。'强劲的虚构可以催生出真实，'他说，'这是我考古多年的经验之一。'他还有另一条关于虚构的心得：虚构往往是进入历史最有效的路径；既然我们的历史通常源于虚构，那么只有虚构本身才能解开虚构的密码。我放心了。"细细品味这一段叙事话语，我们便不难发现，其中毫无疑问有着一种作家徐则臣"夫子自道"的意味。我们都知道，作为历史纪实类电视节目的《大河谭》本身，应该说是不允许虚构的。作家之所以要刻意地借助于考古学家胡念之之口，不仅强调纪实与虚构的手段可以同时使用，而且还特别强调"强劲的虚构可以催生出真实"。在我看来，作家借助于胡念之如此一种明显背离考古学家职业操守的"妄言"，其根本意图其实是试图为徐则臣自己以大运河为关注中心的长篇小说《北上》"张目"。唯其因为长篇小说属于一种不仅允许虚构，而且很大程度上更看重虚构与想象的文体，所以徐则臣才会通过人物之口，特别强调虚构的方式对于呈现大运河的重要性。到了小说的结尾处，正当谢望和为《大河谭》后续资金问题所严重困扰的时候，大运河申遗成功的喜讯突然传来。如此一个利好消息的传来，一下子就解决了《大河谭》资金短缺问题的燃眉之急。到这个时候，第一人称叙述者"我"也即谢望和格外清醒地意识到："《大河谭》肯定没问题了。当然，还有更重要的。我突然意识到，对眼前这条大河，也是攸关生死的契机，一个必须更加切实有效地去审视、反思和真正地唤醒它的契机。一条河活起来，一段历史就有了逆流而上的可能，穿梭在水上的那些我们的先祖，面目也便有了愈加清晰的希望。"在这里，徐则臣更是以"夫子自道"的方式点明了身为大运河之子的自己，到底为什么一定要完成《北上》这样一部长篇小说的书写。却原来，单行本封条上那格外醒目的"一条河流与一个民族的秘史"这句话的渊源，乃是这段叙事话语。更进一步说，也正是从作品结尾处的这段叙事话语中，我们方才能够彻底琢磨明白作家到底为什么一定要将这部同时关涉历史与现实的长篇小说命名为《北上》。从写实的层面上说，《北上》这一标题固然根源于历史部分小波罗他们一行的沿大运河北上之举，但如果从象征的层面上说，我们就更应该注意到大运河的实质不过是自打隋炀帝开凿起始便一直流淌至今的一脉流水。面对这条从遥远的历史深处流淌至今的大运河，我们无论如何都不能遗忘孔子面对那时候的大河时所发出的"逝者如斯夫"的那声浩叹。孔子的创造性天才表现在，他把那浩浩荡荡不停地流淌着的河水，与看不见摸不着有着突出抽象意味的时间，紧密地联系在了一起。这样一来，抽象的无形的时间便获得了一种形象化的可能。如果说河水与时间之间的确存在着如此一种互通性的话，那么，小波罗他们的沿大运河北上，其实也就拥有了某种回溯时间的意味。进一步说，假若我们把如此一种回溯时间的象征意味与徐则臣《北上》中现实与历史相交织的书写结合在一起，那么，这"北上"很显然也就拥有了某种沿着时间的河流上溯的意味。如此一种时间层面上的上溯，具体到《北上》之中，也就可以被看作是由现实的部分而进一步追溯到了一百多年前的晚清义和团运动时期。

推论至此，一个无论如何都绕不过去的话题就是，既然自打隋炀帝开凿大运河起始，迄今已有长达一千五百年之久的历史，那么，徐则臣在《北上》中为什么要把他的上溯时间确定为1901年的义和团运动前后的那个时间关节点呢？要想理解作家的这一选择，首先必须充分认识到这一时间关节点在中国历史上的重要性。众所周知，十九世纪末二十世纪初，乃是中国社会由传统形态向现代形态转型的一个关键时期。换言之，这个时候，也正是以"后发""被动"为突出表征的中国"现代性"发生并潜滋暗长的一个重要时刻。梁启超之所以会把这个时期中国所发生的变化称之为"数千年未有之大变局"，根本原因正在于此。具体来说，徐则臣《北上》中曾经涉及的诸如"戊戌变法"、义和团以及八国联军等，都是中国"现代性"生成过程中发生的主要历史事件。中国"现代性"发生与转型的一个重要标志，就是只知道有"天下"而不知道有"世界"的中国人，终于打开视野，强烈地意识到在"天朝大国"之外，还有一个更为广阔的"世界"存在。大约也正因为如此，徐则臣才会在《北上》中，特别地写到意大利人小波罗兄弟，写到那些传教士，写到八国联军。所有这些，相对于中国人来说，都是一种异质的存在。所谓的"现代性"，正是伴随着这些异质存在的到来而进入古老中国，并在中国开始潜滋暗长的。既然是一种异质性的存在，那他们的到来，就必然会与中国的本土存在，发生尖锐激烈的碰撞与冲突。清王朝、义和团与八国联军这几种不同的社会政治势力之所以会生发出各种盘根错节的矛盾纠葛，其根本原因显然在此。只要是关注徐则臣的朋友，就都知道，他是一位拥有突出"世界"意识的作家。这一点，在他几部有影响的长篇小说中都留下了鲜明的痕迹。《耶路撒冷》中，不仅主要人物之一初平阳，心心念念想着要去耶路撒冷留学，而且小说的标题也明显地凸显着作家的"世界"意识。《王城如海》中的主人公之一高级知识分子余松坡，曾经在美国有过长达二十多年的生活经历。他从美国回到雾霾深重的北京工作，所携带着的，无疑是一种"世界"性的生存经验。到了这部《北上》中，诸如小波罗、传教士以及八国联军这样一些"世界"性因素的存在，干脆就与那个特定历史时期所谓"现代性"在中国的发生紧密联系在了一起。从这个角度来看，与其说《北上》是一部书写大运河的长篇小说，反倒不如说作家的根本主旨更在于中国"现代性"发生的关注与书写。徐则臣真正的着眼点，其实是梁启超所谓"数千年未有之大变局"。在这样一种地理与时间微妙转换的过程中，"现代性"在中国的发生悄然无声地取代了大运河，成了《北上》真正意义上的潜在主人公。而这，也正是徐则臣把自己的上溯时间最终确定在晚清时期的1901年这个时间关节点上的根本原因所在。与此同时，我们既无法遗忘中国古代诗人白居易的名言"文章合为时而著"，也无法遗忘意大利美学家克罗齐的名言"一切历史都是当代史"。之所以强调这一点，其实是在强调历史书写中具备一种现实感的重要性。因为，在很多时候，我们可以发现历史发展演变过程中惊人相似一面的存在。

通过以上分析，我们即不难确证，徐则臣的《北上》这部时间跨度超过了一百年的长篇小说，的确称得上是在艺术结构上具备了"宏阔时空跨度与规模"的特点。关键问题在于，徐则臣设计如此一种堪称宏阔繁复的艺术结构，究竟意欲达到怎样的艺术目标呢？要想很好地理解这一点，我想，我们首先需要对徐则臣的思想价值立场或者说叙事动机有真切的了解。这一方面，无论如何都不容忽视的地方，便是作家在小说故事尚未开始时便给出的两条"题记"。具体来说，徐则臣给出的，是分别来自中外两位作家的"题记"。一个是，曾经创作过《拉丁美洲被切开的血管》的拉丁美洲著名作家爱德华多·加莱亚诺。爱德华多·加莱亚诺说："过去的时光仍持续在今日的时光内部滴答作响。"他的这句话，毫无疑问是在强调现实与历史之间那样一种无论如何都不可能被切断的紧密内在关联。正因为历史与现实之间关系紧密，所以，徐则臣才可以依凭如此一种叙事语法，借助于现实中的《大河谭》而去叩击、打开历史的大门。另一个，则是中国清代杰出诗人龚自珍《己亥杂诗》中的第八十三首："只筹一缆十夫多，细算千艘渡此河。我亦曾靡太仓粟，夜闻邪许泪滂沱。"对于这首诗，龚自珍自己给出的自注内容是："五月十二日抵淮浦作。"具体来说，龚自珍的这首诗创作于公元1839年。那一年，诗人在沿着京杭大运河的往返途中，曾经创作了三百一十五首绝句，后来结集为《己亥杂诗》。其中，第八十三首，是诗人抵达淮浦也即清江浦时目睹繁忙的漕运（此处之"漕运"，专指狭义上的"运河漕运"）景象时的有感而发。一方面，诗人看到漕运动用了大量的人力（指拉船的纤夫）物力（指运粮的船只），另一方面，他由纤夫们劳作时所发出的"邪许"声而生出了包括自己身为享受者的内心愧疚。尤其是最后的"泪滂沱"三字，更是写出了诗人一种同情普通民众苦难的人道主义情怀。如果我们把文本中谢平遥曾经那么专注于龚自珍《己亥杂诗》的阅读，与小说的这一题记结合在一起，那我们从中所真切感受到的，恐怕也正是作家徐则臣面对历史与现实中围绕大运河所发生的种种人生苦难时那样一种格外难能可贵的人道主义悲悯情怀。九九归一，说到底，那位禁不住"泪滂沱"者，既是晚清时的龚自珍，更是当下时代的徐则臣自己。很大程度上，正是因为徐则臣拥有如此一种思想与情怀，所以他才能够写出如同《北上》这样一部对现实与历史进行着双重审视与反思的力量沉雄厚重的长篇小说力作。

首先进入我们关注视野的，是徐则臣在"现实部分"对当代社会现实做出的深度揭示与批判。这一方面，最值得注意的两个人物形象，一个是孙宴临的小祖父孙立心，另一个是周海阔那位身为大学教师的祖父。先让我们来看孙立心。孙立心的人生劫难，与他祖上孙过程传承下来的那款便携式箱式照相机紧密相关："她的小祖父孙立心也见过，且对孙立心产生过重大影响。因为家藏一件老古董，孙立心打小就对相机不陌生，又因为跟郎家做邻居，年轻时自然就玩上了这个时髦的东西。"不感兴趣不要紧，一旦感了兴趣，孙立心就把自己玩成了一位人像摄影的发烧友："孙立心对风景和合影兴趣不大，用它对准一个个人，拍出了一系列出色的人物肖像照。"因为人像摄影拍得好，所以在他们那个艺术圈里，孙立心的名声渐响："拍人体艺术照没得说。所以谈恋爱的找他拍照，结婚了找他拍照，亲戚朋友来了也请他拍照，艺术照当然更是题中应有之义。然后出事了。"仅仅只是拍个人体艺术照，孙立心为什么会出事呢？关键问题在于，那是一个特殊的治时代。在那个不允许有人体模特存在的禁欲时代，孙立心却偏偏有两位热衷于人体画的男女画家朋友。因为不可能拥有人体模特，所以他们两位便只能互相画对方："两个资源奇缺的异性画家决定相互画对方。不是面对面画，而是对着照片画。这就需要拍下对方的裸体，以艺术的名义，艺术地拍。"这样一来，人像摄影的发烧友孙立心自然也就派上了用场。尽管内心里心存畏惧，但到头来，对于"创作"的浓厚兴趣还是在犹豫不决中占了上风："孙立心也颇为踌躇了一阵，拍男人的身体他不怕，拍女人，有点怵。但他想拍，对一个摄影艺术家来说，这叫'创作'。他需要创作。"就这样，明明知道自己身处于一个特殊时代，但孙立心却迫于对人像摄影的强烈兴趣而"明知山有虎，偏向虎山行"了。既然孙立心敢于公然"犯忌"，那最终一种可怕的结果，自然也就可想而知了："男画家被抓了。顺藤摸瓜，孙立心也被揪出来。他的罪名甚至更大，男画家只是照着照片画，他是亲自对着一具活生生的女人裸体拍，显然他更流氓。两个人以流氓罪被判入狱，有期徒刑五年。'上海58-2'相机也被当作罪证没收。了解内情者，知道他们因艺术而成为流氓犯，不知道的，完全把他们当成流氓看了。"一方面，如此一种人生劫难的确对孙立心产生了严重的负面影响，构成了终生都无法解脱的一种精神情结："孙立心说，他的后半生一直很瘦，大夏天穿衬衫也要把扣子扣到顶。"但在另一方面，孙立心们的行为，在那个特殊时代却有着非同寻常的重要意义和价值："二三十岁的十来个年轻人，对兵荒马乱的外面世界闭目塞听，批斗游街、敲锣打鼓一概不理，自己关起门来，业余画画的、玩乐器的、搞摄影的、唱声乐的、练习舞蹈的，自己跟自己玩。"在那样一个时代，以孙立心为代表的这些热衷于艺术追求的年轻人，所一力坚持的，其实是一种难能可贵的人类文明的底线。尽管孙立心因此而惨遭劫难，但他却也以如此一种追求艺术的文明行为向那个践踏文明的特殊时代提出了强有力的抗议。

另一个具有类似性质人生遭遇的人物，是周海阔那位身为大学教师的祖父。这肯定与先祖周义彦的言传身教有关，世代都是文化人的这个家族，每一代都会说意大利语。想不到的是，到后来，周家人会为此而付出惨重的代价。这一方面，最具代表性的，就是周海阔的祖父。"周海阔当然知道原因。在波诡云谲的百年历史中，说中国话都屡屡惹祸，何况洋文。比如他祖父，一个教意大利语的大学老师，真是一觉醒来就成了反动派。一大早祖父起来，刷完牙洗过脸，习惯性地在早饭前大声朗诵一段原版的《神曲》，一群年轻人闯进家门，将祖父两只胳膊往身后一背，祖父就被迫'坐了飞机'。白纸糊成的高帽子也给他准备好了，前面写着'反动学术权威'，后面写的是'里通外国'，左边写着'汉奸'，右边是'间谍'。"在"现代性"已经成为普遍存在的现代社会，不同文化之间的交流，其实是寻常不过的一种文明事实，但仅仅因为会讲意大利语就被打入政治另册而惨遭折磨批斗，现在看起来，只应该被看作那个特殊时代自身的耻辱。从这个意义上说，徐则臣通过周海阔祖父不幸人生遭际的描写，在把批判矛头隐隐然地指向那个不合理政治时代的同时，也充分体现出了作家坚守文明价值底线的坚定思想立场。

然而，与现实部分的描写相比较，正如同小说标题《北上》所明显预示的，徐则臣更多地还是把关注点集聚到了十九世纪末二十世纪初的那个历史部分。正如我们在前面已经提到过的，在那个"现代性"这一异质性因素初始进入中国并对中国本土文化形成强有力冲击的时代，这块大地上先后发生了诸如戊戌变法、义和团以及八国联军这样一系列重要事件。这里的值得肯定的是，徐则臣以细针密线的方式格外巧妙地把这些历史事件有机地编织进了《北上》的故事情节之中。其中，与戊戌变法紧密相关的一位人物形象，就是那位怀才不遇的晚清知识分子谢平遥。精通英语的谢平遥，曾经是江南制造总局下属翻译馆的职员。或许因他身为译员，能够领风气之先地接触感受西方异质性文化，所以他明显属于那个时代更多地认同西方思想文化观念的先进知识分子群体中的一员。也因此，虽然身为译员，但他把更多的精力用来关注时事政治：

"李赞奇还记得这个小兄弟喝多了就说，大丈夫当身体力行，寻访救国图存之道，安能躲进书斋，每日靠异国的旧文章和花边新闻驱遣光阴。"正因为率先接受了西方的先进文化理念，所以谢平遥才会更多地引龚自珍为自己的思想同道："洗漱之后，谢平遥坐在窄小的床上看龚定庵的《己亥杂诗》，灯火如豆，他得凑到油灯前看。定庵先生在一首诗里写：'少年击剑更吹箫，剑气箫心一例消。谁分苍凉归棹后，万千哀乐集今朝。'此诗乃定庵先生自况：少年时期舞剑吹箫样样来得，如今全都干不了了。现在乘船南归故里，情绪苍凉，万千哀乐，一起奔至而来，实在是没料到啊。悲凉黯淡又夹杂了挫败之伤痛的中年心境跃然而出，看得谢平遥不由得心也沉下去。定庵先生自况而况人，说的不也正是在船上的他么。"我们都知道，关于龚自珍，梁启超曾经给出过这样的一种高度评价："晚清思想之解放，自珍确与有功焉。光绪间所谓新学家者，大率人人皆经过崇拜龚氏之一时期。初读《定庵全集》，若受电然。"[1]唯其因为龚自珍乃是晚清时期一位致力于改良维新的思想先驱，所以，谢平遥之引龚自珍为同道之举，方才可以被看作是对谢平遥自身基本思想价值立场的一种折射或表现。究其根本，谢平遥之所以会特别关注发生在遥远京城里的康梁变法，正与他内心里一种救国图存的远大志向紧密相关："三年后，他从来淮巡察的京城官员那里得知，京城果然变法了，领头的果然是那个姓康的，还有他的弟子梁启超……他给李赞奇写信：真想去京城看看，见证一个伟大时代的到来。李赞奇回信波澜不惊：老弟，矜持点，伟大的时代不是煮熟的鸡蛋，剥了壳就能白白胖胖地蹦出来。又被李赞奇的乌鸦嘴说中了。再次得到变法的消息，谭嗣同、杨锐、刘光第、林旭、杨深秀、康广仁已经被推到菜市口砍了，康有为和梁启超的通缉令也沿运河贴了一路。"就这样，在巧妙地旁涉叙述戊戌变法的同时，徐则臣更是以简洁的笔触成功地勾勒塑造了谢平遥这样一位忧国忧民的失意知识分子形象。当然，说到谢平遥这一知识分子形象的塑造，《北上》中特别精彩的一笔，就是他在扬州逛妓院时意外发生的那场多少

---

① 梁启超：《晚清学术概论》，中华书局1989年版，系《饮冰室合集》专集之三十四，第54页。

带有一点戏谑色彩的打斗事件。在扬州的众姑娘教坊司里，谢平遥与"瓜皮帽"和"丝绸马褂"两位守旧派之间，围绕龚自珍的《己亥杂诗》与康有为的《日本书目考》这两本书的雕版发生了激烈的争执。不料想，争执的结果却是"城门失火"，最终"殃及"的反倒是小波罗这个"池鱼"。正在温柔乡里享受温存的小波罗，竟然莫名其妙地挨了"瓜皮帽"和"丝绸马褂"的一顿打："众姑娘教坊司开业以来大概从没遇到过此种荒唐事，嫖客打着民族大义和家国情怀的旗号干起来了。"亏得小波罗身板结实，很快反应过来，放倒了两个人，才最终扳回了一度落败的打斗局面。

接下来，就是义和团与八国联军。与这两个历史专有名词紧密联系在一起的人物形象，分别是意大利人费德尔·迪马克也即马福德，与孙过路和孙过程兄弟他们三位。费德尔·迪马克也即马福德，是另一位意大利人，一位历史名人马可·波罗的崇拜者。他之所以千里迢迢地从意大利跑到中国，正是为了能够像马可·波罗那样认真地考察并观赏包括大运河在内的中国的锦绣河山："我对中国的所有知识，都来自马可·波罗和血脉一般纵横贯穿这个国家的江河湖海；尤其是运河，我的意大利老乡马可·波罗，就从大都沿运河南下，他见识了一个欧洲人坐在家里撞破脑袋也想象不出的神奇国度。"然而，对中国与中国文化满心向往的马福德，无论如何都想象不到，到头来，自己竟然以成为所谓八国联军一员的形式，成了中国的敌人。

因为通过服兵役的方式来到中国，所以马福德不得不成为八国联军的一名成员。虽然身为八国联军的一员，但马福德对中国所持有的，却一直都是非常友好的态度。在战场上，"见到每一具尸体我都绕着走，碰到那些残缺的肢体，我会觉得是我杀了他们。大卫认为我是劳累导致的幻觉，就像长达六个多小时的耳鸣。我不认为是幻觉，他们的死就是跟我们有关。如果一群高鼻深眼的家伙不是以这样的方式到来，中国人会像落叶一样大片大片地死去吗？"。一个士兵，在两阵对垒的战场上，竟然以这样的一种自谴性话语来谈论自己的军队，所充分表现出的，也正是他对中国的友好情感。马福德之所以不惜克服各种艰难险阻，不仅坚持要和如玉结合，而且最后果然留在中国，与爱妻如玉一起度过了坎坷跌宕的一生，究其根本，恐怕正是这种友好情感充分发挥作用的缘故。与马福德相比较，更应该被看作是西方现代性代表的，其实是他的同胞兄长小波罗。虽然从表面上看，小波罗来到中国的目的，是要全方位地考察大运河："小波罗此行专为考察运河来中国，决意从南到北顺水走一遍，时间紧，任务重。"但其实，真正对大运河充满浓厚兴趣的，乃是小波罗的弟弟马福德。小波罗之所以专门跑到中国沿大运河走一遭，其真正意图是要寻找那位总是喜欢玩"消失"的弟弟马福德。虽然说，在这个过程中，小波罗实际上也已经如他的弟弟马福德一样，对大运河，对中国都产生了浓厚的兴趣。说到小波罗身为西方现代性的代表，一个极具象征意味的细节，就是在他不幸因病身故之前，把自己身上携带着的那些物事都分散送给了周围照料自己的一众中国友人："孙过程拿了柯达相机和哥萨克马鞭。邵常来要了罗盘和一块怀表。大陈喜欢那杆毛瑟枪，帮弟弟小陈做主拿了勃朗宁手枪。老陈要了石楠烟斗。陈婆要了剩下的五块墨西哥鹰洋。小波罗问谢平遥，谢平遥说，如果可以，他希望能留下小波罗跟此次运河之行有关的书籍和资料，包括小波罗的记事本。当然，要是涉及不愿示人的个人隐私，他可以根据小波罗的意愿做相关的处理。"请一定注意，这些被相关当事人后来作为传家宝一直传承到后世的物事，在那个特定的历史时期，都可以被看作是西方现代性的产物。从这个角度来说，它们被分散送给小波罗的中国友人，实际上也就隐喻表现着"现代性"这一事物在中国的一种流播传沿过程。很大程度上，正是依凭着西方现代性的如此一种流播传沿，也才有了以"后发被动"为突出特征的中国现代性最后的生成。

不只是来自西方的小波罗兄弟，曾经是义和团的孙过路与孙过程兄弟身上，也一样有值得肯定的良善品质存在。这一点，表现在孙过路不惜牺牲自己的生命，也要放走无辜的"洋大人"小波罗的故事情节中。在北上的途中，小波罗不仅曾经一度被以大胡子为首领的一群被打散了的义和团抓获，而且还差一点成为大胡子业已死去的爱子的祭品。大胡子之所以要把小波罗作为祭品，乃因为自家儿子死于八国联军之手。正因为儿子死于高鼻深眼的外国人之手，所以大胡子才不管不顾地要以虽然同样高鼻深眼，但实际上却非常无辜的小波罗来祭奠儿子的亡灵。值此生死攸关之际，正是孙过程的大哥，那位在战争中不幸失去了一条胳膊的孙过路，意识到不能随随便便地滥杀无辜。正因为有他的拼死相救，所以小波罗才侥幸逃脱。毫无疑问，孙氏兄弟的如此一种拼死呵护"洋大人"小波罗的行为，正可以被看作是其内在善良品质的充分证明。但问题在于，孙过路的如此一种自我牺牲精神又从何而来呢？原来，孙过路有如此一种良善的人道悲悯情怀，乃是受到一位名叫戴尔定的比利时传教士的影响。虽然在平时的日常生活中，戴尔定曾经救过周遭很多中国人的命，但在那样一种格外"仇洋"的时代氛围中，戴尔定情知难逃一劫，所以便在疯狂的拳民赶到之前自杀身亡。临死前，竟然还留下了一篇毫无怨气的平静遗言："在这穷乡僻壤能够寻到另外的羊，是何等的喜乐。我带来的少量西药和我仅有的皮毛医护常识，全部派上用场了。真的，看到他们那样地苦，跟我第一次见到他们时一样，我非常难过。这一天的工作完毕了，时针正指着那个时辰。我让工人们回家休息了。我已经准备好了。若这是主的美意，我死而无憾。我没有后悔来中国，唯一遗憾的是，我只做了这少许。永别了。"明明是被迫自杀弃世，但戴尔定却不仅毫无怨言，而且还只是在一味地遗憾自己没有能够做更多的事，拯救更多的"羔羊"的灵魂。徐则臣笔下这样一位充满人道主义悲悯情怀的传教士形象，的确可以让我们联想到雨果《悲惨世界》中那位引领冉阿让走上人生正途的米里哀主教。假若我们把戴尔定、孙过路，以及那位因为目睹了战场上过多的残酷死亡场景而一个人逃离了战场的马福德联系在一起，从其中我们所能充分感受到的，正是作家徐则臣那样一种特别难能可贵的人道主义悲悯情怀。世界上任何一位伟大的作家，都必须首先是一位伟大的人道主义者。徐则臣到底是不是一个伟大的作家我们尚不敢轻易断言，但最起码我们可以肯定，他无疑是一位具有强烈人道主义悲悯情怀的作家。

《北上》毫无疑问是一部以大运河为潜在主人公的长篇小说，因为确定了大运河的主人公角色，所以徐则臣自然会不惜篇幅地从历史到现实，全方位地展开对大运河一种"百科全书"式的书写。而且更进一步说，作家的如此一种努力，也有着突出的文化意义。但相比较而言，我还是坚持认为，《北上》更是一部以大运河为书写中心的对现实与历史进行着双重审视与反思的力量沉雄厚重的长篇小说力作。从根本上说，如此一部长篇力作的问世，更进一步巩固夯实了徐则臣作为"70后"一代作家领军人物的地位。

民间伦理法则与史诗性书写

——关于梁晓声长篇小说《人世间》

　　说一点不好意思的实在话，收到朋友寄来的梁晓声长篇小说《人世间》，已经很是有一段时间了。或许与作品那长达百万字的篇幅所形成的压迫感紧密相关，即使如我这样日常以阅读长篇小说为业的专业读者，面对着如此一部体量庞大的皇皇巨著，竟然也产生了某种莫名其妙的畏惧心理，一直没有足够的勇气翻开这部作品。然而，一旦我真的翻开这部字数多达一百一十五万的长篇小说，却不无惊讶地发现，《人世间》其实充满了十足的思想艺术魅力。这部小说可以说是越读越有滋味，渐入佳境。就这样，在认真地先后阅读了两次之后，一个无法回避的结论就是，这部耗费了梁晓声多年心血的长篇小说，不仅可以被看作是梁晓声迄今为止思想艺术完成度最高的一部作品，而且也毫无疑问是中国文坛进入二十一世纪以来长篇小说领域中最具代表性的作品之一。因此，对《人世间》展开相应的思想艺术深度分析，也就很有必要。

　　放眼当下的中国长篇小说创作，我个人认为，从文体的角度，最起码可以把它们分为"百科全书"式、"史诗性"与"现代型"这样三种不同的艺术类型："所谓'百科全书'式的长篇小说，更多地与中国本土的艺术传统相关联，乃至具备一种海纳百川包罗万象的阔大气象，具有类似于'百科全书'性质的长篇小说。所谓'史诗性'长篇小说，我更多地采用洪子诚先生的说法：'史诗性是当代不少写作长篇的作家的追求，也是批评家用来评价一些长篇达

104

到的思想艺术高度的重要标尺。……"史诗性"在当代的长篇小说中，主要表现为揭示"历史本质"的目标，在结构上的宏阔时空跨度与规模，重大历史事实对艺术虚构的加入，以及英雄形象的创造和英雄主义的基调。'至于所谓'现代型'，则是我自己的一种真切体认。从其基本的美学艺术追求来看，这一类型的长篇小说，不再追求篇幅体量的庞大，不再追求人物形象的众多，不再追求以一种海纳百川式的理念尽可能立体全面地涵括表现某一个时段的社会生活。与此相反，在篇幅体量明显锐减的同时，与这种'现代型'长篇小说紧密联系在一起的，就极有可能是深刻、轻逸与快捷这样的一些思想艺术品质。唯其因为这种类型的长篇小说，很明显与现代生活，与现代主义的文学观念相匹配，所以，我更愿意把它界定命名为一种'现代型'的长篇小说。"①倘若我们承认以上看法还有那么一点道理，还能够成立，那么，梁晓声的《人世间》就毫无疑问可以被归入"史诗性"一类，可以被看作是当下时代难得一见的优秀史诗性长篇小说。

无论如何都必须强调，《人世间》所具备的"史诗性"，所依循的理论标准来自洪子诚在《中国当代文学史》中早已为大家所熟知的相关论述。然而，借用洪子诚的相关论述来衡量评价梁晓声的《人世间》，唯一可能引起争议的，就是第四点也即"英雄形象的创造和英雄主义的基调"。一般来说，一旦提及英雄，我们马上就会联想到战争，似乎只有在那战火纷飞的战场上才能够产生英雄。但现在看起来，这样的一种看法还是显得多少有点狭隘了。我想，我们应该充分认识到，漫长的人类发展历史中，相对于非常态的战争，更长的时段恐怕还是处于常态的和平时期。既然人类更多地还是生活在一种常态的和平时期，那么一个不容回避的问题就是，在这样一种常态的和平生活阶段，是否也同样还会产生英雄。答案自然是肯定的，只要是拥有相对丰富生活经验的朋友就都知道，在看似寻常的日常生活中，要想做一个超乎于一般之上的生活英雄，其实是非常困难的一件事情。尤其是在很多时候，当历史形成了

---

① 王春林：《多种艺术类型的兼备与共存——对2018年长篇小说的一种理解与分析》，载《中国艺术报》2019年1月23日。

一种浩浩荡荡的蛮力并向某种未必正确的方向涌进的时候，那些不仅有幸掌握了真理并且有足够的勇气与这历史的蛮力相对抗的人类个体，就绝对称得上是日常生活中的英雄形象。这一方面，曾经逆当时的历史潮流而动，但在事后却被充分证明的确属于真理拥有者的张志新等人，就毫无疑问可以被看作是极其难能可贵的生活英雄形象。也因此，我们一定要设法破除只有战场上才会有英雄形象生成的狭隘观念，在一种广义的层面上，把那些日常生活中敢于逆错误的历史潮流而动的人类个体，也全都理解为生活英雄形象。如果我们以上关于英雄形象观念可以成立，那梁晓声《人世间》中"英雄形象的创造和英雄主义的基调"的问题，自然也就迎刃而解了。在这部先后出现过四五十位人物的长篇小说中，最起码，周氏三兄妹中的大哥周秉义，完全算得上是和平时期的一位生活英雄。

虽然小说一开始所讲述的，是二十世纪初叶十月革命后大量白俄贵族被迫迁居到远东大城市A市的故事，但严格说起来，这第一章的内容不过是小说的序幕。整部《人世间》主体故事的起始时间，是第二章故事发生的二十世纪七十年代初期，具体来说，也就是1972年那个寒冷的冬季。从这个"文革"的中间时段开始，一直到进入二十一世纪后的所谓市场经济时代，这部长篇小说的叙事时间可以说差不多达到了半个世纪的长度。作家梁晓声对出生于A市著名的贫民区光字片一个普通工人家庭的生活英雄周秉义的人生书写，自然也是从二十世纪七十年代初期开始的。作为市一中高三年级的优秀生，他原本是一门心思要考大学的。没承想，他的大学梦想却因为"文革"的爆发而变成了泡影。"上山下乡"运动前，身为"逍遥派"的周秉义，"除了躲在家里偷阅禁书，再就是与自己的同班同学郝冬梅恋爱"。"周秉义与郝冬梅这对恋人，抵抗烦恼与闲愁的办法，只有读禁书和恋爱，那简直也可以说是他俩的绝招、法宝。除了毛泽东和鲁迅的书，其他书籍在中国似乎已不存在了，但也就是似乎而已。任何时代都有些不怎么怕事的人，周秉义和郝冬梅便总是能搞到以前不曾读过的书来读。有时还在周家拉上窗帘一个读，一个听；还讨论，甚至争论。"无论如何，我们都不能不承认，在周秉义的成长过程中，"上山下乡"

前这一段与女友相偕并肩读禁书的地下读书活动，的确发挥过举足轻重的启蒙作用。不管怎么说，我们都很难想象，如果不是在成长的关键时期曾经有过如此一种"躲进小楼成一统"的阅读禁书过程，从自己的家庭中根本就不可能获得充分精神营养的周秉义，能够迅速地成长起来，能够在"上山下乡"成为兵团知青后的第二年，就被"调到师部宣传股当上了宣传干事"。大约也正因为如此，所以，等到周秉义要离家前往兵团做知青的时候，才会指着书箱特别郑重地告诉小弟周秉昆："你也别因为那些书不安。现在已经不是'文革'初期，我和周蓉走后，家里就剩下你和母亲了，咱们是工人阶级家庭，即使被多事的人发现了，举报了，也没什么了不得的，绝不至于把你和母亲怎么样。只不过，那些书在以后的中国，在一个不短的时期内将难以再见到，很宝贵。我希望咱们周家的后人还能幸运地读到那些书。一个人来到世界上，一辈子没读到过这些书是遗憾的。"事实上，在那个政治时代，把爱情作为自己的精神宗教，不管不顾地追随"右派诗人"冯化成到偏远的贵州山区艰难度日的妹妹周蓉，之所以要专门写信给周秉义，也正是因为曾经在一起读过禁书的她，坚信自己那看似一意孤行的所作所为，肯定会在大哥这里获得充分的理解。对于妹妹的行为，"他起初也震惊，可是收到妹妹从贵州寄给他的自白长信后，他理解了"。

某种意义上，正因为周秉义也更多地把自己和郝冬梅之间的爱情看作是一种类似于精神信仰的东西，所以，面对着在当时殊为难得的可以参军成为沈阳军区谢副司令员秘书的机会，他才会最终做出坚守在郝冬梅身边的选择："他固然也是个鱼与熊掌都想兼得的人，如果说郝冬梅是鱼，要获得熊掌必须失去鱼的话，那么他是那种立刻会对熊掌转过头去的男人。这与某些爱情小说对他的影响有一定关系，那些小说赞美始终不渝的爱情，在他的头脑里形成了自己的道德律——但道德律的禁忌并非主要原因，更主要的原因其实也可以说是一种习惯，即他已经习惯了人生中不可无冬梅，如同基督教徒习惯了人生中不可无《圣经》。"之所以能够养成如此一种习惯，根本原因乃在于他与郝冬梅在精神上有着太多的共同语言。唯其如此，他才会在自己的政治前途与爱情之间毅然做出守护在冬梅身边的决定："我未婚妻的父亲现在仍是被打倒的'走资派'，而这不符合入伍的政审条件，所以我只有放弃此次难得的机会。"说实在话，面对着如此难得的一个可以改变自己命运的机会，周秉义的毅然选择放弃，一方面固然与那些爱情小说对他潜移默化的长期熏陶有关，但在另一方面，却更加充分地说明着他对内心里的自我道德律令的坚守。正是从这一点出发，作家梁晓声才会借助叙述者的口吻，对周秉义做出这样的一些评判："周秉义不是曹德宝（曹德宝是《人世间》中的一个人物），也不是于连，甚至没有弟弟秉昆那么一种焉人的勇气。他更像《战争与和平》中的安德烈与皮埃尔。他本质上并不是那样的人，却很受这两个文学人物影响，在爱情方面尤其希望自己是绅士，很贵族。"或许与天性紧密相关，实际上出生于一个工人家庭的"周秉义则是精神上的贵族，日常生活中不拘小节的平民。不拘小节才是他的本性，是他更为习惯的习惯。他的彬彬有礼是对四种外因所做的明智回应——学生时期一直头戴的好学生桂冠对他的要求，文学作品中绅士型好男人对他的影响，成为知青干部后机关环境和规矩对他的要求，和冬梅在一起时为了让她感觉舒服而设法适应"。究其根本，梁晓声其实是在巧妙地借助如此一种方式给出周秉义之所以会显得那么"彬彬有礼"，会成为"不拘小节的平民"与"精神上的贵族"几个方面的理由。

作为一位性格鲜明的生活英雄形象，《人世间》中以下几个细节的存在是非常必要的。首先，是身为兵团师部教育处副处长的周秉义想方设法帮助陶平摆脱了来自前女友夏季风的困扰。陶平与夏季风曾经有过一段短暂的恋情，很快地，陶平以两人性格不合为由，主动中断了这种关系。没想到，不甘心的夏季风因此而对陶平怀恨在心，竟然千方百计地想要利用陶平的日常言行对他进行政治陷害。面对着如此棘手的一个难题，周秉义在女友郝冬梅的倾力相助下，最终以病退为由帮助陶平摆脱困境，并使其顺利返城后成为一名优秀的教师。饶有意味的一点是，在尽心尽力地想方设法帮助陶平的时候，周秉义内心里竟然不由自主地浮现出这样一种多少显得有点莫名其妙的想法："那时，周秉义不由得问自己：他对陶平的同情与拯救中，是否包含着对和弟弟一样的怂人本能的保护冲动？"毫无疑问，这就涉及了弗洛伊德关于潜意识的问题。尽管从表面上看周秉义在帮助着可谓萍水相逢的知青陶平，但这一行为在无意识中传达出的，却竟然是内心深处对弟弟周秉昆的一种牵挂与关心。如此一个看似旁逸斜出的心理联想，实际上却极大地丰富着《人世间》作为一部优秀长篇小说的思想艺术内涵。

其次，是大学毕业已然成为国家干部之后的周秉义，曾经三番五次地拒绝利用手中的权力帮助弟弟周秉昆和他的朋友。一次，是周秉昆因为迫在眉睫的住房问题找到了周秉义："反正在我听来就是那么一种关系！反正你是在他们面前能说上话的人！哥，我求你，我要求你，替我向他们反映反映我那事，房管所明明是有责任的。"虽然内心里充满着对弟弟的关切，虽然对周秉昆的不幸遭遇满怀同情，但周秉义从自己一贯的为官理念出发，最终还是拒绝出面为弟弟说项："今天我给你的话只能是一句，我不好说你活该，但我要明明白白地告诉你这个弟弟——你只有自认倒霉！"再一次，是周秉昆为了好朋友赶超的事情央求周秉义帮忙，没想到，原以为一定会出手相助的周秉义又一次拒绝了自己："秉昆说，据他所知，有几家医院正在私下招护士，希望哥哥能让赶超妹妹成为护士。她是护校毕业的，有各种证书。""不料，秉义沉下脸说：'你答应的事情你自己办，我帮不上那种忙。'"对此，周秉义给出的理由是："东三省一家家国有大中型企业都面临转产，千千万万工人即将失业，你周秉昆帮得了吗？你那种哥儿们之间的忧虑根本就不在我的考虑范围！我没心思管你的事！"事实上，并不是周秉义没有人情味，而是说这个时候的他的确已经形成了自己的为官理念。对于周秉义的此种为官理念，或者也可以说是他所坚持的人生原则，他的妹妹周蓉对此曾给出相当到位的理解与阐释："从根本上讲，他也不属于嫂子，不属于任何一位亲人，甚至也不属于他自己。"面对着听了这番话倍感惊讶的周秉昆，梁晓声巧妙地借助周蓉之口紧接着给出了进一步的解释："从根本上说，咱们的好哥哥，他是属于党的人。有的人思想上入了党，基本感情属于亲人。哥在感情上首先也属于党，凡是党交给他的工作，他认为对的，都会无比热忱忘我地去做，努力做到让党满意。如果他认为不对的，也会保留自己的看法，在适当时机点到为止提出意见，但绝不会公开反对，并且还会去做，只不过会以自己的方式去做，首先考虑也是对党有利。"而这，很显然也就意味着，成为国家干部之后的周秉义，主要追求的是党的利益，抑或说，在他内心深处，党的利益或集体利益，是远远大于个人利益而存在的。他个体的生命价值早已经完全融入了党的或者国家的集体利益之中。他之所以会三番五次地一再拒绝利用手中的权力帮助周秉昆和他的朋友，根本原因恐怕正在于此。唯其如此，知识分子周蓉才会对周秉义做出如此一种断语："哥不是官迷，也不是政治投机分子。下乡前，哥看了那么多书，在北大时看书更多，而且学的又是历史，还经常旁听哲学课，是有些书让他变成了那样。他成了政治信徒，相信好政党好政治能让国家越来越好。这是现代社会发展的保障，他那么相信是对的。只是他太理想主义了，以为靠他的影响，像他那样的人会越来越多……我想他内心肯定有不少苦闷，不对人倾诉罢了……"因为曾经和自己的哥哥有过长时间朝夕相处的机会，所以，只要是认真读过《人世间》的读者，大约便都会认同周蓉对周秉义的这样一种理解与判断。

无论如何，最能够见出周秉义生活英雄特质的一处核心故事情节，乃是出任A市副市长以后，主管城市住房改造的他对于贫民区光字片的积极改造。首先，一位从政多年的官员，竟然甘居人后地平调回A市来的这一行为本身，就已经充分凸显出了他那只要能够有机会为老百姓做事，根本就不计较个人名位得失的理想主义特质。其次，在进行拆迁改造的过程中，周秉义为了达到顺利拆迁的目的，曾经强力动员周秉昆以实际行动支持他的工作："你们其实不相信我是吧？你们是我的亲人，我能让你们上当受骗吗？市政府支持的事能不靠谱吗？你们不要像别人一样只看眼前，两年之后那里会大变样！再以后，会一年一个样！五六年之后会成为本市居住环境最好的地方之一！一张白纸可画最新最美的图画！这么简单的道理你们不明白？光字片究竟有什么可留恋的？这里适合居住吗？"在这里，借助于周秉义的这一番话，作家实际上达到了可谓是一箭三雕的多重叙事意图。其一，强有力地凸显出了周秉义意欲在A市的拆迁改造方面有所作为的强烈愿望；其二，之所以选择周秉昆而不是其他人作为首选的拆迁对象，一方面固然是利用亲情容易做通工作，另一方面却也多多少少存在着一丝借此合理机会关照一下多年挣扎生活在底层的弟弟的潜在意味；其三，通过光字片普通民众对于拆迁工作的观望与抗拒，作家更写出了当下时代一些社会民众对政府的一种不信任感。以至，对于此种境况，叙述者不由不感慨道："拯救者一门心思工作，被拯救者集体等着看笑话、说风凉话；拯救者想要成功，还必须斗心眼，进行智力博弈——这也是人类历史上屡见不鲜的事。由于政府官员公信力存疑，这种现象就更不足为奇。"

但不管怎么说，通过周秉义一番抱病工作的积极努力，到最后，不仅是光字片，即使是整个A市的城市拆迁改造工作也都取得了显著的成绩。然而，很明显带有鲜明悲剧意味的一点是，即使是如同周秉义这样一位兢兢业业的领导干部，到最后竟然也还会因为被人诬陷而被迫去接受调查。虽然说身正不怕影子斜，虽然说一番调查的结果只能是更加证明周秉义的正义与清白，但周秉义那一番充满失败感的人生感慨却依然格外令人深思："即便在落魄时代也不失淑女风范的郝冬梅，退休后简直判若两人，她愤世嫉俗，动辄骂娘。周秉义并不那么容易适应，一时的好情绪常常被破坏得一干二净。实际上，他也有满肚子委屈，也经常想骂娘——自己谨小慎微、辛辛苦苦工作三十多年，一心想通过自己的努力，让党在周围群众心目中的形象高大起来，却又哪里抵得过层出不穷的贪官污吏的负面影响呢？这种气馁的话，他无处可说，只能长期闷在心里，甚至终日郁郁寡欢。"我们都知道，到后来，周秉义乃是因肺癌晚期不治而去世的。但在导致他罹患肺癌的诸多因素中，如此一种因政治理想受挫所致的郁郁寡欢，其实也发生着不容忽视的重要作用。放眼当下的现实生活，如同周秉义这样一类的国家干部形象，恐怕不在少数。一方面在兢兢业业地全身心地投入着工作，另一方面因为种种缘故而最终壮志未酬，只能够万般无奈地陷入一种落寞寡欢的精神状态之中。因其壮志未酬，所以"周秉义们"的人生悲剧性质便非常突出。某种程度上，周秉义悲剧性的人生道路，很容易让我们联想到古希腊神话中那位不断地推着巨石上山的西西弗斯。西西弗斯无休无止推石上山的苦役，悲剧色彩十足。由以上论述可见，周秉义当是一位日常生活中带有突出悲剧色彩的生活英雄形象无疑。如果说周秉义是一位当之无愧的生活英雄形象，那么，长篇小说《人世间》的"史诗性"问题自然也就迎刃而解了。

作为一部具有明显"史诗性"特质的长篇小说，梁晓声的《人世间》中一共出现了多达四五十位的人物形象。众所周知，人物形象的塑造是小说创作必不可少的一个艺术要素。对一部长篇小说来说，能否相对成功地刻画塑造若干有人性深度的人物形象，乃是衡量其思想艺术成功与否的一个重要标准。关于人物形象在小说创作中的重要性，著名作家白先勇曾经发表过格外精辟的看法："写小说，人物当然占最重要的部分，拿传统小说三国、水浒、西游、金瓶梅来说，这些小说都是大本大本的，很复杂。三国里面打来打去，这一仗那一仗的我们都搞混了，可是我们都记得曹操横槊赋诗的气派，都记得诸葛孔明羽扇纶巾的风度。故事不一定记得了，人物却鲜明地留在脑子里，那个小说就成功了，变成一种典型。曹操是一种典型，诸葛亮是一种典型，关云长是一种典型，所以小说的成败，要看你能不能塑造出让人家永远不会忘记的人物。外国小说如此，中国小说像三国、水浒更是如此。"①倘若我们用这样一个标准来衡量梁晓声的《人世间》，那么，所得到的答案就一定是肯定的。四五十位出场人物中，有很多都给读者留下了相当深刻的印象。其中尤其值得注意的，分别是周秉昆、周秉义、郝冬梅、周蓉、"水英妈"（也即曲秀贞）、冯化成、郑娟、唐向阳、关铃、春燕、吕川、蔡晓光等。更进一步说，周秉昆、周秉义与周蓉他们三兄妹的存在，对于这部《人世间》有着更为重要的结构性意义。作为具有突出结构性价值的三位人物形象，三兄妹可以说构成了小说文本中三条贯彻始终的结构性线索。这一方面，周秉义对弟弟所讲述的一段话可以说有着不容忽视的重要意义和价值："社会上复杂的事很多，有些事注定会反映在家庭里。社会各阶层之间的矛盾，今后一个时期肯定会加大。咱们周家的三个儿女之间，既是手足，也有不同阶层之间的关系特征。我和你嫂子是调

---

① 白先勇：《细说红楼梦》（上），广西师范大学出版社2017年版，第192—193页。

和主义者，周蓉有自由知识分子倾向，希望你那种草根阶层的脾气收敛收敛，不要把阶级斗争那一套言行带进亲人关系中。"在这里，借助周秉义的一番话语，梁晓声有意无意道破的，其实正是《人世间》艺术结构上的一大奥秘。具体来说，也就是出生于同一个工人家庭的周家三兄妹各自分别代表着一个社会阶层。如果说曾经一度官至副市长的周秉义更多地与庙堂、官场或者说社会上层联系在一起，曾经一度担任过大学副教授的周蓉更多地属于带有一定自由色彩的知识分子形象，更多地属于所谓的"广场"，那么，不仅曾经一度在工厂工作，而且一直挣扎生活在社会底层的周秉昆，就毫无疑问隶属于所谓的"民间"阶层。三个不同的社会阶层交叉并置在一起，自然也就使得《人世间》是一部多角度、多层面、立体性地全面呈现近半个世纪以来中国社会总体发展演进状况的优秀长篇小说。如果用一种更具准确性的话语来表达，那么，整部《人世间》所呈现的，实际上也就是以周秉昆、周秉义与周蓉他们三兄妹为中心而形成的一种辐射性伞状艺术结构。

尽管说周秉昆、周秉义与周蓉分别代表着各自不同的结构线索，但相比较来说，三条线索中更具重要性的，其实是那位在日常生活中看起来并不起眼的周秉昆。我们之所以要打破年龄顺序来谈论他们兄妹三人，正是为了强有力地借此凸显他们在小说中所处位置的重要程度。虽然说三兄妹都属于贯彻始终的主要人物形象，但严格说来，梁晓声却没有平均使用力量。相对而言，作家着墨更多、占有更大篇幅的，无疑是周秉昆这一条结构线索。更进一步说，与周秉昆这一人物形象紧密联系在一起的，还有一种我们姑且可以称之为民间本位的伦理价值立场。倘若我们承认当下时代的文学创作可以被区分为精英写作与平民写作这两种不同的类型，那么，梁晓声毫无疑问属于平民写作阵营。一方面，我们必须强调，精英写作与平民写作二者之间，并不存在所谓孰优孰劣的问题，但在另一方面，恐怕也应该认识到，从基本的创作态势来判断，当下时代占上风的，其实是那些更多持有精英文化价值立场的文学创作。唯其因为这是一个精英写作大行其道的时代，所以如同梁晓声这样一种从一开始就有所坚持的平民写作立场，就更是显得有点难能可贵了。但在具体展开讨论周秉昆以及由他所代表的民间文化价值立场之前，我们却需要首先关注分析一下周蓉及其前夫冯化成他们这两位很是有一点人性深度的人物形象。

周蓉人性的大放光彩之处在于，她在"文革"那样一个不正常的政治畸形时代，竟然不合时宜且不管不顾地爱上了"右派诗人"冯化成这样一位早已被打入政治另册的知识分子。这样一来，也才有了发生在他们两位之间的一系列人生悲喜剧。在身边已有如同蔡晓光这样的干部子弟紧追不舍的情况下，年纪轻轻的周蓉，竟然能够逆时代的大潮而动，竟然可以不顾父母的坚决反对，不仅爱上了冯化成这样一个"右派诗人"，而且还勇敢地追随他跑到贵州山区，所需要的，其实是一种非同寻常的精神勇气。在周蓉如此一种大无畏的精神背后所闪现着的，其实是俄罗斯十二月党人妻子的影子。又或者，周蓉的这种行为本身，就是深受她所广泛阅读的那些文学名著感召的结果。某种意义上，与其说是她爱上了"右派诗人"冯化成，莫如说是她爱上了那种大无畏的爱情本身。正因为内心里充满着对一种理想化爱情的强烈追求，所以，她才会不管不顾地践行之。令人遗憾处在于，等到"文革"结束，周蓉考上北京大学，平反后的冯化成也一起返回北京之后，却在不经意间暴露出了另一个方面的真面目。只是通过一次看似寻常不过的诗歌朗诵会，生性敏感、叛逆的周蓉，就发现了丈夫身上不堪一面的存在："周蓉从她诗人先生的脸上，发现了她最不愿意看到的一面——沽名钓誉，不择手段。"不消说，如此一种令人震惊的发现，让周蓉一时间倍感恼怒："她是那种眼里揉不进沙子的人，真像有些人说的，她冰雪聪明，仿佛天生就拥有'读心术'的本领。十多年来，他们夫妻间从未发生过什么龃龉，过的是一种与名利完全绝缘的日子。他们的生活词典中无非柴米油盐酱醋药——茶是不易享用的奢侈品。贵州产茶，他们却舍不得花钱买。夫妻俩身体都不好，药是家中必备。孩子和诗，在他们的生活中占有核心位置。孩子代表希望，诗是精神的维生素。那时，诗就是诗，写来也纯粹是诗，不可能有任何附加值。"然而，随着艰苦生活岁月的逐渐远去，随着返城后冯化成社会地位的变化，他在暴露出沽名钓誉、不择手段一面的同时，竟然也还"一而再，再而三地出轨"，总是与其他女性厮混在一起。尤其令人不可思议的一点是，在承认自己精神堕落的同时，他竟然还振振有词地给出了一种简直就是匪夷所思的荒唐理由："我明白，只要我三年没有写新诗，人们就会彻底忘记我。或者，还能将我的名字与哪一首诗联系起来，但很可能会以同情的眼光看待我这个过了气的诗人，即使我实际上并没有过气。中国古代诗人们和他们的诗词将流芳百世，近代诗人和他们的诗也将被刮目相看。时代只给我们和我们的诗歌留了一道窄窄的缝隙，让我们暂时存在，而后自生自灭。别看现在诗歌还算热闹，但作为诗人，我明白自己的诗风太老派了，新诗正在积蓄力量，我这种诗人很快就会过气了。我江郎才尽了，枯竭了，激情耗光了，我快完蛋了……除了是丈夫和父亲，我再就什么都不是了。我怕这一天的来临，怕极了……"一方面，我们应该承认，冯化成关于中国诗歌发展过程的认识，尤其是对自我写作才华极有可能枯竭的那样一种莫名的恐惧，都有一定道理。但在另一方面，所有的这些，不管怎么说也都不应该成为他再三出轨的理由。说实在话，当年周蓉不管不顾地爱上"右派诗人"冯化成的时候，无论如何都不可能想象得到，未来的某一天，曾经一度落魄潦倒的冯化成，居然会以如此一番振振有词的理由，从肉体到精神都彻底背叛自己。冯化成的堕落，在某种意义上，不折不扣地成为了对周蓉当年人生选择的巨大嘲弄。与此同时，我们也必须承认，局限于笔者个人有限的阅读视野，冯化成这一很明显凝结有梁晓声某种独到发现的知识分子形象，有着不容忽视的重要审美价值。

在数次三番地发现丈夫冯化成的出轨行为并屡劝不止的情况下，从来就眼里揉不得沙子的周蓉，所做出的选择，自然就是与他离婚，和他分道扬镳。没想到的是，过了若干年之后的二十世纪九十年代初期，女儿玥玥竟然稀里糊涂地跟着生父冯化成"流亡"到了法国："因为与表弟之间的事一时想不开，任性起来，她就偷偷跑到北京找到生父，原本可能只不过是想向生父诉诉委屈和苦闷，结果不知受到什么影响，竟跟随生父'逃亡'法国。"由于众所周知的原因，在这部具有长河史诗性质的长篇小说中，梁晓声已然规避了若干不能不规避的历史事件。尽管如此，对此有所不甘的梁晓声，通过玥玥追随生父冯化成"逃亡"法国这一情节，最终也还是旁敲侧击地对此稍有指涉。《人世间》之所以要特别设定冯化成"逃亡"的这一故事情节，其根本意义恐怕在此。既然女儿玥玥已然追随生父"逃亡"法国，那爱女心切的周蓉，进一步追随玥玥想方设法来到法国，也就是顺理成章的一种人生选择。关键在于，匆忙出国的周蓉，根本就不可能料想到，自己的这一去，竟然是十多年之久。等她再度回到中国的时候，已经是进入二十一世纪了。亏得有第二任丈夫蔡晓光这样一位痴情男子存在，周蓉方才有了自己的落脚之处。实际上，这位对周蓉一直保持着难能可贵真情的蔡晓光，也很是有一些可说之处的。这一方面，一个突出的表现就是，他在长期痴情地等待着周蓉的同时，却也同多位女性保持着很难为道德所容的肉体关系。对此，他自己曾经给出过一番貌似振振有词的说辞："我是属于周蓉的。想当年她以我为幌子，真爱上的却是一个叫冯化成的北京二流诗人，也许连二流还够不上。当年，我无怨无悔……再后来，她因为女儿的事，一气之下匆匆出国。她至今仍非常爱我。一个男人如果指望一个非常爱自己的女人坚决与自己离婚，那不是白痴吗？而且，我也仍然非常爱她。她是我的文艺启蒙者。我有今天，是从喜欢阅读文学作品开始的，当年她的家是我的三味书屋，她和她哥周秉义如同我的私塾先生。我俩精神上早已连为一体，灵魂上不可分开。但我到底是一个男人，生理正常，雄性激素还相当旺盛，咱们男人那种需要我也是需要的，有时候很饥渴。关铃她很理解我的苦楚，也很尊重我对周蓉的感情。人家除了需要一份感情慰藉，其他什么想法都没有。"难能可贵处在于，等到周蓉回国后，蔡晓光果然以实际行动证明自己所言不虚。也因此，蔡晓光的行为，尽管从表面上看，与当年冯化成的背叛行径相差无几，但从实质上说，却根本就不是一回事。问题在于，蔡晓光对周蓉的情感即使再真诚不过，也无法替代实实在在的生活本身。无论如何，从法国回来后的周蓉，也必须解决自己的工作与生计问题。万般无奈之下，这位曾经的北京大学高才生，这位地方大学里的副教授，去担任了一所民办中学的数学老师。从当年义无反顾地追随冯化成的叛逆行为，到最后别无选择地成为一名中学数学老师。如此一种不无人生悖谬色彩的情节安排，多多少少可以让我们感觉到梁晓声对自由知识分子的一丝不屑与嘲讽。

好在，到最后，在周蓉退休后，作家网开一面地让饱经人世沧桑的周蓉走上了小说创作的道路："七月，周蓉的小说《我们这代儿女》几经周折，终于出版了。最初，几家出版社先后退稿，因为她完全是一位毫无名气的新作者。万般无奈，她只好交给了一家文化公司，请求帮助。对方读后大加赞赏，如获至宝，出面说服了一家出版社。她还接受建议，将小说从三卷压缩成了上下两卷。"但连同周蓉自己在内都未曾预料到的一点是，小说出版后，竟然在社会上一时大热，引起了强烈的反响与争议。对于周蓉小说大卖这一细节，我们不妨从以下两方面展开分析。其一，周蓉在小说创作的过程中，肯定极其充分地调动使用了自己的人生成长经验。"修辞立其诚"，从小说标题《我们这代儿女》来看，其中的核心内容，肯定是对周蓉、周秉义与周秉昆他们这一代人复杂人生经历的一种真切纪实。其二，很大程度上，梁晓声《人世间》的核心内容，也是对周氏三兄妹复杂人生经历的一种真切纪实。从作家特意把周蓉《我们这代儿女》的创作状况安排到主体故事结束后的尾声部分来判断，梁晓声其实是要强烈暗示读者，《人世间》与《我们这代儿女》之间，有着相互指涉的互文关系。直截了当地说，周蓉所创作的《我们这代儿女》，其实也就是梁晓声的这部《人世间》。在一部厚重的现实主义长篇小说中，以如此一种不无先锋意味的"元小说"方式进行自我指涉，所隐约透露出的，其实是梁晓声内心深处对这部作品的一种按捺不住的自我期许。也因此，某种意义上，我们完全可以把《我们这代儿女》理解为是《人世间》的一种别名。

然而，尽管梁晓声特意安排自由知识分子周蓉创作了曾经一时大热的长篇小说《我们这代儿女》，但正如同我们在前面已经指出的，作为一位平民写作的代表性作家，梁晓声自己其实还是站在了一直身处社会底层的周秉昆一边。他所持有的，乃是一种以民间为本位的思想价值立场。在《人世间》中，我们时不时就会读到这样一些带有议论性色彩的叙事话语。比如，关于人情关系的这样一种表达："人情关系乃人类社会通则，正如马克思所言：'人是社会关系的总和。'此种通则，古今中外，概莫能外。有些人靠此通则玩转官场、商场，平步青云，飞黄腾达，老百姓却是要靠人情保障生存权利。这看起来很俗，却也就是俗而已。在有限的范围内，生不出多大的丑恶。""丑恶的人情关系不在民间，不在民间的人情关系也没有多少人情可言。"如此一种议论，其立足点很显然是民间立场。再比如，关于唐向阳及其校长父亲的一段议论性话语："唐向阳经历的事让大家得出一个共识——还是尽量做好人，坏人也有遭遇不幸的时候，坏人不幸时拍手称快的人多，而好人不幸时总会有人同情帮助。做多少好事多大好事是能力问题，运用职权谋过私利整过人给别人穿过小鞋是人品问题。一个从没运用职权谋过私利的人，也可能运用职权整人，心狠手辣冷酷无情置对方于死地而后快——唐向阳的父亲在'文革'前后当校长期间，既与以权谋私四个字毫不沾边，也从没整过任何人，学校纪律严明、校风清正。他死后，师生们才逐渐意识到他是一位多么值得怀念的校长……"人到底依照什么标准才可以被区分为好人和坏人？好人与坏人各自的人生遭遇究竟存在着什么区别？在讨论这些问题的过程中，"善有善报，恶有恶报"推理逻辑的存在，乃是显而易见的一种事实。但不管怎么说，以上这种看法所具有的突出民间伦理色彩，都无法被轻易否认。与此同时，我们也还注意到周秉义曾经对周秉昆有过这样的一种指责："不管什么时候，'左'和'右'都必然是这么个界定法！政治有它的是非标准，你别总说你那套民间的是非标准，否则你一辈子也难成熟！实话告诉你，当初把他派到你们杂志社，就是去纠偏的！这一点他做到了！"虽然只是简短的三言两语，但置身庙堂的周秉义与身处民间的周秉昆之间的差异却已经凸显无遗了。事实上，通过周秉义的指责而得到充分证实的，反倒是周秉昆这一人物身上一种无可否认的民间色彩。究其根本，也只有在这个意义层面上，我们才能够理解《人世间》最终落脚到周秉昆的那种结尾方式："他不由得回忆起了自己的一生，一个小老百姓的一生。他不是哥哥周秉义，做不成他为老百姓所做的那些大事情。他也不是姐姐周蓉，能在六十岁以后还寻找到了另一种人生的意义。他从来都只不过是一个小老百姓，从小到大对自己的要求也不过是应该做一个好人。尽量那么做了，却并没有做得多么好。"从最早的木材加工厂工人,到后来的酱油厂工人,再到后来误打误撞地进入一家杂志社工作,一直到最后合伙开办一家酒楼,身为小老百姓的周秉昆,一直摸爬滚打在社会底层。唯其因为梁晓声不仅借助于周秉昆的视角打量观察现实生活,而且更是强有力地凸显出了民间的思想价值立场,所以我们无论如何都不能忽视周秉昆这一人物形象在《人世间》中的举足轻重作用。

实际上,我们的那种民间价值本位立场,更多地从周秉昆及其妻子郑娟的一系列人生行为中体现出来。比如,青年周秉昆对真正可谓是萍水相逢的郑娟一家的救助。小说开篇伊始,就写到了周秉昆受瘸子他们的委托给郑娟一家送钱的故事情节。尤其是,当周秉昆曾经一度为此而犹豫的时候,郑娟的盲眼弟弟竟然跪在了他的面前。正是这一跪,促使周秉昆对人生对自己进行了一番认真而严肃的分析:"他不再觉得好玩,而是感到了羞耻。当郑母向他伸手要钱时,他内心里除了理解,其实也生出了几分鄙视。他认为那老妪应该为自己的言行而感到羞耻,并奇怪她何以丝毫没有感到。在对自己进行了一番分析后,方知自己才是最应该感到羞耻的那个人。"之所以会是如此,乃因为郑娟一家人的艰难处境让他对人生和社会有所顿悟:"那就是民间真的好凄苦,简直就是对'形势大好'的绝妙讽刺!"就这样,在"那一天,这光字片的青年补上了一堂他对社会的认识课——民间的种种无奈无助,原来并不在被他和春燕们形容为'脏街组合部落'的光字片!"正是在这样一种悲悯情怀生成的基础上,生性善良的周秉昆决定不管不顾地向郑娟一家伸出援手了:"既然对,他心里又一次决定了——那就应该做下去!何况,自己答应了郑光明那个瞎少年,自己要配那瞎少年的一跪啊!至于做下去会给自己带来什么麻烦,就不多考虑了吧!考虑来考虑去的,太累心了!"就这样,出于一种朴素的民间伦理立场,周秉昆不仅义无反顾地承担起了给郑娟一家送钱的责任,而且在瘸子他们出事后,他竟然还自己承担起了这一重大的责任。其实,认真地想一想,在周秉昆救助郑娟一家之外,不管是郑娟在关键时刻对于周秉昆母亲的悉心照料,抑或是周秉昆、赶超、国庆、吕川、曹德宝他们几位好朋友类似于梁山好汉那样的一种彼此互助,皆可以被看作民间价值本位立场的突出体现。

但在行将结束本文的全部论述之前，不管怎么说都必须提及的一个命题，就是潜藏在故事情节背后的"反"或者"非"进化论叙事逻辑问题。《人世间》共由三大卷组成，上卷的时间背景是二十世纪七十年代，中卷的时间背景是二十世纪八十年代，到了下卷，时间背景就变成了进入二十一世纪以来。与这三个时间背景相对应的社会时代，分别是"文革""改革开放"以及"市场经济"。实际上，只要看到这样的一个时间顺序排列，你就应该敏感地意识到我的担忧所在。我担忧什么呢？我所担忧的，正是一种类似于"芝麻开花节节高"式的社会进化论的叙事逻辑阴魂不散。庆幸处在于，梁晓声的创作在很大程度上已经自觉或者不自觉地规避了如此一种社会进化论的叙事陷阱。这一方面，赶超的一段说法值得引起我们的高度关注："我呗，怎么，要问罪啊？想当年咱们的老爸老妈都一样，过的都是一分钱恨不得掰两半花的日子。如今，我们过得是一元钱恨不得掰两半花的日子。'文革'结束快三十年了，对于普通老百姓来说，社会进步不就是这么回事吗？可物价也涨了十几倍了！你当然和我们不一样啊，我们过日子的难劲儿，你现在的吕川哪里体会得到！"这段话尽管有着对已然升入高位的吕川的抱怨意味，但我们无论如何都得承认，赶超道出的，很大程度上正是一种真实的社会境况。只要认真地读过这部《人世间》，你就不能不承认，这也正是梁晓声所描写展示出的社会实情。说实在话，能够超越社会进化论思维，能够以如此一种"反"或者"非"进化论的逻辑来建构打造《人世间》这样一部具有长河史诗性质的长篇小说，乃是作家梁晓声的极其难能可贵之处。即使仅仅在这个层面上，我们也应该向梁晓声这样一位具有人道主义悲悯情怀的当代作家致以崇高的敬意。

艺术悬念设定与生活英雄形象锻造

——关于麦家长篇小说《人生海海》

曾经以《暗算》荣获第七届茅盾文学奖的作家麦家，长期以来一直从事谍战小说的创作。《解密》《暗算》《风声》等作品，使麦家赢得了中国当代谍战小说第一人的美誉。尽管说他的这一系列作品明显带有类型小说的特点，但却并不应该因此而受到某种程度的轻视。依照小说面前诸种类型平等的基本理念，无论是带有明显纯文学意味的严肃小说，还是更多接近于大众读者的类型小说，都应该获得来自同一个思想艺术标尺的评价。这一方面，最具代表性的一个例证，就是那位以武侠小说的创作而独步天下的小说大师金庸。武侠小说，当然是一种类型小说。金庸的难能可贵之处，就是凭借自己超人的艺术天赋而把武侠小说经营到了突破文类特性局限的地步。一方面，金庸的小说当然是文类特征非常鲜明的武侠小说，但在另一方面，当我们用带有普世性质的终极文学标准来衡量金庸小说的时候，你却可以发现，他的那些作品其实也毫无愧色。对待麦家的那些谍战小说，我们所持有的也无疑应该是这样的一种态度。但这一次，麦家耗费了八年心力精心打造出的长篇小说《人生海海》，虽然也还多多少少带有一点谍战的影子（具体来说，所谓谍战的影子，乃集中体现在小说主人公上校抑或太监当年曾经在上海时的那一段军统生涯。身为军统人员，胆大心细地周旋于日、汪、蒋之间，其谍战色彩的具备，自然不容否定。值得肯定的一点是，对于主人公的那段谍战历史，麦家只是点到为止，并没有做任何深度或广度的展开。在我的理解中，作家之所以要这么处理相关的谍战部分，乃因为自己之前的作品已经在这一方面有充分的书写。既然之前作品可以发挥充分的互补作用，那《人生海海》也就没有必要在这一方面做任何具体展开），但从根本上说，却很显然已经实现了对于严肃小说亦即纯文学的强势回归。尤其不能被忽略的一点是，在《人生海海》的写作过程中，不仅故事的主要发生地变成了麦家的故乡，而且在其中也很明显融入了一些自传性因素（所谓自传性因素，集中体现在主人公上校身上。据《人物》杂志对麦家的采访可知，麦家有着一段极其痛苦的童年记忆："他的人生是从不被认可开始的，外公是地主，爷爷是基督徒，父亲被划成了'反革命'，都是'黑五类'，带着这样的成分，六七岁的麦家虽然懵懂，但已经隐隐觉察到自己的家庭被人歧视。"在那样一个特定的政治时代，置身于如此一个家庭里，麦家的自卑可想而知。用当时一位老师的话来说，就是："他有点受人欺负的，很自卑，不敢抬起头来做人。"哪里有压迫，哪里就有反抗。年幼的麦家虽然一向习惯于隐忍，却也总有隐忍不住做出本能反抗的时候："12岁的时候，3个同学骂他父亲'反革命''牛鬼蛇神''四类分子''美帝国主义的老走狗'，骂麦家'狗崽子''小黑鬼''美帝国主义的跟屁虫'，他气疯了，跟人开战，结果被人多势众的对方打得鼻青脸肿。"尽管说麦家的反抗乃是出于维护自尊的内心需要，但他却无论如何料不到，到头来，强悍的父亲竟然会因此而对自己大打出手。大约也正因为如此，麦家曾经在相当长的一段时间里对父亲充满"怨恨"。这种"怨恨"，一直坚持到2004年，方才得以终止。只要把现实生活中麦家的这些经历与《人生海海》相比照，我们即不难确认其中自传性因素明显存在。虽然很难简单断言父亲就是上校这一人物形象的原型，但他的苦难遭遇在很大程度上激发了麦家的创作灵感，却是无可置疑的。也因此，麦家这一次《人生海海》的写作，即意味着他与故乡的一次和解，也带有明显的自我疗伤性质："麦家终于和故乡取得了和解，书中的'我'在结尾处原谅了村子里那个造成自己家破人亡的仇人，他写下了这样一段话：'这是我的胜利，饶过了他，也饶过了自己，我战胜了几十年没战胜的自己，仿佛经历了一场激烈的鏖战。敌人都死光了，一个不剩，我感到既光荣又孤独，孤独是我的花园，我开始在花园里散步，享受孤独留给我的安宁。'"①由以上对照分析可见，麦家在《人生海海》的创作过程中，的确有着对自我生存经验的艺术征用。自传性因素的存在，是一种显而易见的文本事实）。既然是曾经的茅盾文学奖得主麦家的一部强势回归之作，那我们也就有必要充分考量一下，作家的这部强势回归之作，到底抵达了怎样的一种思想艺术高度。

面对这部《人生海海》，首先引起我们注意的，恐怕就是这个多少显得有点怪异的小说标题。说实在话，倘若不结合小说文本的具体内容，单是这个标题，甚至会让我们觉得可能是一个病句，或者是一个搭配不当的词组。在普通话的语系中，所谓的"人生海海"无论如何都难以讲得通，以至只能给读者造成一种不知所云的感觉。只有等到第三部第二十章的时候，借助于第一人称叙述者"我"的前妻之口，我们才能够彻底搞明白，原来，"人生海海"乃是一句典型的闽南话："一个十七岁的乡下傻小子。付得出死的勇气，却拿不出活的底气——当时我连'人生海海'也不知什么意思。她扑哧一下笑了，告诉我这是一句闽南话，是形容人生复杂多变但又不止是这意思，它的意思像大海一样宽广，但总的说是叫人好好活而不是去死的意思。"质言之，所谓的"人生海海"，就是在强调人生充满苦难的同时，更加强调人在面对着这些苦难的时候一定要有坚定的意志生存下去。如此一种生存理念，所充分凸显出的，首先就是有着极惨烈人生遭际的"我"的前妻的一种积极人生态度。面对着父亲、母亲以及哥哥三位亲人接二连三地惨死的场景，在自己也万般无奈，"只好用年轻的身子抵出头费"方才逃得一条活命的情况下，"我"的前妻却不仅依然坚强地活着，而且还要努力活出生活的质量来。如此一种不畏艰难、积极进取的人生态度，无论如何都称得上是一种"人生海海"。与之相映成趣，并且在某种程度上可以被看作是"人生海海"理念一种恰切注脚的，是前妻向"我"转述的一种英雄主义精神："报纸上说的，世上只有一种英雄主义，就是在认清了生活真相后依然热爱生活。我不知道什么是生活真相，什么是英雄

---

① 张月：《麦家：战争旷日持久》，载《人物》2019年第5期。

主义，对爱不爱生活这个说法我也不觉得有什么好的。要我说，生活像人，有时或有些是让人爱的，有时或有些又是不让人爱的，甚至让人恨。总之我对这话并不太认可，但我一直记着它，因为这是我向前妻求爱时说的一句话，也是她临终对我说的最后一句话。"请一定不能忽视麦家在这里施出的一种障眼法。只要联系整个文本，我们就不难确定，在认清了生活的残酷真相之后依然能继续热爱生活，很大程度上可以被看作是这部《人生海海》所要表达的一种核心生存理念。然而，对于这种核心理念，"我"却"并不太认可"。之所以在"并不太认可"的情况下却依然记住了这句话，乃因为它既是"我向前妻求爱时说的一句话"，也更是"她临终对我说的最后一句话"。在遭遇车祸不幸弃世前，前妻对"我"说："记住，人生海海，敢死不叫勇气，活着才需要勇气，如果你死了，我在阴间是不会嫁给你的。记得当初你向我求婚时是怎么说的？世上只有一种英雄主义，就是在认清了生活真相后依然热爱生活。"紧接着，她告诉"我"，这句话其实出自法国作家罗曼·罗兰之口："你要替我记住这句话，我要不遇到它，你也一定遇不到我，死几回都不够。"毫无疑问，对"我"前妻来说，如此一种"人生海海"一般的英雄主义理念，乃是能够给予她足够的生存勇气，使她在饱受人生磨难后一直坚持含着屈辱和仇恨活着的根本理由。究其实质，无论是"我"，抑或是"我"的前妻，之所以能够在极其艰难的生存困境中生存下来，正是"人生海海"这样一种英雄主义理念强力支撑的直接结果。依照一种常规的理解，所谓的英雄，只应该出现在战火纷飞你死我活的战场上，与吃喝拉撒的日常生活无干。但到了麦家或者罗曼·罗兰这里，他们对英雄主义的理解却很显然已经具备了新的意涵。战场上固然可以产生英雄，日常生活中一样也会产生英雄。如果说战场上的英雄只需要呈现一时的勇敢，那么，日常生活中的英雄所需要付出的，就是更为恒久的生存勇气。这一点，不仅突出地体现在第一人称叙述者"我"以及"我"的前妻身上，同时也更为集中地体现在小说主人公上校身上。又或者说，麦家之所以要煞费苦心地借助"我"的前妻把一种"人生海海"的别一种英雄主义理念传达出来，正是为了艺术地将其迂回折射到本名为蒋正南的上校身上："其实那张报纸上根本没有那句话，是她要送我这句话，用报纸的名义说，可以增加它的权威性，反正我也不懂西语。真的，我前妻真的是个好人，就是命苦，像上校。"是的，"像上校"，这句话恐怕才是真正的点睛之笔。无论是"人生海海"也罢，还是罗曼·罗兰一种日常生活中蔑视一切苦难的生活英雄主义理念也罢，如此设定的根本意图，实际上都是为了能够更加充分也更具艺术性地突出上校这个主人公形象。

然而，在展开上校形象的具体分析之前，一个不容回避的问题，却是麦家在艺术层面上关于叙述者的特别设定。尽管说第一人称叙述者的设定在当下时代的长篇小说创作中已经是司空见惯的一种现象，但麦家《人生海海》中的这个第一人称叙述者"我"却仍然有其值得可说之处。首先需要确定的一点是，这个"我"在叙述故事的同时，本身也是小说不可或缺的一个故事参与者。关键还在于，这个"我"，不仅参与故事，而且还有着突出的成长性特征。整部长篇小说共由三部分组成，第一、二两部分中的叙述者"我"年仅十四岁，尚处于懵懵懂懂的少年阶段，到了第三部分中，叙述者"我"已然成长为一位历经沧桑世事、对人生有着敏锐与深刻洞察力的中年人。麦家之所以要在前两部分把叙述者"我"专门设定为一位懵懵懂懂的少年，乃是为了借助他的懵懂无知在营造一种神秘与陌生感的同时更好地完成叙事任务。

比如，就在小说刚刚开始不久，上校就给我讲述了他原来从事地下谍战工作时一位四川籍女部下的奇怪故事："这故事我听得半懂不懂的，尤其是后面，他越讲越奇怪：'我就这么意外地撞见了她底细，然后回头想她的过去，我大致推算得出来，她该是天生好这一口的，她去做尼姑就是为了吃这一口。兴许是端错碗了，偷鸡不着蚀把米，反被人割了舌头……'"什么叫天生好这一口？这一口又是哪一口？为什么会被人割掉舌头？所有的这一切，对那个时候的"我"来说，真的无法弄明白："我听不懂，讲给表哥听，他也懂不了。这故事对我们来说太深奥，我们在这方面的知识几乎是零蛋，一团黑，抓不着问题，想问都不知怎么开口。问题沉下去，沉得太深，沉到海底，我们哪里捞得着？我们只见过水库。"叙述者"我"和表哥他们听不懂，但作为读者的我们却看得很明白。这位军统女谍战人员实际上是一位同性恋，上校所一再强调的"这一口"的真正奥秘原来在此。如此一个讳莫如深的同性恋问题，在那个时代"我"这样的懵懂少年那里，简直就是天书一般，根本就不可能搞明白。假若我们把这个看似随意穿插的故事与小说的主体情节联系在一起，那么，合乎逻辑的一个结论就是，麦家其实是在巧妙地借此而折射着小说中极其重要的那个所谓"鸡奸犯"问题。

再比如，到了第二部的第十二章，在偷听老保长讲述与上校有关的故事的时候，"我"也曾经陷入不解的状态之中："我连这些都已经理解不了，叫了五个号，什么意思？试验田什么意思？如果不排四号和十四号，是因为'四''死'音近，不吉利，那为什么不排十三号？还有，九号得的什么病？一定是传染病吧——我想应该是肺病。可肺病是要传染身边所有人的，怎么可以专门用来害人？我理解不了，完全理解不了。当然最不能理解的是上校，他不是在当军统特务嘛，上有上级，下有下级，有组织和使命任务的——专门杀鬼除奸，怎么搞得这么无组织无纪律，跟个大流氓似的？"你可以发现，作为一位十几岁的少年，在刻意偷听老保长故事的过程中，一直在竭尽所能地拼命理解老保长讲述的全部内容。但非常遗憾的一点是，即使已经如此，他仍然有很多东西是搞不明白的。他可以从"四"与"死"谐音的角度出发去理解，到底为什么要把四号和十四号排除在外，却无法从基督教的角度出发，将曾经背叛过耶稣的犹大联系起来去理解一定要把十三号也排除在外。他可以凭借自己有限的知识把九号所罹患的疾病理解为肺病，却又无法解释为什么九号的"肺病"不仅不会传染身边的所有人，而且还可以被用来专门去害人。至于到底为什么不仅要排号，而且还要叫号，试验田到底是什么意思，所有这些，就更是尚且处于懵懂状态的叙述者"我"难以理解的了。当然，所有这些疑问的重要程度，恐怕都无法与上校这一人物形象那简直就如谜一般的存在相提并论。事实上，也只有从上校这一人物形象的角度出发，我们才能够从根本上理解麦家到底为什么一定要在小说的第一、二部分设定"我"这样一位尚处于懵懂无知状态的第一人称叙述者。究其根本，作家如此一种艺术设定的主要意图，乃是要借助这样一位正处于关键生长过程中的懵懂无知的第一人称叙述者，最终很好地营造出一连串并非不必要的艺术悬念。即如这段疑问性突出的叙述话语中，到底为什么要排号、叫号，九号到底得了什么病，身为军统特务的上校，其所作所为到底为什么会如此这般无组织无纪律到简直就像一个大流氓的程度，所有这些，事实上都可以被看作是设定非常成功的艺术悬念，在充分吸引广大读者注意力的同时，也能够很好地推进整部长篇小说故事情节的发展。说到艺术悬念的设定，类似的段落在这部长篇小说中其实并不少见。比如这样一个段落："在将近三年时间里，我听他讲过很多故事，有的吓人，有的稀奇，有的古怪，这个是让人难过的，讲得他眼泪汪汪的。这些故事总是那么吸引人，我经常听得不眨眼，一两个钟头像火烧似的烧掉了。不过我最想听的事他一向不讲，比如他是不是睡过老保长的姘头；有没有跟师长老婆偷过相好；他是怎么当上军医的——爷爷讲得对吗——最后又因什么被解放军开除的，等等。请他讲，他总是生气，有时不理我，有时骂我。""其实我最最想问的是他到底是不是太监，当然我知道这是绝对不能问的，问了保准要吃耳光。这道理不沉在海底，是浮在水面上的，小瞎子就是教训，活鲜鲜的。"更进一步地，我们可以发现，《人生海海》中的几乎所有艺术悬念，都是围绕上校的身世之谜设定的。上校到底是一个什么样的人物？是十恶不赦的恶魔还是普度众生的善人？上校所走过的，究竟是怎样一种曲折离奇的人生道路？所有这一切，毫无疑问也都是广大读者的核心关切所在。第一人称叙述者"我"存在的主要意义和价值，就是为这种艺术悬念的营造提供了最根本的保障。

在注意到"我"这样一位成长中的第一人称叙述者的同时，我们也更需注意到，《人生海海》中其实也有着变相的双重第一人称叙事的设定。由于不管是从年龄的差距而言，还是从人生阅历的丰富与否而言，叙述者"我"与核心主人公上校之间都存在着比较遥远的距离，从直接的途径并不可能获知更多事关上校的秘密，所以很多时候，"我"只有充分地借助甚至包括上校自己在内的那些知情者的转述，方才知悉。具体来说，在《人生海海》中，曾经先后承担这些转述使命的第二重叙述者，主要有"我"爷爷、"我"父亲、老保长，以及那位到了第三部分方才登场的林阿姨等这样一些同时也参与到故事进程之中的人物形象。无论如何都不能被忽视的一点是，这些第二个层次的叙述者，都较"我"长一辈或者如同爷爷和老保长（关于老保长，一方面，他是爷爷的终生好友，用他自己的话来说，他们俩曾经"好了一生一世"，但在另一方面，早在战争期间，他却也曾经跟着上校去往上海滩真正地享了一阵子艳福，他的年龄因此而似乎一时难以做出准确判断。但考虑到小说中他曾经假扮上校娘舅的那个细节，我们最终还是把他定位成了"我"爷爷的同代人）一样干脆就长了两辈。比如，就在上校于不知不觉间成功潜逃，"他根本不是什么太监，而是可恶的鸡奸犯"的谣言满村传播，以至"我"爷爷为此忧心忡忡，到最后差不多要抑郁而终的时候，老保长主动跳出来意欲拯救"我"爷爷了："我的祈求得到照顾，有人来救爷爷了；不是母亲寻来的郎中，而是自己上门的老保长"。醉醺醺的老保长在"我"家甫一现身，就直截了当地对气息奄奄的"我"爷爷道明了来意："你得的是心病，药水救不了你，只有我能救你。你也不是被阎王爷点了名，而是被小瞎子点了名，他一张大字报贴得你不得安生是吧？这畜生贼精的，知道怎么害你，知道这样就能害你。为什么，因为他戳到你的痛处了是吧？你心里本来就有个鬼，疑心太监跟你儿子在搞鸡奸犯……"其实，真正戳痛了"我"爷爷的，不仅是小瞎子那张真正可谓是煞费苦心的大字报，也更是老保长这一番可谓字字诛心的话语。老保长接下来的一番长篇讲述，之所以能够从根本上把气息奄奄的"我"爷爷从病床上"戳"起来，也正是因为他切中了"我"爷爷病根。第一人称叙述者"我"，也同样是在偷听老保长讲述的过程中，方才对上校既往的一段历史有了真切的了解。再比如，到了第三部分，当"我"在1991年第一次返国见到林阿姨和上校他们的时候，林阿姨在一语道破"我"意欲对往事有所探究的潜在真实意图之后，也难以自抑地要讲述上校的故事："我觉出她有一种讲述往事的冲动。她和一个大孩子生活在一起，整天只能陪她说相似的话，却没人陪她说说自己，她一定是很孤独的，埋在心头的往事也许更孤独。随着年岁的向老，这种孤独也在长老，面临死亡的威胁。她也许并不怕自己死去，因为怕也没用，早迟的事，阻止不了。但往事可以活下来，往事——尤其是沉痛的往事——有活下来的自重和惯性。"一个正常的女人，哪怕是出于内心里真正的爱，长年累月地与智商业已返回到幼年时代的老年上校生活在一起，其内心的孤苦与郁闷可想而知。尤其是，这个女人的内心深处还埋藏着那么多虽然不足为人道，但却有特别想与他人有所交流的既往人生故事。对渴盼着能够与他人有所交流的林阿姨来说，"我"的出现可以说是非常适时的："但这个夜晚，我的出现对她几乎有一种不可抵挡的诱惑；我的身份是那么符合她的渴求，几乎是恰到好处；既是当事者——上校挚友之子，又是局外人——置身万里之外。她静静坐在那儿，灯光下，苍老毕现，欲望毕露，菜色的双唇被等待的渴望搅得蠢蠢欲动。"就这样，憋闷已久的林阿姨，面对着虽然是初次见面，但感觉上却是暌违已久的丈夫上校的故友之子，滔滔不绝地打开了自己的话匣子，以当事人的身份讲述了发生在她与上校之间那段不为人知的往事，消灭了"我"的关注视野中上校复杂暧昧身世方面一个不容忽视的盲点。

然而，在充分强调"我"爷爷、"我"父亲、老保长以及林阿姨他们这些第二重隐身叙述者重要性的同时，我们恐怕也得意识到由他们所转述的那些内容的真实与否问题。这一方面，一个突出的例证，就是小说临近结尾处来自小瞎子的那段叙述。由于内心里一直深怀怨毒，学会了打字上网之后的小瞎子，一直到"我"父亲去世之后，仍然念念不忘地要把"我"父亲继续诬陷为一位为人不齿的"鸡奸犯"："我就这样被他培养成了他想要的人～说实话我一点不恨他～因为要没他供我养我对我好～我早饿死冻死病死了～死一百回都够了～我能活到今天全托你爹的福～他为了供养我把疯子的家底都掏空了～包括他的宝贝疙瘩～一皮包用金子打的手术刀具～都被他偷了卖了～"在当事人都已经去世后，小瞎子的这番话甚至会让愤怒异常的"我"有一种百口莫辩的感觉。如果不是林阿姨在上校临终前向"我"出示了传说中的那套手术刀具，那"我"父亲的"鸡奸犯"名声差不多就要被狠毒的小瞎子坐实了："我终于看到传说中的东西：金子打制的医用手术刀具，大到剪子，小到缝针，大大小小，十来好几件，样样簇新，光芒闪烁，仿佛几十年的封存和黑暗把它们擦得更锃亮，憋得光芒要一口气喷薄四溅，刺得我当场流泪。"虽然说导致"我"禁不住当场流泪的原因肯定有很多方面，但其中最为重要的一个方面，绝对是"我"父亲借此而彻底洗清了长期被诬名为"鸡奸犯"的莫须有冤屈。既然小瞎子口口声声说"我"父亲为了供养他竟然把上校那套用金子打造的手术刀具都已经"偷了卖了"，那么，这套手术刀具完好无损的存在本身，就已经戳穿了小瞎子所刻意编造的谎言。问题在于，假如说小瞎子的叙述存在着谎言成分，那其他人的叙述就都是可信的吗？这就牵涉到自从进入现代小说阶段之后一个非常突出的叙述不确定性问题。更进一步说，这个世界上到底是不是存在着所谓的真实，从一种终极的意义上来说，恐怕也都是值得引起我们高度关注的哲学命题。很大程度上，所有的真实全都依赖于叙述，都是叙述出来的真实。极端一点说，倘若离开了叙述，这个世界恐怕也就不复存在。正因为我们总是会面临到底应该相信与否的两难困境，所以，在很多时候，我们就只能够采取一种信中有疑或者疑中有信的审慎态度。一方面，我们所依赖的只能是相关叙述者的叙述，另一方面，却也更需要凭借多年积累的阅读经验，对这些叙述内容的真伪做出接近于事实真相的合理判断。

正如同轮渡的使命乃是要把船客从此岸成功地摆渡到彼岸一样，作家麦家之所以要煞费苦心地在叙事方式上做以上这些努力，其终极意图也不过是要"摆渡"，要把自己对复杂暧昧的人生命运的感悟与体会，令人信服地传达给广大读者。恰如我在很多地方已经反复强调过的，一部真正称得上优秀的长篇小说，必然要成功地传达出一种强烈的命运感来。《人生海海》留给读者的深刻印象之一，正是对命运感的深度咀嚼和成功表达。当上校不无得意地讲述了一伙鬼子被报复心极强的马蜂活活蜇死的故事之后，首先出现了这样一段叙事话语："我知道，那些鬼子都是被马蜂毒死的，而他父亲则是被鬼子的毒气弹毒死的，冥冥中好像是配好的，一牙还一牙的意思。"紧接着，就是"我"爷爷发出的一种由衷感叹："这就是命，事先讲不清，事后都讲得清。"与此相类似，到第二部将要结束的时候，"我"父亲终于从狱中的上校那里拿到了一份申明："父亲拿到一份上校亲笔写的申明，大纸大字，写给全体村民，希望大家原谅我爷爷。上校写得情真意切，有理有据，大家看了都感动，都服气，就原谅我爷爷了。"关键的问题是"据说申明的最后一句话是：一切都是命"。或许与这个申明与自家爷爷紧密相关的缘故，紧接着，围绕着这个"命"，叙述者"我"便大发了一番感慨："我无所谓自己的命是好是坏，只在乎这消息是真是假——如果是真的，其实我不用逃命啦。但等我有这个思想时我已经上船，下不了船啦。我想这可能就是我的命，逃命的命，亡命天涯的命。""一切都是命，这话爷爷以往多回讲过。那天，我十分后悔离家时没有和爷爷告个别，我猜他一定为我的无情无义伤心死了。这大概是他的命，对我好言好待十六年，却没有得到我一分钟的话别。"上校命中注定要有被关进共产党监狱的一劫，"我"的命运是"亡命天涯"式的海外漂泊，而爷爷的命运，则是"我"的"无情无义"。需要注意的是，这所有关于命运的感慨，都坚实地建立在相关人物跌宕起伏人生经历描写的基础之上。质言之，能够在深度透视表现人性内涵的基础上，把如上所述的命运感成功地传达出来，正可以被看作是麦家这部《人生海海》最突出的思想艺术特点之一。也因此，接下来我们将把分析的重心转向对人物形象塑造的分析，以更好地理解把握麦家笔下的那些生活英雄形象到底是怎样被锻造出来的。

首先进入我们分析视野的，乃是那位身兼第二重叙述功能的"我"爷爷这一人物形象。按照"我们"那个地方的方言，爷爷是一个典型不过的"巫头"："巫头和巫婆是一个意思，男的叫巫头，女的叫巫婆，专指那些爱用过去讲将来的人，用道理讲事情的人。爷爷就是这样的人，爱搬弄大道理，爱引经据典，爱借古喻今，爱警世预言，爱见风识雨。享着太阳，看着人来人往，听着是是非非，爷爷经常像老保长讲下流话一样，讲一些莫测高深的大道理。"由这样的描述介绍可知，已经上了一些年纪的"我"爷爷，是乡村世界里德高望重的关于伦理秩序的坚守者与维护者。假若回到允许士绅存在的时代，那么，"我"爷爷就毫无疑问可以被看作是能够为乡村世界"立法"的那一类士绅形象。大约也正因为如此，所以"我"才会对爷爷做出高度的评价："我爷爷和一般老人不一样，他见多识广，能说会道。我爷爷是个民间思想家、哲学家、评论家，是我课堂外的同学和老师。"但就是如此一位乡村世界里的现代"士绅"，到头来竟然因为儿子被小瞎子暗指为"鸡奸犯"而忧心不止——"爷爷几次对我讲：'准许天塌下来，也不许鸡奸犯这污名进我家。'。"情况严重到什么程度呢？"那段时间，爷爷有种兵临城下的紧急和谨慎，像个新兵，眼里塞满放大的敌情，心里盛满誓死的斗志，随时准备与敌人决一死战，绝不容许鸡奸犯这脏东西入侵我家。"到后来，尽管说老保长毛遂自荐后对既往故事的讲述，已经在一定程度上消除了爷爷内心深处的强烈疑惑，把他从死亡线上硬生生地拉了回来，但从根本上说，爷爷那个内在的心结却依然没有能够彻底解开。在我看来，接下来麦家最狠的一笔，就是无所顾忌地戳穿了爷爷的最后一丝伪装。却原来，为了彻底帮助父亲洗清"鸡奸犯"的名头，"我"爷爷竟然干出了以告密的方式出卖上校的恶罪勾当，以至老保长在获悉内情后气势汹汹地直打上门来："你给我讲实话，是不是你向公安揭发了上校？是不是？讲实话！讲啊！""事情很快搞清楚，确实是爷爷揭发的上校，他虽然不知道上校躲在大陈村，但他派三姑跟踪了父亲，就知道了。"总是满口仁义道德、习惯于训诫他人的"我"爷爷，之所以突破道德人格的底线，使自己最终成为一个千夫所指的犹大，正是为了完成一个交易："干部终于明白爷爷的心思，这是个交易，互相帮助，互相给好处。这是合情合理合法合规的，干部答应下来，爷爷便交出地址。然后便有后来的一切，上校被捕，公安来村里贴公告，交易是成功的，双方都满意。"但"我"的那位身为"民间思想家、哲学家、评论家"的爷爷，却无论如何都没有料到，在洗清父亲所谓"鸡奸犯"罪名的同时，却又会使自己的家庭背负上更为沉重的道德精神负担："老实讲，鸡奸犯是很丢人，但以前闹鸡奸犯时大家从没有当面歧视我，公开奚落我，顶多个别人背后嘀嘀咕咕，用怪的目光看我，而且只是偷看，不敢直看。"到最后，在那一向被认为是一个熟人社会的乡村世界里，"我"们一家果然为爷爷的这一告密行径付出了极惨重的代价。"我"爷爷被迫在猪圈上吊自杀且不说，家里的其他人也大都因此而遭受了各种天谴："我忽然明白，即使村里人已原谅我们家，但我们家却无法原谅自己，甘愿认罚赎罪。爷爷寻死是认罚，大哥忍辱是认罚，二哥年纪轻轻抱病而死和我奔波在逃命路上，亡命天涯，又何尝不是认罚？"阅读《人生海海》，能够给读者留下深刻印象的人物形象之一，肯定少不了"我"爷爷。究其根本，"我"爷爷这一人物形象的艺术成功，正在于麦家在他身上不无敏锐地洞察到了由道德"圣人"到告密犹大之间的微妙人性转换，并由此而充分地展现出了人性的复杂暧昧和命运的神秘吊诡。唯其因为有着难以抹去的告密这一劣迹，所以"我"爷爷的一生其实是失败的一生。

倘若说"我"爷爷的一生乃毫无疑问是一种失败的人生，那么，上校与老保长他们的人生就绝对称得上是生活英雄的一生。先让我们来看那位总是处于醉醺醺的状态、总是三句话离不开女人、总是习惯于讲下流话的老保长。老保长之所以一直被叫作老保长，乃是因为他曾经在抗日战争时期一度担任过村里的保长这一职务。无论如何都值得肯定的一点是，他这保长乃是一个典型不过的"身在曹营心在汉"的伪保长："他当的是伪保长，吃的是汉奸饭，按理要把上校押去县里交差。但老保长一向不做汉奸事，他只吃汉奸饭不做汉奸事，甚至秘密帮国民党、共产党做事。"尽管不知道麦家在构思设定老保长这一人物形象时是否受到过余华《活着》的潜在影响，但老保长这一人物形象的若干行迹，却的确能够让我们在某种程度上联想到《活着》中的福贵这一人物形象。如同那位出身于富家的福贵最后因热衷于赌博而败家一样，《人生海海》中的老保长其人，也是因为酷好赌博败掉家产，到最后因祸得福地被划定为雇农成分。当然，强调二人相似一面的存在，并不就意味着麦家没有自己的创新之处。虽然人生经历绝对称得上复杂，但老保长最难能可贵的一点，却是懂得知恩图报，无论在什么情况下都坚决维护曾经为自己还清了巨额赌债的上校的声名和利益。用他自己一番信誓旦旦的话来说，就是："这村里人全死光光我都无所谓，只希望他别不得好死。如今这世道真他妈的作孽，把一个大好人糟蹋成这样。拖着老母亲四处流浪，要藏着躲着过日子。这都是小瞎子这畜生害的，要早二十几年我当着保长，必定把这畜生枪毙了。糟蹋一个好人就是罪，活该枪毙。你们不晓得他为国家立过多大功，又受过多少罪？那个罪过啊你们想不到的，生不如死啊！他是个英雄你们知道吧，只是……只是……怎么讲呢，人都有命的，他命苦，总被人糟蹋。"也因此，与"我"爷爷仅仅为了所谓家族的声誉便不惜出卖上校的行为形成鲜明对比的是，这位一贯嗜酒并总是处于醉醺醺状态的老保长，不管处于何种情势之下，都自始至终恪守着上校的秘密，未曾有任何不应该的泄露。"我心里惦记着他呢，他是我活着唯一的惦记呢。"结合文本，读到老保长如此情深意长的话语的时候，很多眼窝浅的读者，恐怕是要禁不住流泪的。对生活于和平时期的老保长来说，能够顶住包括政治与道德在内的各种压力，坚决恪守上校人生秘密的行为本身，他就毫无疑问称得上是一个不折不扣的生活英雄形象。

当然，说到生活英雄，《人生海海》中最核心的一个人物形象，就是那位一直处于旋涡中心的上校。很大程度上，麦家之所以要用长达八年的时间来酝酿创作《人生海海》这样一部长篇小说，其根本目的正是为了写出上校这一人物形象。就此而言，《人生海海》绝对可以被看作是先有人物形象后有小说故事情节构思的一个典型范例。在尚处于少年时代的第一人称叙述者"我"看来，村里边虽然有不少怪人，但最"出奇古怪"的一位，不管怎么说都只能是上校。具体理由如下："第一个，他当过国民党，理所当然是反革命分子，是政府打倒的人，革命群众要斗争的对象。但群众一边斗争他，一边又巴结讨好他……""第二个，他从前睡过老保长女人，照理是死对头，可老保长对他好得不得了。""第三个，他是太监，不管是怎么沦成太监的吧，反正是太监，那地方少了那东西。但每到夏天，大家都穿短角裤的时候，我们小孩子经常偷看他那个地方，好像还是满当当的，有模有样的。""第四个，他向来不出工，不干农活，不做手工（包括木工，他的老本行），不开店，不杀猪，总之什么生活都不做，天天空在家里看报纸，嗑瓜子，可日子过得比谁家都舒坦，抽大前门香烟，穿三接头皮鞋和华达呢中山装。""第五个，他养猫的样子，比任何人家养孩子都还要操心，下功夫，花钞票，肉疼、宝贝得不得了，简直神经病！"如果说《人生海海》是一部借助营造艺术悬念而渐次推进故事情节发展的长篇小说，那么，其中最具有艺术悬念色彩的，无疑就是这位既被叫作

"上校"也被叫作"太监"的简直如同谜团一般的人物形象。

从最早被强征入伍后去打红军，到抗日战争期间的积极抗日，到以军统特务的身份周旋于日、汪、蒋之间，再到朝鲜战场上与美军对垒，一直到后来因"大汉奸"的罪名而锒铛入狱。既进过国民党的监狱，也进过日本人的监狱，还进过共产党的监狱。由上校所走过的以上这些曲折人生经历来判断，他毫无疑问是一个具有强烈传奇性的人物形象。在笔者的理解中，这种传奇性甚至强烈到了令人难以置信的地步。那么，在《人生海海》中，到底有没有必要为上校设定如此强烈的传奇性，我以为，这是应该特别提出来与作家麦家进行商榷的一个问题。很大程度上，与其说是上校的传奇性人生经历令人印象深刻，莫如说是他在日常生活中那样一种不畏艰难困苦的生活英雄姿态更引人注目。他虽然先后住过几次监狱，但却依然精神意志不垮，依然竭尽可能地呵护救助身边一切需要帮助的人，其中所充分凸显的，正是上校的生活英雄本质。

说到麦家对上校这一人物形象的刻画与塑造，最不容忽视的一个重要细节，就是他私处的那个文身。上校之所以会被很多人在私下里称为"太监"，乃是因为村里人一直盛传他曾经因睡了师长的女人而被恼羞成怒的师长活阉。但其实，正如同老保长后来所坦诚的，实际的情况是，上校在战场上不仅那个部位受了伤，而且后来也已经康复了。身为红卫兵的小瞎子们之所以要设计借洗澡的机会偷看上校，正是为了亲眼确证他到底是不是一个太监。没想到，小瞎子们不仅看到了上校的那个东西，而且还意外地看到了他"小肚皮上确实写着字，并画着一个醒目的红色箭头"。小瞎子根本想不到，正是他的这种偷窥行为，最终招致了来自上校的强烈报复。上校不仅割了他的舌头，而且还挑断了他的手筋。原来，上校之所以会因被偷窥而震怒不已，乃因为在二十世纪六十年代那样一个时代，他私处的文身将会直接关系到他的人生清誉和政治生命。只有读完全篇，我们方才知道，上校私处的文身，乃是拜当年曾一度活跃在上海滩上的"女鬼佬们"所赐的结果。因为上校通过手术康复的那个家伙表现非同一般地厉害，那些"女鬼佬们"便企图将它永远据为己有。具体来说，她们霸占上校那个厉害家伙的手段，就是在他的私处文身。至于文身的内容，用老保长的话来说，就是："字分两项，主项是上海那些女鬼佬的一句下流话——这屌只归日本国，横排在上面，下面是那女汉奸后补的她的日本名字，我忘了……"只要设身处地地想一想，我们就会明白，在那个特殊的时期，文身的内容一旦被公开，那就极有可能给上校带来杀身之祸："一个女汉奸的名字刻在那私处，在那个大家政治嗅觉比狗鼻子灵的年代里，这秘密像一颗炸弹，随时可能被引爆，上校怎么可能置之不管？必须把炸弹引线拆掉，否则他随时可能粉身碎骨。"到最后，被捕后的上校之所以会意志彻底崩溃，乃至精神失常，也仍然是因为被公开批斗时小瞎子的父亲瞎佬非得鼓动大家要当众扒掉上校的裤子。

但无论如何都难以令人置信的一点却是，等到"我"从海外回国再次见到上校的时候，曾经对自己私处的文身讳莫如深的他，竟然不管不顾地主动亮出私处来让"我"观赏："曾经他为保住里面的秘密甘愿当太监、当光棍、当罪犯，现在却要主动示人，宁愿被老伴痛骂也要给我看。我心里的悲伤本来已经要胀破，这会儿终于破了。"对此，林阿姨曾经给出过自己的解释："有时我觉得他现在这样子蛮好的，可以忘掉那些脏东西，可以照自己的意愿改掉这些字。他这辈子如果只有一个愿望，我想一定是这个，把那些脏东西抹掉，改成现在这样。这个愿望死都离不开他，但也是死都实现不了的，只有现在这样子，失忆了，才能实现。"正如同"我"父亲的鸡奸犯问题乃是"我"爷爷终生都难以释怀的一种心结一样，很大程度上，私处的文身也已经成为上校无法摆脱的梦魇一般的心结。事实上，也正是这个文身，从根本上决定了上校大半个人生的基本走向。他后半生一切为人所不解的怪癖言行，均可由这一心结而得到很好的解释。我们之所以可以把上校理解为一位具有相当精神分析深度的人物形象，其根本原因正在于此。但与此同时，上校私处的文身却也能够让我们联想到霍桑《红字》中女主人公所佩戴的那个鲜红的A字。而这实际上也就意味着，一方面，我们固然可以把文身看作是一个写实性细节，但在另一方面，恐怕却更应该把它理解为一个具有突出象征意义的细节。就此而言，麦家之所以一定要把文身设定在上校的私处，所试图象征说明的，正是每一个人类个体内心世界中心理阴暗面的必然存在。正是在如此一种普遍象征意义的基础上，一个具有相当可信度的结论才是，我们每一个人都极有可能是上校。

说到对上校这样一位生活英雄形象的理解与判断，叙述者借助于小爷爷这一人物对"我"爷爷所讲述的一番话语，有着毋庸置疑的重要性："你是聪明一世糊涂一时，他是什么人？你们嘴上叫他太监，实际他是皇帝，村里哪个人不敬重他？不念他的好？我就是例子，你对他那么恶，随口骂他断子绝孙，可我出事他照样救我，不记恨你，也不顾他妈信观音，只顾念我们好。世上有耶稣才出这种大好人，他是不信耶稣的耶稣，你对他行恶就是对耶稣行恶，看耶稣能不能救你，我反正是救不了你了。"在转述完小爷爷的这番话之后，作家紧接着写道："我在一旁望着耶稣，耶稣站在阁几上，背靠着板壁，头歪着，耷拉着，手伸着，被钉子钉着，流着血，脚上也流着血，是一副受苦落难的样子，也是要人去救的样子。"耶稣是为了拯救人类的灵魂而自动走上十字架的一位自我献祭者，当小爷爷其实也更是作家麦家自己，把上校这一人物形象与耶稣相比拟的时候，其内心深处对上校的敬仰之情，实际上已经溢于言表。虽然在政治上被打入另册，但却依然能够赢得双家村普遍的民心，所充分说明的正是作为生活英雄的上校其人在日常生活中的魅力。也因此，一个能够令人信服的结论就是，麦家的这部《人生海海》，在强力鞭挞批判人性恶（这一点，集中体现在小瞎子和"我"爷爷这两个人物形象身上）的同时，也格外生动地塑造刻画出了上校这样一位具有人性大善的生活英雄形象。

精神分析与心狱的深度透视

——关于陈希我长篇小说《心！》

不仅将一部长篇小说的名字命名为"心"，而且在"心"的后面还要加上一个"！"，别的且不说，单是小说的如此一种命名方式，就足以给读者留下深刻的印象。虽然不能说这种特别的命名方式就独属于作家陈希我，但陈希我作为中国当代最特立独行的作家之一，是毋庸置疑的。以我愚见，如同"心！"这样一种特别的小说命名方式，很大程度上也大约只能出现在如同陈希我这般具有自由精神的独立作家笔端。只要是熟悉陈希我的朋友，就都知道他的小说创作与日本这个国家，与日本文学之间有着非同一般的渊源关系。之所以会是如此，或许与陈希我早年曾经在日本游学过长达六年的时间有关。但从更深的一个层次来说，恐怕还是陈希我的内在心性，与日本文学之间有着更多天然的相通之处。这一次，他的长篇小说《心！》，同样突出地体现着以上两方面的特点。

阅读陈希我的《心！》，我们首先应该注意到的，就是正文前的三段题记。第一段题记来自俄国作家费·陀思妥耶夫斯基："这里，魔鬼同上帝在进行斗争，而斗争的战场就是人心。"第二段题记来自中国作家鲁迅："抉心自食，欲知本味。创痛酷烈，本味何能知？"第三段题记，则来自一位名叫远藤周作的日本作家："八月一日，一艘中国帆船载杂物由福州抵达，十时左右，看守发现长崎湾外六英里处有一艘帆船。"先让我们来看远藤周作。远藤周作是日本文学史上最重要的小说家之一，他最重要的一部代表作《沉默》曾经获得谷崎润一郎奖。陈希我所引用的这段话，就出自这部旨在探索表现宗教问题的长篇小说《沉默》。认真地思索一番，我们就不难确认，作家之所以要引用远藤周作《沉默》中的这段话，其具体用意恐怕有二。其一，借此而巧妙地引入一个与宗教紧密相关的"罪与救赎"的命题。其二，从主体的故事情节来看，陈希我的这部《心！》不妨被理解为是从远藤周作的《沉默》进一步衍生而出的。敏感的读者或许早已注意到，这段话的关键词一共有三个："福州""长崎"以及"中国帆船"。而到了陈希我《心！》第八章的"比太阳更不可直视的是人心"这一节，那艘后来把主人公林修身（又名"U"、"呦"、林光、长谷川光、长谷川龙。请注意，以上这些都是这位主人公不同人生阶段的曾用名。在本文中，除非专门的引述文字，为了叙述与分析的方便，我们统一把他称之为"林修身"。与此同时，我们还应该注意到这样两段叙事话语的存在：其一，"这个人竟然有这么多名字，又是'林修身'，又是'U'，又是'长谷川光'，又是'长谷川龙'……我都有点乱了。这么多名字，不会有身份错乱感吗？好在分别用在不同时间。但一个人一生一次次改变名字，也够折腾的"。其二，突然间令叙述者"我"茅塞顿开的一点是："我蓦然意识到，这里岂不是有一条时间之轴？这条轴串起了他的人生。我可以沿着这条轴去把握他。"事实上，叙述者"我"也正是沿着林修身前前后后的这些名字而完成关于其人其事的小说叙事的）一家最终运抵长崎的，就是这么一艘货船。请看其中的相关描写："这时海上出现了一艘海船。我们向他们求救，他们救了我们。他们是从福州去长崎的货船。""'我知道，'我说，'我曾经看过日本作家远藤周作的《沉默》，说到江户时代起就有这么个航线。'"紧接着，第一人称叙述者让林修身的"心"进一步叙述道："'这是神保佑的航线。'它说，'多少年来，基督徒都是走这条路。也许是因为终点是长崎？东方洋人最多的地方。但这个航线却开启了我们的背叛之路。'"毫无疑问，陈希我《心！》中的这段叙述文字，所遥遥对应的无疑是被他自己当作题记之一的远藤周作《沉默》中的那段文字。也因此，在暗示读者一种进入并理解《心！》这部长篇小说的阅读方向的同时，另外一种可能性极大的解释就是，或许陈希我《心！》最早的创作灵感就来自远藤周作，来自他的长篇小说代表作《沉默》。尽管说这种猜测并未在陈希我那里获得相应的证实，但我内心里却坚信此种猜测的真理性质。与此同时，我们也必须认识到，某种意义上说，陈希我这里所引述的分别来自不同国度的三位作家，都是为作家所心仪折服的，简直可以被看作是作家的精神偶像。陈希我之所以要煞费苦心地把他们的三段文字当作题记放在小说正文的前面，在向他们三位表达充分敬意的同时，乃是为了从根本上暗示读者一定要依循他所给出的方向来进入并理解长篇小说《心！》，更何况，引自俄国作家费·陀思妥耶夫斯基与中国作家鲁迅的两段文字中，都已经明确地出现了"心"这个关键性的字眼。更进一步说，我们其实也不妨把陈希我的《心！》这部旨在挖掘、拷问与表现人物内在精神世界构成的长篇小说，看作是对三位作家所确立的某种文学传统的继承与发扬。

题记之外，《心！》的引人注目，还在于艺术形式层面上两方面的特别设定。首先，是第一人称叙述者"我"。虽然说第一人称叙述者的设定在当下时代已然是一种寻常不过的状况，但在一个具象的小说文本中，到底设定怎样的一个第一人称叙述者，却也还是值得关注的一个问题。具体到陈希我的这部《心！》，这位第一人称叙述者"我"，尽管一开始只是单纯地承担着叙述者的功能，但随着故事情节的渐次演进，"我"却逐渐地融入情节之中，并最终成为《心！》中不可忽略的一位次要人物形象。"我"一开始的具体身份，是一家报社的记者。故事发生的时候，"我"本来正在日本为报社的一个系列专题做采访，主人公林修身并非"我"的采访对象，"之所以临时决定专访他，是因为他在北京有个壮举，他表示要把全部财产捐出去"。这一事件发生的具体时间，是1985年。那一年的8月15日，正值世界反法西斯战争暨中国的抗日战争胜利四十周年纪念日。一方面，如此重大的历史性节点，必须以纪念的方式而有所体现，另一方面，尴尬之处在于，这时候的中日关系，正处于和平友好的"蜜月期"。怎么办呢？"最后中方决定，把侧重点放在爱国主题上，结合招商引资，邀请海外同胞与侨胞回国联谊，林修身就在被邀之列。"就是在那一次与国家领导人会见的时候，激动万分、脸色很红的日本长谷川商会会长林修身，亲口表示出了"我要裸捐"的强烈意愿。一位日籍的华裔商人，竟然表现出了强烈的"裸捐"愿望，自然会引起社会的高度关注，于是，报社便指定正在日本执行采访任务的"我"，临时去采访林修身。没想到的是，就在电话约好具体采访时间的第二天，就从北京传来了林修身不幸离世的消息。这就是篇幅极其简短的第一章所描写传达的那个内容。1985年8月的一天，北京某医院的司空医生突然接诊了一位自称"我的心碎了"的特殊病人。这个特殊病人不是别人，正是"我"稍后意欲专门采访的林修身。关键问题在于，饶是司空医生从医经验丰富，也无从准确判断最终导致林修身身亡的病因究竟是什么。一直到五年之后的1990年，"一个叫佐藤的日本医生才发现了一种特异的心脏病，病发时，还真是心苞破裂。这种病，后来被命名为Stress-Induced Cardiomyopathy，中国称为'心碎综合症'"。另一个蹊跷之处在于，依照医学规律，一般只有绝经期的妇女才会因为雌性荷尔蒙的流失而患上这个病。尽管说当时的"我"根本不可能知道"心碎综合症"这样一个病名，但或许是因为林修身口头上明确表示出的"裸捐"愿望，或许是因为他去世后那个奇怪丧礼的举行，或许是因为"我"在丧礼现场不仅意外地遇到了当年"佛跳墙"店的少老板林北方，并且从林北方口中听到很多关于他的负面评价，又或者，是以上几方面因素综合发生作用的缘故，总之，一个显在的结果是，身为记者的叙述者"我"，对这位名叫林修身的日籍华裔商人产生了不能自已的浓烈兴趣。正因为"我"对林修身其人产生了强烈兴趣，所以才会千方百计地设法进一步打探并了解这个人的身世来历，尤其是那些一直潜藏于他内心深处的精神奥秘。遗憾之处在于，这个时候的林修身，已经因为后来才被认定并命名的"心碎综合症"离开了人世。面对着躺在寿棺里的林修身，"我"一方面在"想象死者的心脏像饺子一样爆开"，另一方面，却无论如何都"无法将这个老人跟林北方所描述的人联系起来"。问题在于，不管"我"对林修身其人产生多么大的兴趣，一种无法改变的事实，却是其人已逝。这样一来，"我"就只能够借助于那些曾经与林修身有过亲密接触的当事人的回忆来了解认识这个谜一般的人物了。

令"我"始料未及的一点是，自己对林修身的追逐与探究，却在不期然间经历了一个由"工作"到"私活"的转折过程。这一方面是由于中日关系的迅速恶化，另一方面则是因为林修身之子林太郎对父亲"裸捐"承诺的不认账，"关于林修身的宣传被取消"。没想到的是，这样一来，"我"却感觉到机遇来了："本来，采访林修身只是我的工作，现在，我想做一个我自己感兴趣的事。我要挖出一个真实的林修身。当然，根本驱动力是我喜欢搞'坏'，我有这癖好。我要利用我工作之便，收集林修身的材料。"没想到，"我"的如此一种努力却遭到了知"我"甚深的父亲的强力反对。父亲说："你这是心理黑暗！是逆反，是戾气！那么多正面人物你没兴趣去追踪。你这样，是很危险的！"父亲的这段后来被证明的确是一语成谶的指责性话语，实际上有着双重的叙事意图。其一，陈希我很显然是要借此而强有力地暗示给读者自己这部《心！》的基本写作方向，一种旨在对相关人物的黑暗心理进行深入探究的写作方向。某种意义上，叙述者"我"与林修身在黑暗心理这一层面上所实际构成的，乃是一种微妙的心理同构关系。更多地把关注点聚焦到人物内在的心理层面，尤其是注重精神阴暗的深度揭示，乃是西方文学自有现代主义作品以来的一种普遍的演进趋势。"情节——即事件发生的逻辑顺序——这一维多利亚时代小说必不可少的元素在现代主义小说中黯然失色。在狄更斯、托尔斯泰、冯塔纳甚至福楼拜的作品中，人物一直在做出各种行为。现代主义小说则并非如此。1918年，英国小说家梅·辛克莱在评论多萝西·理查德森的现代主义著作《朝圣之旅》的第1卷时不无惊讶地谈道：'这套书中没有情节，没有情境，没有立体布景。什么事都没有发生。'对内心世界的痴迷，对主观性的称颂以及一次次对小说写作传统的挑战——也就是一种固有的不妥协的精神——使得现代主义小说常常为庸常之辈所不齿。"[1]作者在这里所深入探讨的，乃是现代主义作品与传统现实主义作品之间的差异与区别。与更加关注外在社会

---

[1]　彼得·盖伊：《现代主义——从波德莱尔到贝克特之后》，骆守怡、杜冬译，译林出版社2017年版，第121—124页。

现实的现实主义文学相比较，西方现代主义文学的一大特质，毫无疑问是更加关注人类内在的主体精神构成。就此而言，陈希我小说创作之暗合于西方现代主义文学的主流，就是一种不容忽视的客观事实。

其二，事实上，也正是从"我"的自作主张，以及父亲对"我"的自作主张十分不以为然开始，身为第一人称叙述者的"我"，在承担叙事功能的同时，也逐渐地浮出水面，彰显着自身的存在。如果说"我"对林修身的关注以及相关采访活动起始于1985年，那么，仅仅是到了三年之后的1988年，"我"的情况就发生了很大的变化："那时我在美国采访。本来还计划在美国采访后，取道日本，干我的私活。将要飞日本，接到国内单位电话，要我直接回国。从父亲电话中，我知道事态严重。我怀疑有人在整我。我平时自视颇高，一定得罪了人。单是我之前去日本采访，就挤了别人的名额。"既然莫名其妙地被别人"整"，"我"便决定滞留美国不回。就这样，一直到二十世纪九十年代中期，由于经济过于窘迫，充满失败感的"我"，才在父亲的强力督促下，黯然回国。与八十年代的启蒙氛围相比较，在发生了天翻地覆的变化后，这个时候的中国已然是所谓的市场经济时代。尽管由于父亲的疏通，去职有年的"我"得以重返原单位工作，但真正回到原单位工作，给"我"带来的，却是一种巨大的精神屈辱感："当夜，我的脸突然肿得像馒头，还红彤彤的，只觉得睡梦中被掌掴了。两边脸都肿，好像是被掴了左边，又掴右边。左边被掴时，我躲右边；但右边又掴过来。左右开弓，我被夹在中间，就被掴得扎扎实实。第二天请假，去医院看病。还是查不出原因来，仍然说是心因性的。"却原来，正如同作家随后已经明确点出的，导致"我"突然间脸肿的根本原因，乃在于被迫"吃了回头草"之后的"我"，内心深处被一种耻辱感严重折磨着。"一个人的成熟，是心理的成熟。一个成熟的人是能够消化耻辱的人。""但消化不了啊！""要消化！""实在消化不了啊！""必须消化！人得生存，就必须消化！"就这样，几个回合的心理斗争下来，就使知识分子的"我"无奈屈服："但其实，耻辱不影响活着，也不影响去打拼。"一个显见的事实是，无奈地屈服于现实的生活逻辑之后，"我"不仅很快地成家立业，而且也还屡获升迁。一时之间，"在周围人眼里，我是成功的人"。关于"我"的这些叙述中，需要注意的是"我"与林修身之间的相同处。一个是耻辱感，另一个则是所谓的"心因性"疾病。也因此，在通过"我"审视表现中国当代知识分子精神蜕变史的同时，或许因为存在着以上相同处，"我"所念念不忘的，依然是自己当年被迫一度中断的那个"私活"，是对于林修身其人尤其是其灵魂或者说心狱的进一步寻根究底。因此，到了2011年的时候，在"我"的现实生存条件大为改观的情况下，"我"又开始了关于林修身的相关采访工作："我惦记着林修身。二〇一一年，我弄了个赴日的机会。但坂本胜三和佐伯照子都去世了，林北方也不知所踪，我后悔当初没有留下他的联系方式。唯一能联系到的只有林修身的儿子林太郎。"需要注意的是，在"我"重新恢复继续寻访林修身的过程中，一种不依不饶的自谴式批判也在同时进行着："我越来越会做噩梦，醒来，妻子总是已经坐着了。心脏像撞钟一样，我只能坐起。我的心脏也出了毛病。"这里，一个不容忽视的细节，就是"我"强烈地怀疑自己如同林修身一样，也罹患了所谓的"心碎综合症"。

说到"我"的"心碎综合症"，说到陈希我借助于"我"所展开的关于中国知识分子的自我批判与审视，如下一段叙事话语的存在，或许是非常必要的："实际上，在二十世纪九十年代初，就是许多知识分子声称'告别革命'的那些年，我就企图寻找除了革命与反革命之外的心灵的'第三条道路'。那些年，'人文精神'与'世俗精神'正面交锋，八十年代的'启蒙'随着一场失败戛然而止，聪明的知识分子倒戈于'人文精神'。这当然很理性化、学术化，但不可否认有策略性因素。转向后的知识分子总得为自己的行为找到理论根据，他们开始为'世俗精神'正名。'世俗精神'这名词冠冕堂皇，在西方，它解构神圣，因此在中国，它好像也有了同样的'政治正确'。但中国的'世俗主义'跟西方的'世俗主义'其实是南辕北辙的。西方'世俗主义'是把人从神权中解放出来的反抗，而中国，则是把尚未立起来的人丢进'世俗主义'的被窝。中国的世俗化在前现代、现代与后现代的三重语境中混世，它是价值观乱伦的'怪胎'。"尽管说我们这里的摘引显得有点篇幅较长，但若不如此就很难理清致使叙述者"我"的灵魂事实上处于"被拉裂"状态的"心碎综合症"发生的根本原因。事实上，"我"之所以后来在职场上能够节节攀升，正是因为放弃了"启蒙"立场，向所谓的"世俗化"大潮举手投降的结果。饶有趣味的一点是，陈希我的《心！》这样一部真切关注表现出场人物精神现实的长篇小说，其叙事时间竟然出乎预料地一直延伸到了距离现在还有整整十八个年头的未来的2037年："2037年，我寿终正寝。""我是一路做到厅级退休的。我自己也没有想到我会升到这个位置。"之所以能一路做到厅级干部，所充分说明的，正是成功人士"我"在"世俗化"道路上一路狂奔的情形。关键的问题是，尽管"我"的世俗人生相当成功，但其内心中知识分子的一面却一直处于骚动不安的状态之中："但我的心并没有安宁下来。我安慰了别人的心，我的心却更加彷徨。那天晚上，我又在照镜子时，蓦然抽了自己一个耳光。我一直都有抽自己耳光的习惯，就像果戈理一生没有戒掉自慰一样。""我"的心之所以一直到去世时都处于骚动不安的状态，是因为"我"始终未曾彻底放弃知识分子的精神价值立场。当然了，陈希我之所以一定要让这部小说的故事终结于2037年，乃是为了能够让"我"的心与林修身的心在三生石前相遇："我没料到在三生石前遇到了他。""这个林修身竟然还卡在这里。他捧着他的心。我看到了这个叫作'心'的实物。它就这么裸露在我面前。"既然两颗"心"相遇了，那一场灵魂碰撞的发生，就是顺乎逻辑的一种必然结果。事实上，也正是在这种碰撞的过程中，"我"的"心"经历了一场格外严厉的最后的灵魂审判："你的心就不发抖？你的心就真可以这么昧着，你就不亏心吗？你就不怕最后的审判吗？抉出你的心来看看！看看是什么样的心！"这是林修身针对"我"发出的一种质问。面对着林修身咄咄逼人的质问，"我"的强烈感觉是："这简直是绑架。你说你自己的，你扯我干什么？你觉得自己有罪，你忏悔你的，跟我什么关系？但是它叫着，向我靠来。它没有脚，它是掷过来的，掷在我身上，就在胸口上。我的心被撞得发颤。"质言之，当"我"的"心"面对着林修身咄咄逼人的"心"试图躲躲闪闪的时候，陈希我所写出的，就是当下时代中国知识分子一种普遍的心灵裂变状况。也因此，假若说这部《心！》的确是一部旨在如鲁迅般"抉心自食"的大书，那么，陈希我所首先无情撕裂开来的，就是这位第一人称叙述者"我"自己的阴暗"心狱"。

其次，是类似于"罗生门"式的艺术结构的打造。《罗生门》，是日本导演黑泽明根据日本作家芥川龙之介的短篇小说《筱竹丛中》改编的一部电影，曾经获得过奥斯卡最佳外语片奖。影片以战乱、天灾与疾病连绵不断的日本平安朝代为具体背景，主要讲述了一起由武士被杀而引起的案件，以及案件发生后，当事人们从各自不同的立场出发，互相指控对方是凶手的故事。由于电影影响巨大，现在"罗生门"已经作为一个常用熟语进入不止是日本的日常生活之中。具体来说，"罗生门"一词，专指某一事件的当事人在事后各执一词，分别按照对自己有利的方式进行表述证明或编织谎言，最终致使事件的真相扑朔迷离，难以被真切地揭示出来。我们之所以要借用"罗生门"这一语词来说明陈希我这部《心！》的艺术结构特点，主要是因为等到身为记者的第一人称叙述者"我"对明确表示要"裸捐"的日籍华裔商人林修身发生浓烈兴趣，试图对他的身世，当然更主要是对他精神世界进行深度探究的时候，林修身却已经因所谓"心碎综合症"的发作而一命呜呼了。林修身人死而不复再生，叙述者"我"就只能够通过对曾经与林修身有过亲密接触的相关人物深度采访的方式，来尽可能地了解并进入林修身那真正堪称复杂深邃的精神世界。尽管从医学的角度来说，人类真正用来思考的器官，是"脑"而不是"心"："我要纠正您，心是心，脑是脑。心理是大脑的反应，'心想'，应该是'脑想'"，但在中国人长期以来一种约定俗成的理解中，"心"的地位较之于"脑"却重要得多。对此，陈希我在后来也曾经借叙述者之口给出过相应的解释："我们中国人最了解'心'了，中国文化简直就是'心'的文化。中国语言说得深入往往要用到'心'字，只有说到'心'才到深处。心情，就是从最深处发出的情。这情来自深处的理，外在的理不重要，心的理才重要，所谓'心理'。心理就是心的纹理，也就是心走过的路，心路。"大约也正因为如此，陈希我才会执意地把自己一部旨在深入探究挖掘人的精神世界阴暗面的长篇小说命名为带有感叹号的《心！》。我们之所以把陈希我对"心"的探究挖掘称为"心狱"的深度凝视，乃因为作家在创作时更多地把关注点聚焦到了相关人物精神阴暗面。我们注意到，正所谓"横看成岭侧成峰，远近高低各不同"，由于与林修身之间情感关系的或亲密或仇恨，包括林北方、佐伯照子、坂本胜三、林太郎、森达矢、李香草、迈克尔·佩恩、香织在内的这些当事人都从各自不同的角度描述展示着他们心目中的那个林修身。"在我生命的最后三年，我以'无'的价值观，为林修身写了一本事实确凿的传记。我完成了一生的愿望，也是为我自己。"以我所见，与林修身根本就没有发生过任何正面接触的叙述者"我"，到最后之所以能够完成这样一部关于林修身的传记，端赖于这些切入角度不同的当事人所做出的甚至相互矛盾抵牾的讲述。很大程度上，也正因为陈希我关于林修身的探究更多地着眼于其内在的精神心狱，所以，包括第七章与第八章林修身以及他的"心"自述的那些部分在内，这所有的叙述其实都带有特别突出的精神分析意味。我们注意到，关于精神分析在现代主义文学中的重要性，曾经有学者做出过精辟的论述。在彼得·盖伊的理解中，现代主义最根本的特征之一，就是与弗洛伊德，与精神分析学之间的内在紧密关联："弗洛伊德精神分析学说对于现代西方文化的影响并未彻底显现出来。尽管这种影响并非直截了当，但肯定可以说是巨大的，特别是对于中产阶级知识分子而言，他们的艺术品位也不可避免地与现代主义的产生和发展紧密地交织在一起。"[①]"但是，不管读者认为弗洛伊德对于理解本书内容有什么样的帮助，我们都应该清醒地认识到，任凭现代主义者多么才华横溢，多么坚定地仇视他们时代的美学体制，他们也都是人，有着精神分析思想会归于他们的所有成就与矛盾。"[②]由此可见，是否具有精神分析深度，的确可以被理解为衡量当下时代文学作品优秀与否一个不可或缺的重要标准。而陈希我这部带有明显"罗生门"式结构特点的长篇小说，则正是如此一部具有突出精神分析

---

① 彼得·盖伊：《现代主义——从波德莱尔到贝克特之后》，骆守仪、杜冬译，译林出版社2017年版，第2—3页。

② 彼得·盖伊：《现代主义——从波德莱尔到贝克特之后》，骆守仪、杜冬译，译林出版社2017年版，第3—4页。

深度的长篇小说。

具体来说，在陈希我这部自我驳诘性质殊为突出的长篇小说中，作家对林修身精神世界的深度挖掘，乃集中体现在如下四个方面。其一，他到底是不是一个背叛者。或许与他们之间的某种"情敌"关系紧密相关，在林修身曾经供职过的那家"佛跳墙"中国料理店的少东家林北方看来，这位最终从自己手中把长谷川香织争抢过去的小伙计"呦"或"U"（因为东家一发"呦"这个音，小伙计就会跳起来，所以，东家就把他叫作"呦"。"但林北方觉得不如用英语字母'U'简单，于是就用'U'"），不管怎么说都是一个不折不扣的背叛者。林北方之所以一口咬定小伙计"呦"是背叛者，乃因为这个小伙计本来是他的父亲林发有在市场采购时带回来的一个不知道来处的流浪儿。如果不是被好心的"佛跳墙"东家收留，"U"的生存恐怕都是很大的问题。但他们根本就未曾料想到，这个看起来个子矮小、很不起眼的小伙计"U"，实际上却是一个颇有心计的狠毒角色："林北方说，这个U'战后'发明了绞肉机，就是他父亲当时宽容和鼓励的结果。当然，后来想起来，琢磨出这样狠的机器，也说明这个人心思有多凶狠。其实他时有暴露出凶狠。""这个小伙计虽然年龄小，但已经现出凶狠和霸气的端倪。只是林老板没有警惕，林老板喜欢狠角，喜欢机灵加上狠，他自己就是机灵加狠的角色。""U"不仅狠，而且也贱，贱到可以吃客人吃剩的东西："别人吃剩的，脏死了。可见这个人之前是在多么恶劣的环境下生存的，只要能活命，什么脏臭，他都无所谓。只要有得吃，让他怎么卖命都行。"但林北方无论如何都不可能料想到，到最后，活生生地从自己手里将长谷川香织抢走的，竟然就是这位极不起眼的小伙计"U"。"林北方说，他当时就应该意识到他家伙计对长谷川小姐有企图。"关键在于，这位小伙计不仅对长谷川香织有企图，而且还巧妙地利用送餐服务的机会靠近讨好长谷川小姐，最后竟然如愿以偿地达到了登堂入室的目的："'女人的本性就像母鸡，这里啄啄，那里啄啄，只看男人怎么勾引她。那贼利用送餐的机会引诱了香织，最终达到进入长谷川家的目的，'林北方说，'战争后期，长谷川先生在大空袭中被炸死，这个贼终于拿到了长谷川家的产业。战争，就是大洗牌。抢到了好牌，就抢先占有了优势。'"正所谓"醉翁之意不在酒，在乎山水之间也"，依照林北方的理解，很是有些心计的小伙计U，之所以要千方百计地接近长谷川香织，其根本意图就是要以鸠占鹊巢的方式，最终全面占有并控制长谷川家的产业。一个因为被东家收留才勉强存活下来的小伙计，不仅不知恩图报，反而还蓄谋已久地与少东家争夺长谷川家的小姐，并最终成功地拿到了长谷川家的全部产业，无论如何都是一个令人不齿的背叛者。

但同样是林修身这个人，到了另一位当事人佐伯照子这里，其形象却几乎来了个一百八十度的大转弯："照子说，U是她见过的最好的伙计，要不是命运不济，U这种人是不可能沦落到给人当伙计的地步的，那么香织也不可能要他怎样就怎样了。"林北方心目中的背叛者，到了佐伯照子这里，却成了一个特别重情重义的人："但我理解U，更根本的问题在于你成了被赶走的人了，成了不义的人了。不义也就算了，但你是曾经受过人家恩的。虽然是东家你自己把我赶出来的，但人家毕竟曾经收留了你。虽然这么想是没道理的，但偏偏阿U这个人太重情，太迂。他老是念叨，'佛跳墙'对他有恩。其实说白了，谁对谁有恩还说不清呢！其实'佛跳墙'得到更多，得到了廉价的劳力。"林北方说是U主动背叛了"佛跳墙"，但在佐伯照子的叙述中，可怜的U却是硬生生地被少东家赶出来的："要不是实在待不下去了，阿U还是会在'佛跳墙'待下去的，哪怕是赖着。他是个忠心耿耿的人，又有能力，也许，要是他没有走，'佛跳墙'后来也不会倒，他会辅佐少东家的。但那个少东家不知好歹，执意要赶走阿U。你不要，又不允许别人要，哪里有这种道理？"唯其因为阿U心地善良厚道，所以他才特别介意自己被视为"背叛者"："'我完了！'他对我嘟哝，'我被看成背叛者了！'他念叨'佛跳墙'老板对他怎么怎么好，老板娘怎么将他当儿子一样疼。其实我们都知道，这是没有的事。他们对他并不好。他还说少东家怎么照顾他。简直胡说。"一直到很多年之后，这位佐伯照子才明白过来，却原来，阿U之所以一定要这么做，乃是因为他内心深处有着迫不得已的苦衷："阿U所以要这样践踏自己，是因为他实在没办法消除内心的煎熬。只有践踏自己，才能让心安下来，就像牙齿实在太痛了，只能用舌头去顶，让它痛到底，才能缓解。"在佐伯照子的理解中，这位阿U与长谷川家的小姐香织之间，不仅谈不上什么感情，而且香织还总是要设法去奴役作践阿U："照子奶奶说，U是个性格温和的人，但他实在被逼急了。香织作践他，他已经很难受了，这下照子也作践他。全世界人作践他，都没有照子作践他这么让他难受。照子承认，自己当时是嫉妒了。受着这样攻击的U，变成了刻薄的人。"这里的关键在于，佐伯照子不仅自己深深地喜欢着U，而且还一厢情愿地认定U也以同样的方式喜欢着自己。唯其如此，她才会情不自禁地不仅把自己与香织相提并论，而且还进一步认为，自己出于嫉妒对U所造成的伤害远甚于来自于香织的伤害。但有一点确凿无疑的是，同样是由于哪怕是假想中的一种情敌关系（某种意义上，林北方对自己和香织之间关系的理解，也属于一种假想出来的情敌关系），佐伯照子不仅不无敏锐地洞察并发现了香织与U之间关系的不平等，而且还进一步发现了中国元素在他们畸形关系中起着一种重要的发酵与促进作用："她自己乱想起来。中国人在她心目中就是异类。她与其是喜欢U，毋宁是通过U，来满足她的中国想象。U摇头，但又点头。点头，是因为他的脚确实大，而且中国确实有女人小脚的现象。摇头，是因为不情愿进入香织的想象中。但又怕扫了小姐的兴。"总之的一点就是，由于有过从"佛跳墙"跳槽到长谷川家的经历，U这个小伙计就陷入了一种关于"背叛"的两难境地与强烈焦虑之中："他报答了后面恩主，就更是背叛了前面的恩主；他不报答后面的恩主，也不能消除他背叛前面恩主之耻；要是他背叛了后面的恩主，前面的恩主更会振振有词了，可以对后面恩主说，报应！甚至还会说，谢谢你捡了我的垃圾！总之，他怎么做都不是了。"

　　一个是把U假想为自己的情敌，另一个则是把长谷川香织假想为自己的情敌，由于出发点不同，林北方与佐伯照子他们两个人关于林修身叙述的大相径庭，也就在情理之中了。不能被忽略的一点是，在文本中，陈希我也还让林修身自己的"心"现身说法，对自己由"佛跳墙"而进入长谷川家的行为给出过相应的解释。相比较来说，林修身自己的说法，恐怕还是更加接近于少东家林北方的理解与判断。实际上，第一次见到长谷川小姐的时候，林修身就已经产生了如何才能够登堂入室的想法："第一次见到长谷川小姐，我就被她迷得神魂颠倒。是爱，还是利益考量？要被长谷川小姐看上了，跟她进入长谷川家，那前途就不是在'佛跳墙'能比的。"但作为一个普通的小伙计，林修身凭什么才能够吸引到香织的注意呢？除了不择手段之外，其实别无他法。于是，"少东家请客那天，我表现得傻傻的，他跟他的同学捉弄我，长谷川小姐也在笑话我。但我无所谓，我本来就卑贱，没有再可失去的了"。更进一步说，正是依凭着如此一种彻头彻尾的卑贱，林修身才最终达到了在长谷川家登堂入室的目的："卑贱成了我柔韧的钝器。卑贱的人能引起人家注意，就是迈向胜利的第一步。长谷川小姐取笑我，也比对我视而不见的好。我巴望她嘲笑我，践踏我。"事实上，关于林修身如何以卑贱的方式设法接近长谷川小姐，恐怕还是他自己后来的交代更为真切传神："当然更主要的是我好容易得到接近长谷川小姐的机会了，就像老虎咬到了带血的肉，怎么可能松牙？当然，对'佛跳墙'，我也会求饶，在'佛跳墙'干，我才能接近长谷川小姐。我甚至会承认自己有错，他们冤枉我的，我也认。因为我压根儿就没有把这当一回事，先认再说，先混过关再说，积蓄力量，等待时机再干。""现在我只是贱人。因为贱，我什么都可以做，贱自有贱的自由。""只要能得到长谷川小姐，什么代价都愿意出。"两个看起来地位极不相称的人，到最后居然真的走到了一起，其中的根本原因，就在于卑贱者林修身一方为达此目的而做出了"不懈努力"，尤其是竟然别出心裁地把卑贱作为有效的进攻手段。

与此同时，我们也须得注意到，除了暗合于林北方理解的一面之外，林修身自己的说法中也还有不同于林北方理解的一面存在。具体来说，林修身离开"佛跳墙"，其实也是被逼无奈的一种结果："关于我抢学技术的指控，就是从这时候开始的。反正就因为我下贱，做什么都被人往坏里想。到了中午，还是不让吃。我受不了了，我算是明白了，我必须自己救自己，尽量省点能量消耗。这样，我又被指控偷懒，又被打，再罚继续饿。这要饿到什么时候？后来我想到，他们是想饿跑我。虽说难找到我这样廉价的伙计，但战时经济越来越糟糕，店里越来越没生意，他们想省去我这口嘴。"质言之，"如果不是被逼到活不下去，我是无论如何不会跟香织走的。说什么我是蓄谋已久，肚子能等吗？"。依照林修身的如此一种逻辑，他离开"佛跳墙"，既不是背叛，也不是图谋更大目标，只不过是因为吃不饱饭饿肚子而已。归根到底一句话，他离开"佛跳墙"，乃是被迫无奈求生存的一种结果，根本就与所谓的背叛或者不背叛无关。

其二，林修身到底是不是一个汉奸。一个出身低微的中国人，到日本这样的异国他乡去讨生活，本就非常不易，尤其是在遭遇了中日战争的情况下，身为中国人的林修身就更是难做人了。等到林修身陷入国籍身份的困境之中的时候，他已经主动离开长谷川家，作为厨子上了"光"号远洋货轮。只不过，这艘依然隶属于长谷川会长的"光"号，因其被政府征用已经与战争发生了牵扯不断的内在关联。这一方面，首先引起我们注意的一个细节就是，"光"号船长坂本胜三充满自豪感的相关叙述："'昭和十七年夏天到十八年夏天，会长可算过上了他平生最有阳光的日子。'坂本说。"对此，叙述者"我"马上做出了迅疾的反应："在这个坂本嘴里，那个黑暗时代竟然充满阳光。我曾经看过太平洋战争资料，印象中，昭和十七年，就是一九四二年夏天，到一九四三年夏天，正是日本对南方掠夺最凶狠的时期。东南亚被占领地区的百分之三四十的原油被运输到日本本土。"仅是这一个不经意间的细节，就已经强有力地凸显出了"国族问题"的重要性了。虽然只是一个普普通通的日本人，但坂本胜三不经意间所流露出的，却毫无疑问是一种属于他的"国族意识"。而且，越是无意识间所流露出来的，就越是根深蒂固。同样的道理，叙述者"我"之所以会本能地反感坂本胜三的这种自豪感，也是作为中国人的"国族意识"发生作用的结果。道理说来其实也很简单，日本人所谓的"充满阳光"正是建立在中国人苦难黑暗的痛苦感受之上的。如果说已经到了战后的和平时期，"国族意识"的反应尚且如此强烈，那么，在林修身所置身于其间的中日战争时期，"国族意识"的强烈就更是可想而知了。正因为如此，成为"光"号的厨子后，林修身最忌讳的一点，就是身边会有人强调他的中国人身份。一次，在具有反战倾向的船员森达矢戳着他说"中国属于英美阵营"的时候，"坂本看到U当时脸都白了。这可是要命的指认。那时运输船队中也有中国人船主的货船，这些船被征用，日中处在战争中，他们作为敌国人，不仅不敢拒绝，还得表现出很愿意的样子。他们要比日本人更合作，稍有怠慢，就被认为在抗拒。稍有差错，就会被当作破坏圣战。虽然U跟大家熟了，大家都喜欢他，但到了小摩擦时，还是会想到他毕竟是中国人"。但这位生性好斗的反战分子森达矢，却偏偏就是哪壶不开提哪壶，总是要拿林修身的中国人身份说事："森达矢更得意了，一再把U的中国人身份提溜出来示众。坂本船长感觉U就像被推到了悬崖绝壁边上。他简直已经挂在绝壁上了，爬不上来，又掉不下去。坂本看不下去了，他决定帮U。"唯其因为强烈地意识到了中国人身份给自己带来的威胁，所以，林修身才必须在"光"号上竭尽所能地表现："现在，他知道自己必须比别人更加卖力，才能让大家接受他。他就像脚踏在一块跷跷板上，需要不停地动，才能站稳脚跟。"这其中，自然也包括他短暂地把自己的名字更改为"长谷川光"。这一方面，除了更名的细节之外，另外一个细节，就是他竟然被迫完成了一次即使巧妇也难为的"无米之炊"。对于这一次逼迫事件的具体根由，坂本胜三后来有着真切的回忆："说起来，有耻感是绝对的好事。他是从长谷川家跑出来的，实际上就是背叛了长谷川小姐。所以，他得做出更大的成绩来雪耻。他要从更大的方面来证明自己是一个顶天立地的男子汉。国家大事，就是大的事，就是男子汉应该做的事。他应该是清楚自己带着耻辱上船的，我就是要拿这个耻辱激他！"

但问题在于，这位在坂本胜三船长看来一直忠实于天皇圣战的中国人林修身，到了森达矢笔下，却变成了一位伺机进行破坏活动的民族主义者。"在森达矢笔下，那艘'光'号运输船是一片黑暗无光的世界。它就像黑暗无光的日本，那些本来谨小慎微的日本人，一个个都藏着兽性。这兽性和荣誉感混杂。兽性产生很大程度是因为'群胆'，这'群'当然也包括国家民族，甚至，绝大部分是被国家民族这个'群'所正当化。但难说大家就完全不知道自己在行恶，但当组成团伙，大家会互相用眼睛的余光观察别人，仿照别人。同时，在这种观察和效仿中，你我都在试探恶的底线。还会因为群体作恶而产生的有恃无恐和责任泛化，继续探寻底线的底线。这让他们陷入黑暗的旋涡里，互相遮盖，遮天蔽日。"尽管不知道陈希我在进行这番描述与分析时除了本事外是否另有所指，但我自己在阅读时却不仅情不自禁地联想到了中国"文革"时期的那样一种普遍的群众心理，而且也更进一步地联想到了勒庞那部被命名为《乌合之众》的名著。很大程度上，类似于陈希我在这里所描述的"光"号货船上那样一种黑暗无光的情形，我们只能用勒庞的相关理论来加以解释。但在这样一个黑暗无光的场域中，森达矢理解中的林修身却成了唯一的光源所在。森达矢的说法就是："包括我在内的厌恶战争、反对战争的日本人，其实内心都或多或少有所纠结。我为了正义而让自己国家失败，真的应该吗？只有那个中国人没有这种矛盾。他在日本人的'义理'之外，他自有中国人的'义理'。日中战争，中国人的'义理'就是抗日。一个人应该义无反顾地维护自己的祖国，一个被侵略者可以理直气壮地拿起武器，一个侨民也可以破釜沉舟，把不义的所侨居国当作战场。他没有矛盾，他的价值观很统一，所以他的心坚实。"一方面，森达矢在这里不无尖锐地揭示出作为一个日籍反战人士的尴尬处境，日本的最终战败，对森达矢们来说，真正可谓虽胜犹败。但在另一方面，他却出乎意外地给出了一个以自己独特的方式进行"抗日"的林修身形象。正如你已经想象到的，作为一个厨子，林修身所实施的"抗日"手段只能是在做饭上做一点文章："后来我理解了，作为厨子，他必定要做他的工作，但他的良心怎么可能允许他助纣为虐？这些吃他做的食物的人，都在为侵略战争卖命。当然他自己也得活命，人毕竟得活，干活、挣钱、吃饭，活，可以理解。那么，只有以破坏、捉弄的方式工作，才能让他的工作有了正当理由。"正如同森达矢本人不经意间所窥视到的破坏行为那样，用一句通俗的说法来表达，就应该是，林修身实际上是在利用自己做饭的权利在进行巧妙的"抗日"。

说到林修身究竟是否应该被看作汉奸的话题，无论如何都绕不过去的一点，就是他曾经受命为日本军队去寻找游击队。尽管林修身也曾经有过坚决的抗拒，不想去执行寻找游击队的任务："但这是什么任务啊？要我利用中国人身份，混在中国人群中，探听游击队所在地，然后顺藤摸瓜，把游击队一网打尽。那些游击队不也是中国人吗？"但他的抗拒却被长谷川先生以"只有你一个是中国人"的理由给一下子"摁死了"。万般无奈之下，林修身只好接受了寻找游击队的任务。对此，他也曾经给出过相应的说法："我不是没有自知之明的人，只是我太怯懦。怯懦，是的，这是我的缺陷，但不至于有罪。我怯懦，软弱，平庸，干脆，我自私，这够卑劣的了。但自私又有什么错？对，当时我灵机一动，我可以用自私来让自己卑劣地逃脱，让社长觉得我不堪托付……"，令人遗憾处在于，即使林修身已然出此下策，最终也无法抗拒长谷川先生的指令。没想到的是，仅仅因为我的抗拒，就使得长谷川先生大为不满。为了重获他的欢心，林修身甚至不惜跪地磕头求饶。对于自己的这种行为，林修身曾经给出过这样的一种解释："我渴望被接纳，哪怕是被要挟之后的接纳。我只求这么一点点的抚慰。像我这种人，随时都可能被剥夺生存权利，能保住的只能是底线。我就这点出息。"对于林修身的这种人生选择，我们更多地只能够从阿伦特所谓"平庸之恶"的角度来加以理解。好在陈希我在《心！》里也曾经引用了阿伦特的那段名言："我们这些当年有罪的人，实际上是坚守岗位以防止更糟的事情发生的人；只有那些身处其中的人才有机会缓解事态并至少帮助一些人；我们与恶人共处但并没有把灵魂出卖给他们，但那些什么都不做的人却逃避了所有责任，只考虑他们自己，只考虑他们珍贵的灵魂的拯救……"需要注意的是，那位一度是阿伦特支持的李香草，却也曾经这样指责过阿伦特："那个汉娜小姑娘，她大可不必出来。如果按她的洁癖，她应该在里面反抗。她做不到吧？当然您可以说，她出来是为了更好地反抗。对，这是我的逻辑。她身陷囹圄，就没能力，那么她就无法尽义务。另外，她出来了，还可以待在她黑暗的祖国反抗，她为什么又流亡了呢？再说，她是个知识分子。知识分子应该尽更大的义务，因为知识分子比普通人掌握着更多权利，权利与义务必须相匹配，但她却反过来指责普通人。"这里，与其说是李香草在行使驳诘的权利，莫如干脆说就是陈希我在与阿伦特进行辩驳。那位后来提出并指责"平庸之恶"的阿伦特自己，在二战中逃离德国后，远远地待在隔岸的美国。倘若套用她自己的理论逻辑，她完全可以拒绝流亡，完全应该选择待在母国进行哪怕是消极的反抗。关键还在于，等到战争结束后，她反而指责那些在黑暗中勉力生存下来的普通人助纣为虐地犯下了"平庸之恶"。虽然不能说普通人的"平庸之恶"就不应该被提出来展开讨论，但身为知识分子的阿伦特们是否拥有免于被指责的豁免权，却也的确同样应该引起我们的高度关注。具体到林修身，一方面，他出于生存的必要，的确曾经在"光"号货船上服务过，的确有过给侵略战争助纣为虐的经历。但在另一方面，哪怕仅仅出于一时的心情不畅快，他也确实曾经利用做饭的权利而有所"破坏、捉弄"。因此可见，对于如此一位"平庸之恶"者，到底应该做出怎样的一种理解与评判，恐怕也还真的是一个无法回避的问题。

且让我们把话题再拉回到林修身寻找游击队这一事件上。在林修身被迫接受相关任务之后，紧接着发生的，就是吊桥上的那个踏板事件。按照林修身后来的追述，踏板事件的过程是这样的："风吹过，吊桥飘了起来。他灵机一动，他要踏掉铺板。板已经很少了，能踩掉几块是几块。至少，日本人必须吃力地过桥，香草就有逃跑的时间了。更重要的是，香草看到他拆除铺板，就不会怀疑我和日本人是一伙了，反会觉得我是在救她。当然，踏掉铺板，我就会掉下去。下面深不可测，粉身碎骨。死就死吧，这样她就完全不会怀疑我了。我要活命，但我可以为她死去。我现在只能用死来洗污。在她面前死，为救她而死，洗污后死了，她会后悔她骂了我的，她会为我哭。她为我哭已经够了，死无憾了。"应该注意到，在这段叙事话语中，首先存在一个人称转换的问题。同样是林修身这个人，前半段还被称作"他"，到后半段却突然变成了"我"。不知道是陈希我的一时疏忽，抑或是他本来就觉得应该这么处理，反正就我个人的阅读体会来说，多多少少会感觉到有一点突兀。当然，与人称转换的技术问题相比较，更重要的，其实还是关于踏板事件是否属于有预谋行为的理解与界定。就在包括李香草在内的当事人都已经认定吊索桥的被破坏乃是林修身一种故意的行为的时候，他自己反倒对此予以坚决的否认。在把吊索桥的突然垮掉归于"偶然失误"的同时，他特别强调说："我只是想跑开，想着一脚踩稳，踩住，就用力踩下去，结果反而让铺板震动，把吊索震断掉了。"尤其值得注意的是，当叙述者"我"告诉他，李香草后来曾经表示，后悔自己没有能够跟着他的时候，林修身却给出了特别犀利的一连串反诘："跟着我？回到日本人这边来？然后知道我是奸细？然后爱我？然后她再被投去当苦力？就比当游击队好？或者她还是爱我，然后跟我一起被当作'汉奸'？"一方面，包括个人在内的历史都是无法假设的，但在另一方面，却也往往只有借助于这种假设的方式才能够帮助我们更好地进入并理解历史。事实上，正是通过这一连串犀利尖锐的假设，作家在给出了历史与人性的多种可能性的同时，也对历史与人性的复杂本身提出了强有力的诘问。实际上，关于林修身踏板事件中"心"的游移不定，还是长谷川先生的说法更为准确到位："是啊，向哪一边最后都要输，为游击队，要被这边日本军人射杀，为日本人这边，你就暴露了。所以你干脆把桥踩塌了。好像舍出自己，但只是给这边演一出'苦肉计'，也给游击队留了活路。有手段！不仅狠，还得留后路。人才啊！可惜你的国家不给你施展的机会。"很大程度上，也正是因为发现了林修身身上隐藏着的巨大潜力，所以长谷川先生最后才放心地把长谷川企业交给他去经营。

只因为曾经为日本军队去寻找游击队，所以林修身在战后意外遭遇那个美国人迈克尔·佩恩后，就被此人指控为"汉奸"："迈克尔·佩恩粗粗地呼吸了一下，换了一种身体姿势，耐心分析道：'耻辱有程度不同。我们可以把它分层次：一种是迫不得已接受耻辱，一种是并非迫不得已，自愿选择的，比如他为日本军队寻找游击队……'"更进一步说："即使是迫不得已，也有区别：一种是生命受到威胁时的迫不得已接受，一种只是为了保全其他。同样是其他，还有重要跟不重要的，还有最重要的。"什么会比生命更重要呢？迈克尔·佩恩说是"伦理"。毫无疑问，迈克尔·佩恩正是依循着这样的一套逻辑，方才指控林修身为汉奸的。尽管说林修身为了这个罪名最终付出了自我阉割的惨重代价，但一直到小说终结，关于这个问题，作家也没有给出一个明确答案。以我之见，陈希我的写作意图，本就无意于澄清林修身是否为汉奸。

作家真正意欲透视表现的，事实上还是林修身的"国族身份"问题以及围绕这一关键问题所生出的各种纠结，尤其是在势不两立你死我活的残酷战争期间，作为一位生活在日本的中国人，到底应该如何选择自己的价值立场，就毫无疑问是一个类似于哈姆雷特王子"生存还是毁灭"的那样一个大问题。更进一步说，所谓的"汉奸"与否，具体涉及的同样是背叛的焦点问题。只不过与前面的背叛问题相比较，这时候的背叛问题，显然已经关涉更为重要的政治层面，是政治层面上对国家或者民族背叛与否的根本命题。面对着这一重大问题，林修身的身心撕裂，他"心碎综合症"的罹患与发作，同样无法避免。

其三，与身体更加紧密相关的林修身的性问题。身体，既是现代主义，同时也更是陈希我小说写作一向关注的重心所在。这一次，到了这部《心！》当中，身体依然是陈希我集中聚焦的重心之一。而且，更进一步说，所谓身体，到了具有明显现代主义倾向的作品中，往往体现在性问题上面。是的，正如你已经料想到的，所谓性问题，乃突出地体现在林修身与长谷川香织他们两人的关系之中。香织之所以不顾阶层之间的巨大差异也要接纳林修身，与他性器的昂然巨大有着无法剥离的内在关联。"'那东西挂着，像不像"U"字？像马一样，那么大，那么沉！'他当时对他的男同学们描绘，又心虚地瞥香织。香织对这边好像完全没有知觉，她都不再瞅那伙计了，仰着头看天。林北方说，那时候他太年轻，没意识到她是在装。他低估了香织的聪明。她是听到了。"实际的情况是，香织不仅听到了，而且这一点还成了她最后接纳林修身登堂入室的一个重要筹码。林修身登堂入室后不太长的时间，就想方设法离开长谷川家成了"光"号货船的厨子，应该说与香织的过度沉迷于"包饺子"（他们俩之间性事的一种代称）紧密相关。一方面，我们固然承认林修身的自我阉割与他对汉奸这一罪名的恐惧有关："但它（指'势'这个字）最初不是指'势力'，而是指男性生殖器，他阉掉，也就是割除了那个东西，就没有'势'了。这'势'是生命之本。一个男人没了它，一切都没了。他是自己把它割除的，所以表示的是自我臣服，对你臣服，求您放过他。"这是叙述者"我"对迈克尔·佩恩给出的一种解释。但在另一方面，他的这种自残行为，恐怕却更是出于对长谷川香织的反抗。当年林修身之所以能够靠近香织，端赖于他的"包饺子"手艺，没想到的是，到后来，林修身竟然会特别恶心饺子。究其根本，林修身最后之所以要不管不顾地自我阉割，与以下两方面的因素关系密切。一方面，是长谷川香织身上的狐臭："我为什么要逃离香织？我实在受不了她那味道。我这么说，你又会鄙视我吧？你难道就不是因为羞耻吗？你难道不觉得你那样的生活是罪恶的生活吗？你难道就没有作为男人的尊严吗？我当然有。这其实都是我在前面自己说过的，大道理谁不知道？但首先是本能上受不了。""人毕竟喜欢香味讨厌臭味。那味道确实叫人忍受不了，无孔不入，在空气里，熏得你。"另一方面，更主要的，当然还是香织那简直就是无休无止的性欲了。但在强调香织性欲特别旺盛的同时，我们却更需注意在这个过程中林修身心理变态的存在。

具体来说，林修身固然是被动者，给人的感觉是他一直在性方面勉力地应付或者说打发着香织，但实际的情形却并非如此："再说，只是打发吗？身边这女人我真就那么讨厌吗？每一次，我不是也勃起了吗？要不我能够进入她吗？实际上我也想了，要不，她怎么可能迷上我？就是我非常受不了她了，我仍然有欲望，这欲望，并不全是要换取她给我生存权利，单纯的性欲也不能说没有，只是我自己不承认。这性欲绕过我这个心，暗度陈仓。我还自己骗自己：我是讨厌她的，我是被逼无奈的，我无路可走。我身陷黑暗，但我的欲望在黑暗中满足了。还因为小心翼翼地暗度，逃避道德的审查，一旦到达目的地，欲求更反弹性地强烈了。那简直就是漆黑里的狂欢，但自己却告诉自己，我是掉进泥水了。有时候自己也瞒不住，知道自己也在狂欢，但那是既然掉进泥水里的索性狂欢一下，如此而已。性本身就是一种从肮脏不道德中才寻求得来快乐的，这也没什么。何况我又是男的，我的器官，与其是一根被她要挟的把柄，毋宁是一把戳进她的刀，男人在姿势和动作上就是进攻者，尽管她常常爬到我身上来，体位颠倒。人是多么会欺骗自己。"之所以要引用这么长的一大段原文，乃是为了充分地说明一个人的性心理可以被扭曲到何种程度。从这个角度来说，林修身最后的自我阉割，是对长谷川香织的反抗，更是对自己的反抗。其中，很显然也涉及了背叛的命题，只不过此处的背叛，既是林修身对香织的背叛，也是他的身体对自己的"心"的背叛，这样一来，自然也就与林修身所罹患的"心碎综合症"发生了某种程度上的内在关联。令人多少感到有点不可思议的是，林修身竟然以这种自我阉割的方式实现了对香织的某种操纵与控制："首先是对香织，每当她企图跟我理论，我就把下身亮出来，给她看。她就彻底投降了，无条件的。"就这样，"我用自己永远不能挽回的残废，让她永远不能解脱。我用她要挟我的器官，反过来要挟她"。某种程度上，我们完全可以说，性乃是人类身体上最私密也最根本的一种存在，当陈希我把对林修身精神世界的挖掘抵达这个层面的时候，实际上也就意味着他对笔下人物的透视已经达到了体无完肤或者说淋漓尽致的程度。

其四，在进行以上分析的基础上，我们需要进一步追问的一点就是，林修身何以会变成现在这个样子？而这，也正是我们接下来要解决的一个主要问题。九九归一，林修身之所以会如此，与他中国疍民的家庭出身之间存在着不容忽视的内在关系。小说中第一次提到"疍民"这个词，是在讲到佐伯照子的时候："一旁的我听懂了。'部落民'类似于中国的疍民。甚至有说他们就是来自中国大陆和朝鲜半岛的，还有人说其中就有部分是疍民。"再一次提到"疍民"，就已经是与李香草有关的第六章。到了这一章，在与大家的对话中，林修身首度承认自己是一个"曲蹄"。什么是"曲蹄"呢？"李香草后来回到国内，专门去查了资料，才知道了'曲蹄'的含义。'曲蹄'是对'疍民'的蔑称，只有动物才用'蹄'。在中国东南沿海有一群特殊的中国人。他们不能上岸居住，只能以船为家。他们的船叫'连家船'。因为终身以舟为家，船舱低矮狭小，腿长期弯曲，久而久之变形了，像动物的腿。他们并非少数民族，是汉人，但他们是汉人的异类，中国的'等外之民'。"说到一贯好面子的林修身为什么要自己承认是"疍民"，叙述者曾经给出过这样一种具有相当说服力的说法："也许对他这个弱势人，只有粗野才有力量，无论是攻击别人的力量，还是践踏自己的力量。只有有力践踏自己，才能有力抵御别人，践踏别人。"说到底，对如同林修身这样的卑贱之人来说，很多时候恐怕也只能被迫无奈地将卑贱当作对抗别人保护自己的武器。第三次提到"疍民"，是在接下来的第七章中："你问我们是不是少数民族？不，我们也是汉族。我们和岸上人一样都是中国人，但没有我们立锥之地。""岸上人可以随便打我们。""岸上人可以随便对我们动私刑。"接下来的两次提及，还是在第七章中。一次是："战乱，贫穷，还有我是疍民。我一直强调我这个身份，向香草也强调过。其实，疍民就活不了了？不过是活得差。我这么强调，不过是以此来抵御别人对我的指责。"再一次是："我一再强调我疍民身份。但其实，有那么多的疍民，千百年来不也生存下去了吗？其实就因为我们自己不安分。可怜之人必有可恨之处。"按照我的理解，陈希我在这部《心！》中之所以要反复提及林修身的中国疍民身份，正是为了充分指出这一人物形象往往会表现得非常卑贱的渊源所在。质言之，一个漂洋过海因为被意外拯救方才得以来到日本的中国疍民的后代，在先后经历了以上林林总总的人生遭遇和变故之后，最终成为一名灵魂处于彻底撕裂状态的"心碎综合症"患者，并由此而最终丧命，恐怕这是陈希我所具体描述的状况。作家陈希我，能够借助于精神分析的方式，能够强有力地打开林修身这一人物形象的心狱，最终相对深入地凝视表现出他那堪称复杂深邃的精神世界，正可以被看作是长篇小说《心！》最突出的思想艺术成就。

另外，我们无论如何都不能忽略的一点，就是主体故事结束之后第九章和第十章的存在。到了第九章中，林修身夫人香织的"心"不仅于不期然间现身，而且还与叙述者"我"的"心"展开了一场相对漫长的对话。对话的内容姑且不论，我们应该予以特别关注的，恐怕是这样一段意味深长的叙事话语："我和她同时去找林修身的心，根本找不到。之前他人影都不见，也没有去注意他的心。怎么回事？我们信誓旦旦我们的心跟他的不一样。再回来找自己的心，怎么？我的心也不见了。回头去找她，她也不见了。恐怖袭上心头。不，我已经没有了心，根本无心可袭，只有恐怖。""无论如何，这是一颗受难的心，一颗可怜的心。我知道就行了，然后，放下。放下它也就放下了我自己。"在我的理解中，这段叙事话语的深长意味主要表现为意在强调林修身的、"我"的和香织的"心"，其实都是相同的。唯其因为相同，所以才会"放下它也就放下了我自己"。通过如此一种情节设定，陈希我很显然是要告诉读者，在某种意义上，我们每一个人其实都是林修身，或者说是有着各种不同人生阅历的林修身。很大程度上，林修身既是他自己，也更是你我他，同时也肯定还是作家陈希我。写出了林修身，也就写出了每一个人类的个体。

到最后，"我"强烈地意识到，林修身的"心"慢慢地化作了尘埃："它确凿地存在，然后渐渐地化成尘埃。"接下来的第十章只有一句话："它成尘时，我竟看见了微笑。"什么意思呢？林修身的"心"化作尘埃时，"我"的微笑，只要我们把这一点与小说中曾经专门提及的基督教元素联系起来，那就完全可以被看作是作家陈希我一种历尽劫难后人道主义悲悯情怀的传达与表现。

聚焦于现代性批判的风景浪漫书写

——关于陈应松长篇小说《森林沉默》

　　面对陈应松的长篇小说《森林沉默》，我们首先需要思考的一个问题就是，应该如何为这部作品做出恰切的艺术定位。我知道，很多读者，甚至包括作者陈应松在内，在谈到《森林沉默》的艺术方式的时候，都极有可能仍然把它简单地归于一种魔幻现实主义的写作。这样的一种说法，当然不能说没有一点道理。一个关键的原因在于，二十世纪八十年代那场以加西亚·马尔克斯为突出代表的拉美魔幻现实主义潮流，的确在很大程度上影响到了中国新时期的小说创作。陈应松自然也不可能置身其外。但在承认陈应松的小说创作受到魔幻现实主义影响的同时，我想，我们也不能忽视作家与中国本土文学传统之间的一种内在关联。而在认真地读过《森林沉默》之后，我觉得，仅仅强调陈应松的小说创作与神魔小说传统之间的关联，某种意义上恐怕也仍然属于皮毛之见。相比较来说，一个更重要的问题是，我们必须充分注意到身为楚人的陈应松，与他所寄身于其间的那块土地，以及那个特定地域文化之间的内在关联："谈论鬼魂是我们楚人对故乡某种记忆的寻根，并对故乡保持长久兴趣的一种方式。无论是当下还是过去，让我们在许多沉重影子下生活下去的动力还是来自大地的力量。当大地神秘的生命在搏动的时候，我们会有文字和声音应和。"①正如这个后记所表露出的，陈应松其实也很明显地意识到了自己的小

---

① 陈应松：《〈还魂记〉后记》，载《钟山》2015年第5期。

说创作与故土楚地之间的关系。

如果说在《还魂记》中，这种关系还只是突出地体现在鬼魂的讨论与表现上，正所谓"楚人信巫鬼，重淫祀"（《汉书·地理志》），以及"昔楚灵王骄逸轻下，信巫祝之道，躬舞坛前。吴人来攻，其国人告急，而灵王鼓舞自若"（《太平御览》）。那么，到了这部《森林沉默》中，陈应松创作与故土楚地之间的关系，就更多地体现在对一种浪漫主义文学传统的强力传承上。具体来说，先秦时期楚地的浪漫主义文学传统，集中体现在以《离骚》为代表的屈原诗歌创作中。关于屈原的诗歌创作风格，我们注意到文学史上有这样一些相关的论述："《离骚》的魅力更在于通过升天入地的跨越古今的离奇想象，创造出近乎神话的奇幻境界，从而形成鲜明独特的浪漫风格。"[1]"屈原的作品，以纵恣的文笔，表达了强烈而激荡的情感。""不仅如此，屈原赞美自我的人格，是率性任情，真实袒露；咏唱神灵的恋爱，是热情洋溢、淋漓尽致；颂扬烈士的牺牲，是激昂慷慨、悲凉豪壮……。总之，较之《诗经》总体上比较克制、显得温和蕴藉的情感表达，屈原的创作在相当程度上显示了情感的解放，从而造成了全新的、富于生气和强大感染力的诗歌风格。""由于这种情感表达的需要，屈原不能满足于平实的写作手法，而大量借用楚地的神话材料，用奇丽的幻想，使诗歌的境界大为扩展，显示恢宏瑰丽的特征。这为中国古典诗歌的创作，开辟出一条新的道路。"[2]以上这些带有权威性的论述，虽然没有直接使用浪漫主义的说法，但其中"浪漫风格""纵恣的文笔""情感的解放""奇丽的幻想"等，所具体指称的，事实上都是浪漫主义的创作特色。也因此，正如同《诗经》开创了中国文学史上的现实主义道路一样，以屈原为代表的楚辞所开创的，则是中国文学史另外的浪漫主义一脉。如果说屈原的确开创了一种楚地的浪漫主义文学传统，那么，陈应松的《森林沉默》就完全可以被看作是对这种文学传统一种自觉不自觉的传承与倡扬。事实上，关于

---

① 《中国古代文学史》编写组：《中国古代文学史》（上），高等教育出版社2016年版，第143页。

② 章培恒、骆玉明主编：《中国文学史》（上卷），复旦大学出版社1996年版，第156—157页。

陈应松对屈原的致敬与传承，在《森林沉默》中也有着非常突出的表现。我们注意到，在小说的最后一章也即第七章"貜漫游奇境"中，就直接出现过屈原的诗句："'……乘赤豹兮从纹理，辛夷车兮结桂旗……'少女高声朗诵着，'余处幽篁兮终不见天，路险难兮独后来……'"，紧接着，就是关于叙述者"我"母亲的相关描写："我的母亲飘走了，她一动不动地骑在赤豹上，赤豹意味深长地看着我，它的尾巴在花丛中闪现。母亲的衣袂翩翩，她现在头上换成了女萝的草环，薜荔披肩，辛夷和桂花扎着的旗子插在豹子背上，石兰和杜衡在腰间……"很显然，前面一段直接引自《九歌》中的《山鬼》一篇，后边一段，则是这首诗歌的部分现代汉语译文。除了直接引用《山鬼》的细节，无论是丰沛奇崛的艺术想象力，抑或是更多地致力于一种富有蕴藉与生气的情感表达，当然也包括对远古自然的追慕与向往，所有的这些，整合归结在一起，断言《森林沉默》具备浪漫主义风格，就是一个令人信服的结论。也因此，与其说《森林沉默》是一部魔幻现实主义小说，莫如说它是一部与中国楚地源远流长的浪漫主义文学传统紧密相关的长篇小说。"出于对森林的不可亵渎和不可轻慢，我用诗和童话来处理我想写的故事，这是对自然这种绝美尤物和神祇的尊重。比如最后一章，干脆就是童话。"①什么叫"诗和童话"，所谓的"诗和童话"，在很大程度上，也正是浪漫主义的代名词。

　　与此同时，我们却更须注意到，风景在陈应松这部长篇小说中地位的独特与重要。风景以及由此而进一步衍生出的风景描写，曾经是小说创作中司空见惯的一个有机组成部分。一般意义上，所谓的风景，往往与大自然紧密联系在一起，可以被看作是农业时代的产物。既如此，风景描写大量地出现在以乡村为表现对象的小说作品中，就是一种顺理成章的结果。但到了晚近一个时期，或许与以工业化与城市化为突出表征的城市小说的异军崛起紧密相关，敏感的读者大约早已发现，已经出现了风景与风景描写退出小说文本的明显迹象。以至，在很多时候，风景与风景描写业已成为当下时代小说作品中的一种稀罕物。在这种情形下，类似于陈应松《森林沉默》这样的一种写作，就绝

---

① 陈应松：《〈森林沉默〉跋》，载《钟山》2019年第3期。

对称得上是反其道而行之。对于这一点，陈应松自己也有着明确的认识："这个小说涉及近百种动植物（包括传说和神话中的神奇动植物），以及关于森林的物候、地质、气象和所有对于森林的想象，并且肯定超出一般人对森林的认知与想象。虽然是一部长篇小说，但关于森林自然景物的描写不会低于六分之一。这不是我笔下生花，是森林的丰富资源成就了这些文字。就像诗经之美有植物的功劳一样，这部小说如果可以成立的话，是书中森林的景物所赋予的。写得像植物图谱和风景图谱一样细致生动，告诉人们描写森林，是我所愿。"①正如同陈应松自己在《跋》中所言，只要是熟悉他的朋友，就都知道，这些年来，作家总是会长时间地远离现代化的都市，长久地蹲住在鄂西北神农架一带的原始森林里："一直以来，我对森林的热情转化成了归宿般的热爱与皈依，我的写作有一大半的语言投奔了深山老林的琐事，不厌其烦的描写没有丝毫的疲倦感和违和感，文字的充沛力量让我获得了新的写作引擎，丰富的、抵达角落里的书写，首先得益于我的森林知识，还有我狂暴的猎奇心理，它操控了我的语言和思维系统，让我最好的文字被森林所俘获，成为我的常态表达。我真实地生活在自然里，不装不媚，不惊不乍。我在自然中观察、说话和行动，使我获得了久违的童贞与欢喜，这也许就是返老还童吧。"②既然说对森林的由衷热爱竟然可以从根本上"操控了我的语言和思维系统"，那么，陈应松这种爱的执着与真挚程度，自然也就可想而知。唯其因为关于森林自然景物的描写最起码占据了六分之一的文本篇幅，所以，在当下这样一个小说创作同质化情形日益严重的时代，陈应松才会在《森林沉默》中以其对森林自然风景的精彩描写而成为难得的一个异数。最起码，在我个人有限的阅读视野里，如同陈应松这样能够以其汪洋恣肆的笔墨格外传神地进行着森林描写的，中国文坛可能没有第二人。某种意义上，倘若说《森林沉默》的确称得上是一部关于森林的"百科全书"式的长篇小说，那么，我们也就完全可以把陈应松称为森林描写的圣手。至今犹记，很多年前，王蒙曾经为张承志的中篇小说

---

① 陈应松：《〈森林沉默〉跋》，载《钟山》2019年第3期。
② 陈应松：《〈森林沉默〉跋》，载《钟山》2019年第3期。

《北方的河》写过一篇评论文章。在其中，王蒙不由自主地感叹到，在张承志如此成功地写过北方的各种河，尤其是黄河之后，"您他妈的再也别想写河流啦，至少三十年，您写不过他啦"①。套用王蒙当年的这种表达方式，我们在这里，也不妨说，在陈应松的《森林沉默》如此浓墨重彩地写过森林之后，"您他妈的再也别想写森林啦，至少三十年，您写不过他啦"。比如，"雨还在下，但已不是那么急，整个狂狒岭在湿漉漉的雨云中穿梭，雾浓得像猪蹄汤。雨过后，漫坡的芒萁和狗脊蕨伸长卷曲的嫩芽，金龟子出现在它们的上面。夏枯草、齿萼报春、玄参、过路黄和醉醒花，红红绿绿，黄黄蓝蓝，五颜六色。嵯峨的山峰像巨兽的厉齿，张着大口，齐声吼叫在天空下。天空是暗蓝色，被暴雨刮洗得干干净净，就像新婚的床单。黄臀鸭、松鸦、斑鸠、山椒鸟或沉或清地鸣叫，声音轮番滚动，之后，黑漆漆的短脚鸭在灌木中跳跃。发出独一无二的婴儿的哭声。一只刺猬或是一只狐狸在那边蹿过。马鹿菌、鸡油菌、松菌、奶浆菌和有毒的鹅膏菌、白鬼伞都突然从草丛中蹿出来，亭亭玉立，搔首弄姿"。别的且不说，单是作家在这一段叙述话语中提及的一些动植物的名称，我们一般人都是闻所未闻，简直就是一无所知。由此可见，要想完成《森林沉默》这样一部以原始森林为关注对象的长篇小说，除了长期驻守在原始森林进行实地的悉心观察之外，作家所必须具备的一点，就是足够丰富的动植物学知识。从这一点出发，一个相当可信的结论就是，身为作家的陈应松，其实也完全可以被看作是一位学养深厚的动植物学家。

然而，在我们具体展开对陈应松《森林沉默》的深入分析之前，首先需要明确的一点就是，在一种现代的意义上，风景已经不再仅仅只是风景，在看似单纯的风景背后，实际上隐含着相当复杂的文化权力关系。"风景的再现并非与政治没有关联，而是深度植于权力与知识的关系之中。第一部分从种种不同但又彼此关联的视角呈现风景及风景的再现，揭示隐匿的政治及知识关系。多重视角的研究使沉默的风景意象发出声音，使隐藏在关于风景及风景意

---

① 王蒙：《大地和青春的礼赞》，见《王蒙文集》第22卷，人民文学出版社2003年版，第84页。

象的知识和体验之后的社会性基础显现出来——这种社会性基础就是历史上各种排斥与包容的观点。一个中心议题是观景者、景色以及风景的视觉再现和文字再现的社会文化定位。""某种意义上，第一部分堪称福柯式的风景考古学。"①何为福柯式的风景考古学？我们都知道，福柯作为一个哲学家的主要贡献，就是在很多人们所习焉不察的地方都发现了内隐于其中的某种权力关系的存在。既如此，所谓福柯式的风景考古学，很显然也就意味着对隐藏于风景之后的文化权力关系的深刻揭示。一方面，我相信陈应松大约没有机会接触类似于《风景与认同》这样的理论著作，但在另一方面，我们却也不妨从福柯的角度来理解《森林沉默》中的森林风景描写。从这样的一个角度出发，我们就可以发现陈应松笔端的那些原始森林风景，其实也同样隐含有作家意欲传达给读者的内在思想含蕴。质言之，也就是将原始森林作为精神图腾进行的一种现代性批判。

说到作为小说根本聚焦点的现代性批判，长篇小说《森林沉默》中最起码有以下三个方面不容忽视。首先，是第四章"一只戴胜"部分所集中讲述的女博士花仙老师的故事。这一章之所以要被命名为"一只戴胜"，乃因为女博士花仙老师是伴随着一只受伤的戴胜鸟出现在咕噜山区，出现在叙述者"我"面前的。一方面，是女博士花仙老师的脚扭伤了，另一方面，更关键的是她内心世界里难以抚平的精神创伤。从双重创伤的角度出发，我们不妨把那只受伤的戴胜鸟看作是女博士的一种象征隐喻。按照女博士的自我介绍，她之所以会突然出现在拥有丰富原始森林资源的咕噜山区，主要是为了完成支教的任务。因为小说主人公戴箍生活在落香坡，所以她便主动要求把支教点放到这个地方："她说她想消失在森林，与世隔绝，不要繁华。"实际上，女博士支教还有一个不为人知的原因，那就是她患上了当下时代极为普通的抑郁症："她的耳朵里每时每刻都有人在唱歌，她有幻听症。她还有广场综合症，不想见熟人，不愿社交，只想一个人待在屋子里。她知道她病了，她吃药，她要摆脱那

① 温迪·J.达比：《风景与认同：英国民族与阶级地理》，张箭飞、赵红英译，译林出版社2018年版，第9页。

个环境，她要到远方的森林中去。她请了半年假，她想与抑郁搏斗。"事实上，花仙老师的突然现身，与一场发生在遥远大城市里的名利纠葛紧密相关。具体来说，这场学术圈内的名利纠葛，主要发生在花仙老师的师兄牛冰刼和花仙老师的导师谭三木之间。身为南楚大学生物系主任的导师谭三木教授，是研究咕噜山区的生物起家的一位优秀学者。他曾经把长达八年的时间投入到咕噜山区的实地考察之中，不仅发现了多种植物和鱼类的亚种、三亚种，而且也还发现了两个稀罕的金丝猴群。这里，一个不容回避的尴尬情形是，一方面，正是导师的考察发现使沉默千年的咕噜山区一时间名声大振，但在另一方面，正所谓"成也萧何，败也萧何"，正是咕噜山区的名声大振，使外在的现代性力量对那个地区产生了浓厚的兴趣，最终促成了飞机场的修建："这是他没有预料到的。他一生呼吁保护咕噜山区的生态环境，最后生态环境却遭到了破坏。"或许从根本上说，这位谭三木所无奈面对的，就是生态保护与现代性之间的某种必然悖论。但一直为咕噜山区的生态保护忧心忡忡的谭三木教授，却根本就不可能料想到，他所面临的真正威胁就在自己的身边，就是自己的学生牛冰刼。早已利欲熏心的牛冰刼，简直无所不用其极地想要把老师排挤掉，好让自己早一点上位，他一方面是四处拉拢那些拥有话语权的学界大佬，另一方面，则是不择手段地利用一切机会攻讦自己的老师。

事实上，早在牛冰刼悍然以告密与构陷的手段搞垮老师之前，与他曾经一度有过特殊密切关系的花仙老师，就已经对他的利欲熏心与卑劣凶狠有所了解。她之所以会罹患抑郁症并请假到咕噜山区来支教，正是因为身心备受牛冰刼摧残："……你就这样轻易拿走了我二十二年守着的贞操，你的眼睛过去看是忧郁和浑浊，现在看是卑琐和阴鸷，甚至卑下。虽然你人到中年，却因为有药的支撑，让你有足够的力量征服我的肉体，在我的身体里横冲直撞。当你拼命干时，灵魂并不在身边，只是两具黏污的肉体纠缠碰撞，你粗俗地喊着，那些汗液和精液的酸臭气味令我作呕，因为灵魂让我向你靠近，但是我们都没有灵魂。天很黑，没有星星，夜凉如水。我茫然，我献给了一个向我打听灵魂在哪里的人，一个无耻的男人。在外面，你是人杰，在我眼里，你是人渣……"

169

一方面，花仙老师之所以会罹患抑郁症，正是因为看清了牛冰勐的真面目。但在另一方面，也正因为她对牛冰勐以及由牛冰勐所代表的那个现代文明世界绝望透顶，所以才最终选择了到咕噜山区来支教。表面上看起来是要支教，最根本的目的却是试图依凭古老的原始森林来为自己疗伤，疗治精神的疾患：“在夜晚，她躺在乡亲为她铺垫的丝茅草床上，她所渴望的大片森林正厚重地向她蓬拢，向她所有的意识逼来。森林发出的骚潮声来自远古，让人莫名震怵，不由得你不警惕和敏感。心丢到很远了，竟然丢到这儿，远离了那些恶心的人与事，无聊的心绪，如置身在宇宙的边缘。这个地方太神奇，森林如此淳厚和遥远，值得信赖，鸟的叫声像标本一样清晰笃定，像历史的痕迹。时间混沌，到处是生物行走的沙沙声，包括风和露水，落叶和果实。”实际上，也正是因为看清楚了类似于牛冰勐这样的所谓文明人的真面目，所以，花仙老师才更加对蕺玃这样一种看似怪异的生命存在充满了信心：“她坚定地说，玃一定会回到地上，在人群中生活。他可能拥有比我们更多的智慧，我们所不能达到的灵气，他认识的东西远远超过我们的想象。他懂河流和花朵，懂山冈和树木，野兽和飞鸟。她说我不是来调教他的，我是来向他学习的，他的大脑里装着整个森林，他有许多神奇的生存技能，他知道那么多草药知识，是谁教他的呢？这太神奇了，他会让许多人对他着迷。”与花仙老师如此一种肯定性看法形成鲜明对照的，是以牛冰勐为代表的那样一种将蕺玃理解为带有明显痴呆性质的唐氏综合征患者的否定性看法。隐身于两种针锋相对的看法背后的，其实是两种截然相反的世界观与文明观。

究其根本，也正因为花仙老师对咕噜山区的原始森林充满期待和向往，所以，出现在她视野里的包括各种动植物在内的森林风景才会显得那样光彩迷人：“山很安静，有时候，忽略掉落豹河的声音后，在没有下雨的时候，落豹河的声音比较轻言细语，仿佛是个疲弱的人赶路，它们有赶不完的路。那种旷世的安静就像是飞升到天空，人的周围没有任何障碍，整个肉体世界和精神世界一马平川，肉与灵。但是高寒山区的风横扫森林和群山的时候，会发出呜呜的吼声，像一个变态女人的叫床。每天夜里，你若是倾听，都会听到群山发出的一阵阵怒气，这是荒野的吟唱，是它们狂热、单调的语言。一座山会如此深沉，那些过往岁月的回忆会如此雄壮，经受过煎熬和痛苦，但它只是在半夜发出类似巨人的呓语般的吼叫，然后，它会睡去。仿佛盖着厚厚的毡子，温顺、蜷伏。生命如此善良，愈是久远的生命愈是善良，而且有着耐心，漫山遍野、年复一年地活着。"毫无疑问，陈应松笔端对森林风景的如此一种书写，已然不再仅仅是描摹景色，而是明显地赋予了森林风景以突出的主体性内涵。一方面，这种风景书写所表达的，当然是花仙老师的一种感受，但在另一方面，它却恐怕更是属于作家陈应松的。我们都知道，在神农架长年累月的驻守观察过程中，陈应松不仅会对那片古老的原始森林各个不同季节的不同景观有着真切的体会，而且这种体会也会随着作家主观情感的变化而呈现丰富的差异性。很大程度上，我们完全可以断言，《森林沉默》中所呈示出的，其实也正是陈应松这些堪以丰富称之的真切感受。实际上，也正是在对咕噜山区的原始森林产生难以自抑的强烈感情之后，花仙老师才不管不顾地把连同自己也完整地交给了蕻玃："她抱紧我，在我身上乱抓。她抓住我的下面，那儿突然像硬挺挺的蘑菇往上疯长。我被她挤倒在地上。她翻过身来，又被我压下去。她的手在抖，却不由自主地牵引着它，终于，我的蘑菇滑溜溜地掉入了她身子的深处……'啊，啊，啊……'她失声尖叫紧紧地抱住我，不停地扭动。飞机的轰鸣持续不断，她在飞机声中喊叫，松鸦不怀好意地在林子里喊叫，她拼命地撕扯我，拔我的红毛，咬我，上下翻腾。"那么，这位女博士难道果真爱上蕻玃了吗？答案恐怕是否定的。这一方面，一个耐人寻味的细节就是："'我把我自己给了他。这算是我的博士论文的一部分……'她在日记中写道。"如果承认蕻玃这一人物带有一定的返祖特点，如果把他看作是原始生命力的一个代表，那么，陈应松所特别设定的花仙老师与蕻玃交媾的情节，也就具有了突出的象征隐喻性质。最起码，在生物系博士花仙老师这里，有着无可置疑的科学实验性质。遗憾之处在于，花仙老师的如此一种带有强烈理想主义色彩的努力，最终无奈地以失败或者最起码是无果而告终。先是专门前来咕噜山区的导师谭三木因飞机失事而不幸身亡，紧接着是花仙老师自己吞噬过量安眠药去世，更关键的一点是，花仙老师肚子里那个多少带有一些现代与原始杂交性质的金毛婴儿的一出生即死亡。一方面，陈应松对牛冰边"告密与构陷"导师事件的书写本身，就意味着一种坚决的现代性批判，但与此同时，以上三方面细节所充分说明的一点是，回归所谓的原始生命力也未必就能够真正行得通。由此即不难做出判断，尽管陈应松对欲望喧嚣的现代性充满了绝望的情绪，但在面对以蔵獲为代表的原始自然的时候，他却依然保持了一种难能可贵的清醒和理性。

其次，是叙述者"我"也即蔵獲的叔叔麻古与土地之间的故事。麻古和土地之间的故事的发生，与飞机场在咕噜山区的建设有着无法剥离的内在关联。我们注意到，在小说开始不久，就从村长那里传来了政府要在咕噜山区修建飞机场的确切消息："只想着要政府的补助，你们这些没用的蛋子。告诉你们吧，明年的春天将是一个天翻地覆的春天。咱天音梁子要建飞机场了，你们知道吗？要削平九座山头，填平九条峡谷。咱们村好不容易争了个孔子沟建垃圾填埋场，国家每年补助咱们村十万，以后咱们就是吃垃圾啦……"然而，村民们根本就不知道什么叫飞机场。对此，村长以呵斥的方式给出了进一步的解释："飞机场，你们这些土包子。飞机，飞机没见过吗？这里要落飞机。飞机场一造，有很多的外地人要进山来了，咱们就搞旅游，可以卖你们的药材，菌子，苞谷酒，洋芋，土鸡，落豹河就可以搞漂流了。"而且，"商村长给我们说，天音梁子和孔子沟的庄稼都没有了，改革总是要牺牲一部分人的利益，要舍小家，顾大家。那里的山尖要变成平地，要变成比大海还平的平地，要一望无涯，要修一条可以伸展到田边的水泥大道，要建候机楼，来不及挖的款冬花和种下的党参你们赶快刨起来，不刨也有青苗补偿费，我跟大家多争取点儿……"。身为政府的代理人，村长的话语所强调的，一方面，固然是飞机场的建立将会给地方带来的好处，但在另一方面，却显然也是在要求咕噜山区的民众为此做出相应的牺牲。

飞机场作为一种现代性象征的庞然大物，要想在咕噜山区落脚，一个关键的问题，就是对土地的强势征用与占有。很不幸的是，"我"叔叔麻古的土地，就在被这强势征用的范畴之内。对一个依托于土地生存的山民来说，土地的失去意味着什么，是一个显而易见的事情。这一点，在祖父讲给叔叔的一段话里表现得非常突出："虽然你没了田，就把蜂养好，总可活人。自从修机场，动了森林，月亮山精满山乱窜，它们也在跟你一样开荒找田。"这里面，颇有深意的一句话，就是"月亮山精满山乱窜，它们也在跟你一样开荒找田"。如果把月亮山精理解为咕噜山区民众的一种象征性民间信仰，那么，它开荒找田自然也就意味着整个咕噜山区都受到了现代性的侵扰与伤害。《森林沉默》第五章"天上的鹰嘴岩"所集中关注表现的，正是叔叔麻古对土地的那种深情依恋。叔叔问"我"："跟我去找地吗？""叔叔又说：'我就想不通那么好的地就种上草了。'"在叔叔麻古"找地"的过程中，有这样两个细节无论如何不容忽视。一个是麻古在飞机场种地。或许与曾经属于自己的那块土地就位于飞机场所占用的天音梁子紧密相关，等到麻古被村长介绍到飞机场担任清洁工的时候，他竟然不管不顾地在飞机场的草坪上种上了苞谷："雨下得大，早上住了，叔叔听到苞谷拔节的啪啪声。叔叔拿着扫帚，他被这天音梁子自己的土地上再次复活的苞谷苗惊呆了，叔叔把扫帚误当作了锄头，假模假样地薅了几下，等于是过瘾，回到了现在自己的清洁员身份，还是很高兴。""叔叔把苞谷种在草坪深处，在几丛杜鹃背后。这些杜鹃不是映山红，不是曾经长在田边的花。不过在自己的土地上又闻到了庄稼的气味，而且是原味，是'野鸡啄'他的土地和粮食又回来了——它们被圈在中央，像是一片保护区。"但正如你已经预料到的，一座现代化的飞机场，怎么能够容忍有人种苞谷呢？到最后，不仅苞谷没有被保住，而且连同麻古自己在内，也都被清退驱离出了飞机场。然而，尽管叔叔的种苞谷事业在飞机场严重受挫，但他找地种苞谷的梦想却并未破灭。到最后，他竟然突发奇想地试图在高高的鹰嘴岩上实现找地种苞谷的理想。鹰嘴岩，是咕噜山区的制高点之一，曾经有很多采药人试图攀登上去而未果。但就是这座因其高高耸立而被视作无法登临畏途的鹰嘴岩，竟然被叔叔麻古给征服了："没有几天，我果真就看到了鹰嘴岩的坡上出现了一块棕色的土地，看上去才一块手帕那么大，但至少应该有七八亩地，叔叔真干上了。他砍去了那些杂木和灌丛，他刨出来那块地，应该比天音梁子前的草坪大。我告诉祖父叔叔开出了土地，祖父说看不见，只是用一双浑浊的眼睛对着高高的岩上。但村里路过的人都看到了，说，那是麻古上去了吗？他在那儿开荒吗？那可是半天空啊，他是怎么上去的？怪哉！"如果说麻古在半天空的鹰嘴岩上种苞谷，本身就足够神奇的，那么，陈应松所突然冒出来的"怪哉"一词，就更加神奇了，简直就是"神来之笔"。但是，正如同麻古无法在飞机场种成苞谷一样，到最后，他在鹰嘴岩上的种植事业，因为惊天巨雷击中致使山崩，也还是万般无奈地功亏一篑了："叔叔在鹰嘴岩上日夜悲号，像啼血的杜鹃。后来就渐渐没了声息。"究其根本，叔叔麻古之所以会先后到飞机场和鹰嘴岩上去种苞谷，正是因为他的土地被飞机场这一现代性的事物侵占征用了。从这个意义上说，陈应松借助于叔叔麻古的这一曲土地悲歌，真正意欲表达的，仍然是对现代性的一种深刻批判与反思。

再次，是小说主人公蕺獚带有明显象征意味的人生故事。面对身兼第一人称叙述者功能的这位蕺獚，首先耐人寻味的一点，恐怕就是作家陈应松对他的特别命名。关于"蕺"，小说文本中自有明确的说法："蕺就是鱼腥草。难道莫非仅仅因为我们姓里有鱼腥草，就要鬼使神差从平原上来到荒远的大森林安家，就会成为草木禽兽之家，活得跟一棵草一样？"而"獚"，则有两种不同的说法。一种说法是古书上说的一种大猴子，另一种说法是《山海经》中所记载的一种异兽。结合小说文本，不管是哪一种，实际上都暗指长相带有明显返祖特征的形似猴子的蕺獚本人。质言之，所谓"蕺獚"，其意大概也就是专指一位姓鱼腥草的长相酷似猴子的草木之人。其他且不说，单只是"蕺獚"的命名，我们也足以见出陈应松写作时的那种煞费苦心。与名字的奇异相映衬的，是他那只知其母而不知其父的诡异来历："这孩子就是我哥蕺大雀。可是大雀断奶之后，母亲有一天一个人在天音梁子的地里掰苞谷，晚上却没有回来，后来就失踪了。大约半年之后，我的母亲突然回到沉香坡，腆着大肚子，问她去哪了，肚里的孩子是谁的？她的嘴就像上了锁一样，死活不说话。"再到后来，就是"我"也即蕺獚的出生："我还不会哭，浑身长满红毛，鸡胸，扁嘴，仿佛过鬼门关时被阎王打了几闷棍。"既是如此这般非同一般的返祖状貌，那在当地人的口里被讹传为村妇与野人所生，也就是一件顺理成章的事情。正如同戴獬奇异的长相一样，"我"所具有的一些生存习性，也是那样的与众不同："我是一个猴娃——他们都这样说我。我浑身长红毛，不爱穿衣，有人也叫我'火娃'。我不会说话，但心知肚明，懂人语，也懂兽语、鸟语和花语。"

　　然而，我们无论如何都不能忽视的一点，就是戴獬后来趴在树上睡觉。问题显然在于，原本并不在树上睡觉的戴獬，为什么突然间就非得爬到那棵白辛树上睡觉过夜呢？原来，"我"的生存习性的这一变异，与咕噜山区极其稀罕的豹目珠的被挖掘紧密相关。那一天，杀死了豹子的猎豹人再次来到了豹子的喋血地："他掘地三尺，看到了一颗闪闪发光的珠子，比鸡蛋略小，如琥珀，夜放精光。它是豹子死前钻入地下所聚，叫豹目珠，这珠子是镇山之宝。"既然是镇山之宝，那这豹目珠被掘出，也就一定非同小可："他取出豹目珠后，大地开始摇晃，人们以为是自己喝醉了。母鸡突然打鸣，鹿跳八丈，香獐触山，悬崖垮塌。一阵过后，就像一个梦，醒来一切正常。"尽管说一切在一阵过后都看似正常，但豹目珠被挖掘，最起码已经深刻地影响到主人公戴獬的生存状态："他照见一个人趴在树上睡觉。开始他以为是个鸟巢，后来以为是只猴子，但他细看，见是沉香坡的猴娃，我，獬。他远远地打量树上的我，没想到这事儿与他有关。"要想很好地理解这一点，就不能不注意如下的一段叙事话语："我被一千只豹尾追赶到天音梁子的大坪上。我在叔叔种款冬花的窝棚边，看到所有的土地，所有的树木，闪出萤火般的蓝光。天音梁子浮出一个巨大的圆蛋，无数的舷窗往外喷吐出金色的火舌。巨蛋仿佛在上升，像漂浮的气球，被地底下的热雾蒸煮着，像怒放的鲜花，那里人声鼎沸。天上飞着巨大的铁鸟，来往穿梭，光芒四射……"首先，这是出现在"我"也即戴獬脑海里的一种幻象。其次，陈应松实际上是在借助于"我"的幻象巧妙地达到一种预叙的艺术效果。作家在这里所描述的，乃是未来时日里飞机场果然建在咕噜山区的天音梁子上的真实景观。具体来说，戴獬不期然间的上树睡觉，正与这一幻象有着内在的关联："我被这奇异的景象惊呆了，我仿佛来到另一个世界，连寒冷都没有，四处灵光闪闪。可是祖父在追我。我又一次从祖父的腋下挣出，往回跑，往沉香坡跑。"到最后，"我爬上那棵高大如巨伞的白辛树，哧溜哧溜登上高处。我在继续找寻我刚才看到的景象，那个巨大的有无数舷窗的金色圆盘，可那里只有黑暗，深重的黑暗"。从此之后，这位戴獥的夜晚就在这棵高高的白辛树上度过了："早上我将从树上下来，我只是晚上在树上。我对天空中的黑夜有亲切感，我爱那样高耸的夜晚，我不怕冷，身上火一样烧灼，半夜我就将头埋进我的胸前，面对树干。一些饿雀子也会与我挤在一起，度过寒冷漫长的冬夜。"

虽然从表面上看，戴獥突然间的上树睡觉与那颗被誉为镇山之宝的豹目珠的被挖掘紧密相关，但实际上，只要我们把豹目珠的被挖掘与戴獥不期然间生出的幻象（必须注意到，这一幻象的主要内容，乃是未来将要修建在天音梁子的飞机场）联系在一起，也就不难断定，真正导致戴獥被惊扰，并最终致使他趴在树上过夜的，乃是作为现代性象征的那个飞机场。从这个角度来说，所谓豹目珠的被挖掘所引发的那一场山摇地动，只能够被看作是现代性冲击的一种象征性书写。事实上，也只有在这个意义层面上，我们才可以更好地理解如下这一段寓意色彩非常鲜明的叙事话语："手握豹目珠的人，有一天向天空照去，照到天空里有一只苍鹰和一架飞机搏斗，它们打得羽毛纷飞，飞机打不过鹰，发出凄厉的叫声。无数的铁鸟赶来支援，无数的鹰也前往参战，整个天音梁子的上空是一片混战和惨叫声，飞机扇动翅膀，躲避老鹰们的猛啄，飞机被啄得千疮百孔，像是被虫蛀过的南瓜，鹰们在太空胜利大叫……我睡在树上看着这场天空大战，脚下是苍茫的森林，肥沃的土地，动荡的河流，起伏的群山，动人的月亮和奔腾的云雾。"毫无疑问，再度出现在戴獥幻觉中的天空中这一场飞机和老鹰们之间的一场大战，同样是现代性强劲冲击咕噜山区的一种寓言性书写。尽管说从一种潜在的心理欲望出发，长相奇异的戴獥特别希望老鹰们可以大获全胜，但实际的情形很显然并非如此。与老鹰们获胜的幻象形成鲜明对照的，是这样一种不无狼狈的残酷现实。正如我们所看到的，伴随着一百台推土机开上了天音梁子，"野兽们开始逃难，人们开始拆迁，河流开始堰塞，推土机沉重的履带将把那些生活了千万年的种子和根须永久埋入地下，让它们永远不再生长"。对那些已经在地球上存在了很多很多个世纪的咕噜山区的原始森林来说，现代性的降临，其实是一场无可回避的生态大劫难。咕噜山区一切的自然与社会秩序，宿命地将由此而发生不可逆的彻底改变。陈应松借助于戴獾不期然间的夜里上树睡觉这一意味深长的细节，所真切传达出的，正是如此深刻的一种意蕴内涵。

与豹目珠的被挖掘具有类似表达功能的，是那个药王兜在被发现挖掘后的高价出卖。关于这个药王兜所具有的神奇功能，戴獾的干爹，那个民间郎中贵将军曾经给出过相应的说法："这是咕噜山区有千万年的药王，这些药王千万年修成的气场，它们在一方，那一方的草药都会药力倍增。你吃了咱的苞谷米，喝了咱的苞谷酒，包括你喝的茶，浑身有劲，就因为这里有千年万年的山精木魅，虎魄豹魂，在咱这里走动，所有的山水草木都是它们的那种精气神。如果它们给挖走了，死掉了，离开了，这山就没魂了，山抟不住，山就会垮，人也会垮，连天也会塌……这药疙瘩，没土也能生叶子，想想可怕，我说老泉，我劝你爷儿俩还是找一处地方把它深埋起来。这片山冈不能没有它，没了它，不仅所有的草药都没有了药力，整个山都会出事儿的，不信到时你们瞧吧！"首先，请注意，这个看起来只是一疙瘩的药王兜，是外面人在修飞机场的时候不经意间挖出来的。其次，尽管贵将军如此语重心长地进行了一番劝说，但最终迫于巨大物质利益的诱惑，戴獾和祖父还是联手把药王兜卖给了一家货栈的老板。在当时，货栈老板付给他们爷儿俩两万元巨款，到后来，戴獾在另外一个地方无意间发现，这个药王兜竟然已经被卖到了一百八十八万八千八百元。尽管陈应松并没有直接描写药王兜的被卖出多大程度上影响到了咕噜山区民众的日常生存，但无可置疑的一点却是，借助于这个在被修飞机场时才挖出来的宝贝药疙瘩，作家以一种象征性的笔触所书写表达的，依然是现代性对古老的咕噜山区所造成的巨大冲击。

说到戴獾这个主人公形象与现代性批判思想内涵之间的紧密关联，尚有如下两方面的细节描写值得关注。其一，是戴獀被弄到宜昌景区去进行表演："我在宜昌景区的表演就是睡在树上。我整天睡在树上。""我来的时候，景区的老总下了很大的赌注，在报纸上进行铺天盖地的宣传。他请来了宜昌城里所有的记者，包括电视台扛机子的人。他们不让我说话，让我沉默、闭嘴，让我装哑巴，他们说我就是个畜生、野物，是个野人。他们说我这种东西不叫人，是从咕噜山区深山老林抓来的，刚刚被人发现，说是经什么国内灵长类专家的鉴定，为现代人类与红毛野人杂交的后代，正在进化中。"对于戴獀的被迫表演，不仅哥哥明确反对，说没有尊严，而且他自己也深感悲伤："我突然流下了眼泪，我睁开迷茫的眼睛，望着四下里黑洞洞的世界，我好孤单。没有我的祖坟，也没有熟悉的老西狗的吠叫，没有鸡叫声，也没有蜜蜂的嗡嗡声。"到最后，如此一种反复被迫表演的结果，就是"我"罹患了咳嗽不止的毛病。在被强迫表演的这个细节中，戴獀作为一个人的主体性被强制剥夺。从这个意义上说，他最后的罹患咳嗽，正可以被理解为是来自身体的一种本能反抗。

再一个细节，就是戴獀被运载到武汉去做研究："我在一种空虚的恐慌中，我咳嗽得双眼暴凸，但我依稀知道他们是想让省里的专家来研究我。听说省里许多吃了饭没事干的专家，要研究我这一身的红毛。他们要给我褪毛？"别的且不说，单是"吃了饭没事干"与"要给我褪毛"这两处表达，其中的反讽意味就已经十足。是的，正如你已经预料到的，这一帮"吃了饭没事干"的专家最后的研究结果竟然是，戴獀是一个唐氏综合征患者。用那个穿着白大褂的中年人（其实也就是牛冰辺博士）的说法就是："……总的情况表明猴娃天生愚笨，完全不能适应人类生活特别是现代生活，他们让他坐在坐便器上，他非要蹲上坐便器，致使摔下来了，摔破了脑袋。他的脑容量才655毫升，因此智力低下，落后于直立人。他平时不穿衣服，睡在树上……"牛冰辺的如此一种否定性评判，与前边我们曾经专门提及的花仙老师对戴獀高度肯定性评价，真正可谓大相径庭，形成了极其鲜明的对比。为什么同样是生物系博士，对戴獀的研究认识竟然存在如此大的差异呢？内中的原因究竟何在？我个人以为，这里，甚至存在着两种不同文明观的重要问题。某种意义上，如果说牛冰边的看法更多地体现着一种现代性的文明观角度，那么，花仙老师截然相反的看法恐怕就更多地体现着对现代性文明观的一种反观与沉思。也因此，尽管在实际的现实生活中，花仙老师所代表的立场惨遭失败，但从作家陈应松的表达意图来看，其对现代性的批判，乃是无可置疑的一种文本事实。

人生行旅中的"异样"人性风景

——关于付秀莹长篇小说《他乡》

或许与既往的文学批评文章中曾经过多地使用"人性"这一关键词有关，目下文学批评文章的写作过程中，我总是试图尽可能地规避这一语词的使用。然而，从根本上说，文学乃是一种关乎人性的艺术形式，尤其是，当我们面对着一部在"人性"的勘探与挖掘方面表现特别突出的长篇小说的时候，倘若离开了"人性"，文本的一些关键问题恐怕就难以厘清。比如，付秀莹的《他乡》，就是一部以"人性"的深度探究为突出特色的长篇小说。如果说我们一定要设法规避"人性"这一语词的使用，那就极有可能犯下舍本求末的错误。与付秀莹那样一种先乡后城的人生经历有关，她迄今为止的小说创作基本上沿着两条路向展开。一个路向是乡村书写，这一方面，包括那部曾经产生较大影响的长篇小说《陌上》在内，付秀莹可以说已经建立了"芳村"这样一个地标式的文学建筑。另一个路向，则是那些更多地发生在京城的城市故事。同样与作家的人生经历紧密相关，在其中付秀莹所特别关注表现的，又往往是那些乡下人进城之后的某种"城乡冲突"主题。她的《他乡》这部长篇小说，虽然说同样可以被归入后一个写作路向之中，但作家的艺术旨趣却很显然已经开始从"城乡冲突"的主题走出，更多地谛视并探究着永恒的人性奥妙。

阅读《他乡》，我们首先应该注意到这一段叙述文字的存在："他其实是多少知道她的消息的。毕竟，她是作家。最近她出版了一部长篇，好像是半自传。据说卖得不错。对于女作家的生活，人们总是怀着强烈的好奇心的，当然，也有窥视欲。他很恼火这一点。"这是《他乡》"人生只若初见"这一部分中的一段叙述文字。从叙事方式的角度来说，《他乡》所采用的是一种第一人称介入式的叙事方式。叙述者"我"，在承担叙述功能的同时，也深度介入参与到故事之中。更具体来说，整部小说的第一人称叙述者，竟然多达四位。除了翟小梨承担最主要的主体叙事功能之外，另外三位叙述者，分别是章幼通、管淑人也即老管以及郑大官人。后三位的篇幅相对要简短很多的叙事部分，穿插在翟小梨的主体叙事部分当中。但请注意，除了以上四部分之外，还有以第三人称叙事出现的一小部分内容也不容忽视。在被命名为"韶光慢"的这一部分，作家所集中关注表现的一个人物形象，是翟小梨的大姑子章幼宜。对《他乡》这样一部二十万字左右的长篇小说来说，如此煞费苦心的一种叙事方式设定，称得上是丰富多样了。具体来说，"人生只若初见"这一部分的叙述者，乃是那个曾经身居高位的郑大官人。当他读到曾经一度的红颜知己翟小梨所著长篇小说的时候，已经是离休在家之后了。用他自己的话来说，他与翟小梨之间，竟然是这样的一种特别关系："他好像是说过，我实在是，不忍让你做我的情人。可是，我更不舍得，让你做我的妻子。他叹口气。做朋友呢，我又不甘。不甘哪，你懂吗？"一对男女，既不是情人，也不是夫妻，更不想做朋友，但却又特别地惺惺相惜心灵相通，那他们之间到底是一种什么关系呢？尽管我们对此很难恰切地命名，但他们之间关系的超乎寻常，却是毋庸置疑的。但就是这样的一种关系，到后来，随着时间的推移，竟然也逐渐地归于平淡了。正是在这个时候，郑大官人不无惊诧地读到了翟小梨的长篇小说。然而，郑大官人读到翟小梨长篇小说时内心世界的五味杂陈，却并不是我们关注的重心所在。我们更加关注的，乃是其中"半自传"的这种说法。尽管语出于郑大官人，但郑大官人也不过是付秀莹《他乡》中的一个人物形象而已，他的所有言行实际上都被操控在付秀莹的笔端。以我所见，这里关于翟小梨长篇小说的判断，其实有着不容置疑的"夫子自道"意味。假若我们径直把翟小梨的这部长篇小说对位理解为付秀莹的《他乡》，那么，所谓的"夫子自道"，也就意味着付秀莹不无巧妙地借助于郑大官人之口，暗示给读者一种《他乡》乃是一部"半自传"体长篇小说的信息。事实上，只要对作家付秀莹的人生履历稍有了解，在阅读《他乡》的过程中，就会强烈地意识到其中存在自传性色彩。出身于芳村的女主人公翟小梨，从二十世纪九十年代进入一所普通的专科学校读书开始，到毕业后留在S市工作，工作期间结婚成家，再到后来努力考研，以及考研成功后进京读书，一直到后来研究生学业结束后留京工作，到初涉小说创作，到成为一个颇有影响力的作家，她的这种人生经历与付秀莹自己有着高度的重合与相似性。也因此，尽管我们很难简单判断说翟小梨就是付秀莹，但翟小梨身上具备一种自传性色彩，却绝对不容轻易否定。众所周知，在中国，一向有着"为尊者讳，为长者讳，为自己讳"的强烈道德禁忌，正如同郑大官人早已经意识到一位女作家的"半自传"体书写肯定会引发国人一种难以自抑的窥视欲一样，如同付秀莹《他乡》的这样一种书写，其实是需要拥有相当写作勇气的。这样一种"半自传"体书写，一个不容回避的关键问题在于，除了"过五关斩六将"的辉煌，作家更须面对的，是自己必然经历过的"走麦城"，是自己人性世界中难以示人的不堪之处。因为只有那些精神世界足够强大的写作主体，方才有勇气以自我审判的方式来直面自身存在的负面因素。诚如鲁迅先生所言，如此一种书写，恐怕直须"要榨出皮袍下面藏着的'小'来"，才称得上是合格。也因此，其他且不说，单是付秀莹的如此一种直面自我的书写勇气，就足以赢得我们充分的尊重。

那么，一部带有明显自传性色彩的"半自传体"的长篇小说，为什么要被命名为《他乡》呢？既然有"他乡"，那一定就有"故土"。"故土"是什么？对翟小梨来说，这"故土"无疑就是那一直令她魂牵梦萦的芳村。当然，这芳村，同时也是付秀莹乡村小说中一种地标式的存在。与此同时，我们却更须注意到，在"他乡"的命名背后，其实潜藏有某种强烈的情感因素。直白一点来说，所谓"他乡"，其实并非自己的血缘根脉之所。如果我们站在付秀莹或者翟小梨的立场上，把芳村看作是血缘根脉之所，那么，芳村之外翟小梨所先后待过的那座大学小城、S市，一直到最后立足的北京城，就其实都可以被划归到"他乡"的范畴之内。既然是"他乡",那就不是属于"我"的,是某种"非我族类"的异质性存在。假如说作家潜意识中对芳村,对以芳村为突出代表的乡村中国有着一种强烈的认同感,那么,在"他乡"的如此一种命名方式中,我们所突出感受到的,便是一种疏离与排斥感的明显存在。人都说"他乡遇故知",但付秀莹通过《他乡》告诉我们的情形,却并非如此。不仅没有遇到故知,翟小梨远离故土芳村,进入"他乡"这样一个异质性存在的外部世界之后,所先后经历的,竟然是一种令人难以想象的苦难与坎坷。

不知道付秀莹在写作时是否有过相关的明确意识,反正在我,阅读的过程中,所不时联想到的,其实是张爱玲与苏青这两位现代女作家。说是"他乡",如果从一种相对开阔的角度来理解,那么,付秀莹的书写便应该涉及人生的方方面面才可。倒也不是说作家的描写就没有涉及这一方面,比如,关于翟小梨异常艰难的职场打拼,小说中即有着非常精彩的描写,但相比较而言,作家的书写重心到最后还是落脚到了女性作家更为擅长的婚恋情感层面。从翟小梨最早大学阶段与章幼通相恋,到毕业后落脚S市之后的结婚成家生子,一直到进入北京城后研究生阶段与老管的婚外情,与郑大官人"柏拉图"式的精神恋爱,正是所有的这些,构成了《他乡》这部长篇小说的主体故事情节。最初与章幼通"执手相偕"的时候,年轻的翟小梨只有十八岁,等到经历了一番婚恋情感方面的辗转挣扎,如同苍蝇一般飞了一个圈,最终又和章幼通重归于好的时候,翟小梨已经是三十六岁的中年女性了。到这个时候,翟小梨的一种强烈感受是:"幼通,她是我的历史。跟自己的历史在一起,我感觉到,前所未有地完整,自在,安宁。从十八岁到三十六岁。十八年,在一个人的生命中,是怎样一个无法抹去的段落啊。"尽管说时间具体的长短或有差异,但付秀莹设定的如此一种故事情节,却很容易就可以让我们首先联想到苏青最著名的小说《结婚十年》与后来的《续结婚十年》。具体来说,苏青的自传体小说《结婚十年》讲述的是自己从结婚怀孕生子,到后来的对婚姻关系倍感失望,一直到最后毅然选择离婚的故事。而《续结婚十年》所讲述的,则是离婚后的苏青情感世界上的各种遭遇，其中既包括有"大汉奸"陈公博，也包括有那位被化名为"谈维明"的胡兰成，等。从主体故事情节设定的角度来看，假如说翟小梨进入北京城之前的前半部分可以类比于《结婚十年》，那么，女主人公进入北京城之后的故事，也就多多少少可以被类比于《续结婚十年》。但需要注意的一点是，苏青的《结婚十年》与《续结婚十年》固然因其故事情节的跌宕有致和委婉曲折而引人注目，但如果从人性深度揭示与表现的角度来说，苏青的小说恐怕就力有不逮了。到这个时候，另外一个登场的作家，就应该是那位以小说集《传奇》而名世的张爱玲了。简而言之，虽然当年在沦陷区一度齐名，但张爱玲较之于苏青，文学史地位之所以特别显赫的根本原因，恐怕正在于张爱玲以其小说创作对复杂深邃的人性世界进行了深度的探究与表现。如像曹七巧这样一位格外具有人性深度的经典人物形象的出现，就可以被看作是张爱玲人性勘探最突出的成果所在。作为中国现代文学史上祖母级的一位杰出作家，张爱玲对后世的影响可谓深远。这其中，无论如何也少不了付秀莹。虽然肯定不会是一种亦步亦趋的刻意模仿，但某种潜移默化影响的存在，却是无可置疑的。具体来说，张爱玲影响付秀莹的一种结果，就是对于人性世界的深度谛视与勘探，这一点，《他乡》中的表现可谓非常突出。由以上分析可见，从一种文学史谱系的角度来说，张爱玲的《传奇》与苏青的《结婚十年》《续结婚十年》，实际上也就构成了付秀莹《他乡》这部长篇小说的"前文本"。既如此，一个比较直截了当的等式，恐怕就是《传奇》加《结婚十年》《续结婚十年》差不多就等同于付秀莹的《他乡》了。

某种程度上，我们完全可以把付秀莹的《他乡》看作是一个以翟小梨的婚恋情感故事为中心的人生行旅过程。在这一过程中，翟小梨所遭遇到的，乃是各种各样不同表现形式的人性风景。因为这些人性风景在很多时候都明显有悖于常情常理，所以我更愿意把这些各不相同的人性风景干脆就称为"异样"的人性风景。但在对这些"异样"的人性风景展开具体分析之前，需要指出的一点是，在一部长篇小说中，作家对人性世界的深度挖掘与勘探，到最后一定会凝结体现在人物形象的刻画与塑造上："在这里，有一点必须强调的是，作家对于人性深度的挖掘表现在其小说创作中往往凝结体现为具有鲜明艺术个性的人物形象的刻画塑造。熟悉文学史的读者都清楚，在已经成为过去时的新时期文学中先锋文学大行其道的时候，曾经一度流行过一种人物消亡的小说理论。在当时，一批具有突出探索实验精神的先锋作家，由于受到西方现代主义思想的影响，一味地刻意求新，以至矫枉过正地试图在自己的小说创作中放逐人物形象。现在看起来，这样的一种探索勇气诚然可贵，但如此一种小说观念却实在是不可取的。关于这一点，只要我们回想一下自己的真切阅读经验，就不难得出正确的结论来。那些大凡能够在我们的脑海中留下深刻印象的小说作品，根本就离不开具有人性深度的人物形象的成功刻画与塑造。不仅如此，更进一步地说："人物形象的塑造完全可以被看作是作家总体创造能力综合体现的一种结果。一个人物形象的成功塑造，既深刻地映现着一个作家对于客观世界的认识与把握能力，也有力地表现着一个作家对于深邃人性世界的体验与勘探能力，同时更考验着一个作家是否具有足够的可以把自己对于世界的认识与对于人性的把捉凝聚体现到某一人物形象身上的艺术构型能力。一句话，人物形象的成功塑造与否，乃是衡量某一作家尤其是长篇小说作家总体艺术创造能力的最合适的艺术试金石之一。'"①无独有偶，关于人物形象塑造对于小说创作的重要性，杰出作家白先勇曾经在讨论《红楼梦》时也发表过非常精辟的看法："写小说，人物当然占最重要的部分，拿传统小说三国、水浒、西游、金瓶梅来说，这些小说都是大本大本的，很复杂。三国里面打来打去，这一仗那一仗的我们都搞混了，可是我们都记得曹操横槊赋诗的气派，都记得诸葛孔明羽扇纶巾的风度。故事不一定记得了，人物却鲜明地留在脑子里，那个小说就成功了，变成一种典型。曹操是一种典型，诸葛亮是一种典型，关云长是一种典型，所以小说的成败，要看你能不能塑造出让人家永远不会忘记的人物。外国小说如此，中国小说像三国、水浒更是如此。"②具体到付秀莹的《他

---

① 　王春林：《新世纪小说发展论》，见《中国现代文学论丛》第12卷，南京大学出版社2017年版，第65页。

② 　白先勇：《细说红楼梦》（上），广西师范大学出版社2017年版，第192—193页。

乡》这部长篇小说，以其"异样"的人性状态而引起我们高度注意的人物形象，主要包括幼通的父亲、幼宜、幼通以及老管这样几位。

首先进入我们分析视野的，是翟小梨丈夫幼通那位很是有些不同寻常的父亲。按照幼通的描述，身为小知识分子的父亲一生不得志的原因，大约与他的性格有关："我想我得谈谈我的家庭。我父亲是一个小知识分子，一生不大得志。才华也是有的，也肯吃苦。我猜想，他不得志的原因，大约是因为他的性格。当然了，据他所说，或许还有运气。他常常抱怨自己运气不好，一辈子怀才不遇。他大约是那种多血质的人，极端情绪化，有点喜怒无常。我常常想，他身上可能有一种艺术家的神经质，敏感，多疑，容易冲动。总之是一个不好伺候的人。他经常在家里发表演说，大段大段的，充满雄辩的狂热的激情，大多是抨击时政、点评时事。很小的时候，我就听惯了。要等到很多年以后，当我长大成人，对事物有了自己的独立的理解和判断，我才能够客观地看待当年的父亲，还有他那些滔滔不绝的演讲。大多是一些愤激之语，混杂着道听途说的一些常识，当然，真知灼见也有，但更多的是个人的情绪抒发，我想，这可能跟他的家道沉浮有关（据说'章家先前也是阔过的'）。"诚如斯言，一个人的个性当然会在很大程度上决定着他人生的成败，但他个性的生成却又与家庭的环境紧密相关。那么，幼通父亲所经历的家道沉浮又是怎么一回事呢？关于这一点，一直等到翟小梨后来考上北京一所大学的研究生之后，作家才做出了相应的交代："原来幼通父亲自幼在北京长大，住姥姥家，如今的东交民巷一带。""幼通父亲学业优秀，本来考上了北大中文系，后来因为家庭成分问题，被发配到河北省一所大学，数学系。据说，幼通父亲的祖父，是大资本家，在当年煊赫一时，后来，政权交替，家道便衰落下来。"正所谓"旧时王谢堂前燕，飞入寻常百姓家"，幼通父亲的遭遇，乃可以被看作是这一名句的形象注脚。如此"巨大的心理落差，对于一个怀揣梦想的年轻人来说，是怎样一种打击，以及挫折，可想而知"。虽然很难说所有的类似遭遇者都会如同幼通父亲一样心性从此大变，但在此一过程中不同程度上的心理被扭曲，却是毋庸置疑的。翟小梨作为未来的儿媳，进入章家之后一系列简直就是不通情理的遭际，很大程度上可以在幼通父亲的心性大变这里获得相应的解释。比如，翟小梨淳朴美好简单，一心一意地想要融入这个城市人家，没想到却从一开始就遭到了无端的轻蔑和冷遇。以至，"我总是忍不住想，人性中，到底有多少黑暗的见不得人的东西呢？"。是啊，人性中到底有多少黑暗的东西需要如同付秀莹这样的作家去进行深入的挖掘与勘探呢？！很大程度上，作家的写作意图之一，正是对这种黑暗心理的强有力揭示与表现。实际上，也正是面对着来自幼通姐姐幼宜的侮辱与轻视，面对着幼通父母对此的视而不见，翟小梨觉得自己受到了极大的伤害："他的父母对望一眼，都没有说话。没有呵斥，也没有安慰。那时候，我们还没有结婚。生平第一次，我尝到了寄人篱下的滋味。"父母双方都是知识分子，基本教养的具备应该毫无疑问，但面对着女儿极其无理的行径，他们却偏偏就是毫无表示。某种程度上，如此一种对恶的纵容比恶本身还要更加可怕。为什么会是如此？细细想来，曾经真切体验过家道中落的幼通父亲，通过纵容女儿对未来儿媳的侮辱而获得了某种微妙的心理平衡，恐怕才是一种合乎逻辑的解释。

尽管在很多时候看似幼通的父母都不通情理，但时日一长，翟小梨便观察出了其中的奥妙所在。她发现，实际上，这个非同寻常的家庭真正的主宰者，乃是幼通的父亲："时间久了，我慢慢发现，在这个家庭里，幼通的父亲，始终处在一种主宰全局的位置。而幼通的母亲，在丈夫面前，始终是服从的，也不只是懦弱，也不只是温顺，委曲求全也不是，忍气吞声也不是。怎么说呢，在幼通的父亲面前，幼通的母亲，好像从来没有做过自己。"毫无疑问，如此一种家庭格局的形成，绝不是三朝两夕的事情。早在翟小梨进入这个家庭之前，这样的格局就已经形成了。对于最终形成如此一种格局的理由，我想，我们恐怕也只能从幼通父亲的心态不平衡那里获得某种解释。唯其因为幼通父亲在社会层面上无法求得自我价值的实现，所以他才会以家庭世界里的唯我独尊来获得某种病态的尊严。大约也正因为如此，所以这个家庭里一种必要亲情的缺失，也就是顺理成章的事情。对此，翟小梨有着特别真切的感受："我可能是忘了说了，在幼通这样的家庭关系里，孩子跟父母，是从来不曾撒娇的，使性子，更是不可能。用幼通的话说，他们之间，如同外人一般，客客气气，从不勉强对方。血缘，在这里仿佛是一个不存在的东西。"因为幼通他们家的父母与孩子之间存在着无可置疑的血缘关系，所以，这种血缘关系仿佛不存在的感觉才显得特别不同寻常。亲情之外，更有人情味的严重缺失。这一点，突出表现在翟小梨生下孩子后，芳村的亲戚们不惜路途迢遥地前来S市探望，没想到，他们的满腔热情却不出所料地遭到了幼通他们家的冷遇。面对如此一种情形，翟小梨不得不发出如此感叹："这个家，这个陌生的、冷冰冰的家，没有一点人情味，如此凉薄，如此无情。这是我没有料到的。"关键的问题是，由于幼通父亲乃是这个家庭真正的主宰者，所以，无论是亲情的缺失，抑或是人情味的缺失，其始作俑者毫无疑问是幼通的父亲。

然而，即使拥有极丰富的想象力，恐怕你也很难想象得到，幼通的父亲竟然会对他唯一的亲生儿子充满着不屑与轻蔑："我很记得，我跟幼通谈恋爱之初，第一次跟他父母见面，他的父亲就说，你们不合适。我愕然。他说，幼通配不上你。这话是幼通父亲私下里跟我说的，我一直没有告诉过幼通。后来，我常常想起幼通父亲这句话。或许，这么多年来，在我跟幼通的事情上，唯一一句叫我觉得震动的话，就是这一句。"大约也是出于同样的道理，当翟小梨拿到研究生入学通知书的时候，幼通的父亲竟然对她讲了这样一句话："现在，你做出什么样的选择，我都能够理解。"幼通父亲的潜台词很显然是，既然翟小梨已经考取了北京城里的研究生，那么，即使她因此而做出彻底离开自家儿子的选择，他也都是可以理解接受的。后来，在与幼通发生争执时，一时气急的翟小梨，果然脱口而出地转述了这句话："我不知道，这句话，会对幼通的伤害有多深。我也不知道，这句话，会对幼通父子之间的隔阂，再增加怎样的裂痕。幼通的脸一下子变得苍白，苍白得可怕。"人都说"虎毒不食子"，我们无论如何都难以想象，一个父亲，竟然会以如此一种特别恶毒的方式来对待自己唯一的亲生儿子。实际上，在幼通父亲那里，儿子的重要性似乎一直就没有显现过："他正在看当天的报纸。天下的兴亡，远比儿子儿媳的一套保暖内衣重大得多了。是从什么时候开始的呢，幼通父亲喜欢以这样的口气跟我们说话。优越的，居高临下的，带着一种旁观者的清醒的理性，还有，一种显而易见的幸灾乐祸。你相信吗，一个父亲，对儿子的困境，不是疼惜，不是焦虑，不是担忧，而是幸，灾，乐，祸。这是真的。"翟小梨之所以会不惜破坏一般的用语习惯，富有创造性地如此使用"幸灾乐祸"一词，正因为不如此不足以表达她的莫名惊诧之感。很大程度上，这样一位从根本上不无轻蔑地漠视亲子存在的父亲形象，所悍然"冒犯"的，乃是我们平常所说的"父慈子孝"的如同朱自清"背影"一般的日常父子伦理。究其根本，幼通父亲如此一种心理世界的被扭曲，恐怕也仍然需要从他早年时的不幸遭遇那里获得相应的解释。本来心气孤傲的他，因为受到家庭关系的牵累，所以上不成北大中文系，只能在折戟沉沙后被迫委屈在S市，一生郁郁不得志。未曾预料到的是，自己唯一的儿子竟然窝囊如斯，尤其是在翟小梨这样一位很是有些出色的儿媳的映衬比照之下，幼通就更是显得不堪入目。既然难入自己的"法眼"，那幼通父亲内心里难免也就会生出一种对"不成材"儿子的轻蔑。因为轻蔑，所以漠视。这其中所曲曲弯弯隐藏着的，其实是幼通父亲一种难以言说的精神隐痛。如此一种因自己的心理被扭曲而不由自主地殃及子女的行为，遂使得幼通父亲变身为一个活生生的男版曹七巧形象。

很大程度上，正是因为有幼通父亲这样一位拥有现代知识分子身份的"家庭暴君"的存在，也才会有幼通和幼宜这样的子女生成。出身于芳村的乡下女子翟小梨，之所以会在大学时不管不顾地迷恋上幼通，是因为这不仅与幼通的城市身份有关，更与他的貌似博学多才紧密相关。对此，幼通自己有着足够清醒的认识："她是被我的所谓'博学'惊到了。我心里暗自得意，脸上却是漫不经心的神情。我知道，我越是漫不经心，她越是被这漫不经心的'才华'吸引。我万没料到，这么多年，我不热心学业，在无用的闲书上消磨的工夫，居然在这里派上了用场。天文地理，政治经济，军事历史，文学艺术……我滔滔地谈着。我无比惊诧地发现，那些沉睡在我内心草原的种子，在爱情的阳光雨露下，万物花开。"这里，首先需要我们稍加关注的，是付秀莹颇有些特别的词语使用方式。比如，在一般人肯定会写成"我滔滔不绝地谈着"的这个地方，付秀莹却刻意地少用了两个字。这样一来，在取得某种陌生化效应的同时，也明显地改变着小说叙事的节奏。如果说幼通没想到自己竟会以所谓的"博学"与"才华"赢得翟小梨的芳心，翟小梨也根本不可能料想到，自己未来的丈夫幼通，竟然会是如此一位真正可谓百无一用的潦倒不堪者。这一点，在他们俩结婚成家后表现得日益突出。事实上，早在幼通的自述部分，他就做出过相当精准的自我剖析与自我定位："我说过，我是一个对世俗事务不大热心的人。或许，我是从父亲不得志的人生中，不留意窥破了人生的真相。生活不过如此，哪里有胜利可言。大约我们每一个人，从一来到这个世界，就注定了一个失败者的命运。谁能逃得过最后那一关呢？谁不是时间的手下败将呢？谁敢说世间的一切繁华热闹最终不会烟消云散呢？我承认，我是一个悲观主义者。我的悲观，不仅仅来自我父亲的愤世嫉俗，也来自我个人的生命体验。从小到大，无论说什么，做什么，我好像就没有被肯定过。我总是被否定，被嘲笑，被指责，被认为是错的。渐渐地，我不大敢尝试了。相比冒着风险挑战命运，我宁愿在生活的舒适区域待着，即便被认为是失败的人生，我在失败的体验里反而更感到安全温暖。"很大程度上，幼通的婚后人生，乃可以被看作是他如此一种自我分析的形象展开。

具体来说，翟小梨对一贯真心呵护自己的丈夫幼通心生不满，是从他那吊儿郎当的工作态度开始的："渐渐地，我发现，幼通经常待在家里，对上班这件事，他有点漫不经心。"自此，翟小梨便开始了自己喋喋不休的劝说。"然而，没有用。幼通始终不开心，在工作上，越发消极了。问起来，也是满腹牢骚，一身怨气。渐渐地，他在家的时间越来越多了。他上班比我晚，下班呢，却比我早。"要知道，幼通吊儿郎当的这个时候，也正是他们这个三口之家因经济原因生计殊为艰难的时候。那个时候，翟小梨所迫切需要幼通的，就是他能够以一个男子汉的方式挺身而出，承担起必要的家庭责任来。但是，不。实际的情况恰好相反。为了很好地激励幼通生活的勇气，翟小梨使出了各种手段，真可谓是无所不用其极。既有正面的劝导，也有反向度的刺激，甚至还千方百计地搬出了幼通父亲这个法宝，但到最后却被证明统统无济于事。其中，特别触目惊心的一个细节，就是翟小梨竟然为此而给幼通下跪了："我哭了，我给他跪下，求他去，求他给这个家找个出路。他一脸震惊地看着我。好像是不敢相信，我竟然会为了这个，给他下跪。他烦躁地走来走去。泪光中，我只能看见他的一双大脚，穿着拖鞋，在地板上走来走去。"但是，即使如此，也真的没有用："我的膝盖跪麻了。直到我的膝盖都跪麻了，他都不肯。"然而，多少让人有些不解的是，如此一位不愿意承担家庭责任的男人，竟然会特别热衷于所谓的"宏大叙事"："幼通越发消沉了。每日里，抱怨很多。幼通的抱怨，大多是宏大叙事，超越日常生活的平庸琐碎，比较形而上的范畴。国家，民族，政党，体制，这些宏大的从幼通嘴里说出来，如同柴米油盐酱醋茶，熟稔，流畅，妥帖，有一种指点江山的话语风度。"毫无疑问，如此一位热衷于宏大叙事的幼通，也正是当年那位以其"博学"和"才华"深深吸引了她的幼通。二者之间的一脉相通，乃是一种客观事实。质言之，幼通热衷于宏大叙事，恐怕可以被看作是对日常生活中所必然应该承担的生活责任的一种逃避。归根到底，是一种生存勇气的匮乏。

关于幼通这一看似总在指点江山实则懦弱无能的人物形象，还有这样三个细节不容忽视。一个是自知之明的极度匮乏。明明是因为被照顾性质才得以进入表哥的企业，但幼通却偏偏不切实际地索要高薪。以至，翟小梨不由得为此而大发感叹："一个人，才华不论，能力不论，性格不论，总该有些自知之明吧。知道自己的重量，清楚自己所处的位置。有自知，才能知人。我总以为，这是为人的最根本的素质，然而，为什么，幼通他就不知道呢？"再一个是生活礼数的缺失。在中国生存，包括所谓"七大姑八大姨"在内的必要的人情，无论如何都不容轻易忽视。但幼通在这一方面的表现，却令人大跌眼镜："你相信吗？在我的印象里，幼通从来没有去看望过家里的那些长辈。他的姑姑，姨妈，都生活在一个城市里。总觉得，即便是从礼数考虑，礼尚往来，还是要有的，然而，并没有。好像是，幼通一直生活在自己的世界里，世间的这些凡俗事务，跟他毫不相干。"再一个更令人触目惊心的细节就是，幼通是个孤家寡人，他几乎没有朋友："事实上，幼通几乎没有朋友。这么多年过去了，他只活在自我的小世界里。有一回，我翻看了他手机的通讯录。除了他的家人，两三个高中同学，四个现在单位的同事，孩子班主任，再无别人。自然了，还有收废品的张师傅，小区物业，居委会。年届不惑，这就是幼通的社会关系，社会关系的全部。"在当下这样一个资讯特别发达的时代，一个正当盛年的男人，竟然只有约略刚刚够最小两位数的朋友，认真想一想，其实也足够残酷的。关键问题在于，幼通到底为什么会自闭到如此程度呢？具体的答案，恐怕只能到他所成长的家庭环境那里去寻找。不管怎么说，那样一个缺乏必要亲情温暖的家庭，以及那样一个过度强势简直如同暴君一般的父亲的存在，从根本上制约并决定幼通这样潦倒、颓唐与不通人情世故。

幼通之外，另外一位值得注意的人物形象，就是他的姐姐幼宜。关于幼宜正常人性的被扭曲，在她唯一的弟弟幼通看来，与他们的父亲之间有着不容剥离的内在关联："我一直没有跟家里说翟小梨的事，以我对我的家庭的了解，我隐隐觉得，这件事凶多吉少。我姐就是一个现成的例子。我不想说，我姐的婚姻失败是因为我的家庭，确切地说，是我的父母，更确切地说，是我的父亲。我不想评判这个。虽然，当时我还小，才十多岁，但是，你永远也不要低估一个孩子的洞察力。"看似不想说，其实很想说。事实上，在幼通的理解中，姐姐幼宜婚姻失败的悲剧人生，的确是受到自己的父母尤其是父亲影响的缘故。幼宜的婚姻之所以短暂到只维持了半年时间，根本原因还是其父的强势。正因为父亲打心眼里就瞧不上幼宜的身为工人的丈夫小丁，所以才会在小丁每一次上门的时候有所刁难。以至，"渐渐地，小丁不大愿意到章家去了。每一回从娘家回来，两个人都要吵架。幼宜父亲说话的神态、口气，指使小丁干这干那的姿态，叫小丁不舒服"。时间一长，实在无法忍耐的小丁就和幼宜离了婚。有悖于常情常理的是，幼宜父母在她离婚这件事上没有做出丝毫阻拦的那样一种冷漠态度。平时总是口若悬河、拥有雄辩口才的父亲，没有任何反应地默认了这种结果。本应出面有所规劝的母亲，也只是一边叹气，一边钻到厨房里忙碌去了。一个无法回避的关键问题是，身为父母的他们，到底为什么竟会以如此冷漠的一种态度来对待女儿的离婚问题。对此，首先是幼宜自己有着真切的感受："她不肯承认，父亲是自私的，以自我为中心，永远考虑的是自己的感受。为了这个，她对父亲的情感复杂。对母亲，则是哀其不幸，怒其不争。父亲也是虚荣的。为了穿上一件如意的风衣，有好几个月里一家人饭桌上不见荤腥。那可是物质匮乏的年代啊。父亲对工作的热心，对家庭的冷漠，对母亲的，奴役（幼宜不愿意用这个词，可是她实在找不出比这个更合适的词语来描述），她又痛苦，又痛恨。她不止一次地猜想，父亲和母亲之间，他们相爱吗？他们之间的那种情感，叫作爱情吗？还有，假如这就是婚姻的真相，她是否还拥有足够的勇气走进婚姻呢？"无可否认的一点是，幼宜短暂婚姻的失败里，肯定会有父母不正常婚姻的阴影存在："她不肯承认，潜意识里，她是害怕婚姻的，对婚姻，对婚姻中男人和女人的关系，她心怀恐惧，还有困惑。她绝不想成为母亲那样一个人。她从一开始就战战兢兢，心怀疑虑。"

事实上，在她离婚之后的漫长时间里，包括弟媳翟小梨在内，也有很多人曾经给幼宜介绍过男朋友，但正如你已经预料到的，所有的这些努力，全都因为父母的消极应对（其实是一种仿佛不经意间的暗中阻拦）而最终化为泡影。那么，父母为什么一定要设法阻拦幼宜在婚姻方面的努力呢？对这一点，看得极其分明的，还是身为小说最主要叙述者的翟小梨："幼通的姐姐年纪越来越大了，从二十出头，一睁眼，四十多岁五十岁了。婚姻对于她，是越来越难了。我总是怀疑，幼通的父母，在这件事上，负有不可推卸的责任。幼通的母亲，看上去温顺，贤良，一心扑在丈夫和家庭身上，其实是有点麻木，有点，怎么说，自私。她只顾全了自己的丈夫，一双儿女，都是无暇顾及，也无力顾及。幼通的父亲呢，倒是精明得不行。在任何问题上，都是目光如炬的。然而，以我的猜测，对于女儿的婚事，刚开始，也该是焦虑的吧。后来，年纪越来越大，忽然发现，人到晚年，身边有人照顾，是多么必要的一件事。至于人选，既然儿子儿媳境况不顺，彼此关系也不融洽，还有什么比亲生女儿更加合适，更加称心如意的呢？"鲁迅先生曾经说过："我向来是不惮以最坏的恶意来揣测中国人的"，当翟小梨也以最坏的恶意来揣测幼通父母的时候，"一股寒意慢慢爬上了我的脊背。我不由得打了个寒噤"。翟小梨之所以要不由自主地打寒噤，乃因为她从大姑子幼宜的婚姻悲剧中无意间窥见了人性可以恶到什么程度。仅仅只是为了自己的晚年能够得到女儿的照顾，幼通父母竟然不惜让自己的亲生女儿付出一辈子再不结婚的惨重代价。如此一种自私，说起来其实包含着血腥的残酷意味。能够犀利透彻地揭示出这一点，所充分说明的，其实正是作家付秀莹的下笔之"狠"。

但其实，一个无法被否认的客观事实是，长时间一个人的寡居生活，早已经严重扭曲了幼宜的精神世界。这一方面，最起码有三个细节不容忽视。其一，是父母生活对幼宜形成的强烈刺激。"多少回，她看着他们夫妇双双走进自己的主卧，听着他们低低地说话，轻轻地笑，私密的，隐蔽地，带着一股强烈的情欲的气息（她猜想，他们应该还有丰富的夫妻生活）。她躺在自己的房间里，在被窝里蜷起身子，心里难过极了。"在父母双双进入主卧之后，"她凭着不算丰富的情感经验，觉察出这种安静的不同寻常。她心里咚咚跳着，紧张，愤恨，恼火，战栗。她在黑暗中攥紧了拳头，直挣得一身热汗。她的心被烈焰烧烤着，仇恨的烈焰。她恨他们，她恨这个世界"。在这里，付秀莹真切写出的，是内在的情欲之火对幼宜身体和心灵的"烧烤"状况。其二，是幼通结婚对幼宜形成的刺激。"那一阵子，幼宜变得暴躁起来，看什么都不顺眼，一点小事儿就控制不住脾气。她不肯承认，幼通的恋爱、结婚，对她是一种残酷的打击。她都三十好几了，是个毫无疑问的老姑娘了。""这个家里，父亲和母亲，弟弟和弟妹，都是成双成对的，只有她形单影只，孤魂野鬼一般。"也因此，"她恨他们，恨她母亲，恨她父亲，恨弟弟，恨弟妹。她恨生活不公。她恨这个该死的世界"。其三，到后来，等到翟小梨和幼通因为离婚问题而闹到不可开交地步的时候，幼宜竟然会不管不顾地私心盼望他们离婚成功："看着翟小梨的泪眼，她心里其实是有很大的快感的。折腾吧，叫你穷折腾。私心里，她甚至恶毒地盼着他们离婚成功。她不愿意承认，她害怕幼通和孩子被翟小梨拐走。对，拐走。在这方面，她把自己的私心都原谅了，多为自己考虑一点，她没有错。"

由以上的分析可见，如果说幼通父亲的确称得上是一位男性版的曹七巧，那么，人性早已被严重扭曲了的幼宜和幼通姐弟俩，也就可以被看作是当代版的长安与长白（但无论如何必须强调的一点是，虽然我们一直在把付秀莹的《他乡》与张爱玲的《金锁记》进行着比较分析，但这却并不意味着付秀莹的创作只是在亦步亦趋地模仿着张爱玲。事实上，以上两个小说文本之间更多差异性的存在，也是不容否认的）。虽然说付秀莹的《他乡》除了对幼通这个家庭的摹写之外，在后半段也还以不小的篇幅，不仅讲述描写着女主人公翟小梨京城求学的故事，而且也讲述描写着翟小梨与老管、郑大官人他们两位男性之间的情感纠葛，尽管说作家对他们三位，尤其是老管和翟小梨的刻画塑造，也有颇多可圈可点之处，但严格地说起来，这部长篇小说最有创造性价值的部分，恐怕还是集中表现在前半截关于幼通家庭摹写的这一部分。倘若说《他乡》的思想艺术价值乃突出体现在翟小梨人生行旅过程中"异样"人性风景的发现上，那么，真正称得上"异样"的，恐怕也只是幼通父亲、幼通以及幼宜他们三位。既如此，鉴于篇幅问题的制约，关于小说文本其他部分的分析，我们也就只能无奈地付之阙如了。

融时代命运于小人物的书写之中

——关于何顿长篇小说《幸福街》

  放眼当下的中国文坛，我们不难发现，虽然活跃着可谓是海量的作家，但严格说来，无非三类。一类是创作实绩与自己的声名大致相符，另一类是获得的声誉明显大于自己的创作实绩，还有一类作家，则是创作实绩突出地超过了自己的声名。以这样的标准来衡量，我们这里所关注的湖南作家何顿，就毫无疑问属于最后那一类了。

  从二十世纪九十年代初期，一直到2010年前后，在相继发表了包括《我们像葵花》《就这么回事》《生活无罪》等一系列以作家的出生地长沙为故事背景的小说作品，并在全国范围内引起了批评界的广泛关注之后，何顿的小说创作开始酝酿发生某种重大的题材变化。他的关注点由充满鲜活气息的城市现实生活，逐渐转移向那些已然逝去的历史岁月。具体来说，作家忽然对抗日战争那一段历史发生了极其浓烈的探究表现兴趣，这样也就相继有了《湖南骡子》《来生再见》《黄埔四期》这样三部姑且可以被命名为"抗日三部曲"的长篇小说。其中，特别引人注目的，是那部既带有鲜明史诗性特点也带有深切反思色彩的，以当年的国民党军队抗战为主要表现对象的《黄埔四期》。尽管这部大部头的长篇小说尚未出版单行本，但依照我个人的理解与判断，《黄埔四期》应该是一部具有文学史意义的重要作品。我相信，伴随着时间的逐渐推移，我的这种判断，应该可以得到未来文学史的充分证实。最近一个时期，在抗日题材的书写告一段落之后，何顿的创作兴趣又转向了同龄人所走过的人生道路。虽然从其中肯定难以找出明显的自传性因素，但因为主要以同龄人为关注对象，所以，在作家新近刚刚出版的长篇小说《幸福街》（湖南文艺出版社2018年版）中，多多少少都会渗透有作家个人的一些生长经验，却是顺乎逻辑的一件事情。尽管说在这部不仅带有突出的散点透视特点，而且时间跨度超过了半个世纪的长篇小说中，出场人物众多，差不多达到了四五十位，但认真地检视一下，就可以发现，活跃于文本中的主要是两代人。除了作为人物主体而存在的，与何顿自己年龄相仿，出生于二十世纪五十年代末叶的这一代人之外，另外就是作为他们父母辈的上一代人。

或许与作家所采用的散点透视方式紧密相关，阅读《幸福街》，我们首先的一个判断就是，这是一部人物群像式的没有主人公的长篇小说。假若一定要为这部作品寻找一位主人公，那么，这个主人公很大程度上就可以被看作是作为故事发生地的这一条"幸福街"。这条被何顿征用为小说标题的幸福街，并非古已有之，而是1949年之后出现的新生事物之一种："幸福街原先叫吕家巷，一九五一年新政权给街巷钉门牌号时，将它改名为幸福街。最开始大家都不适应，好好的吕家巷，怎么就变成幸福街了？有人以为钉门牌号码的人搞错了，出面制止道：'同志，你们搞错了，这里是吕家巷。'那些人回答：'没错，以前叫吕家巷，从现在起叫幸福街了。'吕家巷的住户觉得这太荒唐了，不情愿道：'为什么要改名？'那些人答：'新社会新气象，叫幸福街好。'既然是新政府为之，大家就噤了声，但幸福街的居民着实花了几年时间，才渐渐接受这个名字。"请原谅我在这里引用小说开头这么长的一段文字。之所以如此，乃因为这样的一种开头设计，对我们理解这部作品有非常重要的作用。关于小说开头的重要性，曾经有论者写道："开头之至关重要于此可见一斑也。尤其是在《红楼梦》这样真正优秀的作品中，开头不但是全篇的有机组成部分，而且能起到确定基调并营造笼罩性氛围的作用。至少，如以色列作家奥兹用戏谑的方式所说：'几乎每个故事的开头都是一根骨头，用这根骨头逗引女人的狗，而那条狗又使你接近那个女人。'""假如《红楼梦》没有第一回，假如曹雪芹没有如此这般告诉我们进入故事的路径；假如所有优秀文学作品都不是由作者选择了自己最为属意的开始方式，或许，我们也就无须寻找任何解释作品的规定性起点。"①同样的道理，何顿《幸福街》的开头方式，看似寻常，其实也暗含有进入并理解这部作品的某种玄机。首先，幸福街原来为什么叫吕家巷，虽然叙述者并未做明确的交代，但只要联系后文，我们就不难认定，其实，吕家巷的命名，恐怕与那个住在幸福街一号的前地主兼资本家吕家有着难以分割的内在关联。"幸福街一号的前主人姓吕，吕家于一九四九年前在黄家镇有大片良田，且经营着大米厂和三家米铺，划阶级成分时，是地主兼资本家。"而这，实际上也就意味着后来的幸福街一号，也就是当年的吕公馆。在1949年之前那样一个时代，能够拥有巨大的资产，是一件特别重要且充满荣耀的事情。大约也正因为吕公馆驻足于这条街上，所以这条街才被叫作了吕家巷。就这样，假若我们可以把吕家巷的命名理解为那个曾经的民国时代的象征的话，那么，后来被强制性改名为幸福街，就可以被看作是一个新时代到来的象征。但千万请注意，街道的这种更名，并非出于本街住户自身的意志，而是新政权强力意志的一种推行结果。借助于街道的"更名"如此一种开头方式，作家要告诉我们的就是，不管你顺应也罢接受也罢，时代的强力意志都不可违逆与阻挡。不管你情愿与否，正如同吕家巷被改名为幸福街一样，一个全新的社会和时代就这样到来了。我们都知道，也就在差不多同样的时候，杰出的文学理论家，同时也是诗人的胡风，曾经充满激情地歌咏道"时间开始了"。如果我们从小说是一种时间的艺术这一点来考量，那么，何顿笔下的吕家巷被强制更名为幸福街，实际上也就意味着一种历史时间和社会时间的新的开启。就此而言，作家在《幸福街》这样一部以街道为具体命名方式的长篇小说中，所真切书写的，就是在新的时间开启之后超过半个世纪的时代与社会变迁。只不过，需要特别注意的一点是，何顿不仅把时代和社会的巨大变迁都非常巧妙地嵌入到了一批普通民众人生命运的书写之中，而且二者之间也达到了一种难能可贵的水乳交融。

① 张辉：《假如〈红楼梦〉没有第一回》，载《读书》2014年第9期。

作为一部人物群像式的长篇小说，《幸福街》中的很多人物形象都给读者留下了比较深刻的印象。比如，那位小说开篇不久就已经出场的林阿亚的父亲林志华。林志华给我们留下的最初印象，是一位很有几分桃花运的幸运儿形象。作为五十年代的"个体户"，作为幸福街上一位凭借高超理发手艺谋生的年轻人，因了自身的风度翩翩，最终赢得了周兰这样一位师范学校毕业的漂亮姑娘的芳心。然而，这个时候的周兰肯定想不到，等到"文革"爆发，大规模的政治运动再度到来的时候，自己竟然会因为丈夫林志华被认定为国民党特务而对当初的婚姻选择悔煞肚肠："周兰老师特别恨，要知道当年她走进这处遍地果树的古镇、在迎宾路小学安顿下来时，好几个青年都追她，其中一个还是区里的干部，如今那干部调到县水电局当了副局长，可她却糊里糊涂地选择了林志华！上个月，林志华被定为国民党特务，判了十五年有期徒刑。周兰老师并不相信林志华是国民党特务，说林志华有资产阶级思想，她还是会默认。但那个年代十分荒诞，很多事情的处理都有些出人意料。还有更惊奇的事情，婆婆竟被打成现行反革命，据说婆婆说了一些有逆当时政治大气候的话，也被判了刑。"关键在于，好端端的，林家怎么会遭此劫难呢？问题出在婆婆私藏着的一支手枪上。那么，手无缚鸡之力的婆婆，又为什么要藏一支在和平时代毫无用处的手枪呢？却原来，林志华的父亲，曾经是孙传芳手下的一个连长，后来被国民党收编后，曾经以团长的身份参加过著名的淞沪会战，并在战斗中打死过很多日本鬼子。尽管说这位曾经的抗日战士早在1947年就被病魔夺走了生命，但婆婆却把这支早锈迹斑斑的手枪一直保存了下来。用她的话来说，就是："这能丢的？这是你公公的遗物，你公公曾拿着这把枪打死过很多日本鬼子呢。"丈夫逝去，妻子不管不顾地非得把丈夫的遗物作为一种念想保留下来，这本身是人性温暖的极好体现。孰料由于遭逢了那样的一个政治年代，由于邻人陈兵带头抄家，他们一家三口全部被带走做进一步的审查。最终，除了周兰被放回，林志华和他的母亲分别以国民党特务和现行反革命的罪名被羁押收监。

林志华因被认定为国民党特务出人意料地被羁押收监倒在其次，更令人感到莫名惊诧的一点是，身在狱中的林志华，到头来竟然会把曾经的妻子周兰也诬陷为国民党特务。却原来，在林志华被判刑入狱之后，生性懦弱，在生活中需要有男性呵护关心的周兰，经过差不多长达一年之久的犹豫彷徨后，为了自己，也为了林阿亚，终于下定决心和林志华办理了离婚手续。但周兰根本就没想到，就在办理离婚手续的过程中，自己的美色却意外地惊艳了凭借不正当手段篡权上位的区革委会严副主任。面对着心态霸蛮、手段凶狠的严副主任，周兰虽然一再抗拒，但还是无可奈何地成了他身份不公开的姘头。就这么担惊受怕、被逼无奈地过了一阵子姘头日子之后，因为工作调动，周兰结识了芙蓉路小学的彭校长，而且还两情相悦地与其达成了结婚的意见。既然要与彭校长结婚，要开始一种新的生活，那就必须中断与严主任（严副主任此时已经升任为严主任）之间的不正当关系。周兰一反抗，就必然要触怒严主任的威权。这样一来，也就有了林志华诬陷周兰行为的生成。严主任因为周兰执意要摆脱自己而恼羞成怒，他的部下，那个一贯以整人为乐事的刘大鼻子便巧妙地利用林志华的嫉恨心理，诱导他在狱中以口供的方式诬陷周兰为自己的同党，为国民党特务。林志华锒铛入狱后，妻子周兰不仅拒绝前来看望他，而且还不顾一切地和他办理了离婚手续。周兰的这种无情决绝，让身陷囹圄渴望温暖的林志华倍感伤心："他每天晚上望着铁窗外的天空想的第一件事就是，为什么他们的妻子那么有情有义而周兰却如此薄情？每当他看见两个已婚犯人的妻子送来肉或猪油或香烟时，他馋得要命，这种恨就会加深一层。恨，一层层加深，累积多了自然会反弹，因为在不是炎热不堪就是寒冷无比的牢房里，如果不想泄恨的事就再没事可想了。机会是刘大鼻子提供的。"林志华原初被迫承认自己是国民党特务，本就是被刘大鼻子们屈打成招的一种结果。但人性的吊诡之处在于，在他痛恨刘大鼻子的同时，却把更多的仇恨指向了前妻周兰："但他更加无法容忍前妻尚未与他离婚（此处或为作家何顿的笔误，依照情节发展推断，这个时候周兰应该已经与林志华办理了离婚手续）就跟别的男人上床！这不是不道德的问题，是无视他的存在，是背叛！"正是在如此一种极端仇恨心理作祟的情况下，"他恨恨地大声道：'我揭发，周兰是我发展的国民党特务！'"一个男性的嫉恨心理，竟然可以达到如此一种地步，细细想来，的确让人震惊不已。对于林志华这种严重被扭曲的不正常心理，何顿还借助于叙述者之口有着更进一步的揭示："在监狱里关了几年的林志华，思想已长了霉，犹如树根上长了有毒的蘑菇。他一想到周兰与另一个男人交欢，就嫉妒得眼睛充血！"

在那个充满荒诞色彩的年代，既然已经有了林志华的口供，刘大鼻子们也就可以为所欲为地把周兰硬是作为国民党特务判处了十年徒刑，如果不是周兰自己坚决不承认，不是后来幸运地遇上了从市里下来视察工作的那位年轻领导，那周兰还真有可能冤枉地在狱中被关押十年时间。周兰的不幸与幸运之外，更加值得关注的是，林志华在诬陷周兰后的自我了断。当然，林志华的如此一种自我了断，与他的生性有着紧密的内在关联："他不是一个有话就说出来让大家分享的人，事实上他是个精于算计、暗中独占好处的在黄家镇长大的小男人，这种男人太防范别人了因而内心是关闭的，想问题总是往一个死角钻，极容易悲观。这种抑郁和悲观的情绪发展到次年春天，就发展出问题来了。有天，他忽然感觉自己相当愚蠢，想自己被他们利用了。他想一定是他们想欺凌周兰，周兰不从，就利用他的话加害周兰。他们煽动起他强烈的嫉妒心，让他在嫉妒心的指引下充当了帮凶。'我真是糊涂啊，怎么当时就没看到这一层呢？！'"就这样，由于他那过于狭小的心胸，当他终于认识到自己被人利用而产生了强烈的悔恨心理之后，他竟然在牢房里上吊自杀了。认真审视林志华这一人物形象，一方面，何顿的确不失精准地挖掘出了他的人性深度，无论是他的心胸褊狭，还是他那无以自控的嫉妒心，抑或是他后来的悔恨交加，都很容易让我们联想到莎士比亚笔下的奥赛罗。我们注意到，在《幸福街》中，叙述者曾经借助于陈漫秋和黄国进之口，专门讨论过奥赛罗的杀妻悲剧。黄国进认为："奥赛罗太自负了，也太容易被人骗了。智商不高。"而陈漫秋则认为："是奥赛罗的嫉妒心太重了，这种人头脑不清醒，因嫉妒心导致他人格分裂。这是他杀死妻子苔丝狄梦娜，自己又悔恨地自杀在苔丝狄梦娜身边的原因。这个悲剧是人物性格造成的。"两相比较，当然是陈漫秋的看法更具合理性。事实上，与其说这种看法是属于陈漫秋的，莫如说更是属于何顿自己的。虽然说具体的故事情节并不相同，但在某种意义上说，他笔下的这位林志华，还真是可以让我们联想到奥赛罗的。但在充分肯定林志华别具一种人性深度的同时，我们却也必须看到时代与社会在其人生悲剧过程中的巨大投影。毫无疑问，若非遭逢了二十世纪五六十年代那样一个特定的历史时期，那么，林志华和周兰就极有可能幸福而又平静地度过他们平凡的一生。从这个角度说，林志华的悲剧，就既是性格的悲剧，同时也是时代与社会的悲剧。

再比如，高晓华这个后来陷入精神失常状态的"宣传宝"。作为一个富有个性的人物形象，高晓华的引人注目，是从他伴同女友黄琳一起上山下乡做知青那个时候开始的。具体来说，那个时候的高晓华，是一个拥有远大志向的理想主义热情高涨的时代青年。在对知青农场倍感失望的情况下，高晓华毅然辞去副场长职务，组织了十几位可谓"志同道合"的知青，决心另外创办一个新的经济上独立的小农场。高晓华的理想主义精神，从他对准备加盟小农场的女友黄琳的询问过程中，可谓表现得淋漓尽致："高晓华当着十六名男女知青的面说：'你能做到互助友爱吗黄琳？'黄琳答：'我能做到。'高晓华问：'你能做到毫不利己专门利人吗黄琳？'黄琳答：'我能。'高晓华说：'我们要无私无我，一切都是大家的，包括父母寄来的钱物，你能做到一切都交公吗？'黄琳想他们能做到她就能做到，答：'我能。'高晓华说：'还有一条最重要，我们决定三年不回家，你能做到吗？'黄琳答：'我能做到。'高晓华对她的回答很满意，说：'小农场是我们大家创办的新型集体，我们每个人都是新型集体中的一员，我们都要有集体荣誉感，都要有自我牺牲的奉献精神。'"尽管说此后的一系列事实，充分证明高晓华的这些想法是无法实现的乌托邦，但在他这些极其切合那个时代主体导向的想法中，理想主义精神的存在，却是一种客观事实。实际上，也正是在与黄琳的关系中，高晓华陷入了某种肉身与精神的分裂状态。一方面，性欲强烈的他，特别贪恋黄琳的肉体，但在另一方面，他却口口声声强调："黄琳，我觉得肉体之娱是低级的，我们是人，是有思想的，我们要做思想领域里的崇高者。"一种普遍存在的事实是，并不只是高晓华一个人，其他很多类似的具有理想主义特质的人物那里，在那个特定时代，也往往会陷入如此一种灵与肉的分裂与冲突状态之中。其他方面的自私或许都能够得到很好的克制，唯独本能的性欲无法自控，难以操纵自如。一种客观存在的情况是，具有精神受虐倾向的高晓华，一直到精神失常变身为"宣传宝"之前，都处于这种灵与肉的分裂和冲突状态之中。

一般来说，在那个年代，如同高晓华这样的理想主义者，可能都会生成某种"生气勃勃"的野心："高晓华的幼年是在后院的桃树、梨树和橘树、柚子树下长大的，少年时他常爬到树上眺望，就把自己眺望成了一个有野心的人，他好强、勇敢，视别人为刍狗，渴望自己某一天能成为操纵他人命运的人！"一方面，受制于那个时代的规约，另一方面，也与他内心深处一种出人头地的强烈权欲紧密相关，到后来，等他进入镇陶瓷厂并成为厂里的团支部书记后，才会出于对改革开放、对厂长的强烈不满而上书上级机关告状。面对现状时："他深感悲哀。他想一个人过，回到知青林场，边耕读边学习，他喜欢那里的树木和那里的阳光，但嫉妒心和旺盛的情欲却让他离不开女人。如今这社会不是他想要的，当年大家都有一股不怕吃苦的热情，都朝着一个方向努力，现在每个人都只考虑自己，奖金少了几块钱都在厂里闹，吃不得一点亏……"无论如何都不容忽视的一点是，高晓华对自私心理的仇恨，竟然达到了令人发指的地步："他学生时代就有理想，就有要使全人类变得毫无私欲的乌托邦精神，但自从他创办的小农场不欢而散后，他对人性充满了质疑，觉得很多人都变肮脏了，变坏了。他其实是有高瞻远瞩的，很想找几个科技人员，发明一种激光机器，可以直接伸进人的大脑里刮割，把人们大脑里的自私病菌剔除掉，让人人都活得纯洁、健康。"这种思想的可怕处在于，它很容易成为滋生极权的土壤。但正如同你已经预料到的，思想一直停留在过去时代的高晓华，到了改革开放的时代，肯定会因其思想言行的格格不入而被日新月异的生活所抛弃，必然会成为时代与生活的落伍者。受到如此严重失败感的长期困扰，久而久之，高晓华精神失常，自然也就是合乎逻辑的一种必然结果。从一种无法自控的嫉妒心理出发，高晓华不仅对妻子黄琳的男友宋力大打出手，而且还使得宋力彻底丧失了性能力。这样一种打人致残的行为，给他带来的是长达七年之久的牢狱之灾。

等到高晓华终于从监狱中走出来的时候，他已经彻底精神失常，变成了一个身穿旧军装、在街头用喇叭大声背诵毛主席语录的"宣传宝"："他真是高晓华！她的心都碎了，想不到曾经跟着她一起在学校里造老师的反，后来又随她下乡当知青、鼓动十几名知青与他办小农场的，曾经是那么精明、勇敢、执着且身怀抱负又不顾一切地追求她的高晓华——她的第一任丈夫，竟成了这么一个人！她呆立在他身旁，他好像不认识她了，没看她而是对着喇叭大声背《纪念白求恩》：'……白求恩同志毫不利己专门利人的精神，表现在他对工作的极端的负责任，对同志对人民的极端的热忱……'她感慨颇多，辛酸、难过和可怜等都有。他怎么会变成这样的人？原来同事们嘲笑的街上的'宣传宝'（宝字，在湖南话里有傻的意思），竟是与自己离婚多年的高晓华！他彻底疯了。"正因为黄琳不仅曾经是高晓华的妻子，而且还从内心深处深深地崇拜并爱过他，所以，面对已经变身为"宣传宝"的高晓华，她才会感到特别痛心，难以接受："黄琳呆呆地望着高晓华，他完全是'文革'中的打扮，背着印着'为人民服务'的黄书包，旧军装的左胸上别着枚金光闪闪的毛主席像章，脚下一双肮脏的解放鞋。这身行头，也不知他是从哪里弄到的！看他的眼睛，目光是空旷的，仿佛宁谧的荒原。他的嘴在不停地背诵，表情忠诚、坦然，他把她当成听他宣传的路人，对她疲惫地背诵《为人民服务》。"无论如何，我们都必须承认，高晓华是何顿在《幸福街》中刻画塑造的最具有人性深度的人物形象之一。很大程度上，高晓华的悲剧质点，在于与时代和社会的严重错位。之所以会是如此一种情形，主要的原因，一方面，固然在于那个时代恰好是高晓华精神成长的关键时期，另一方面，更加不容忽视的，恐怕却在于高晓华个人的主体精神结构。否则，我们就无法解释，为什么从那个时代走过来的很多他的同龄人却都没有变成"宣传宝"。归根到底，高晓华变身为"宣传宝"，所充分说明的，正是"文革"那个不正常的畸形时代在其精神深处嵌入之牢固。

虽然这是一部以散点透视方式完成的人物群像式的长篇小说，但相比较来说，何顿的关注点，恐怕还是更多地停留在了何勇、林阿亚、张小山以及黄国辉他们几位1958年生人身上，尤其值得注意的一点是，在他们几位身上，也同样有着来自时代与社会的巨大投影。首先进入我们分析视野的，是何勇和林阿亚。如果说我们此前分析的林志华与高晓华，以及稍后要展开分析的张小山与黄国辉，他们身上所携带的，更多是所谓负能量的话，那么，何勇和林阿亚身上所携带的，就更多是一种以善良为核心的所谓正能量。自幼一起长大的何勇与林阿亚，可以说是青梅竹马、两小无猜的一对男女青年。一方面，是父亲和奶奶的被捕与判刑，另一方面，是母亲周兰被牵连入狱三年多的时间里："林阿亚成了只可怜的小猫。父亲、母亲和奶奶被带走后，她害怕得缩成一团，好像天塌下来压着她一样，让她有一种快窒息的感觉。她想她们家一下子就成坏人了，她怎么活呀？"在这个关键时刻，如果不是周边的邻居，尤其是何勇他们一家的积极帮助，孤苦伶仃的林阿亚，恐怕真的不知道怎么样才能够度过少年时期这一场突如其来的人生劫难。等她到了可以上初中的年龄，由于家庭的牵累，"本来是没初中读的，开学一个星期了，她被那个年代的学校排除在外"。在那个时候，慨然出手帮助林阿亚的，依然是何勇那位善良无比的母亲李咏梅校长。很显然，如果没有李咏梅校长的帮助，林阿亚小小年纪便辍学在家，那她后来在历史发生重大变迁后，无论如何都不可能由丑小鸭变成大天鹅，不可能考上复旦大学的。到后来，等到"文革"结束，高考制度恢复之后，已经追随心仪的男友何勇做下乡知青的林阿亚，一门心思想要参加高考。没想到，由于主管报名工作的区文教卫办公室主任刘大鼻子利用她的家庭出身问题从中作梗，唯一一个没有拿到准考证的，就是林阿亚。值此关键时刻，同样是何勇通过母亲找到了已经成为区革委会主任的黄迎春，在黄迎春的强力干预下，林阿亚方才获得了参加高考的权利。到这个时候，自然也就应了那句

"祸福相依"且互为转换的老话，虽然林阿亚打小一直到此时此刻都可谓劫难不断，但等到一个新时代到来的时候，她反而因被冷落时的刻苦学习而因祸得福，最终在高考中取得了好成绩，一举考上了复旦大学这样的名校。与她形成鲜明对照的，就是那位一直都情投意合的男友何勇。由于父亲是大米厂厂长，母亲是校长，根正苗红的何勇，从小一直到高考前都可以说是顺风顺水。然而，等到参加高考的时候，从来就没有把学习当回事的何勇，即使使出九牛二虎之力，也都无济于事了。

毫无疑问，假若没有"文革"结束后高考制度的恢复，那么，早已两情相悦的何勇与林阿亚他们两位，恐怕也就顺理成章地结婚成家了。现在的情况是，他们不仅天各一方，而且身份地位也形成了极明显的差异。一位是黄家镇上的普通民警，另一位则不仅在大上海读名牌大学，而且大学毕业后又进一步深造读了研究生。尽管说他们曾经是那样地志同道合两情相悦，但到了这个时候，客观的状况已经致使他们不可能再有共同的精神语言可供日常交流。怎么办呢？他们各自都陷入矛盾的心态之中。林阿亚的内心苦恼，集中通过她和大学同学乔五一的通信而表现出来："他和何勇不同，何勇是她的发小，属于青梅竹马，如果不是她上了大学，她和何勇恐怕都有小孩了。乔五一是她的大学同学，有思想有追求，而且……也帅。"实际上，当林阿亚在心目中把何勇与乔五一做这种不自觉比较的时候，她的情感天平已经在不知不觉地向乔五一那边倾斜了。其实，林阿亚的内心纠结，集中在是否应该知恩感恩进而报恩的问题上。依照一般的民间伦理，既然何勇尤其是何家，当年在她无奈落难之时，曾经倾全力相助，那么，不管此后身居何种高位，林阿亚都不应该忘恩负义，她都应该心甘情愿地嫁给何勇，做何家的儿媳妇。然而，在一种现代的层面上来说，正所谓"没有爱情的婚姻是不道德的"，男女之间的婚姻结合，必须建立在爱情的基础上。事实上，乔五一给出的建议，就是以这种现代婚姻观念为出发点的："你既然不想面对他就离开他，你丝毫不要背负感情和道德上的债务，那些债务可以用别的方式偿还，但不要把自己的一生都献出去，不要勉强自己，因为你和他不在一个层面上了，即使结合到一起也不会幸福。"由此可见，隐身于林阿亚的自我纠结背后的，其实是民间伦理与现代爱情观念之间的一种尖锐冲突。就这样，在经过了一番内心的自我挣扎后，林阿亚最终还是理性地遵从了内心的情感律令，选择了远离何勇。而自感与林阿亚各方面差距越来越大的何勇，尽管内心满满地都是对她的迷恋与爱慕，但到最后，在父母朋友的规劝下，他所做出的选择，也是无奈放弃林阿亚。尽管我们很难设想，假若何勇与林阿亚真正结合后会是一种什么情况，但从现实的角度来看，其实心地都特别善良、正直的何勇与林阿亚，在做出了理性的选择，分别成立了各自的家庭后，也都在各自的工作岗位上取得了突出的成绩。我们都知道，文学创作无论如何都不可能与人性无关，但需要强调的一点却是，所谓人性，既包含了善，也包含着恶。一方面，文学创作固然应该有对于恶的深度透视，我们前面专门分析过的林志华与高晓华，更多地就是其内心深处的与恶相关的负面因素，但在另一方面，文学创作也应该有对于善的张扬与表现。而且，在很多时候，要想富有说服力地把人性之善表现出来，很可能比展示人性之恶的难度还要更大一些。从这个角度来说，何顿能够在《幸福街》中，通过何勇与林阿亚这两个人物形象的刻画与塑造，把他们内心深处的善良与正直淋漓尽致地表现出来，其实也是非常不容易的一件事情。更何况，在何勇与林阿亚的身上，也同样有着时代和社会的深度嵌入。林阿亚之所以能够在遭受一系列人生劫难后彻底改变自己的人生轨迹，正因为她很好地抓住了改革开放的时代脉搏。而何勇，虽然没有如同林阿亚一样凭借高考获得人生的重大转机，但在他那平实的一步一个脚印的人生道路上，却也同样有着对时代与社会发展趋向的契合与顺应。

如果说何勇与林阿亚属于那种中规中矩的好人形象的话，那么，张小山与黄国辉他们两位就毫无疑问属于那种最终走上了人生歧路的迷途者形象。因为他们不仅都出生在1958年，而且也都家住幸福街，所以，张小山、黄国辉与何勇、林阿亚他们不仅从小就是很好的玩伴，而且也在共同成长的过程中结下了深厚的友情。林阿亚不仅身为女性，而且很早就考到复旦大学，姑且忽略不计，作为少年时的好友，张小山、黄国辉他们两位与何勇的渐行渐远，是从改革开放的时代到来之后慢慢开始的。先让我们来看张小山。或许与其生性的敏锐、机巧有关，张小山其人，在进入改革开放年代之后，曾经一度扮演过引领风潮的弄潮儿角色。眼看着有人在幸福街上开了一家个体小商店，心眼一向活泛的张小山坐不住了，决定筹集资金去做生意："三个人喝了几巡酒，说了些互相勉励的话后，张小山说：'我去了趟广州，发现广州那边开放多了，做什么生意的人都有。'黄国辉问：'你准备做什么生意？'张小山说：'我打算先做点小玩意生意。''好，是要从小事情做起。'何勇鼓励他说。"就这样，在两位好友的鼎力支持下，张小山的生意开张了。从最初的墨镜与打火机，到后来的收录机，再到后来的良友、希尔顿等外烟，张小山的生意可谓越做越大。在其原始积累达到一定程度的时候，他决定顺应时势，租用竹器厂的礼堂办一个红玫瑰舞厅："红玫瑰舞厅在千年古镇上诞生了，不亚于晴天霹雳。"由于切合了那个时代年轻人时尚心理，红玫瑰舞厅的开办可谓大获成功，仅仅是到了当年年底，就已经赚了十多万。这个时候，可以说是张小山自我创业的巅峰时刻。面对着满面春风的张小山，何勇不由得感叹他是一个有能力谋划未来的人。但张小山自己给出的却是另外一种说法："我父亲死得早，遇到困难我都得靠自己解决，就学会了动脑筋。"他们之间的情谊在某种意义上堪比"刘关张"的何勇、张小山以及黄国辉三人中，之所以是张小山一度成为引领风骚的个体户，除了思想活跃与丧父的孩子早当家这两点之外，还有一点不容忽视的原因就是，在被镇竹器厂开除后，他所面临的，已经是一种生存的绝境。就此而言，他的自我创业行为，很是有一点置之死地而后生的意思。但谁知张小山不仅贪心不足，而且也还特别贪恋女色，到后来，等到他自信满满地在县城又创办了一个名为"红彤彤"的舞厅的时候，虽然舞厅的客流量依然爆满，但最终却因为他与县剧团一位姓杨的名角儿发生私情，并引发其丈夫李军的报复行为，舞厅不仅被付之一炬，他自己也终因无法偿还相关债务而被迫锒铛入狱。自此一劫后，虽然也还有过几度起伏，但就整体趋势来说，张小山的人生就走上了一条下坡路。其间，尽管已经出任了驼峰山乡派出所所长的何勇旧情不忘，先后设法安置了张小山与黄国辉这两位一起长大的好朋友，但张小山却恶习不改，仍然坚持组织并参与六合彩的地下赌博活动，最终还是成了一个无所事事的游民。到最后，也还是在他的强力怂恿下，一贯有勇无谋、徒有一身蛮力的黄国辉，才和他一起铤而走险入室盗窃。虽然他们一开始并不打算杀人，但在被大毛认出之后，无奈杀人灭口，就此而走上了人生的末途。后来，叙述者曾经非常巧妙地借人物杨琼之口，对张小山与黄国辉的杀人事件做出过这样的评论："黄国辉下岗后，只知道玩，宁可饿肚子也不去做事。张小山一天到晚跟那几个鬼打麻将，输了钱，又想赢回来，结果越输越多，把他几年前赚的钱全输光了，那还不饥寒起盗心？"紧接着，杨琼又说："……我曾多次劝张小山，要他做点小生意，他听不进去，放不下面子。"何勇补充说："杨琼说得对，张小山最要面子。黄国辉在街上瞎混了几年后，人变懒惰了，也好面子，我曾经想帮他，问他愿不愿意来派出所打扫卫生，工资虽不高，但至少可以让他活得好一些，他居然嫌这个工作丢脸。"毋庸讳言，以上这些人物对张小山与黄国辉的议论，肯定在很大程度上代表着作家何顿的看法。但依我所见，在承认以上观点具有相当合理性的同时，却也更应该看到，幸福街上同样是从二十世纪五六十年代那样一个时代走过来的一代人，为什么只有张小山与黄国辉他们两位最终步入了人生的歧途。从根本上说，张小山与黄国辉人生悲剧的酿成，恐怕也还得在他们自身上寻找原因。一方面，市场经济时代的到来，极大地刺激了他们内在的贪欲，但在另一方面，他们自身却又缺乏实现人生欲望的合理手段。二者发生激烈碰撞的最终结果，自然也就酿成了最终他们入室抢劫与杀人。从这个角度来说，张小山与黄国辉的悲剧，固然是他们个人的悲剧，与他们各自的主体心理结构紧密相关，但与此同时，却也明显包含时代与社会的因素，可以说是时代与社会的悲剧。

反复阅读何顿《幸福街》后，我想，我特别认可胡平与李建军他们两位对这部长篇小说所做出的评价。胡平说："《幸福街》描述了自上世纪五十年代后幸福街的时代变迁，以及街上两代人数十年的命运遭际，真切还原了一个历史时期的社会面貌，几乎在所有细部上，都是经得住检验的，成为'历史的书记'。"李建军说："我觉得这是一部优秀的现实主义作品，因为现在整个当代创作，流行一种非历史化，跟现实严重脱节的现象，很难看到我们自己的生活经验和生活历程。而《幸福街》深刻地还原了时代的风貌。"文本的事实的确告诉我们，《幸福街》是一部真切还原了时代与社会风貌的优秀现实主义作品。但在承认以上观点合理性的同时，我也还愿意有所补充。那就是，《幸福街》不仅真切还原了时代与社会的风貌，而且还进一步地把时代与社会的精神都深深地嵌入到了一众小人物跌宕命运的书写之中。

残酷历史境遇中的精神变形记

——关于张庆国长篇小说《老鹰之歌》

　　明明是一部以抗日战争为主要书写对象的历史长篇小说，作家张庆国却为什么一定要把自己这部真正可谓煞费苦心的作品命名为《老鹰之歌》呢？如此一部历史长篇小说，与动物间的猛禽老鹰之间又究竟存在着什么样的内在关联呢？这是我在阅读长篇小说《老鹰之歌》的过程中曾经反复思考的一个问题。直到在先后两次认真地读过作品之后，我方才恍然大悟，作家之所以要把自己的这部长篇小说命名为《老鹰之歌》，最起码有着如下两方面的考量。其一，与历史的记忆紧密相关。我们注意到，"老鹰"这一意象最早与历史记忆发生关联，是在"黄卷"第十三节的开头部分。这个时候，年龄已经是八十多岁的小林，因病躺在医院的病床上，身边围绕着他的马来西亚老婆以及儿孙："他目光凝固，坚硬而纤细，像两根生锈的铁丝，在空气中轻轻划动，扒拉下窗户上的积尘，模糊看见记忆的老鹰猛扇翅膀，挣扎着飞回中国云南遥远的下关镇。"当然，在小说中，更多地与记忆之鹰缠绕在一起的，乃是另外一位历史的当事人，同样已经是耄耋之年的美国老兵豪斯。由于日渐年迈，豪斯的记忆力大为衰退："记忆的老鹰有力拍打着翅膀，飞离他的身体，朝着前方苍白刺目的浩渺天空远去。这是今年复活节后豪斯获得的最清晰的感受，他越来越清楚地发现，近几个月来，自己的听力大幅度减退，耳朵的大门在嘎吱关闭，记忆像暴雨冲刷中的地上泥灰，正在

211

大面积地流走，不可避免地消失。""一声疲惫而悠长的老鹰的鸣叫，把马萨诸塞州的夜空和豪斯的大脑照亮了。记忆大门打开，豪斯看见了坠落在农田的飞机和在燃烧机舱里挣扎的战友胡笛，还看见不远处的田埂上坐着泪流满面的中国姑娘陈小姐。"然而，一个不容回避的问题很显然是，与历史记忆紧密缠绕在一起的，为什么是老鹰而不是其他的意象。关于这一点，小说中的两个细节或许会给予我们必要的帮助。一个，是强调老年豪斯所反复梦到的，不是也被称为美国雕的美国老鹰，而是中国云南的山鹰："这种云南山鹰体长五十公分左右，只有美洲雕的一半大，头部前面为灰黑色，眼后为黑色，有白色眉斑，腹部长白毛和灰黑色小横斑羽毛，捕食野兔老鼠鸟和其他小型动物。"而且，早在五十年前，在云南参加抗战的豪斯，就曾经亲眼见到过一只抓着小鸡的云南山鹰。另一个，则出现在小说的开头部分："公路挂在天上，一侧靠山，一侧深渊，塌方随时发生。司机不清楚危险在哪里，小心翼翼，听天由命。路边轰隆塌落，卡车就从山崖滚下，变成老鹰飞走，在空中张开告别的翅膀。峡谷两百米深，云雾滚滚，底部是大河，细若蛛丝，看不见反光，听不见呻吟。"尽管小说所集中描写的并不仅仅是抗战时期大西南地区滇缅公路的长途军事运输，但这种充满各种危险简直就是九死一生的长途军事运输，却毫无疑问是《老鹰之歌》中最重要的一个部分。正如张庆国所形象写出的，那些冒险行驶在挂壁公路上的军用卡车，在很多时候就如同一只只飞翔在空中的老鹰（当然是云南山鹰）一般。大约也正因为如此，作家才会数次把那些卡车比作飞翔的老鹰："两个月的培训仓促结束，他们每人一辆卡车，孤立无助地上路，翻越高耸群山，盘旋在挂在天上的公路，像老鹰飞在天空，前往一千公里外的缅甸拉货，为中国运送抗战物资。""几天前，小林驾驶福特卡车上山，像一只老鹰，在峭壁上哀鸣，龇牙咧嘴，喷吐热气，缓缓朝坡上拱。"究其根本，张庆国之所以在《老鹰之歌》中专门把云南山鹰设定为记忆之鹰，与那些行驶在挂壁公路上的形似老鹰的军用卡车之间，有着不容剥离的内在关联。其二，实际上，更进一步地，在一种象征的层面上，与其说是那些行驶在挂壁公路上的军用卡车形似翔翔在天空中的老鹰，莫如说小说所集中书写表现着的包括小林、老王、胡笛、豪斯等在内的一众抗日战士，乃至于那位看似与抗日无关，实质上却深度介入抗日战士日常生活之中的西南联大女大学生陈小姐，内在的精神更逼近于空中之王——老鹰的境界。从这个意义层面上，张庆国的这部《老鹰之歌》就完全可以被看作是一曲充满悲怆色彩的关于抗日战士的生命颂词。

在我个人的理解中，张庆国《老鹰之歌》所首先体现出的，就是一种具有突出社会学意义的认识论价值。或许与二十世纪八十年代以来"纯文学"理念一度深入人心、过于强调文学的艺术与审美价值有关，此前曾经被特别强调的文学的认识论价值差不多处于被严重遮蔽的状态。一方面，我们固然承认文学最本质的功能肯定是艺术与审美价值，但在另一方面，作为一种非本质功能的认识论价值的存在，却也是不可被否认的。具体来说，《老鹰之歌》的认识论价值，乃突出地体现在它真实地记录了当年那些南洋华侨机工积极回国投身抗日战争的一段历史事实。最近这些年来，随着相关历史史实的被揭秘，我们了解到了很多被遮蔽多年的历史真相。比如，美国远征军与中国军队在缅甸战场针对日军的并肩联合作战等。但恕我孤陋寡闻，关于当年如同小林这样的南洋华侨技工以如此一种特别的方式回国参加抗战的历史状况，若非读到了张庆国的《老鹰之歌》，我还的确是一无所知。这一方面，最有代表性的一位，就是小说主人公之一的司机小林。小林属于那种没有多少弯弯绕的直肠子青年，他本是马来西亚的华侨，早在十四岁的时候，就进入梁叔叔的汽修厂做学徒。用叙述者的话来说："在马来西亚槟城的华人汽车帮中，小林年纪最小，最兴奋，爱打架……只喜欢冲锋陷阵，享受打打杀杀的感觉，看到别人抱头逃跑和跪地求饶，他就笑得满地打滚。"如此一位生性单纯耿直的热血青年，之所以要跑回母国来奉献自己的一份技工手艺，以军用卡车司机的身份，积极介入到抗战的事业中，与他曾经目睹好友被炸死的一幕紧密相关："他来中国，是因为失去了好友，见识了痛彻骨髓的死亡。那天，在马来西亚槟城，他去酒吧会见好友，日本间谍混进来，藏下炸弹，酒吧爆炸了。正在看英国人拍的中日战争电影的几十个人，死了大半，其中有他最好的三个朋友。大火烧光了半条街，烧干了几百人的眼泪。"因了三位好友被炸死，这一场意外的爆炸使得小林备受刺激。正所谓城门失火殃及池鱼，由于这一场爆炸的发生，遂使得所有日本人在小林的心目中都变成了十恶不赦的仇敌。这其中，甚至还包括他的师傅，那位在梁叔叔的工厂里担任高级技工的日本人松田。受内心中复仇烈火炙烤的缘故，小林曾经数次动念要把松田杀掉。就这样，一方面为了替好友复仇，另一方面也为了逃避对松田的无端误杀，汽车机工小林从遥远的马来西亚跑回中国云南，为了宣泄心中积郁已久的对日本人的满腔愤恨，他以军车司机的方式投入抗战。需要特别提及的一点是，为了回国参加抗战，小林甚至做出了抛弃未婚妻梁音音的"残忍"举动。梁音音是梁叔叔的女儿，本来，他们俩成婚后，小林就要去继承梁家的汽车修理厂家业。爆炸事件的意外发生，使得这一切都化为泡影。小林逃跑了，但他却"不是逃婚，是退出了人世的希望"。因为"朋友死了，他活着也没有意思"。从这个角度来说，小林的回国参加抗战，其实是以如此一种特别的方式来对抗生命的绝望与虚无。唯其如此，面对着在很多时候就意味着死亡的战争，小林才没有表现出丝毫的畏惧心理："但战争突如其来，世界被撕碎，人生乱套。他不能娶妻生子了，要考虑怎么去死，男人就应该战死，报名回中国，打日本，死在抗战的荒山野岭。"人都说，冲冠一怒为红颜，到了小林这里，竟然变成了冲冠一怒为好友。质言之，小林的回国参加抗战，从精神分析学的角度来说，其实构成了他彻底绝望后自我拯救的一种特别方式。

事实上，以海外华侨机工的方式回国参加抗战，小林并不是唯一的孤例："小林的运输队兄弟，都是会聚新加坡，再同船归国的青年华侨，都说会开车，其实好些人不会开，只是头脑发热，满腔热情，报名回国抗日。"又或者，其他那些南洋华侨技工，很可能也如同小林一样，内心里有着属于自己的一本血泪账，只不过作家没有展开详细的描写而已。这其中，自然也包括后来才登场的那位在侨办工作的美女小黄的爷爷："小黄有一个特殊身份，那就是二战援助云南华侨的后代。寸勇为此喜欢而敬重她。她的爷爷是新加坡来的卡车司机，小林的朋友。但关于小林，那个当年常住下关杨家客栈的马来西亚卡车司机，小黄和寸勇都一无所知，更不知道一个名叫阮秀贞的越南女人跟小林的感情。"小林与小黄的爷爷之外，那位只有一次出场机会的牛鼻子，也属于前来参加抗战的南洋华侨技工："名叫牛鼻子的汽车修理工五十岁了，来自新加坡，他高鼻梁，大鼻孔，每天晚上都会喝醉。牛鼻子的修车技术非常好，坎坷不平的滇缅公路上，载重卡车沿路猛烈摇晃，最容易损坏。修车是麻烦事，技工严重缺乏，更缺乏懂汽车构造的工程师。在汽车刚刚在欧美国家兴起的时代，亚洲人对汽车相当陌生，中国更是如此。"汽车，毫无疑问是一种现代性的产物。一方面，汽车的出现以及滇缅公路的及时修筑，在很大程度上方便并保障了抗战时期的军事物资运输，但在另一方面，却也不仅要求能够有熟练掌握驾驶技术的司机，而且也要求有懂得汽车构造的汽车修理工。正是在如此一种紧急情势下，政府才会在华侨中大量招募司机和汽车修理工："中国政府请求华侨领袖出马，再从东南亚一带，紧急招募大批汽车修理工。"而牛鼻子，"就是招募来的杰出汽车修理大师。"请注意，"再从东南亚一带"，仅仅只是一个"再"字，就明显透露出此前曾经有过在东南亚一带最起码大量招募司机的行为。否则，我们就无法解释小林以及小黄的爷爷他们那一批人的到来。就这样，从小林到小黄的爷爷，再到牛鼻子，一直到那些更多的无名者，作家张庆国通过对历史的一种考古学调查研究，首先为我们真切地还原了一幅当年南洋华侨技工积极回国参加抗战的生动图景。别的且不说，只是如此一种带有明显填补空白性质的南洋华侨技工回国参加抗战的社会纪实描写，一种文学社会学意义的具备，就是无法被忽视的。最起码，通过张庆国饱含感情的真切书写，我们得以了解到，在很多年前的那场抗日战争中，东南亚一带的海外华侨们，曾经以如此一种特别的方式，为抗战的最后胜利做出过一份独特的贡献。

然而，在相对充分地了解把握当年南洋华侨技工积极参与抗战工作的同时，还存在着一些当年为中国抗日战争的胜利做出过贡献的抗日英雄们，因为身上被贴上了国民党战士的标签，在政治极端化年代付出了惨重的代价。这一方面，最有代表性的两位人物分别是老王与陈小姐。先让我们来看老王。老王曾经是国民党方面在云南地区设立的间谍网的一位领导者，正是在他极富智慧的运筹帷幄之下，不仅把如同小林这样的华侨司机发展为地下间谍，而且还最终擒获消灭了日本在云南地区的间谍头子——一贯狡猾无比、隐藏得近乎天衣无缝的山田（中国化名为白诗之）。小林无论如何都想不到："他们说的老王，就是小林的邻居，这个玉溪人老王其实是国民党的间谍，老王的杂货店是一个间谍联络站。""老王朝小林伸出一只手，小林迟疑地看着他，有些发愣，并没有伸出手。老王他太熟悉了，还有些讨厌他，没想到这个可怜巴巴的中年男人竟然是国民党的间谍，世界怎么这样？无法理解。"事实上，正是小林的无法理解，说明了老王在日常生活中自我保护得极为成功。只有在了解到老王的间谍身份后，小林方才明白了他的擅于伪装以及伪装背后的真面目："他的表现让小林长了见识，明白老王在人前表现出来的唠叨和畏缩，其实是假的，是掩护。他很凶狠而冷血，说到杀死山田，眼里短促的光一闪而逝，透露出狼一样的残忍和坚定。"然而，如此一位精明强干的地下间谍头目，在抗战中做出贡献的人，到最后，却落得个不知所踪的悲惨人生结局。正如作家在被命名为"眼睛"的"尾声"部分所交代的，到了1952年秋天，西南联大曾经的女学生陈小姐，与已经成为解放军驻村领导的老王，在云南楚雄镇南县的瓦窑村不期而遇："这个人就是老王，国军云南情报站的首领，小林的上司。陈小姐与老王这个下午在镇南县瓦窑村的巧遇，再次显出了世界的狭小和命运的强大（实际上，这里被作家所感叹不已的'命运的强大'，借助于文学批评的术语来说，也就是相对成功地写出了一种带有突出神秘诡异色彩的命运感。我个人在关于当代长篇小说长期的追踪阅读过程中，不无真切地体会到，只有那些真正传达出某种命运感的作品，方才称得上是优秀的长篇小说。而张庆国的《老鹰之歌》，则正是如此一部当之无愧的优秀作品）。"却原来，生性敏感聪颖的老王，面临着时代的变化，早已意识到自己曾经的国民党间谍身份所潜隐着的巨大危险性，也因此："在时代胜利转换之后，老王的身份转换也非常成功。他从前的秘密身份是国民党情报员，公开的职业是城市小贩，所做的工作是在昆明书林街批发纸张，卖给印书店的四川老板。"解放军进城后，由于他及早转身，各方面的表现都很积极："他的文化水平和办事能力格外突出，受到解放军首长夸奖，于是他被破格重用，接收为解放军，提拔为干部。"事实上，也正是巧妙地利用了自己的新身份，在意外地邂逅了陈小姐之后，老王才可以借助于朋友的帮助，想方设法地把神魂不定的她，在转换身份后安置在了天高皇帝远的中缅边境地区，以隐姓埋名的方式生存了下来。然而，正所谓纸里包不住火，他不管怎么样都难以料想到，仅仅只是在五年之后，在他的儿子王劲松年仅三岁的时候，自己曾经的身份就暴露了："五年后他的儿子王劲松三岁，老王隐藏的国军身份暴露，于是他星夜奔逃，送儿子到中缅边境的潞江县，没给陈小姐留下一句话，就仓皇消失，再无消息。"

接下来，就是那位真正可谓是命运多舛的陈珊艺陈小姐了。陈小姐的人生悲剧，肇始于当年那一次不管不顾的携情寻郎行为。因为男友胡笛，那位西南联大小有名气的诗人，只是在留下一封表达自己要投笔从戎的信件后即不辞而别突然消失，内心里深爱着男友的陈小姐，就踏上一条不惜艰难携情寻郎的不归路。没想到，等到她历尽千辛万苦，终于与从事翻译工作的男友在镇南县瓦窑村意外重逢后，方才发现，胡笛当年之所以不声不响地只是留下了一封信就不辞而别突然消失，乃是因为他早已另有新欢，爱上了一位银行老板的女儿。尽管说在美国军官豪斯的大力帮助下，他们两位很快就冰释前嫌，重归于好，但胡笛的如此一种背叛行为，还是在陈小姐内心深处留下了极难抹平的精神与情感创伤。但正所谓一波未平一波又起，就在陈小姐和胡笛重归于好后不久，她就又因为胡笛的不幸弃世而陷入难以自拔的无尽悲伤中。然而，这位在情感上真正可谓备受煎熬与折磨的西南联大女学生，恐怕却无法预料到，等到那个时代更易时刻到来的时候，自己竟然会陷入某种难以摆脱的人生困境之中。首先是，当她再一次来到下关镇杨家客栈的时候，忽然发现自己不知什么时候已经意外怀孕："忽然，一阵固执的腹痛钻出，像一条小蛇，在她的身体里顽强穿行，疼得她浑身冒汗，在床上打滚。"为了纪念孩子的父亲小林，等孩子生下来后，陈小姐给他取名为小树。从此，母子俩便一起相依为命地生活在下关镇。但正如你已经预料到的，在那个政治风云突变的时代，如同陈小姐这样身世相对复杂的人，注定在劫难逃。果不其然，一场灾难在小树五岁的时候骤然降临："直到小树长到五岁，镇上才有人恍然大悟，揭露出真相：这个女人是国民党特务，杀了阮秀贞一家，霸占她家的客栈，用一个私生子做掩护，每天躲在屋子里，给反动派发电报。"面对如此一种莫须有的"诬陷"，百口莫辩的陈小姐只好连夜携子出逃。这样一来，也才有了陈小姐和老王在镇南县瓦窑村的意外重逢，并有了老王对她雪中送炭式的鼎力相助。正因为有了老王的鼎力相助，陈小姐才得以最终摆脱困境，化名为"岩香"，以一个傣族妇女的身份，在中缅边境勉力生存下来，尽管说她的儿子小树在出逃的过程中不幸因病不治身亡。大约也正因为如此，所以，叙述者才会特别强调"这个村是她的爱情福地，也是她的生命复活之地"。我们注意到，正是在瓦窑村，陈小姐和老王之间有过这样一段意味深长的对话。"陈小姐哆嗦着说，我不是坏人。""陈小姐再说，我要上昆明，找西南联大同学，他们会证明我不是坏人。""陈小姐轻声抽泣，继续说，我不是国民党特务，我怎么可能是国民党特务呢？遇到你太好了你还是解放军，可以帮我做证的。"面对着仍然心怀幻想的陈小姐，早已看明白社会情势的老王所能做的，当然只能是一记当头棒喝："老王伸手摁一下陈小姐的肩，固执地摇头说，请你不要说这个了，而且你现在也不能上昆明了，去那个地方更说不清，你马上会被抓起来的。"事实上，也正是在万般无奈被迫改名换姓之后，陈小姐才跌跌撞撞地穿越了漫长历史时空的风云变幻，最终以一个缩微了的小精灵形式出现在了很多年前的美国老友豪斯面前："豪斯看到一个美丽的小精灵站在赵松的掌心旋转，顿时流下了眼泪。"这里，需要引起我们思考的一点，就是张庆国为什么要把老年的陈小姐做一种缩微化的处理，要让她最终缩微成一个看上去不起眼的身量极其矮小的小精灵。细细想来，我们恐怕只能从一种象征的角度来加以理解。从一种象征的角度来说，陈小姐的被缩微，所充分说明的，正是一生中所有外在社会政治力量叠加强力压迫的结果。某种意义上，我们也不妨把张庆国的如此一种带有一定原创性色彩的艺术描写，看作是类似于卡夫卡的一种精神"变形记"。

关键问题在于，张庆国的写作题旨，并没有终结于对历史的批判与反思。相对于一种填补空白式的历史纪实，相对于历史的深度批判与反思，长篇小说《老鹰之歌》的另一重写作题旨，就是在人性层面上对漫长历史时空中爱恨情仇的真切书写与表达。这一方面，我们所首先关注到的，就是美国老兵豪斯与曾经的西南联大诗人胡笛之间的恩怨纠结。他们之间的恩怨，最早围绕着陈小姐而体现出来。一方面，作为一位具有突出浪漫气质的美国军人，豪斯曾经为陈小姐和胡笛在镇南县瓦窑村的意外重逢而倍感激动："最振奋的人是豪斯，他扔掉烟斗，从屋里冲出来大声叫好。""如此浪漫的遭遇，太符合美国顾问豪斯对中国战场的想象，他朝思暮想的动人一幕，就是在中国见到自己的法国女友，吻她一下，拥有一个永恒的时刻，战死也就值得了。"很大程度上，正因为自己的梦想一幕无法实现，所以他才会情不自禁地移情，才会为陈小姐与胡笛的意外重逢而欢呼不已："可是，这个夜晚，他的面前，却有活生生的浪漫爱情传奇上演，他的激动和震颤，绝不比陈小姐和他的男友弱。"但在另一方面，恐怕连他自己也无法料想到，自己不仅会从内心里喜欢上陈小姐，而且竟然还在一次酒后乱性的时候稀里糊涂地和陈小姐发生了关系。这样一来，一种情感纠葛的生成，也就是顺理成章的结果。尽管说由于相关当事人的豁达与超脱，他们之间的爱情和友情并没有受到过多伤害，但出乎豪斯意料的一点是，稍后只是时间不长，自己就会欠下胡笛一笔永远都无法偿还的情感与精神债务。那一次，胡笛搭乘一架战斗机从泰国返回，没想到中途遇到日机缠斗，这架战斗机最终在空中爆炸起火，坠落在巫家坝机场附近的稻田里。面对着生还无望，只能在大火中苦苦挣扎的战友胡笛，第一时间赶到现场的豪斯，不无痛苦地扣响了手中的扳机："豪斯无法思考，也来不及思考。生命瞬间完蛋，结局无法阻止。豪斯从地上跃起，绕着燃烧的飞机连跑几圈，再次痛苦地趴下去，卧在稻田里，迅速掏出手枪，瞄准烈火中大声号叫并剧烈摇晃脑袋的胡笛，连开三枪，胡笛的脑袋应声垂下，火中的惨叫声戛然而止，宽阔无边的寂静陡然降临。"由于各自的人生观与世界观存在着差异，豪斯此举，与中国人在类似处境下的举动，形成了极明显的区别。但即使如此，这连着打出的三枪，却也成了一个终生缠绕豪斯的噩梦："记忆的老鹰从遥远的时间深谷中飞来，长长的翅膀无情拍打豪斯的身体，让他浑身疼痛，无法躲避。飞机是他后半生最忌讳的物件，也是最容易看见的东西，他拒绝出门旅行，一个原因就是不想看见飞机。"豪斯为什么害怕看见飞机？其中的关键显然在于他当年枪击了胡笛。虽然说豪斯的枪击之举如同医学上的"安乐死"一样，帮助必死无疑的胡笛早早摆脱了肉体上的痛苦，但换个角度来说，一个活生生的生命就这样消失在了他的枪口之下。很大程度上，正是由于内心里充满了自责与愧疚，所以，晚年的豪斯在昆明看到飞机之后，他的身子才会颤抖不已，因为他早已强烈意识到："这是不可饶恕之罪。"别的且不说，只是通过豪斯惧怕躲避飞机这一细节，张庆国就已经从精神分析学的角度真切揭示出了这一美国军人形象的人性深度。他一生惧怕躲避飞机这一行为本身，就意味着他一直在为自己当年其实是迫不得已的枪击罪孽寻找着自我救赎的可能。

同样值得注意的，是陈小姐与胡笛之间的情感纠葛。正如我们在前边已经有所交代的，西南联大的女学生陈小姐，之所以会以一副蓬头垢面的形象出现在小林面前，乃因为她执意要寻找自己内心里深爱着的男友胡笛。为了寻找胡笛，陈小姐甚至付出了包括卖身在内的惨重代价："她在下关镇的杨家客栈两个月，是为了继续等待和寻找失踪的男友。她把住店客人问遍，也问过军车上的士兵，仍然没有男友的消息。某日，一个过路的军人告诉他，她的男友可能出境去缅甸打日本人，死在外国了。她当场大哭，哭歇了回客栈的房间，昏昏睡去。次日清晨醒来，吓坏了阮秀贞。几天后，有住店的男人纠缠，她半推半就，睡到人家的床上，学会了用身体换钱。"带有明显吊诡意味的一点是，在她付出了如此惨重的代价终于与男友胡笛意外重逢的时候，她却无论如何都不可能料想到，其实胡笛的投笔从戎不过是想要彻底摆脱她的一种冠冕堂皇的借口。只有到这个时候，陈小姐方才彻底明白过来，"自己舍身守护的爱情真理，其实是一个笑话"。然而，正所谓"螳螂捕蝉黄雀在后"，同样带有明显吊诡意味的是，在前方埋伏着等待情感背叛者胡笛的，竟然也是情感的被背叛："胡笛与陈小姐重逢后，面临的最大人生困境，是怎样把未婚妻忘掉。因为在他无耻地逃跑之后，陈小姐紧随其后，义无反顾地上路，用生命来守护爱情记忆，经历了地狱折磨，毫无悔意。她的非凡经历，让胡笛蒙羞和深深地自责，可他万万没想到，在自己迎接陈小姐并为如何抛弃未婚妻一筹莫展时，人家拍拍屁股走人，早就轻易把他遗忘，消失得无声无息。"男友胡笛牺牲后，心境绝望灰暗至极的陈小姐虽然也曾经一度避居到貌似世外桃源一般的小板桥村黑神殿，企图以如此一种特别的方式求得内心的宁静，但终归还是抵挡不住尘世的诱惑，再度与小林发生肉体关系。但就在她犹豫是否应该伴随小林一起重返昆明的时候，没想到半路上却杀出了一个程咬金，远在马来西亚的那位梁叔叔，不仅千里迢迢地找到了逃婚在外的小林，而且还把他的未婚妻梁音音也带到了中国，带到了他的身边。面对此情此景，陈小姐只好万般无奈地主动选择了退避。这样一来，也就有了她后来被迫改名换姓以隐匿真实身世的悲惨人生遭遇。

实际上，除了以上的爱恨情仇描写之外，小林与阮秀贞、阮秀贞的女儿桃花对小林的那份真切暗恋，甚至包括很多年之后赵松、小黄与寸勇他们三位之间的情感纠葛，在张庆国笔下，都被处理得荡气回肠，读来每每令人动容。惜乎篇幅有限，我们这里就不展开具体分析了。但在结束本文之前，无论如何都必须提及的一点，就是作家对笔下日本人形象的人性化艺术处理，尤其是对那位中文化名为白诗之的山田。或许与无意识深处一种根深蒂固的民族仇恨情结紧密相关，我们的很多作家，一旦在中日战争的背景下写到日本人形象的时候，就难免会采用一种漫画式的简单化处理方式。相比较而言，张庆国的难能可贵之处，就是尽可能地力避此弊，尽可能地塑造出具有某种人性复杂性的此类人物形象来。虽然出身于一个日本的武士世家，但到了山田一代的时候，其勇敢精神却早已经一代不如一代了。即如山田自己，就不但不喜习武，而且还喜欢作诗。或许与内心深处那种牢不可破的民族根性有关，这山田，虽然酷爱作诗，但却依然做着想要彻底征服中国的春秋大梦。他之所以最终会被佐佐木派遣到云南昆明，成为该地区日军的间谍头子，与他内心中的这一春秋大梦，其实有着不容剥离的内在关联。作为一位心机极深的间谍头子，山田固然有着阴险凶狠的一面，接受上司的指令，在昆明连续制造了几场令人恐怖的血案，就是这一方面的明证所在。但与此同时，他却也有着总是想要写作日本短诗（其他且不说，单只是诗歌这种文学形式本身，就可以被看作是人类文明的一种象征与隐喻）的任性一面。导致山田最终功败垂成的根本原因在于，作为间谍高手的他，没有能够把孤独忍受到底："一个间谍高手最大的本领就是忍受孤独，不是单个人的孤独，是人海茫茫中无人倾诉的孤单与漂泊。"但在另一方面，凡是人，都难免会有软弱一面被暴露的时候："但老鼠在石头下压抑得太久，总会有喊叫声破裂迸发的时刻，老王就静静地等待这个时刻。只要白诗之露出焦虑的尾巴，即使那尾巴细如蚯蚓，即使那太细的尾巴只在黑夜的最深处微微一晃，老王也能敏感地一把抓牢，把他拖出土洞，一刀斩落脑袋。"事实上，到最后，山田诡秘行踪的最终败露，也正是因为他迫不及待地写了几首日本诗，方才在不经意间惹出了祸端。

我们注意到，到了小说最后被命名为"眼睛"的尾声部分，作家张庆国曾经特别写到过赵松和寸勇他们一直在想方设法建立一个私人的二战博物馆的故事："建一个私人的二战博物馆，就是寸勇的建议，赵松采纳了他的建议，寸勇很惊喜。他把美女小黄介绍给赵松认识，是出于对赵松的感谢，也是为了促成博物馆的建成。"然而，这个时候的赵松恐怕无论如何都料想不到，到最后，就连自己也成了一份"历史文物"："赵松带着母亲飞往昆明，心被惊诧和错愕反复揉搓。他万万没有想到，母亲岩香是一份抗战资料，自己也是，他收集历史文物，到头来自己也是文物。现在他的养母变成了陈小姐，生父是一个姓王的男人，那个被养母称作老王的男人失踪了，生死不明。赵松心乱如麻，思绪恍惚，老王儿子和陈小姐养子的这两个新的身份，让他慌乱，有一脚踏空的空虚。"在这里，借助于赵松的感慨，作家所写出的，首先是一种历史的复杂与吊诡,是一种带有突出神秘色彩的命运感。与此同时,我们却也不妨展开思绪想一想,如果说赵松与寸勇他们在小说中所努力建造着的,乃是一种私人意义的二战博物馆,那么,作家张庆国煞费苦心地写出的《老鹰之歌》这一部历史长篇小说,又何尝不可以被看作是建立在纸上的一座关于中国抗日战争的历史博物馆呢?!

现代人的孤独与虚无之一种

——关于杨好长篇小说《黑色小说》

　　杨好，是我相交多年的老朋友、著名诗人潞潞的女公子，很多年前就听到过她远赴英伦留学的消息，但具体情况却不甚了了。一直到数年前看到她不仅出版了《细读文艺复兴》一书，而且还一时间颇获好评，这才了解到，她原来在英伦留学时所具体修习的，不仅是艺术史专业，而且还真正称得上是学有所成。然而，更加出人意料的是，就在《细读文艺复兴》一书所引发的阅读浪潮余波未息的时候，杨好却又不失时机地推出了长篇小说处女作《黑色小说》。如果说远赴英伦修习艺术史专业是"一级跳"，紧接着《细读文艺复兴》一书的出版是"二级跳"，那么，这一次长篇小说《黑色小说》的适时出版，就称得上是"三级跳"了。能够在不算很长的时间内，完成这样连续不断的"三级跳"，杨好也的确称得上是年轻的才女一枚了。关键问题在于，《黑色小说》的写作与出版，还曾经获得诸如李敬泽、西川、陈晓明等一些文学名家的高度赞誉。既如此，一个无法回避的问题就是，杨好的这部《黑色小说》的思想艺术品质究竟如何？它是否真正受得起这些文学名家的高度赞誉？

　　为此，最近一个时期，我曾经两度专门阅读杨好这部体量不算很大的长篇小说。说实在话，或许是因为杨好的叙事方式与当下时代国内流行的那些更多地看重故事讲述的长篇小说迥然有别，最初阅读的时候，我一度产生过对这一异质性文本的排斥。但当我读到大约四分之一篇幅的时候，似乎隐隐约约地触摸到了一点什么。这样，也才有兴趣最终读完全篇。第一次读完后，一方面，我的确明显地意识到《黑色小说》是一部艺术个性相当突出的长篇小说，但在另一方面，对于这部作品所提供的那样一种独异审美品质，却又一时间感觉无法把捉。于是，也就有了再一次的认真阅读。在这一次的认真阅读结束之后，关于《黑色小说》，我觉得自己才有把握可以去说一点什么。

阅读《黑色小说》，并联系作家杨好的人生经历，首先可以确证的一点是，这是一部与作家短暂的英伦留学经历紧密相关的长篇小说。一方面，我们固然很难简单地指认M或者W这两位人物形象就是杨好自己，但另一方面，在他们身上相当充分地投射着作者的留学经验，却是一种客观事实。作品之所以被命名为《黑色小说》，当与曾经被主要人物之一的M所热衷于谈论的著名作家雷蒙德·钱德勒的"黑色电影"存在着一定的内在关联。我们注意到，在M专门邀请C叔叔和父亲一起去看电影的时候，不仅曾经特别提到过雷蒙德·钱德勒的"黑色电影"，而且也进一步由此而联想到了自己长期拟议中的小说创作："《火车怪客》的编剧列表里，第一个就放上了'雷蒙德·钱德勒'的名字，这部电影属于伦敦桥电影院本月名为'黑色电影'主题月的首部放映电影。M想，自己的小说也该如此，应该如'黑色电影'那样有着美艳的外表和文学的语言，虽然这有可能导致写成之后的作品不被归入以上的任何一类当中：既不属于消遣小说，也不属于艺术小说，虽然这两类里面从来没有好小说。"正如同李敬泽在小说序言中所指出的，男主人公M这样一种对"黑色电影"的推崇，很容易就会让我们把杨好自己的《黑色小说》，与雷蒙德·钱德勒的"黑色电影"联系在一起。但也正如李敬泽已经洞察到的，杨好的书写，与雷蒙德·钱德勒之间，其实有着很多不同："她以另一种方式与钱德勒相遇，她把钱德勒洗干净放在锅里煮，提纯、蒸馏，最后得到一个透明的、本质化的、无限大又无限小的镜像：就像冰凉的星际空间，人在都市中飘荡，陌生，疏离，人和人的偶然相逢和必然相忘……"[1]质言之，如果说雷蒙德·钱

---

① 李敬泽：《序一：博物馆中的长眠不醒之梦》，见《黑色小说》，长江文艺出版社2019年版，第2页。

德勒是通过一种复杂叙事结构的营造与娴熟叙事技巧的运用捕捉表现着现代人一种存在层面上的孤独与虚无的话，那么，杨好就是在反其道而行之地通过一种"去故事化"的互文性"元小说"的方式，直抵现代人精神世界中的孤独与虚无。

依照笔者对当下时代小说创作的观察，如同杨好这样的一位青年作家，表达自我生存经验的通行方式，就是对一种限制性第一人称叙事方式的征用。但在《黑色小说》中，作家却借助于男主人公M之口，明确表达了对第一人称的断然否弃："对了，他的名字叫M，但他更愿意用第三人称叙述，这样让整个故事看起来不会有太强的戏剧性。他一直认为，戏剧性是创作小说最糟糕的手段，是一个作家黔驴技穷的表现。""M依旧在尝试如何开始写他小说的开头。开不了头，真正的故事就不会出来得顺理成章。这几乎决定了他说话的方式和整个故事的架构。他不能使用第一人称，这虽然会给他的女性主人公与读者之间造成奇异的混乱感，但他无法想象自己使用'我'的口吻叙述整个故事，尤其是那个女孩在他眼前死去。他如果使用第三人称，就会接近卡夫卡或者是品钦，一部伟大的文学作品需要有恰到好处的旁观视角，但他用第三人称总是担心太过于像童话和寓言，而显然，童话和寓言对于一个作家的第一部小说来说，不是太好的事情。"无独有偶，到了小说的下半部，女主人公W也在无意间谈到过第三人称："W从小习惯了这种说话的方式，她以为这个世界只有第三人称，第一人称和第二人称不重要。后来她才发现，原来第一人称和第二人称才决定了世界的运转方式——给予和索取。"尽管说第一人称和第二人称的意义价值无法否定，但杨好其实也已经通过这种方式给出了自己之所以在《黑色小说》中使用限制性第三人称叙事方式的基本理由。所谓限制性第三人称叙事方式，就是指虽然从表面上看作家所采用的是一种类似于上帝一般无所不知的第三人称叙事方式，但由于严格地限定了叙事视点，所以，它事实上所更多凸显出的，是第一人称叙事方式的某些特点。细察文本，你就不难发现，无论是以男主人公M为聚焦点的上半部，抑或是以女主人公W为聚焦点的下半部，包括他们各自的父母在内所有他者的故事，其实都是通过这两位视点性人物的视角观察表现出来的。别的且不说，单只是更加注重于凸显叙事的主体性特质这一点，就已经充分证明杨好这部《黑色小说》具备现代性品质。

虽然已经先后两次认真阅读过《黑色小说》，但倘若你要求我复述一下小说的主体故事情节，我的第一反应肯定是感觉非常困难。倒不是我不具备复述故事的能力，而是小说本身就谈不上什么故事。实际上，故事的缺失或者说退场，与杨好自己的某种深刻认识紧密相关。我们注意到，在小说后记中，杨好曾经有过明确的表达："文学的不朽依然在于残忍地指向'存在'本身，然后以枯槁的双手拖着我们沉重的身躯向上飞升。"①难能可贵处在于，杨好不仅这么说，而且也这么做。在《黑色小说》中，她在"去故事化"之后，把自己那不无犀利的笔触直截了当地指向了人物的主体心理世界，更多地在一种生存感觉的层面上展开小说叙述。与通常意义上类似题材小说的一个明显不同之处在于，作品中两位同样都在英伦留学的男女主人公，在现实生活中并没有发生任何实际的交集。具体来说，上半部的核心人物，就是男主人公M。或许与身为医生的父亲一种潜移默化的影响有关，身为中国留学生的M，来到英国后，进入了曼彻斯特大学，是曼彻斯特大学医学院的一位博士生。虽然是一名品学兼优的医学博士生，但M所实际上心心念念，一直都难以释怀的一件事情，却是幻想着有朝一日能够成为一名作家："他也不知道为什么自己这么执着于要写一部小说，也许他也只是迷恋所谓'作家'的名声罢了，他觉得这听起来就像是闪光的墓志铭，而他们家，还没出过这样的人物。"正因为一直想要完成一部长篇小说，所以，来到英国后，不管是在曼彻斯特，还是在伦敦，他所实际牵挂着的，就是怎样才能够完成这样一部构想中的小说："M在苏格兰小镇上的这几年并没有如他所愿写出他认为的小说。他一直想创造一个人物，一个既不伟大也不卑微，既不真实也不虚假，既不高尚也不卑鄙的人物——这个人物或男或女，和他一起徘徊在冬天寒冷的小镇马路上。"或许正是因为过于念兹在兹的缘故，在整个《黑色小说》的上半部中，M总是会情不自禁地跳出来谈论这部正在构想过程中的小说。比如："显然M认为自己不属

---

① 杨好：《黑色小说》，长江文艺出版社2019年版，第279页。

于那种天生就才华横溢的作家，否则他不会时时刻刻陷入自己想要编制的某种作家生涯之中。"再比如："他就将自己裹在衣服里，像个蚕蛹一样等待任何他想象中的文学叙事。他期待，文学的灵感能够砸到他。"众所周知，在一部长篇小说中，一个人物总是会念念有词乃至于喋喋不休地谈论一部正在构想过程中的小说作品，如此一种写作手法，在西方的现代文学理论那里，被称为"元小说"。"元小说"，也叫元叙事、元虚构，一般意义上，它往往通过作家自觉地暴露叙事类文学作品的虚构创作过程，产生间离效果，进而让接受者明白，叙事类作品本身就是虚构，不能把叙事类作品简单地等同于社会现实。这样，虚构也就在小说或者话剧等叙事类作品中获得了本体的意义。但到了杨好的这部《黑色小说》中，作家对"元小说"手法的运用，所获得的，却又是一种打破了现实生活与艺术虚构之间界限的叙事效果。"M搬来伦敦已经两个月了。他适应自己所伪装的作家身份，要比适应伦敦快得多。倒不是伦敦的生活有什么问题，相反，他觉得这里简直是对于生活来说最便利的城市之一，他在伦敦总是觉得孤独。他的小说写得很慢，因为他需要给那个女孩制造一个他从不知道的生平，就像自己甩开曼彻斯特大学，在伦敦过着自己给自己制造出来的生平一样。"具体对应小说文本，叙述者这里所谓"自己给自己制造出来的生平"，就是在指他所伪装的作家身份。但从更为根本的角度来说，杨好借助于叙述者之口试图表达的，却是某种亦真亦幻的存在感觉。当一个人竟然可以在现实生活中过着"自己给自己制造出来的生平"的时候，他所刻意打破的，实际上也就是现实生活与艺术虚构之间的界限了。一旦现实生活与艺术虚构之间的界限被打破，我们所面对的到底是实实在在的现实生活，还是作家虚构出的艺术世界，自然也就是一种必然会生出的疑问。更进一步讲，难道说我们所日日生活于其间的实在世界竟然是虚幻的吗？！

假若我们承认杨好的《黑色小说》的确在某种意义上打破了现实生活与艺术虚构之间的界限，那么，随之而来的另一个问题，恐怕也就是女主人公W到底是不是一个实存的个体。从根本上说，这一问题的被提出，与男主人公M那部构想中的小说作品存在着不容剥离的内在关联。那个到了小说的下半部被命名为W的同样来自中国的女留学生，最早出现在M的小说构想中，是在小说开头处不久：“其实已经很久没有人称呼他的名字，他仿佛也渐渐遗忘了自己的名字，就像他渐渐遗忘了那个女孩的死亡。”只有联系下文的相关叙述，我们方才能够明白，这个女孩是M于三年前无意间在苏格兰海边遭遇的：“M没有看进去还有一个重要的原因，一身白色婚纱的郝薇香小姐似乎不再是郝薇香，她在舞台上幻化成了3年前海边的那个女孩儿，她们一样，都在他的眼前自我毁灭。至少，剧场里的舞台讲述了前因后果，补充了郝薇香小姐的前因后果，否则观众将无法看懂整部戏剧。至于他在苏格兰海边遇到的那个女孩儿，他根本不知道她的故事，也许正因为他对她一无所知，所以她的故事，也可以是任何一个他愿意编造的故事。”事实上，正是从小说开头处的相关叙述开始，这个女孩就不断出现在这部一直处于构想状态的小说中。比如：“世界的形状对他来说既永恒又善变，比起周边的物质世界，他更在乎自己所要建筑的精神世界。虽然近期来，物质世界总是不断地掺和进入他的精神世界，以至于他越来越觉得自己创造的人物——那个女孩儿的虚构意志开始自动主导一个虚构故事的走向，他开始怀疑作家在一个个故事里所占有的角色。”请一定不能忽视这段叙事话语所透露出的相关信息。一方面，我们固然应该注意到M本人的一大特点是更加看重自己的精神世界，但在另一方面，更重要的一点，恐怕在于M所特别强调的那个女孩其实是自己无中生有地凭空创造出来的一个人物形象。唯其如此，才会有这样的叙述话语出现：“如果像自己的话，那个女孩应该叫什么名字？也许她应该叫W，M和W，这样看起来才像一部永垂不朽的小说该有的名字。”毫无疑问，这里的“M和W”所具体对应的，肯定是上半部的M与下半部中的W。倘若联系M一直都没有具体交代展示三年前自己在苏格兰海边是怎样与W意外遭遇的（不难发现，关于这一点，小说中只交代了极其简短的一句话：“而在3年前的海边，因为他不会游泳，所以他没有办法救下那个女孩。他只能看着她走入冰冷的北海中。”），那么，一个显而易见的问题就是，下半部中那个名叫W的女主人公，到底是现实生活中的实存人物，还是纯粹被M构想创造出来的一个人物。尤其是如下一段叙事话语的出现，更能够进一步强化加深读者在这一方面的理解与印象："假如文学和艺术在人活着的时候都毫无意义——反正它们都是需要依靠记述和永动的生命链才能维持不朽幻象的名词。假如它们毫无意义，那自己小说里的那个女孩是否就可以是一名艺术史学家？不，她应该是一名伪装成艺术史学家的学生，和自己一样。"如果说连同下半部中女主人公W那样一种伪装成艺术史学家的学生身份都是由M规定好的，那就更加强有力地证明着这一人物形象的被创造亦即虚构性质。就这样，一方面，下半部的女主人公W当然是拥有自身生命力的一名女留学生，但在另一方面，她却又似乎的确是被热衷于小说创作的医学博士生M虚构成形的。如此一种情形，反过来充分证明的一点，却又是我们在前边曾经专门提及过的杨好在《黑色小说》中非常巧妙地打破了现实生活与艺术虚构之间的某种界限。某种意义上，杨好的这样一种小说书写方式，甚至可以让我们联想起老子《道德经》中所谓的"道生一，一生二，二生三，三生万物"的那样一种经典句式以及深隐其中的思维方式来。

"去故事化"与限制性第三人称的刻意选择之外，杨好《黑色小说》还有一个突出的艺术特点，就是对一种带有明显古典对称色彩的"互文性"手法的运用。所谓"互文性"，就是指同样的细节，既在以M为主人公的上半部出现，同时也在以W为主人公的下半部出现。比如，M无意间在曼彻斯特美术馆发现了一幅詹姆斯·汉密尔顿侯爵的肖像画，尤其是在把这个汉密尔顿的冰箱贴贴在伦敦的新屋子里之后，想方设法探寻与汉密尔顿相关的历史踪迹，就成了M的日常生活内容之一。遗憾处在于，当他因为羡慕卡夫卡的文学才能，企图前往布拉格朝圣的时候，不仅误打误撞地来到了匈牙利的布达佩斯，而且还在一家凯宾斯基酒店的桑拿房里与苏格兰汉密尔顿家族的第十七代公爵夫妇赤裸相见时不幸错过。而到了下半部中，W作为一名艺术史专业的中国留学生（请一定注意作家杨好自己，也曾经在英伦专门修习过艺术史专业），P教授交给她的一个论文题目，竟然是《研究17世纪苏格兰公爵汉密尔顿一世的收藏》。从这个时候起："她开始想象詹姆斯·汉密尔顿，汉密尔顿公爵一世的长相。""W决定，她将日以继夜地去寻找汉密尔顿公爵一世的秘密，5000字已经不重要，她觉得自己在完成某种叙事使命，或是，她本来就身处一个巨大的叙事结构中。她无法确定她本人是不是主人公，然而汉密尔顿公爵的故事注定将她包裹向前，这是她获得新生的唯一可能。"这里，尤其不能被忽略的一点，就是关于W感觉到自己"本来就身处一个巨大的叙事结构中"的叙述。这一叙述，与上半部中曾经出现在M构想中的小说中的那个海边女孩（其实也就是W）遥相呼应，再一次确证现实生活与艺术虚构的界限被打破。不仅如此，正如同M曾经误打误撞到匈牙利的布达佩斯一样，W为了探寻汉密尔顿死后被利奥波德大公悉数购买的那些收藏，也曾经专门飞到布达佩斯，到匈牙利的国家美术馆去"看一看那些被利奥波德大公留在那里的艺术记忆"，而且她所入住的酒店，恰好就是M曾经栖身过的那家凯宾斯基酒店。再比如，上半部中的M，不仅曾经专门前往剧场观看过根据狄更斯小说改编的戏剧《远大前程》，而且，"说实话，M对狄更斯没有太多感觉，他认为狄更斯不是他想象中作家应该有的模样"。到了下半部中，专门修习艺术史的W，不仅也同样观看过这部戏剧，而且也还对狄更斯有所谈论："杂耍剧院上演的是狄更斯的《远大前程》。她小时候翻过这本书，对于狄更斯，她说不上是喜欢还是不喜欢。"诸如此类既在上半部出现，又在下半部出现的相关性细节，肯定不是偶然间的巧合，而是作家杨好刻意为之的一种结果。在我的理解中，借助于这样一些带有古典对称色彩的"互文性"手段，杨好意欲达致的一种艺术目标，恐怕就是对现代人日常生活同质性的某种揭示与表现。

以我所见，通过对以上各种艺术手段的积极征用，杨好意欲深度展示表现的就是以M和W他们两位生活在英国的中国留学生为载体的现代人的一种精神上的深层孤独与虚无。先让我们来看M。从中国不惜千里迢迢来到英伦的M，明明是医学专业的博士生，却不管不顾地热衷于一部小说作品的酝酿与写作。为了达到这一目标，M甚至不惜千方百计地从曼彻斯特搬到伦敦："于是，他做出了人生迄今为止最伟大、潜伏期也最长的计划——他决定入学曼彻斯特大学医学院，但不在曼彻斯特城住，他要搬来伦敦，他要在伦敦继续开始写他伟大的小说。"事实上，虽然M是一个学习能力超强的留学生，但或许是因为他执意于构想中的小说写作，所以他的留学生活过得乱糟糟的："在新屋子里，他一直以为自己只会经营小说里的人生，而不是自己的人生，所以他的人生百无聊赖，一塌糊涂。他把生活过得太真实，把小说写得太真实。而真实，正是生活和小说都极力回避的流言。这让他觉得自己是一个失败者，一个住在布鲁姆斯伯里（Bloomsbury）冒充伟大作家的失败者。"只要细加观察，我们就不难发现，除了围绕着那位海边女孩以及历史上的汉密尔顿家族构想未来的小说，除了与一位外国青年女性有过短暂的同居关系之外，M的留学生活的确只能够用百无聊赖或者空虚迷茫称之。我们注意到，在观看戏剧《远大前程》的时候，M曾经一度生出过这样的一种想法："人们经常说得出一本书的题目，就好像自己明白了这本书的价值一样，那他要不要写一本书，题目叫作《人类生活样本》，里面一个字也没有？这才是他真正认为的生活，生活本来就是一场空虚，即使目睹死亡也并不会改变什么，鬼魂也根本无力克服空虚的本质。"如果说孤独的M在伦敦所感受到的人生本质乃是一种到头来似乎什么也抓不住的虚无的话，那么，他自己的生存状态的本质，恐怕也就只能是某种难以言说的孤独与虚无。更何况，即使是他那部一直心心念念地想要写出的构想中的小说，到头来也没有能够变成现实，终归还是停留在一种艺术悬想的状态之中。

不独上半部中M的情况如此，下半部中那位最终自杀身亡了的女主人公W的生存本质，同样难逃孤独与虚无。从表面上看，W似乎是一个特别敬业的艺术史专业的留学生。为了完成导师布置的那篇5000字的关于汉密尔顿公爵收藏的论文，她甚至不惜请了半年的假，专门前往伦敦，成了"一个故意失踪在伦敦的无名者"。没想到，到头来，不仅拟想中的那篇5000字论文没有如期完成，就连她自己也彻底迷失在了找不到方向的留学生活中，真切感觉到的只是无处排遣的孤独与虚无："人和人的联系就像咖啡杯一样易碎。她总是分不清楚人和人为什么走到一起，又为什么分道扬镳。也许汉密尔顿公爵和她之间的联系也是如此，她寻找到的、看到过的所有痕迹都有可能在一瞬间什么都不是，那么终将孤独。""如此，似乎没有什么东西对于这个世界来说意义重大、必不可少。她往前走得越多，遗忘得就越多。她越接近一个艺术史学者的目的，就越被无意义所包围。"就这样，"这半年她见了一些人，没有发生什么事；她去了一些地方，没有给她太多回忆；她继续追寻着汉密尔顿的秘密，却依旧没有进展。"所有的这一切，最终导致W对生活彻底绝望。曾经出版过一部诗集的她，原本以为诗歌是虚无的，以为艺术史和历史，是可以抵抗诗歌的真理，没想到，到最后，她却不无惊讶地发现，它们竟然比虚无的诗歌还要虚无。就这样，在受到由母亲传来的K自杀消息的强力暗示下，W最终来到海边，在用美术刀重新切开右手无名指上的疤痕之后，义无反顾地走进并彻底消失在苏格兰冰冷的海水里。

我们注意到，在小说快要结束时，杨好曾经借助于W的口吻这样谈论过莎士比亚的作品："W也不解释。她只觉得《奥赛罗》和《雅典的泰门》写的既是异乡人又是孤独的人，同时还是理想主义者——都是她自己。"实际上，不只是她自己，同时也还是男主人公M。很大程度上，我们可以把这段叙述话语理解为杨好的一种夫子自道。她在这部《黑色小说》中所集中展示描写的M和W这两位人物形象，就既是异乡人，也是孤独者，更是理想主义者。若非理想主义者，他们就不会陷身到孤独和虚无的状态中无法自拔，就不会感受到一种彻骨的精神痛苦。与此同时，我们也注意到上半部中另外的两段叙述话语的存在。一段是："比如，母亲认为亦舒写的是小说，M也不能否认这一点，虽然他绝对不会将亦舒放入他表达中的'作家'的概念里，哪怕是李商隐在寥寥几句诗歌中所呈现的奇异缠绵都要比亦舒有想象力得多。"另一段是："如果写几笔东西就算是'作家'了，那M也就不需要痛苦了。"毫无疑问，作为一位刚刚出道的青年作家，杨好的小说写作绝对不是成为如同亦舒那样的作家，唯其如此，她最后所写出的才只能够是如同《黑色小说》这样的借助于各种现代艺术手段描写展示现代人孤独与虚无之一种的长篇小说。倘若我们非得用一句话来概括杨好的这部长篇小说的话，那就是，M和W这两个来自中国的现代青年，携带着他们各自孤独的灵魂，整日游荡在欧洲的大地上，他们所洞见的，乃是人生的一种虚无本质。

"问题小说"传统的自觉传承与转化

——关于陈毅达长篇小说《海边春秋》

从作家简短的履历介绍可知，陈毅达不仅曾经担任过电视新闻记者，而且也还有过在行政机关的工作经历，这就难怪如同《海边春秋》这样的一部长篇"问题小说"会出现在他的笔端。说到"问题小说"，我们首先须得明白，在中国现当代文学史上，曾经先后出现过两种不同类型的"问题小说"。一种，出现在新文学草创的"五四"时期。进一步说，这一类型的"问题小说"，与那个力倡现实主义创作原则的文学社团"文学研究会"紧密相关。具体来说，这一时期"问题小说"中的"问题"主要指一些有关人生的普遍性问题，其要旨是以小说的形式思考追问人生的目的、意义和价值，诸如个性自由、恋爱婚姻、伦理道德、妇女解放等社会问题，乃是这些"问题小说"作家集中关注的核心问题。除此之外，也还不同程度地旁涉了儿童、教育以及劳工等其他问题。谢冰心、叶绍钧、罗家伦等，一般被认为是"五四"时期"问题小说"的代表性作家。另一种，则出现在我们平常的"十七年"文学期间。这个时期"问题小说"的提法，出自以书写乡村和农民而著称于世的作家赵树理。在一篇创作谈中，赵树理说："我在做群众工作的过程中，遇到了非解决不可而又不是轻易能解决了的问题，往往就变成所要写的主题。这在我写的几个小册子中，除了《孟祥英翻身》与《庞如林》两个劳动英雄的报道以外，还没有例外。如有些很热心的青年同事，不了解农村中的实际情况，为表面上的工作成绩所迷惑，我便写了《李有才板话》；农村习惯上误以为出租土地也不纯是剥削，我便写《地板》（指耕地，不是房子里的地板）……假如也算经验的话，可以说'在工作中找到的主题，容易产生指导现实的意义'。"①由这段话可知，赵树理在很多时候其实并不把自己看作一个作家，而更多地看作是一位必须面对并解决实际问题的工作人员。正因为如此，所以他才会在创作谈中特别强调小说写作的主题，只能来自具体的工作之中。也因此，赵树理的"问题小说"中的"问题"，其具体所指便是在实际的工作过程中发现的那些具体问题。虽然没有办法从作家陈毅达那里得到相应的证实，但在我的理解中，如果我们把陈毅达也看作是当下时代出现的一位"问题小说"作家的话，那么，他所实际传承的恐怕便只能够是赵树理那个意义层面上的"问题小说"创作传统。更进一步说，假如我们的理解视野更为开阔一些，假如可以把当代作家所面临的文学传统分别梳理区分为中国古代文学、中国现代文学、西方文学以及1949年之后生成的"十七年"文学这样的四种文学传统，那么，陈毅达的这部《海边春秋》所传承的，便毫无疑问是以赵树理为重要代表性作家之一的"十七年"文学传统。

既然是赵树理或者说"十七年"意义上的一部"问题小说"，那么，陈毅达在《海边春秋》中所集中关注表现的，究竟是怎样的一个重要问题呢？直截了当地说，这个重要问题，就是闽省岚岛上一个名叫蓝港村的海边渔村的搬迁问题。更进一步说，蓝港村这样一个小小渔村的搬迁问题，之所以会显得如此重要，关键原因在于，这个渔村的搬迁与否，直接影响关涉岚岛是否可以很快建设成为一个国家级的改革开放综合实验区："岚岛是于二〇一一年十一月，经国务院批准，正式升格为改革开放综合实验区的。"尤其是，到了"二〇一四年十一月一日，中共中央总书记来闽省视察期间，专门到岚岛深入考察，亲自擘画蓝图，提出了'一岛两窗三区'的发展战略，要求在已取得的重要进展的基础上，再上新台阶，继续探索，勇当先

---

① 赵树理：《也算经验》，见《赵树理全集》第4卷，北岳文艺出版社2018年版，第208页。

锋，着力创新，把岚岛打造成自由贸易港和国际旅游岛，建设成为新兴产业区、高端服务区、宜居生活区。"依照现行的社会体制，既然党中央与国务院如此这般地高度重视，那自然也就会引起从省一级领导机关一直到如同蓝港村这样的乡村一级政权的高度关注。陈毅达小说的故事情节，就发生在这一具体的时代背景下。小说的主人公名叫刘书雷，是毕业于北京某名校的一位文学博士。故事发生时，刘书雷已经通过人才引进的方式回到老家闽省，担任了省作协的副秘书长。用省文联李然书记的话来说，他是闽省文联机关最年轻的一位处级干部。身为一介书生的他，之所以能够与岚岛综合实验区的建设发生关系，乃因为他受李然书记指派，参加了闽省省委组织的第四批援岚工作："按省委主要领导的要求，这第四批援岚干部必须具备更强的专业优势、信息优势和智力优势，必须是拥有博士学位或副高以上职称的人员，以适应岚岛开放开发向创新驱动发展挺进。"第四批援岚工作的总负责人，是省政府的吴副秘书长。正因为考虑到了刘书雷的身份既是省作协的副秘书长，又是学富五车的文学博士，所以，在一时找不到直接对应的工作单位的情况下，刘书雷被吴副秘书长留在了援岚办，临时负责办公室的文秘业务，直接服务于总揽岚岛发展全局的吴副秘书长。

然而，就在吴副秘书长带领一众援岚干部刚刚抵达岚岛且正在召开见面会的时候，蓝港村却发生了一起突发事件。虽然身兼视角性功能的刘书雷，此时对蓝港村的情况尚且一无所知，但作为焦点事物的蓝港村却就此而第一次走进了读者的视野。原来，作为主要投资方的兰波国际，在岚岛金滩和铜滩的旅游开发项目上都进展很顺利，唯独银滩的进展状况却因为蓝港村人的拒绝搬迁而很不理想。依照常理，蓝港村既然明显属于发展滞后的村子，通过搬迁进城的方式，既可以使人居环境大为改善，更可以明显提高生活品质，无论如何都是一件求之不得的大好事，那蓝港村人却又为什么会一致反对搬迁，甚至差一点演变成了一场群体性事件呢？就这样，蓝港村作为一个焦点，在引起刘书雷本人高度关注的同时，也成了陈毅达成功设定的一个艺术悬念，引起了包括笔者在内的广大读者的高度关注。既然蓝港村的搬迁的确已经成为影响岚岛未来发展的一个关键问题，那吴副秘书长专门派遣刘书雷去驻村了解实际情况，也就成为一种势在必行的选择。用吴副秘书长的话来说，就是："你到了蓝港村，实验区党工委下派蓝港村的第一支书张正海会配合你的工作……村里的工作仍然由张正海全面负责，你的主要任务就是再次摸摸情况，就整体搬迁一事认真听民声、察民意，再做最后一次的调研，同时看看能不能提出解决的决策和建议。"这样一来，年轻的下派干部刘书雷，自然也就与严重影响岚岛发展事业的蓝港村拒绝搬迁这一焦点事件之间发生了紧密的内在关联。正是在刘书雷前往蓝港村进行搬迁调研的过程中，诸如城镇化建设、美丽乡村、乡村第一支书、干部下派支援地方工作、乡村青年返乡创业这样一些不无时尚色彩的主旋律元素，被陈毅达及时而巧妙地编织到了《海边春秋》这样一部现代"问题小说"之中。从这个意义上说，作为"问题小说"的《海边春秋》，某种程度上也可以被看作是一部事关刘书雷工作能力成长的成长小说。

事实上，也正是在刘书雷进入蓝港村调研处理村民拒绝搬迁问题的过程中，陈毅达相对比较成功地刻画塑造出了刘书雷这样一位带有鲜明理想主义色彩的青年干部形象。尽管在前往蓝港村的途中通过与驻村第一支书张正海的交谈，刘书雷已经对村子搬迁所遭遇的阻力状况有所了解，尽管刘书雷对此已经有着足够充分的精神准备，但进村后召开的第一次村两委会，还是给了这位青年干部一记当头"棒喝"。在他短暂的开场白之后，会场上出现的竟然是久久的沉默："看看哪位先说？刘书雷又催了一遍，自己不由得慌乱起来，感到后背开始出汗了。进村一开始，就这么冷场，村两委的人对搬迁这么重要的事就这么冷淡，看得出来，村两委没有一个人真心欢迎他的到来，更别说配合他的工作了，这可怎么办是好？"到后来，反倒是那位肚子里明显有着自己小九九的村主任陈海明借题发挥，滔滔不绝地发了半天牢骚，亏得有张正海的及时救场，充满挫败感的刘书雷方才勉强收了场。如此一种意外的受挫，让刘书雷不由得对未来的工作充满了敬畏："这村子称得上社会大学的博士后工作站。高尔基说他是社会大学毕业的，我今天有了切身之感！"村两委会之外，更让刘

237

书雷切身感受到蓝港村人拒绝搬迁意志的，是他和张正海去村饭店吃饭时，老板娘那样一番坚决拒绝搬迁的肺腑之言。为了达到不搬迁的目的，老板娘甚至不惜使出了少收他俩饭钱的招数。刘书雷进驻蓝港村的本来意图，是为了动员群众早日搬迁，没想到，真正进入蓝港村后，他所得到的却全都是村民们拒绝搬迁的负面消息。就这样，蓝港村的搬迁，成了他这位学富五车的大博士在进入社会大学后面对的第一个难题。那么，刘书雷到底应该如何破局呢？值此关键时刻，还是张正海给了他必要的人生点拨，那就是，一定要想方设法地去走访一下村子里最德高望重的大依公。只要是对"十七年"期间的小说作品相对熟悉的朋友，就都知道，在那个时代的小说中，类似的故事情节并不鲜见。唯一的区别在于，那一时期的革命者，在苦于革命工作打不开局面的时候，往往会求助于贫穷农民。到了陈毅达这里是，当刘书雷苦于打不开工作局面的时候，他只能够去求助于村子里最为德高望重的大依公。虽然具体的求助对象发生了变化，但一种共同艺术思维方式的存在，却是显而易见的客观事实。其实，类似的情节设计还不只是这里的专门走访大依公，刘书雷与张正海翻来覆去地学习《摆脱贫困》一书这一细节，也同样会让我们联想到"十七年"文学传统中的相关书写方式。我们在前面之所以认定陈毅达所具体传承的乃是所谓"十七年"的文学传统，千方百计走访大依公这一细节的设计，毫无疑问也是不可否认的明证之一。

问题在于，在蓝港村，要想见大依公，并不是一件非常容易的事情。用张正海的话来说，就是："不知道为什么，大依公不肯见上面派下来的人。我下派之后也一直想去见他，和他单独坐坐聊聊，听听他对村子工作的意见，但是大依公都拒绝了。后来我见过他几次，都是村里一些场面上的事，他只对我点点头，也没直接说过话。"既然担任驻村第一支书日久的张正海都拜见不着大依公，那刚刚进入蓝港村的刘书雷又凭什么可以见到这位德高望重的老人呢？没承想，刘书雷灵机一动，居然使出了主动要求去大依公家吃饭这一招。却原来，按照当地渔村多年来形成的习俗，不管你主动去谁家吃饭，谁家都不能够拒绝。无论如何，身为蓝港村德高望重的长者，大依公都不能破这样一种因袭已久的规矩。若非是同样土生土长于闽省海边的刘书雷，他绝对难以想出如此一个妙招。就这样，在经过了一番努力之后，刘书雷不仅如愿见到了大依公，而且还通过自己的拼命喝酒赢得了大依公的信任。在这种情况下，大依公才道出自己拒绝见上面派下来的人的苦衷所在。当刘书雷直言"听说您至今都没有对村子搬迁发表过什么意见。在村子里，您可是一言九鼎的人物，所以我这次来很想听听您是怎么想的"的时候，大依公方才彻底敞开心扉，坦承了自己的心结："我是个老党员，都快六十年的党龄了，党和政府定下的事，我怎么不懂，我怎么敢不听！这辈子我都是没二话听党的、听政府的。但现在我是这个村最年长的人了，大家都还认我。搬村这事太大了，对我们来说那真是天大的事，我也不能不听村里人的意见。村里人托定海来找我，让我拿主意，让我说句话，但这与政府决定相违背的事和话，我怎么能说，怎么能做？我可是村里最老的党员呀！但我又不能不为村里人着想。"请一定注意，从人物形象塑造的角度来说，大依公毫无疑问是《海边春秋》里具有相当人性深度的人物形象之一。陈毅达的值得肯定处在于，他不无真切地写出了大依公所面临的简直就是无从选择的两难困境。一方面，作为一位资深党员，他深知，作为党员的个体，自己绝对应该无条件地服从党和政府的决策。但在另一方面，作为蓝港村德高望重备受村人敬重的长者，他又不能不顾忌村里人的总体主张。正是出于这种无从选择的两难心理，不知道自己究竟该如何表态的大依公，方才无可奈何地采取了一种回避的策略。

但相比较来说，或许与一种浓得化不开的乡土情结紧密相关，大依公在内心深处恐怕还是更加倾向于反对与拒绝搬迁的立场。唯其如此，大依公才会面对刘书雷和张正海他们做这样的一种表达："你们都是有文化的，我只想告诉你们，这地上是有魂的，我们的人最后都要离开，但魂会丢在这里，你说搬走了我们怎么会过得自在，过得好？我是真走不了，走了死了，魂也还是会被招回来的！所以，我这次就一直不发话，至少我不能公开说些与政府不一致的话吧，否则我这快六十年的党龄，不就丢到海里喂鱼去了！"这里，借助于大依公之口，陈毅达在巧妙给出蓝港村人为什么不愿意搬迁的具体理由之一种的同时，也彻底点明了大依公自己无论如何都不愿意离开故土的基本立场。当然了，故土情结，也不过是蓝港村人拒绝搬迁的理由之一种，除了这种精神性因素之外，绝大多数村民反对搬迁的现实理由，就是眼睁睁地看着岚岛成为自由贸易区和国际旅游岛之后难得一见的发展机遇，他们无论如何不愿意成为旁观者。道理说来其实也简单，岚岛的发展机遇，同时也意味着这些祖祖辈辈世居于此的蓝港村人获得了难得一遇的发展机会。从现实的利益考量，躬逢岚岛发展盛事的蓝港村人，当然不愿意舍下金饽饽搬迁到其他地方去。更何况，一个无法回避的现实情况是，按照张正海的说法，岚岛实验区管委会在决定蓝港村整体搬迁之前，并没有充分地征求村民们的意见。

综合以上各种情况，作为吴副秘书长特派员的文学博士刘书雷，在经过了一番不失充分的调研之后，事与愿违地得出了与驻村第一支书张正海一致的结论，那就是，如果从实际情况出发，蓝港村人其实并不应该搬迁："像蓝港村，我们的目标是把这块地方建设好，进一步推进国际旅游岛建设；村民的目标是在这里过上更好的日子。总的方向都是通过加快建设发展使村民过上美好生活，总的出发点和村民的愿望是一致的，是对接相通的。但是，到现在，为什么会产生这种对立情况？大依公的话，包括定海支书的难过，让我深深地忧虑，怎么会出现这种其实从一开始就根本不是我们所想要的或完全背离了最初愿望和目的的现状来呢？如果不是村民的问题，那就是我们这边的问题了！"无论如何，我们都必须承认刘书雷的敏锐、犀利以及他对客观现实的尊重。当他强调"如果不是村民的问题，那就是我们这边的问题了"的时候，他实际上已经一针见血地指出了蓝港村搬迁问题的关键症结所在。这样一来，摆在刘书雷面前并对他形成了极大考验的一点就是，既然已经明确地意识到相关上级部门关于蓝港村整体搬迁的决策有误，那么，身负调研重任的刘书雷到底该不该说出真相？到底应该给自己的顶头上司吴副秘书长提出怎样的一种合理化建议？虽然陈毅达没有做出明确的相关描写，但依照正常的心理逻辑，此时此刻的刘书雷，必然会陷入一种不无激烈的自我矛盾冲突状态。但在我看来，多少带有一种巧合意味的是，恰恰也就是在这个时候，岚岛实验区管委会金书记与赵主任两位最高领导的批示精神不无神奇地传达到了刘书雷和张正海这里。更加令人感到惊异的一点是，仿佛事先就已经预感到了刘书雷的调研结果一样，两位领导给出的批示的主体精神，竟然与刘书雷和张正海他们的所思所想有异曲同工之妙。更进一步说，还不仅仅是金书记和赵主任，连同小说中的最高决策者吴副秘书长，也都毫不犹豫地站在了刘书雷他们一边，从根本上改变了原初必须要求蓝港村人全部搬迁的决策。就这样，刘书雷所面临的蓝港村究竟该不该搬迁的难题就此迎刃而解。《海边春秋》也因此而如同"十七年"期间的绝大多数小说作品一样，以一种圆满的"大团圆"形式而做结。从我个人的一种文学理念出发，倒也不是说绝对无法接受如同《海边春秋》这样的一种"大团圆"结局，关键的问题在于，面对如此一种不无尖锐激烈的矛盾冲突，与此前作家所铺陈出的那样一种剑拔弩张的态势相比较，问题的解决似乎多多少少显得有点太过于轻易了。从艺术的层面来考量，假若在此前矛盾冲突设计的基础上加大刘书雷与张正海他们解决蓝港村搬迁问题的阻力，则不仅会增加故事情节的紧张度，而且正所谓"沧海横流方显英雄本色"，也还会给刘书雷这一形象增色不少。

更进一步说，由于问题解决得过于轻易，即使是与作家借助于大依公与海妹之口提及的，明代那位勇于为民请命、曾经写出过《奏蠲虚税疏》的古代名士林杨，也有所不如。却原来，早在明代时，由于受到倭寇困扰的缘故，包括岚岛在内的闽、浙、粤三省岛民不仅被迫内迁，而且内迁后还受到了不合理"虚税"重负的严重困扰："林杨见此愤慨不已，挥笔写下了《奏蠲虚税疏》，千里迢迢上京告状，却被以抗税大罪投入牢狱，坐牢十九年，等出狱之后，母逝弟亡。到了宣德元年，鉴于实情，朝廷终于复勘准奏，下诏豁免三省移民的赋税，岛内内迁户无不称颂林杨的这种为民请命的义胆侠肠。"到后来，为了感念林杨当年的挺身而出"一言泽三省"，人们便自发地在岚岛上为他建祠立碑，宣扬事迹，他因此而得以名扬千古。陈毅达之所以专门安排大依公与海妹他们在交谈过程中数次提及古代名士林杨，其意图很显然是要把林杨与刘书雷作比，或者让林杨成为激励刘书雷维护蓝港村村民利益的榜样。但他大概没有考虑到，由于蓝港村搬迁问题的轻易解决，林杨的存在也就变成了"双刃剑"，多多少少具有某种"矮化"刘书雷的作用。

既然蓝港村该不该搬迁的核心问题已经得到解决，刘书雷与张正海们紧接着进行思考的，自然也就是留下来的蓝港村到底应该如何发展的问题。我们前面曾经提及的美丽乡村建设与进城青年返乡创业等一系列事关蓝港村未来发展的命题，也因此而相继进入了陈毅达的笔下。关键的问题在于，当故事情节推进到这个地步的时候，陈毅达依然在利用一些并非必然的偶然性因素在解决问题的同时推进着故事的发展。这一方面，最具代表性的一个细节，就是那位名叫蔡思蓝的大老板的适时出现。却原来，这蔡思蓝原本是蓝港村人，他曾不顾自身的生命危险，和大依公于大风大浪中抢救了台湾胡老板生命。他之所以远离故土不复在蓝港村露面，只因为当年曾经接受了胡老板的三万元感谢款，所以心中有愧。虽然一直远离故土在外闯荡创业，但蔡思蓝却不仅始终没有忘记蓝港村，而且还总是心心念念地想着要以自己的方式来回报故土。我们之所以强调蔡思蓝的出现不早不晚恰逢其时，是因为他出现在了刘书雷他们的乡村振兴计划最需要资金投入的时候："你告诉我的振兴计划，我一听就感到里面有个致命的问题，那就是现在急需大的投入。如果没有大的投资，村里的面貌不可能按你们的设想迅速改变，改变不了，也就不可能与兰波国际对接。你们现在肯定在为这个感到十分苦恼。"伴随着蔡思蓝的点穴之言，他紧接着给出的就是多达六千万元的资金投入。刘书雷与张正海他们所面临的资金难题，就这样依凭着蔡思蓝的雪中送炭迎刃而解。一方面，我们固然承认现实生活中肯定会有类似的事情发生，但在另一方面，却也更应该看到蔡思蓝形象出现的偶然性。假如蔡思蓝这一人物没有适时出现，那刘书雷与张正海他们又该怎么办呢？从小说艺术的层面来说，偶然性因素对故事情节的推动固然并非全无必要，但过多地依赖偶然性因素，恐怕也会多多少少对故事情节的可信度构成不应有的伤害。

但不管怎么说，能够在一部明显传承了"十七年"文学传统的长篇小说中，通过一系列矛盾冲突的营造，依托一种成长小说的框架，以一种"浓墨重彩写春秋"的方式，相对成功地刻画塑造出刘书雷这样一位明显具有理想主义色彩的青年干部形象，当可以被看作是陈毅达这部《海边春秋》最突出的思想艺术成就所在。

欲望化时代催生的文学标本

——关于周瑄璞长篇小说《日近长安远》

    无论如何，包括小说这一文体在内的文学世界，是一种与纷繁复杂的人性世界紧密相关的一种艺术存在方式。具体到小说之文体领域，一种无法被否认的客观事实就是，作家对人性的深度挖掘与体察，到最后一定会凝结体现在人物形象的刻画与塑造上："在这里，有一点必须强调的是，作家对于人性深度的挖掘表现在其小说创作中往往凝结体现为具有鲜明艺术个性的人物形象的刻画塑造。熟悉文学史的读者都清楚，在已经成为过去时的新时期文学中先锋文学大行其道的时候，曾经一度流行过一种人物消亡的小说理论。在当时，一批具有突出探索实验精神的先锋作家，由于受到西方现代主义思想的影响，一味地刻意求新，以至矫枉过正地试图在自己的小说创作中放逐人物形象。现在看起来，这样的一种探索勇气诚然可贵，但如此一种小说观念却实在是不可取的。关于这一点，只要我们回想一下自己的真切阅读经验，就不难得出正确的结论来。那些大凡能够在我们的脑海中留下深刻印象的小说作品，根本就离不开具有人性深度的人物形象的成功刻画与塑造。不仅如此，更进一步地说：'人物形象的塑造完全可以被看作是作家总体创造能力综合体现的一种结果。一个人物形象的成功塑造，既深刻地映现着一个作家对于客观世界的认识与把握能力，也有力地表现着一个作家对于深邃人性世界的体验与勘探能力，同时更考验着一个作家是否具有足够的可以把自己对于世界的认识与对于人性的把捉凝聚体现到某一人物形象身上的艺术构型能力。一句话，人物形象的成功塑造与否，乃是衡量某一作家尤其是长篇小说作家总体艺术创造能力的最合适的艺术试金石之一。'"①无独有偶，关于人物形象塑造对于小说创作的重要性，杰出作家白先勇曾经在讨论《红楼梦》时也发表过非常精辟的看法："写小说，人物当然占最重要的部分，拿传统小说三国、水浒、西游、金瓶梅来说，这些小说都是大本大本的，很复杂。三国里面打来打去，这一仗那一仗的我们都搞混了，可是我们都记得曹操横槊赋诗的气派，都记得诸葛孔明羽扇纶巾的风度。故事不一定记得了，人物却鲜明地留在脑子里，那个小说就成功了，变成一种典型。曹操是一种典型，诸葛亮是一种典型，关云长是一种典型，所以小说的成败，要看你能不能塑造出让人家永远不会忘记的人物。外国小说如此，中国小说像三国、水浒更是如此。"②我们之所以如此这般不遗余力地强调人物形象的刻画塑造对于小说创作尤其是长篇小说创作的重要性，关键原因在于，陕西"70后"女作家周瑄璞新近刚刚创作完成的长篇小说《日近长安远》，在思想艺术层面上的最大亮点，就是格外成功地发现并刻画塑造出了罗锦衣这样一位具有相当人性深度的女性形象。

但在具体展开对《日近长安远》中罗锦衣这一女性形象的分析之前，我们首先必须对罗锦衣这一女性形象得以生成的时代文化土壤做一个真切的理解与判断。罗锦衣的精神成长历程，尽管早在二十世纪八十年代就已经开始，但相比较来说，却主要完成于二十世纪九十年代以来市场经济时代的文化土壤中。那么，问题的关键很显然也就是，对于九十年代以来的市场经济，我们到底应该做出怎样的一种认识与评价。以我所见，要想说清楚九十年代以来的时代特征，很大程度上必须联系业已成为过去时的八十年代。只有在与八十年代进行深度比较的前提下，我们才有望更准确地为九十年代以来的市场经济时代定位。或许与我们刚刚告别了一个以理论务虚为显著特征的过于政治化的"文

---

① 王春林：《新世纪小说发展论》，见《中国现代文学论丛》第12卷，南京大学出版社2017年版，第65页。

② 白先勇：《细说红楼梦》（上），广西师范大学出版社2017年版，第192—193页。

革"时代紧密相关，进入八十年代之后，一方面，是邓小平在极力倡导一种实事求是、改革开放的务实理念，另一方面，则是由中西文化的又一次大碰撞所激发的思想解放的浪潮，就总体情形而言，整个国家进入了一个在务实的同时却又不乏理想主义激情存在的特别时代。也正因此，在很多真切经历过那个时代的当事人的记忆中，八十年代是一个百废待兴的时代，是一个充满了理想和希望的时代，是一个"五四"之后的再启蒙时代，是一个思想解放与改革开放的时代，是一个精神价值倍受重视的时代。八十年代之所以能够给人们留下如此多的美好感觉，很大程度上是由于有过于强调物质的九十年代以来的时代作为重要参照存在的缘故。"也许不是所有人都对八十年代心存好感，但是的确像查建英所说，有很多人对它'心存偏爱'。有这种偏爱的，不外是'文革'的过来人。经过政治暴力下的恐惧、压抑与紧张，1976、1978年的翻天覆地的政治变革，给了他们精神上获得解放的轻松感。这种轻松感，伴随着进入新时代的兴奋和对新生活的憧憬，持续到1989年的夏天。说八十年代'深藏在我们每个人的身体里'，指的当是这样一种满足了人的深层需要的美好感觉。并不是所有的时代都能给人这样的感觉。十年'文革'不能。九十年代也不能。所以八十年代才被人说成是'中国最好的时期'。"①在这里，毕光明或许相当准确地说明了在那些"文革"过来人的心目中，八十年代之所以会显得如此美好的一个根本原因所在。事实上，恐怕也正是在这样一种原因的主导影响之下，毕光明才会这样认识八十年代："作为一种感觉为亲历者长久保存，这是八十年代值得我们回望和谈论的理由。一个历史时代用人的感觉证明了自己，这也意味着在这个时代里，人的精神需求得到了满足。精神需求才是人的本质体现，因此，八十年代的真正意义在于证明了人的价值，或者说它让中国人尝到了做人的滋味。"②九九归一，在那些亲历者看来，断言八十年代充满了蓬勃的朝气，乃是无可置疑的一种结论。进入新世纪之后，知识界之所以会形成一种八十年代的"怀旧热"，其根本原因正在于此。

---

① 毕光明：《精神的八十年代》，载《海南师范大学学报》2006年第3期。
② 毕光明：《精神的八十年代》，载《海南师范大学学报》2006年第3期。

假若我们断言说八十年代是一个"精神"的充满理想主义色彩的时代，同时也就意味着九十年代之后的相当长一个历史时期，就可以被看作是一个以"欲望"为核心语词的充满功利主义色彩的实用时代。好了，既然九十年代以来的中国社会在某种意义上可以被看作是一个欲望极度膨胀的时代，那么，出现于周瑄璞长篇小说《日近长安远》中的罗锦衣这一女性形象，也就可以顺理成章地被看作是"欲望化"时代所强力催生的一个文学标本了。这里的一个必要前提就是，虽然我并没有从作家周瑄璞那里获得过相应的确认，但我不无坚定地认为，在周瑄璞自己的理解中，她所聚焦描写的九十年代以来的中国社会或一方面的本质，正是一个"欲望化"的时代无疑。

更进一步说，我们之所以会对周瑄璞的写作心理做出如此这般自信满满的判断，与她煞费苦心地为作品择定的《日近长安远》这一标题紧密相关。明明是一部切近当下时代社会现实的长篇小说，周瑄璞却为什么非得费尽心机地将其命名为《日近长安远》呢？却原来，《日近长安远》乃是最贴近作家写作主旨的一句古语。只要是具有古典文学常识的朋友就都知道，"日近长安远"这句话，典出中国古代名著刘义庆的《世说新语·夙惠》："晋明帝数岁，坐元帝膝上，有人从长安来，元帝问洛下消息，潸然流涕。明帝问何以致泣，具以东渡意告之，因问明帝：'汝意谓长安何如日远？'答曰：'日远。不闻人从日边来，居然可知。'元帝异之。明日，集群臣宴会，告以此意，更重问之，乃答曰：'日近。'元帝失色，曰：'尔何故异昨日之言邪？'答曰：'举目见日，不见长安。'"在此，晋明帝所言"举目见日，不见长安"，字面的意思是，一个人抬起头来就可以看到天上的太阳，但望不到置身于遥远处的长安城。此处的长安城意谓帝都或者圣君，这样一来，从象征隐喻的角度来说，所谓"日近长安远"者，自然也就喻指一个人的功名事业不够顺遂，希望和理想不能实现的意思了。具而言之，周瑄璞借助于《世说新语》中广为流传的这句古语，所真切喻指表现的，就是罗锦衣那可谓是一波三折跌宕起伏的"欲望"人生。

为了更充分地描写表现罗锦衣的"欲望"人生，周瑄璞在艺术上做出了两方面的努力。其一，采取了一种时过境迁之后人生回溯的观照表现方式。小说开始的时候，罗锦衣的人生故事已然终结，她已经变成了一位整日价无所事事，只能凭借对往事的回顾来填充每日时光的人。"下午的时候，罗锦衣坐在这只椅子里，做样子拿一本书，或者捧一本杂志……期待要发生什么。""可终究一直静着，冬季里没有暴雨，不会突然变天。一日一日过去，什么也没有发生，手机常常从早到晚不响一声，她怀疑信号有问题，给自己发一个短信：你好吗？立即收到了。心里小小感动一下，再发一个：这就是最终的结局吗？"一个人，竟然落寞到自己给自己发短信的地步，其落寞也就真正称得上是落寞了。难能可贵处在于，周瑄璞只是通过给自己发短信这个细节，就把罗锦衣内心里那种简直就是无边无际的落寞状态给写出来了，尤其不容忽视的一点是两条短信的内容。一条是"你好吗？"，另一条则是"这就是最终的结局吗？"这两条短信内容连缀在一起，所活画出的便是罗锦衣面对自己的人生命运虽然心有不甘却无可奈何的那样一种心态。事实上，也只有到这个时候，当一切都尘埃落定之后，回首自己的"欲望"人生，罗锦衣才能够生出这样的一种人生顿悟与感慨："是的，一切已成定局。不可能再有转机。伤口不再流血，疼痛也慢慢迟钝。人对生活的适应，原是如水一般，放在什么容器，都能随形。"很大程度上，只有那如水的人生最终在某一种容器中凝固成形不复更易的时候，才会有如同罗锦衣这种强烈命运感的生成。置身于二十五层的高楼上，罗锦衣看到的，不仅是这座平原上的城市，更是她自己所走过的曲折人生道路："如果她是传说中的千里眼，就能看到南边三百里之外她出生和长大的那个村庄，捡拾她走过的脚印，一个个收回珍藏，或者用橡皮擦掉，重写。我们都不能看到未来，只为眼下的利益轻易献出自己。今夜，她似乎不用再仰视什么，也无须心潮澎湃。所有故事上演，一切归于平静。她只是俯视这个世界。"正所谓"曾经沧海难为水，除却巫山不是云"，只有在经历了一切跌宕起伏，最终变得心如止水之后，罗锦衣才能够在落寞的状态中回望自己的人生来路，看到自己和甄宝珠那两位"穿过漫漫黑夜"走来的少女形象。

其二，设定了两条彼此基本平行的结构线索。一条是罗锦衣自己三十多年的人生道路，另一条则是她当年的女同学甄宝珠的人生道路。虽然她们的人生起点差不多，同为出生于乡村世界的普通女性，但她们两位此后的人生道路却绝不相同。罗锦衣煞费苦心走上的，是一条为官做宦的所谓"富贵"人生道路，而甄宝珠所走过的，却是一条作为底层普通女性一直为生存而不断打拼的人生道路。由此可见，虽然不属于一号主人公，但周瑄璞依然拿出了差不多一半的篇幅来描写展示甄宝珠的人生道路，其根本意图就是要借此而映衬表现罗锦衣的"富贵"人生。既如此，且让我们对甄宝珠的底层打拼人生有一番基本的了解。高考数度落榜后，甄宝珠与罗锦衣一起万般无奈地接受乡里管教育的领导的安排，成了乡村小学里的民办教师："罗锦衣分在离北舞渡三里地的尹张小学，甄宝珠分在大杨庄小学，两人相距十多里地。"被迫成为乡村小学民办教师后的甄宝珠，最初是希望能够嫁给一个城里人，通过联姻的方式走出乡村。但在连连受挫后，也只得退而求其次地嫁给了各方面条件都比较出色的青年农民尹秋生。二人结婚后，果然过了一段平静的乡村日子。假若不是因为甄宝珠为了帮助丈夫一时挪用了学生的学费一事东窗事发，她被迫离开了民办教师的岗位，那么，他们夫妻俩就极有可能把如此一种平淡的乡村生活方式延续下去。然而，甄宝珠被开除民办教师职位这一事件，反倒促使他们夫妻俩下定了改变自己生活状况的决心。这个时候，时间已是九十年代初期，已经开始有农民进城打工了。就这样，在对乡村生活彻底绝望后，甄宝珠和尹秋生夫妻俩乘绿皮火车，在硬座车厢里站了一夜，第二天中午抵达西安，开始了此后漫长的打工生涯。正如小说所详尽展示的那样，在进入大城市之后，甄宝珠夫妻俩曾经先后辛辛苦苦地摆过地摊、开过饭店、承包过路段，等到他们终于积攒下一些资产之后，骨子里"衣锦还乡"的念头却不期然地冒了出来。尽管遭到了来自两个儿子的坚决反对，但他们还是固执地在老家盖了一座二层楼房。到最后，让甄宝珠和尹秋生无论如何都想象不到的是，他们在城市里艰辛地打工生活，竟然会因莫名其妙的上当受骗以致血本无归而惨淡收场，原来，由于看到乡党老朱参与"非法集资"获利颇丰，他们一时冲动，把多年积攒的钱财全部都用来投资，没想到，到头来却血本无归。正所谓祸不单行，偏偏也就是在这个时候，尹秋生竟然被医院诊断患了绝症，是肝癌晚期。一方面是多年的积蓄打了水漂，另一方面则是尹秋生罹患肝癌，甄宝珠在经历了多年城市生活之后，就这样一下子又被打回了原形。肝癌晚期的尹秋生，无论如何都不愿意葬身他乡，坚决要求返回故乡。就这样，当年满怀着希望进城打工，到头来数十年的汗水却以一种上当受骗的方式付诸东流。尹秋生去世之后，当年千方百计逃离了乡村的甄宝珠，与年迈的婆婆一起，一个住东边，一个住西边，成为自家独栋二层楼最后的驻守者。不知道甄宝珠自己是否有明确的意识，她的人生，实际上就这么画成了一个自我封闭的圆圈。一辈子折腾来折腾去，到最后还是回到了当初出发时的原点。

与甄宝珠那种为了生存而打拼的底层人生有所不同，罗锦衣所度过的，则是一种在"欲望"的强力驱动下在官场上不断攀爬的人生。故事开始的时候，罗锦衣与甄宝珠一起，因为高考的数度落榜而犹豫徘徊在人生的十字路口。她俩之所以不屈不挠地坚持参加高考，是因为她们深知，作为出生于乡村世界的普通青年，要想改变自己的命运，从乡村进入城市生活，除了依仗高考这一条路径之外，可以说别无他途。但要想再一次参加高考，却又面临着家庭贫穷，父母是否有足够的经济能力继续供给自己参加复习的严重问题。必须承认，周瑄璞的如此一种设计与描写，很容易就可以让我们联想到路遥的中篇小说《人生》。《人生》中的高加林，与罗锦衣、甄宝珠她们所面临的人生困境极其相似。也因此，读到这个地方的时候，笔者曾有着某种隐隐的担忧：难道同样身为陕西作家的周瑄璞，竟然要在自己的《日近长安远》中刻画塑造一位女版的高加林形象吗？笔者的如此一种担忧，伴随着故事情节的渐次展开，很快就被打消了。这其中，对于周瑄璞意欲批判反思一种"欲望化"人生的主题表达发挥着重要作用的一个小说细节，就是那位手持苹果的神秘老人的意外现身。就在罗锦衣与甄宝珠相跟着走到北舞渡桥头就要分手的时候，那位神秘老人出现了："对面一个老婆婆，从桥上走来，头上的白发被夕阳染成红色。走到桥的这头，与两人迎面，笑眯眯地问：'这俩闺女，学里回来了？'锦衣嗯了一声，向她笑笑，宝珠从书包里掏出厚厚一卷卫生纸，将书包交给锦衣，她进了路边用砖垒的小厕所，叫锦衣站门外给她看着。"两位女同学，一个进厕所了，一个在外边等着，一个料想不到的奇迹，就在这个时候发生了："老人摸摸索索，从怀里掏出一个苹果，递给她：'要是有俩，一人一个多好，可就这一个，给你吧。'她手托苹果伸向罗锦衣。"在把苹果强送给罗锦衣的同时，这位神秘老人还讲了这么两段话："这么好的苹果，我没牙了。你看你的脸，就像这苹果。有福人能看出来。你将来，不会在家里，肯定要到外面去。""老话说，人的命，天注定，不信不中。你说说，我正想着一个苹果，该给谁呀，她就进茅子里了。这不是命是啥。唉，我这一辈子，心强命不强，落个使得慌，到老了，连个苹果都咬不动。快装书包里吧，别叫她见了。"做完以上的交代之后，这位神秘老人很快就消失不见，一直到小说结尾处被罗锦衣再次想到之外，她在文本中再没有出现过。

这位神秘老人以及由她送给罗锦衣的那只红苹果，很容易让我们联想到古希腊神话中欲望的"金苹果"的故事。依照记载，故事发生在人类英雄帕琉斯和海洋女神忒提斯的婚礼上。在当时，众神均受邀参加婚礼，唯有不和女神厄里斯因一时疏忽而没有受到邀请。因此而耿耿于怀的厄里斯，便在婚礼上将一个金苹果呈现给宾客，上面写着"送给最美的女神"这样几个字。不出所料，女神中地位最高、同时也是自认为最美丽的三位女神——神后赫拉、智慧女神雅典娜、美与爱的女神阿芙洛狄忒她们三位，果然为了这个金苹果的归属而一时争执不下。当此难分难解之际，天神宙斯只好让山上牧羊的漂亮小伙子帕里斯来做最后的评判，由他定夺金苹果的归属权。三位女神为了获得金苹果，分别开出了诱人的优厚条件：赫拉不仅可以赐予他无上的权力，而且还能够保佑他做一个高高在上的统治者；雅典娜愿意赐给他以足够的智慧和力量，鼓励他有勇气去冒险，并进一步闯荡出一条大英雄的辉煌道路；阿芙罗狄忒不仅保证可以让世界上最漂亮的女子爱上他，而且还可以成为他的妻子。帕里斯思来想去，觉得权力和统治地位，他等着以后继承父亲的王位就可以了，英雄的道路他完全可以凭借自身的过人本领去大胆闯荡，唯独真正的爱情却是可遇而不可求的。就这样，在经过了一番思索与比较之后，帕里斯最终将金苹果判定给了阿芙洛狄忒。到后来，帕里斯在阿芙洛狄忒的帮助下，果然拐走了斯巴达的王后，那位被公认为天下第一美女的海伦。但也正是海伦的这一被拐，最终成为长达十年之久的特洛伊战争最直接的导火索。大约也正是从这样的一个神话传说起始，金苹果就成了人类"欲望"的代名词。这一方面的一个突出例证，就是那位大名鼎鼎的捷克作家昆德拉，他曾经写过一篇名为《永恒欲望的金苹果》的小说作品。以我所见，周瑄璞在这里所特别设定的那位神秘老人和那个红苹果，绝对应该在一种"欲望"的意义上来加以理解。一方面，按照那位神秘老人的说法，罗锦衣后来脱离乡村后在官场的那一番"飞黄腾达"的经历，乃是命中注定的一种必然结果。但在另一方面，很大程度上，那只红苹果其实更可以被看作是罗锦衣这一女性形象内心深处一种强力人生欲望"外化"的产物。质言之，借助于如此一个充满象征意味的具体物象，周瑄璞意欲表现的，正是罗锦衣这一女性形象内心深处一种被"欲望化"时代所强力催生出来的"欲望"内驱力。

当然，我们也可以把这只来历充满神秘色彩的红苹果，理解为罗锦衣人生野心不断膨胀的性格特征的一种象征性隐喻。这样一来，整部《日近长安远》中罗锦衣的这一条结构线索，就可以被看作是她如此一种性格特征充分展开的全部过程。反正，一种显的的文本事实是，自打罗锦衣成为北舞渡民办教师的那个时候开始，她就开始了自己简直就是不择手段的人生或者说官场攀升过程。具体来说，罗锦衣"欲望"人生的第一场戏，是从她不期然地邂逅了北舞渡公社的教育专干孟建设开始的。那一次，在北舞渡公社出现了一名公办教师的编制空缺后，孟建设专门托人给罗锦衣和另外一个名叫周秀玲的老师捎话，让她们在路过公社时专门找他，以便捎回去一封文件。一直渴盼着能够获得上升机会的罗锦衣，得知消息后很快就出现在了孟建设面前。面对着孟建设提出的"咋样报答我"这样一个尖锐的问题，罗锦衣如同喝醉酒一般一时间陷入了不无激烈的自我矛盾冲突状态："当一个男人承担着拯救角色，对女人有强大的实用功能，那就会被蒙上一种情欲色彩。罗锦衣在田地边漫无目的地走着，天黑了，她不知道饿……大地承载着一切，缓慢转动，就要沉沉睡去。而罗锦衣体内的一切正要醒来，有一番饥饿与狂热从她身体里升起，她感受到一种勃发的力量和疯狂的冲动，陷入一种源远流长无法自控的深度湿润，她的身体变为沼泽，行走都已经不利落，她盼望着夜晚的来临，好似已经忘记了这场交易的由起，忘记了公办老师迷人的光环。年轻的身体里，只有一种代号为商品粮的情欲。理想也是情欲，奋斗也是情欲，四季都是情欲，就连这将要收割的，一片无边无际的金黄色的豆子地，也变作一触即发的情欲，四周各种虫鸣混合一处，是一场宏大的交响乐，秋天是虫子繁殖的季节。它们在拼命歌唱、交配，彻底暗下来的世界变成一张情欲的大网，身边河水里涌动着的，是全人类的情欲。"一方面，罗锦衣清楚地知道，孟建设向自己索要的是什么样的一种兑换代价，另一方面，对急于把自己变身为可以吃商品粮的公办教师的罗锦衣来说，孟建设提出的非分要求不仅没有把她吓退，反而激发出了其身体与内心深处所潜藏着的强劲情欲。唯其如此，她才会更进一步生出如下一种感觉："生活了二十多年的土地，我能脱离你吗？我能将身份变成商品粮吗？啊，那需要我把自己的身体先变为商品。她的步子快了一些，她要将自己打造成一枚亮晶晶的无坚不摧的子弹，射向命运的靶心。"应该注意到，一般人面对如此一种选择机遇的时候，往往会纠结于到底该不该为了获得这样一个吃商品粮的机会而献身，但到了生性便欲望特别强烈的罗锦衣这里，如此一个机遇的出现，所激发出的，竟然是她一种充满兴奋感的强烈情欲，甚至可以说是一种莫名的献身热情。其他人是为了获得某种现实利益而被迫献祭自己的身体，到了罗锦衣这里，却是充满主动性地以身体作为交易的筹码，进而获取自己所试图得到的现实利益。就这样，主动与被动的位置一颠倒，罗锦衣的个性化性格特征也就被凸显出来了。

到此，内在"欲望"特别强烈的罗锦衣，就开始了她以身体为唯一兑换筹码的人生或者官场的攀爬过程。从乡下到县城，到市里，再到省城，从最初的民办教师，到公办教师，到市里的机关干部，到省城里市教育局下属的一个区级教师进修学校的普通行政干部，到学校的副校长，一直到享受正处级待遇的某设计院的院长，"欲望"不断升级的罗锦衣，就这样一路走来一路攀升。

而她唯一可以依凭的兑换筹码，说到底自始至终都只是自己那个欲望格外炽烈的身体："在多年里，她仍然在办公室备着洗漱用品，她大大的包里，有一个小毛巾，几个简单的小瓶子小盒子，随着时间的推移，这些小瓶子小盒子的档次有所提高，有的是各级领导送的，有时是对方随手给个购物卡什么的，总之她那不变的洗漱袋里，装备在变得高级。夹层的角落里，还是有安全套。但那是对方提出用的时候，她才会拿出，对方若不提，她是永远不会拿出来的，反正她再也不用担心怀孕了。也并不是都要上床，有实质性的肉体接触，有时候那些下基层的上级领导，正直纯洁，十分爱惜自己的羽毛，比她还要害羞扭捏，基层人民，尤其是基层女人表现出全方位的崇拜赞美顺从臣服愿意为其做出一切的姿态，已经足够，也是很感动人的，让他们临走时紧紧握你的手告别，离开几天了想起你心里还是温暖。"就这样，以身体献祭的方式而不断获得人生或者官场道路上的攀升，自然也就成了罗锦衣的"不二法门"。很大程度上，正是因为罗锦衣内心深处有着过于强烈的攀升欲望，所以，拥有更高一层权力，才会使她的精神世界处于极度疯狂失态的状况。我们只要认真地观察一下周瑄璞关于罗锦衣好不容易费尽九牛二虎之力方才成为设计院院长之后的相关描写，就可以对这一点有真切的了解。获知自己终于升迁为设计院院长的消息之后，罗锦衣在无眠的夜晚不由自主地联想起了一连串曾经熟悉的歌。从"我爱你中国"，到"我们的家乡，在希望的田野上"，到"甜蜜的工作"，到"一树红花照碧海"，到"啊……啊……玫瑰"，到"兴亡谁人定啊啊，离合总关情哪啊"，到"东方之珠，我的爱人"，到"残雪消融，溪流淙淙"，到"想给远方的姑娘写封信"，到"马儿哎，你慢些跑你慢些跑哎"，一直到电影《小花》的主题曲《妹妹找哥泪花流》，周瑄璞通过罗列这些歌曲，所形象传达出的，正是罗锦衣那样一种如愿以偿后的激动狂欢心态。

我们注意到，或许与权力所拥有的巨大威力紧密相关，只要与权力一发生关联，罗锦衣的身体就会处于湿润兴奋的状态。正因为如此，一旦权力过期或者失效，罗锦衣的身体与意识马上就会做出相反的反应。这一点，突出不过地表现在她与程局长的关系演变上："去年，程局长退休了。她想，他们的关

254

系，也将顺势而终吧，自然消亡吧。不想程局长还时不时联系她，期待再续前缘。她也勉为其难地应付一下。神奇的是，再也不像从前那样，自动湿润了，权力难道是这么神奇的东西？"既然身体已经不再做出积极回应，那么，罗锦衣也就采取了一再推诿拖延的应对姿态："每次邀约在三五次以上，她不得已光临一回。"然而，这个时候的罗锦衣根本就没有料想到，正如同程局长会有因为退休而失去权力的一天一样，自己的身体也会随着年龄的增长出现不再湿润兴奋的状况："她壮硕的外表下有一颗敏感的心，尤其中年之后，心灵细若游丝，好像这世上所有话题与场景都为了提醒自己一个事实：你已老去。所有的人与事，合力让你变得内心卑微，容易生出愤怒或者突然的感动。"正因为已经明确意识到了自己身体优势的丧失，所以罗锦衣才会在面对小健的年轻的身体时保持了一种理性的克制："在小健的热情相邀下，罗锦衣的手指检验了它，可她没有欲望，一种罪恶感悬在头顶，就算小男人出于一时冲动、出于什么目的和你有了那事，事后懊悔，怎么和一个老女人这样过，那是她不能接受的，她怎么能让一个男人嫌弃自己。"但一个人，尤其是如同罗锦衣这样一位有着难以自控的强烈欲望的女性，其理性终归是有限的，一种长期被冷落的心理积怨慢慢累加的结果，就是内心世界的极度失衡，就是心态失衡之后的猛然爆发。具体来说，罗锦衣最终的心理失衡，就表现在她对下属卢双丽的肆意凌辱与大打出手上。卢双丽是设计院办公室的一位女干事，据说曾经在深圳做过坐台小姐。后来，想方设法进入设计院工作。年轻的她"细溜身材细长腿，身上没有一两多余脂肪"，是设计院的"一道亮丽风景线"。尽管卢双丽对罗锦衣的各方面服侍可谓面面俱到，但心态早已严重失衡的老女人罗锦衣，最终还是无法自控地向卢双丽发难了。虽然说周瑄璞对两人发生激烈冲突的场景也有着非常精彩的描写，但相比较而言，能够给读者留下深刻印象的，恐怕还是作家关于罗锦衣心态失衡的相关心理描写："在罗锦衣眼里，盛放的玉兰失魂落魄，是披头散发的迟暮，是夜色中的哀泣。春光大好，可她觉得自己的人生似这怒放过的玉兰，逃不过一败。""昨日已经远离，那样场景，再不会有。可是，它们仍然天天上演，只是女主角，换了别人。你已老去，被男人忽略，可还有无数贱人，鲜亮地招摇，那些曾经疯狂鲁莽的游戏，夜以继日地生发，永无休止地上演，更新换代，花样翻新。没有你的加盟，不需要得到你的同意，也没必要让你知晓。而你也明确知道，没有你的参与，故事照样精彩，那些欲望勃发，那些情意绵绵，那些欢爱分合，那些曾经养育着你的章节，从你的生命册中消失，流淌到别人的故事里，方兴未艾，不需要考虑你的感受，无须得到你的许可和批准。"眼睁睁地看着自己曾经如日中天的位置被别人取代，真切地感受体验着自己曾经湿润身体的日渐干涸，生性极其要强的罗锦衣，无论如何都不再能忍受这样一种"身体旁落"的状态。设计院院长罗锦衣，到最后之所以会和自己的下属卢双丽一般见识乃至于大打出手，究其根本，正是由于此种极端嫉妒的不平衡心态作祟的缘故。这样看来，与其说罗锦衣的心理失衡是由于权力的扭曲和异化，不如说是被她自己内心深处某种难以自控的强烈欲望所扭曲异化的一种结果。在一部篇幅不是很大，故事情节也并不曲折复杂的长篇小说中，能够把罗锦衣这样一位被内心"欲望"强力驱动着的现代女性如此一种人性的深渊挖掘并揭示出来，能够在时代与人物彼此制约互动的前提下把罗锦衣这样一位现代"欲望"女性刻画塑造到如此丰满生动的程度，正可以被看作是作家周瑄璞《日近长安远》思想艺术上最大的成功之处。对于这一点，明眼人无论如何不可不察。

纪实、虚构与人物群像

——关于张新科长篇小说《鏖战》

我们都知道，在中国当代文学史上的"十七年文学"那个历史阶段，曾经出现过一次后来被概括为"革命历史小说"的创作热潮，如《红旗谱》《保卫延安》《红日》等。这一批"革命历史小说"的一个突出的特点，就是依托于中国现代历史上真实发生过的重要历史事件，以亲历者的身份展开自己带有一定虚构色彩的小说叙事。比如，"高蠡暴动"之于《红旗谱》，"延安保卫战"之于《保卫延安》，"孟良崮战役"之于《红日》，情形俱是如此。但在进入新时期文学这一历史阶段之后，或许与时代社会语境的转型有关，如此一种创作思潮遂告风头不健。虽然说依然会有一些作家依然在勉力地从事此类题材的创作，比如，曾经以一部《海岛女民兵》而名世的黎汝清，便写出了历史长篇小说《皖南事变》，但就总体创作态势来说，类似的历史题材创作相对还是处于比较匮乏的状态。从那个时候起，一直到进入二十一世纪以来的当下时代，革命历史题材领域的如此一种创作颓势，都没有获得明显的改观。然而，尽管从总体创作态势来说，革命历史题材的创作并不尽如人意，但这并不意味着就没有作家在这方面进行着自己的努力。江苏作家张新科，就是这一方面很有代表性的一位。他近些年来相继创作完成的长篇小说《苍茫大地》与《鏖战》，就都属于这样的一类作品。具体来说，《苍茫大地》的原型人物，是中国共产党人许包野。许包野，出生于1900年，被害于1935年。他英勇牺牲时，年仅35岁。从事革命活动期间，曾经先后担任过江苏省与河南省的省委书记。《苍茫大地》，乃是一部建立在许包野革命事迹基础上的一部历史长篇小说。如果说《苍茫大地》聚焦于一个真实的历史人物，那么，《鏖战》所聚焦的，就是一个从根本上影响并改变了中国现代历史走向的重大战役——淮海战役。唯其因为一个聚焦于具体的历史人物，另一个则聚焦于具体的历史事件，所以，虽然同样是革命历史题材的长篇小说，但二者的艺术运思方式，却存在着根本的区别。我们之所以强调这一点，意在说明《苍茫大地》的艺术经验并不足以保证《鏖战》的成功。而这，实际上也就意味着，如何以长篇小说的艺术形式聚焦表现如此重大的战役，对张新科来说，依然是一个巨大的艺术挑战。

以我的私心揣度，从一种创作发生学的角度来说，张新科之所以会对许包野、淮海战役发生浓烈的兴趣，其实与他曾经在南京、扬州以及徐州长期工作有关。因为在江苏工作，所以他才会关注到许包野，因为在徐州工作，所以他才会去关注淮海战役。徐州自古以来就是兵家必争之地，震惊中外且从根本上改变了中国现代历史走向的淮海战役，就发生在徐州地区。用《鏖战》一书封底的介绍语来说，就是："1948年底至1949年初，以徐州为中心，中共华东和中原两大野战军在东起海州，西至商丘，北濒临城，南达淮河的广大地区，对国民党军队发起了声势浩大的战略性进攻。此即'三大战役'中参战规模最大、伤亡最重、战争局面最复杂、政治影响最深远的淮海战役。"当张新科意欲以历史长篇小说的形式表现淮海战役时，他首先必须面对的问题，就是如何处理纪实与虚构的关系问题。一方面，作为一部历史长篇小说，必须充分尊重基本的历史史实，重要的历史事件与历史人物都容不得一点虚构。这里，一个必要的参照，就是一向被称为"七分实三分虚"的古典名著《三国演义》。相比较来说，罗贯中那个时代的创作自由度还是相当高的。虽然有陈寿一部真实的《三国志》摆在那里，但罗贯中在一些重要历史人物的刻画与塑造上还是相当"任性"的，比如，诸葛亮和周瑜。历史上真实的周瑜，不仅年龄略略大于诸葛亮，而且并非嫉贤妒能的心胸狭小之人。但到了《三国演义》中，或许与罗贯中那样一种"尊刘贬曹"的历史观紧密相关，他不仅年龄远小于诸葛亮，而且气量狭小的他还因为所谓的"一时瑜亮"而差不多干脆"气煞"。与罗贯中当年所拥有的创作自由度相比较，当下时代的张新科明显有所不如。尤其是一旦涉及如同淮海战役这样重大的革命历史题材，作家在重要历史事件的呈现，以及相关历史人物的刻画与塑造方面，更是不敢越雷池一步，恐怕只能做一种如实的书写。能否在如此一种严苛条件的限制下，把相关历史人物的人性世界刻画塑造出来，对张新科来说，自然是一种不能不面对的艺术考验。另一方面，既然是一部历史长篇小说，那么，建立在基本历史史实之上的艺术虚构，也就不仅是作家必须做好的艺术功课，而且更为作家艺术想象力的发挥提供了足够充分的英雄用武之地。唯其因为作家拥有了艺术"虚构"创造的自由度，所以，与那些不能不纪实的部分相比较，允许虚构并且充分虚构了的这一部分，其思想艺术成就相对更夺人眼目，也就是顺乎逻辑合乎情理的一种必然结果。

一部规模宏大的长篇小说，如何设定一种精妙合理的艺术结构，其实是非常重要的一件事情。而对一部意在关注表现某一重要历史事件的长篇小说来说，艺术结构的重要性，就更不容忽视了。我们注意到，对于艺术结构的重要性，作为一位很理性且有着多年小说创作经验的小说家，王安忆曾经发表过非常精辟的看法："当我们提到结构的时候，通常想到的是充满奇思异想的现代小说，那种暗喻和象征的特定安置，隐蔽意义的显身术，时间空间的重新排列。在此，结构确实成为一件重要的事情，它就像一个机关，倘若打不开它，便对全篇无从了解，陷于茫然。文字是谜面，结构是破译的密码，故事是谜底。"①既然结构被看作是一种"破译的密码"，那么，分析其具体的结构方式对于理解把握一部小说的重要性，当然也就显而易见了。具体到张新科的这一部《鏖战》，作家为小说所精心设计的，可以说是四条结构线索彼此交叉的艺术结构。

第一条结构线索，是参与指挥淮海战役这一重大战事的中国共产党高级指挥官的相关故事。前方将士的浴血奋战固然十分重要，但正所谓"运筹于帷

---

① 王安忆：《雅致的结构》，上海书店出版社2011年版，第16—17页。

幄之中，决胜于千里之外"，小到一次战斗，大到如同淮海战役这样"参战规模最大、伤亡最重、战争局面最复杂、政治影响最深远"的一次大型战役，其胜败得失的一个关键因素，就是高级指挥官的指挥艺术究竟高明与否。为淮海战役的最终胜利，从根本上说，正是中央军委与毛泽东高瞻远瞩，以邓小平为书记，由刘伯承、陈毅、邓小平、粟裕、谭震林组成的总前委统筹领导的直接结果。大约正因为如此，所以作家关于淮海战役中中国共产党高级指挥官们的出色书写，自然也就构成了这部长篇小说最主要的一条结构线索。

第二条结构线索，是淮海战役中的另一方，即国民党方面高级指挥官的相关描写。一场战事，不论规模大小，总得有对阵双方的存在才能够成立。国民党方面包括最高总裁蒋介石，包括国防部总长顾祝同，以及刘峙、杜聿明、赵百滔、黄维、邱清泉、李弥、刘为章、郭如桂等高级指挥官在这场大规模战役中的具体表现，自然也就构成了《鏖战》的第二条结构线索。

如果说囿于以上所提及的各位都是历史上真实存在过的重要人物，张新科不可能充分地展开自己的艺术想象与艺术虚构，那么，接下来的两条结构线索，因为所涉皆是位置相对不那么重要的普通将士或者一般民众，这就为张新科艺术想象与虚构能力的发挥提供了足够广阔的空间。具体来说，第三条结构线索所集中讲述的，是曾经的徐州昕昕中学学生在毅然参加革命后，经过十年的时间历练，业已成为华野敌工部部长的杨云枫并领导指挥中国共产党地下情报系统进行谍战的故事。兵家一向讲究"知己知彼，百战不殆"，在两军对垒的情况下，如果能够通过地下情报系统及时地获知对方的布阵指挥情况，不仅会在很大程度上帮助我方做出合理的战略决策，而且也将从根本上决定战争的成败。中国现代史上，中国共产党之所以能够最终胜出，很大程度上与其不仅布置广泛而且运营特别积极有效的情报系统紧密相关。具体到这部《鏖战》，就连那位整天工作在蒋介石身边，一直直接参与着最高战事部署的国防部作战厅厅长郭如桂，竟然也是身负卧底重任的中国共产党地下党员，可以随时传递消息给我方，无论如何都是很难想象的一件事情。到后来，"郭如桂实为共产党安插在国民党内部的谍报人员的消息传开后，台湾方面舆论哗然，一时间把满腔怨恨统统发泄到郭如桂头上，似乎没有他'投共'，国民党就不会输掉淮海战役，最后也不会逃到台湾"。一方面，固然如郭如桂自己所言，最终决定国共两党胜负成败的，肯定不是自己的卧底，但在另一方面，具体到淮海战役这一大规模的战事，包括郭如桂在内的中国共产党地下谍报人员的情报工作，却也的确发挥着难以估量的重要作用。正因为中国共产党地下谍报人员的工作对于淮海战役的最终胜利有着如此重要的作用，所以，以杨云枫为主导，包括李婉丽、孔汉文、小钱等人物在内组成的这些中国共产党情报人员如何"与魔共舞"与敌人斗智斗勇的故事，方才成为长篇小说《鏖战》中最精彩的一条结构线索。

最后一条结构线索所讲述的，则是以杨云林、杨全英等一众大杨庄农民为突出代表的那些支前民工的故事。正所谓"兵马未动，粮草先行"，任何一支军队都不可能饿着肚子去打仗，后勤保障工作的重要性，对如同淮海战役这样一场大规模的战役来说，也同样有着非同寻常的重要意义。我方华野与中野加起来多达数十万人，集聚在徐州地区，要完成一场历史性的大决战，部队的后勤保障工作就必须首先做到位。然而，我们都知道，在当时作为一种在野的社会政治力量，共产党在部队的给养保障方面，并不能如国民党那样具有一种天然的行政优势。要想从根本上解决这个问题，它只能依靠广大乡村中的动员力量。这样一来，自然也就有了"支前"这样一个专有名词的生成。更进一步地说，张新科之所以要专门设立支前民工这一条结构线索，除了展示中国共产党军队后勤保障工作的积极给力之外，更重要的原因，恐怕还是要借此描写表现中国共产党领导的军队在广大民众中所获得的绝对支持度。所以很大程度上，我们正应该在"人心向背"的意义上来理解张新科关于杨云林和杨全英他们这一条结构线索的设定。

毫无疑问，正是因为精心设定了以上四条彼此交互穿插的结构线索，才使得张新科的《鏖战》这部长篇小说相对成功地实现了对淮海战役这一重大历史战役，从宏观到微观的全面立体的总体艺术表达。但从根本上说，或许也正因为淮海战役是一个有众多人物参与的重大历史战役，所以作家在创作过程中就不可能把关注重点聚焦到其中的某一位人物身上，就此而言，这部带有明显散点透视特点的作品，又可以被看作是一部没有主人公的长篇小说。倘若一定要找出一个主人公来，那么，这主人公恐怕就只能是规模宏大、意义重大的淮海战役本身。问题的关键是，缺少了传统意义上的主人公，并不意味着作家的人物形象塑造能力就失去了英雄用武之地。一种不容否认的文本事实是，在《鏖战》这样一部没有主人公的人物群像式的长篇小说中，张新科同样以其相当深厚的艺术功力，塑造了一批相对生动丰满、具有一定人性深度的人物形象。这一方面，不论是粟裕、杜聿明这样一些真实的历史人物，抑或是李婉丽、孔汉文、杨云枫这些虚构色彩特别明显的人物，都给读者留下了相当深刻的印象。

首先，是粟裕这样一位以杰出的军事指挥艺术而驰名中外的骁将形象。具体来说，粟裕留给读者的第一个突出印象，就是他特别善于捕捉战机。具体到那场淮海战役，其最初设想者实际上是粟裕将军。"一场后来震惊中外的战役在一位将军的脑海中已经酝酿了很长一段时间。将军认为，济南战役之后，应该乘胜攻歼苏北淮阴、淮安、宝应、高邮、海州之国民党军队。如果不抓住这个机会调兵遣将，排兵布阵，千载难逢的战机就会稍纵即逝。是尽快向中央进言，还是以沉默方式静待上级的指令？他心存疑虑。中央军委和毛泽东对全局战略定有筹划谋略，自己的意见会不会影响到上级的决策呢？"一番并非不必要的犹豫之后，"将军最终选择了前者"。"将军的名字叫粟裕，时任华东野战军代司令兼代政委"。一方面，天才的军事指挥官粟裕的确已经意识到了良好战机的存在，但在另一方面，围绕到底该不该进言的问题，他却不无患得患失地犯起了嘀咕。如此一种积极的进言，会不会有"以下犯上"的嫌疑呢？犹豫再三后，粟裕最终还是选择了向上进言。而且，按照小说的叙述，这已经不是粟裕第一次斗胆向上进言了。早在"1946年6月，蒋介石发动全面内战后不久，中共中央采纳了他的建议，改变太行、山东、华中三支大军同时出击外线的计划，同意华中野战军主力先在苏中内线作战"。紧接着，在粟裕天才建议的基础上，刘伯承、陈毅和李达三位又联名致电中共中央，积极支持粟裕

"小淮海"战役的正确建议。到最后，中央军委高瞻远瞩，不仅认可批准了粟裕的相关建议，而且还进一步拓展了粟裕最初的战役构想，最终把"小淮海"战役变成了后来规模更大的"大淮海战役"："中央军委和毛泽东接到粟裕以及刘陈李联名发至的电报后，立即进行了紧急磋商。经综合分析研判，原则同意粟裕的建议，但中央军委洞察全局之后，考虑的已经不是苏北和两淮地区的'小淮海'战役，而是放眼以徐州为中心，在长江以北、济南以南、开封以东整个大的淮海区域实施具有决定意义的歼灭战了。"这样一来，"小淮海"也就变成了"大淮海"。由以上分析可见，一方面，淮海战役固然是中国共产党高层集体智慧的结晶，但在另一方面，粟裕之功不能忽视。

善于捕捉战机之外，在淮海战役的进行过程中，我们所强烈感受到的，就是粟裕的指挥若定与知人善用。这一方面，一个突出的例证，就是何基沣与张克侠所部阵前起义的策划与实行。一方面，这一次阵前起义，固然与何基沣和张克侠两位早已是中国共产党地下党员，与敌工部部长杨云枫的机智勇敢紧密相关，但在另一方面，却也是粟裕明察秋毫运筹帷幄的结果。"这次交给你的任务事关重大，是中央军委亲自部署的，就是要深入到国民党第三'绥靖区'部队中去，以华野代表的身份，与国民党第三'绥靖区'副司令官何基沣、张克侠将军秘密见面，传达陈毅司令员的指示，了解我党近年来在该部工作的情况，摸清该部高级将领的态度，争取该部或更多的部队起义。"这是粟裕以特别郑重的态度，对杨云枫讲的一段话。在这里，毫无疑问的一点是，若无粟裕极富智慧的面授机宜，也就不会有杨云枫们谍战工作一系列突出成绩的取得。与此同时，我们却更应该注意到这样一段颇具几分"春秋"笔法意味的叙述文字的存在："碾庄圩的战斗主要由他指挥，中央军委和毛泽东发来的电报中屡屡有这样的话：'与战斗有关的一切事宜需根据实际情况见机行事，不必事事请示。'这就给了粟裕最大限度的指挥权，就是凭借'将在外军令有所不受'的指示，粟裕才能根据战局，数次调整计划，保证整个战斗取得了预定的效果。"实际上，只要关注一下整个淮海战役的进程，就不难发现，一直在最前线直接指挥战役的核心人物，就是粟裕。而这也就充分说明，不仅淮海战役的首倡者是粟裕，而且这场大战役的具体指挥者，实际上也还是粟裕。唯其因为中央军委与毛泽东智慧得当，善于用人，才让粟裕的天才指挥优势有了足够开阔的施展空间，并从根本上保证了淮海战役最终胜绩的取得。

无论如何都应该提到的一点，是粟裕生性中幽默一面的存在。这一点，集中体现在他与手下爱将杨云枫数度关于昕昕中学的玩笑中。"宿县战斗结束后不久，杨云枫看到中野印发的战地通报，再次与粟裕开起了玩笑：'我那位老同学虽然篮球打得不怎么样，但手相看得还是挺准的，上次抓了米文和，这次故伎重施，又逮了张绩武！'""粟裕说：'要我看呀，你们昕昕中学的学生都没有安心学习，不是把心思用在玩篮球上，就是用在看手相上了！'""一句话说得在场的所有人捧腹大笑。"在紧张激烈的淮海战役的战场上，一位身负指挥重任的高级指挥官，竟然可以旁若无人地趁暇大开玩笑，所真正体现出的，除了粟裕天性中幽默的一面之外，更是一种非常难能可贵的"谈笑间，樯橹灰飞烟灭"的大将风度。

以上数点之外，作家张新科的一个别出心裁处，是巧妙地借助国民党方面的称赞口吻，再度从侧面充分肯定了粟裕作为中国共产党一员骁将的过人之处："会议开始之前，郭如桂已经给参会者每人发了一份有关粟裕的材料，足足十几页之多。材料上说，粟裕1927年参加过旨在推翻国民政府的所谓南昌起义，后进入井冈山，国军五次围剿'共匪'，虽然共产党东奔西跑，后来却越做越大，越战越勇。抗日战争期间，此人创造过中共方面单次战役消灭日寇的最高纪录，后单独或与老搭档陈毅联手，指挥过高邮战役、苏中战役、孟良崮战役和济南战役，每次都让国军苦不堪言，损失惨重。李长江、韩德勤、李默庵、区寿年、张灵甫、王耀武、胡琏等国军众多战将不是死在他手里，就是成了他的败将，尤其是苏中战役，此人担任中共华中野战军司令与国军交战，连续七战七捷，一个半月内竟吃掉国军六个旅及五个交警大队五万多人。"我们都知道，在荷马史诗的第一部《伊利亚特》（或《伊利昂记》）中写到海伦惊世美貌的时候，荷马并没有做任何正面描写，他只是让那些斯巴达的长老们在见到海伦后，不由得惊艳感叹到，即使为了这个女人再打十年战争也都是值得的。中国古语所谓"不着一字，尽得风流"，所讲的大约也就是这么一个道理。在我看来，张新科利用对阵的国民党方面将领对粟裕的震惊，一方面巧妙地介绍了粟裕战功赫赫的非凡履历，另一方面却也起到了强烈的烘托表现作用。

其次，是杜聿明这样一位虽然很有一些军事天赋却被迫无奈成为败军之将。作为黄埔一期的高才生，杜聿明的戎马生涯可谓战功累累。他不仅在北伐战争中屡立奇功，还在抗日战争中率部参加著名的桂南会战，亲自指挥桂南昆仑关对日作战，重创号称"钢军"的日军第五师团。但就是这样一位国民党高级将领，到了淮海战役中，实际上作为最高指挥官的他，却一再地迭遭败绩，直到最后无奈被俘。事实上，杜聿明最初出任徐州国民党"剿总"副总司令，所抱有的，就是一种勉为其难的态度。之所以会如此，关键原因在于，他对自己一向尊敬有加的校长蒋介石已经有了一些隐隐约约的失望："杜聿明心里清楚，现在的校长已不再是过去的那位坐拥雄兵、果断刚毅的校长了，决断起事情来早就没有了北伐时的雷厉风行，而是多了几分瞻前顾后、犹豫不决。"然而，尽管杜聿明已经对蒋介石有了如此一种清醒的认识，但等到弟弟力劝他不妨以身体欠佳为由推托的时候，他所给出的却是这样的一种回答："我的本意也是不想去的，但一来我已经复信校长答应到徐州指挥，如果不去岂不是不守信用？二来我跟了校长这么长时间，他一直对我不薄，现在正是用人之时，不帮他岂不被骂'不仁不义'？还有，不少人都知道校长要派我去徐州指挥，如果不去岂不被人小瞧笑话吗？！"就这样，出于对蒋介石的那片耿耿忠心，虽然满心的不情愿，但杜聿明还是拖着大病初愈后的病体走上了"徐蚌会战"（国民党方面把"淮海战役"称之为"徐蚌会战"）的战场。

果然不出所料，等到杜聿明亲临"徐蚌会战"前线，开始尽心尽力地履职指挥的时候，他终于真切地感受到了蒋介石的瞻前顾后、犹豫不决到底会给实际的战斗带来怎样严重的负面影响。与中国共产党方面高层的英明决策，以及粟裕的"将在外，军令有所不受"形成鲜明对比的是：一方面是蒋介石本人的朝令夕改与举棋不定，另一方面，则不论大事小事都需得到南京的首肯认可，方才能够展开具体行动。这样一来，战机屡屡被贻误，也就成了家常便饭。身为北伐与抗日名将，我们无论如何都不能说黄埔一期的高才生杜聿明不懂得军事指挥艺术，但到最后，拥有优势兵力的国民党军队之所以会在淮海战役中败北，其实与以上各方面因素均有着直接的内在关联。对此，杜聿明的体验和感受可以说相当真切："最近一段时间，很多人指责自己一变再变，首鼠两端，抓住芝麻而丢了西瓜，才造成今天两个兵团二十万人马进退维谷的局面。可又有谁知道，他虽是'剿总''前进指挥部'的主任，但每次作战部署的调整都直接受命于委员长。不是他举棋不定指挥失误，而是南京的委员长三番五次地更改行军路线和作战部署，搞得自己无所适从，逼他放弃了能解救黄维兵团于水火之中的最佳方案，才导致今天这种局面。"然而，因为蒋介石不管怎么说都不仅是自己的校长，而且也一向特别器重自己，所以杜聿明虽然对委员长的"举棋不定指挥失误"满肚子腹诽，却一点都不敢流露出来："杜聿明想把自己心头的苦衷和委屈统统说出来，以正视听。但他不能也不敢，只有把打碎的牙齿往肚子里咽。"就这样，明明满腹经纶，明明拥有非同寻常的军事指挥才能，却因为蒋介石的处处掣肘而不得充分施展，到头来，堂堂的国民党中将杜聿明，也只能在兵败如山倒之后万般无奈地成为俘虏。设身处地想一想，杜聿明内心那种无法排遣的精神痛苦，确然是一种切实的存在。

与以上两位重要的历史人物相比较，另外一些虚构出来的人物形象，因为张新科获得了相对更开阔一些的自由空间，可以充分地发挥自己的艺术想象力，所以这些人物形象的刻画塑造，自然就会获得更大的成功。这一方面，最引人注目的一个人物形象，可以说是长期在国民党高层方面卧底的优秀谍战人员李婉丽。但在具体分析李婉丽这一人物形象之前，我们首先需要了解一下战斗在敌人心脏的具有"两面人"特征的谍战人员内心深处的精神痛苦。《鏖战》中，地下谍报人员"孤雁"在与杨云枫秘密接头的时候，曾经讲了这样一番肺腑之言："我在隐蔽战线已经工作了十几个年头，白天扮鬼，晚上才是人。对我来说，白天扮鬼不痛苦，只有晚上做人时才痛苦。我不是怕痛苦，而是担心在重压之下出现不应有的疏忽，给组织上带来重大损失……你知道我现在最期望什么吗？是回到自己的部队，穿上自己的军装，堂堂正正地做人，和战友们一起冲锋陷阵！请你回去转告首长，待完全歼灭杜聿明后，希望组织上能同意我归队！"虽然从表面上看起来，这些整日与魔共舞的地下谍报人员的人生似乎充满了浪漫与传奇的色彩，但在实际上，长期的地下情报工作却很容易造成一种带有自我精神分裂性质的双重人格。遗憾之处在于，虽然张新科已经认识到了这一点，却没有能够将其赋予到某一个相关人物身上，从一种人性扭曲变异的角度展开相对充分的描写。假若作家把这一点更进一步地渗透到比如说李婉丽这个已经很有光彩的人物形象身上，那无疑会在很大程度上拓展她的人性深度。但即使如此，《鏖战》中的李婉丽仍然给读者留下了相当深刻的印象。

初出场时的李婉丽，是一位吸引了众多青年男性目光的清纯少女，紧张激烈的篮球比赛现场，身为校花的她一出现，就引起了一片哗然和骚动："李婉丽的不期而至，顿时使比赛的两队一下子士气高涨。"然而，等到十年后再度出现在读者面前的时候，李婉丽已经摇身一变，成了徐州国民党"剿总"总司令刘峙身边的大红人："二十七八岁的李婉丽仍是单身，一直没有找到中意郎君。此时的她肌肤如雪，身形苗条，学生时代的齐刘海已变成了成熟的波浪卷，周身透着一股干净干练，又不乏绰约柔媚。这么一位漂亮的纤纤女子，又善于察言观色，所以在大老爷们占多数的'剿总'大院内左右逢源，惹得一帮男人想入非非，都想趁机从她那里揩点油。"事实上，曾经清纯的李婉丽，之所以一定要摆出一副风骚模样来，正是为了充分利用自己的性别优势，再加上刘峙对自己的信任，从而很好地完成国民党相关军事机密情报的收集工作。李婉丽的这种变化，就连何基沣这样的老江湖都被她给迷惑了："何基沣怎么也没有想到，打小看着长大的李婉丽反倒教育起自己来了。至此，何基沣彻底明白，昔日那个单纯可爱的女孩不见了。站在自己面前的这个妖里妖气，貌似无所事事的女人，已经蜕变成一个心机重重、笑里藏刀的职业女军人。"能够让何基沣产生如此"糟糕"的印象，可见李婉丽的隐蔽工作做得有多么成功了。唯其如此，她才能够一次又一次高质量地完成收集机密情报的本职工作。

关键的问题是，尽管李婉丽自己已经足够小心谨慎，但到最后还是因为一大批高级机密文件被调包而引起了刘峙他们的怀疑，终于不幸被捕。李婉丽被捕后，很不幸地落入保密局陈楚文之手。或许与对李婉丽早已怀恨在心有关，身为毛人凤得力干将的陈楚文，对她的审讯特别心狠手辣："皮鞭、竹签、老虎凳、电椅等酷刑一轮接着一轮，折磨得李婉丽死去活来，体无完肤。但任由审讯者使出浑身解数，虚弱得只剩最后一口气的李婉丽还是不承认自己是'共谍'，一直喊着要见刘峙，口口声声说自己对刘叔、对党国忠心耿耿，没有想到竟受人陷害，落至如此地步。"尽管说李婉丽面对着严刑拷打，凭借坚强不屈的意志始终没有吐露任何相关的秘密，但她的血肉身躯毕竟不是钢铁铸成的："就这样经历了五天五夜的审讯、拷打之后，遍体鳞伤的李婉丽陷入神志不清的状态。"事实上，当李婉丽面对着陈楚文们终于开始陷入"随便改口、胡言乱语"状态的时候，就意味着她已经被折磨到精神失常的地步了。一直到1949年后，杨云枫他们才最终确认，苏北疗养院里一位早已处于疯癫状态的病人冯梅生，就是代号为"无名氏"的地下谍报人员李婉丽。但到了这个时候，这位曾经为淮海战役的胜利，为革命事业做出了不朽贡献的李婉丽，却已经处于绝对的疯癫状态了。疯癫之后的李婉丽，除了整日无休无止地喊叫着"我是谁？我是谁"之外，已经说不出其他话语了。是啊，"我是谁"？我究竟是谁呢？细细想来，如此一种深度的自我追问，对李婉丽这样总是被迫"与魔共舞"的地下谍报人员来说，其实带有非常突出的残忍意味与悲剧色彩。也因此，在为李婉丽的悲惨遭际倍感痛惜的同时，我们更应该认识到，正是因为有了无数如同李婉丽这样革命者的巨大牺牲，我们才赢得了淮海战役的最终胜利。

但在结束这篇文章之前，因为《鏖战》是一部历史长篇小说，所以，我们还必须对作家张新科的历史观有所探讨。具体来说，张新科的历史观，集中体现在小说结尾处杨云枫的答记者问这一细节中。记者问："这场战役（指淮海战役）是内战，其意义是否与抵御外敌侵略的战役一样重要？"杨云枫给出的回答是："我们都读过历史，都知道我们这个民族数千年来内战频繁，苦难深重。我们憎恨内战，不想打内战，但如果通过不可避免的内战走向不再内战，走向国泰民安，那就张开双臂迎接这种必然吧！伟大的淮海战役就是这种必然。在这个必然的过程中，我们这个民族经历了自我认识，经历了自我重生，尽管这种认识和重生以损失无数鲜活生命为代价，令人非常痛惜，但放在浩浩荡荡的历史长河中去考量，是值得的，甚至可以说是必须的……"在我看来，与其说这种历史观是杨云枫的，莫如说就是属于作家张新科的。更进一步说，这种历史观，既构成了张新科创作《鏖战》这部长篇小说的根本动力，也可以被看作是其最初的出发点。